그때 무슨 일이 있었나 고대古代 이스라엘 역사 이야기

이스라엘 왕조실록 1권

히브리노예들 가나안 정복

Hebrew slaves Invade Canaan

그때 무슨 일이 있었나?
古代 이스라엘 역사 이야기

이스라엘 왕조실록 1권

히브리노예들
가나안 정복

이창훈 대하 서사소설

이스라엘 왕조실록

차례

서문

알고 있는 이야기 그러나 말 하지 않는 이야기

이 책은 히브리민족이 세운 고대 이스라엘 역사 이야기이다.
구약성서 이야기를 역사화, 소설화한 것이기도 하다. 또 구약
성서의 진보주의적 해석이기도 하다. 필자는 한 손에는 히브리
전승(구약성서)을, 다른 손에는 근동[1] 고고학 자료들을 들고 집
필했다.

신학적으로는 19, 20, 21세기 진보주의 신학자들이 사용한

---

1 메소포타미아 지역을 중동, 근동 또는 오리엔트라고 부르는 시각은 서구
적이다. 자기들이 사는 유럽을 중심으로 그 동쪽을 이렇게 불렀기 때문이
다. 우리 입장에서는 서아시아라고 불러야 마땅하나 편의상 이 단어를 사
용한다.

'역사 비평적 방법'[2] 이론을 적용시켰으며, 신 정통주의[3] 관점을 갖고 성서문자주의에서 탈피하여 본 책을 썼다.

또한 이 글은 이성으로 용납할 수 있는 내용으로 기술했다.[4] 신화적 상상, 환상은 제거했다. 딱딱한 문체는 문학의 옷을 입혀 부드럽게 전달하고자 했다. 열린 마음으로 보기 바란다.

독자들은 성서에 쓰여진 내용이 모두 사실이라는 시각을 가지고 있다. 그러면서도 그것이 이스라엘이 위치한 근동에서 일어난 역사적 사실이 아니라 마치 천상天上에서 벌이진 일인양 여기는 상반된 시각이 있다. 과연 그럴까?

혹자들은 이 책 저술이 성서를 파괴하는 행위인가 묻는다.

---

2 본문 비평, 문헌 비평, 전승 비평, 양식 비평, 편집 비평이 포함된 성서 연구 방법이다.

3 신이 없다고 주장하는 자유주의 신학에 대한 반동이 19세기에 와서 일어난다. 성경을 문학작품으로만 보려는 시각에 대한 반동이기도 했다. 이들은 그러면서도 성경 내용 일부분을 역사적 사실로 인정하지 않았다. 역사와 성경을 분리시킨 것이다. 이들을 '신 정통주의'라고 부른다.
신 정통주의를 선호하는 학자들은 신을 믿고자 갈망하면서도 성서의 초자연적인 현상과 문자적 정확성에 대한 불신을 갖고 있는 자들이었다. 성경은 많은 부분이 비유이기 때문에 그 사건들이 다 발생하지는 않았지만, 의미적인 면에서는 진리라고 생각했다. 신 정통주의자들은 자유주의자들과 같이 성경 일부분을 신화로 보았으나, 신화를 벗겨내려고만 하지 않고 그 신화 속에서 신의 의도를 찾고자 했다는 점에서 자유주의자들과 달랐다.

4 철학자 존 로크(1632~1714년)는 신의 계시와 신의 인격성을 믿었으나 오직 이성만이 계시(진리)를 판단할 수 있는 유일한 기준이라고 생각했다. 현대 진보주의 신학은 이성을 중시하는 이 경험론을 따르고 있다.

그렇다. 아니, 정확한 답변은 성서 문자주의, 직해주의Literalism
를 파괴하는 작업이다. 대안은 없다. 단지 새로운 이론이 세워
지려면 그 첫 작업이 기존의 낡은 이론을 파괴해야 한다는 신념
을 갖고 있다.

지금까지 현대 성서 비평가들은 신을 믿었기에 성서 비평 작
업이 보다 빛나는 신의 영광을 위한 것이라는 생각을 가졌다.[5]
필자는 신이 존재한다면 진실을 사랑할 것이라는 믿음을 갖고
이 글을 쓴다. 진리의 탑은 사실 위에 세워져야 한다는 신념을
갖고 종교적 환상을 성서에서 제거했다.

한국인의 성경 해석은 신학을 눈 감기고, 문자적으로 직해하
려는 오류를 범하고 있다. 신학이 길이라면, 신앙은 힘이다. 신
학의 눈을 감기면, 맹인이 길을 가는 것과 같다.

한 해, 하루, 촌각의 시간에 따라 모든 분야가 진보하고 발달
하는데, 전혀 변하지 않는 분야가 한국의 성경 해석이다. 세계
적으로 이미 현대신학은 발달했고, 진전되어 있다. 단지 우리가

---

5 17세기까지 성서는 불변의 진리였다. 구약성서는 오류가 있는 책이라
고 말한 스피노자는 1656년 7월 27일 파문당했다. 그러나 18, 19세기부
터 성서는 그 내용이 사실인 것에 관하여 문자적, 역사적으로 이성주의자
(Rationalism)들로부터 비평을 받기 시작한다. 고등비평으로 불리어진 이
학문의 추종자들은 유럽 신학자들이었다. 이들 성서 비평가들은 신에게
칼을 대는 것 같은 신성 모독으로 몰리기도 했다. 그러나 이들은 성서 비
평 작업이 더욱 신앙의 기초를 든든히 할 것이라고 의심하지 않았다.

글자 그대로 해석하는 성서 문자주의에 갇혀 새로운 이론들을 받아들이려하지 않았기 때문이다. 이 글을 진리에게 바친다.

스올로 내려가는 길목에서

이창훈

1부
신화시대

신들의 고향
메소포타미아

메소포타미아[1] 지역 유프라테스 강과 티그리스 강 사이 비옥한 지대에 인간들이 살기 시작한 것은 언제부터였는지 모른다. 이곳 구석기 인류 흔적은 기원전 20만 년 전부터 있었다. 인간이 야생 보리의 종자를 뿌린 일도 기원전 10000~4000년경 식용 식물이 풍부했던 이 메소포타미아에서 시작되었고, 야생 소, 양 사육도 이곳에서 시작되었다.

기원전 3250~3000년경, 중동의 기름진 땅인 이 메소포타미아 지역으로 인류는 최초로 대규모 이동을 하여 들어왔다. 처음에는 중앙아시아 '아나톨리아'(흑해와 지중해 사이에 있는 고원 지대)에 살던 수메르인이 메소포타미아 남부의 하구 유역으로 이주한다. 그 후 이란 고원과 초원으로부터, 아라비아 사막 등

---

1 '강과 강 사이'라는 그리스어로 알렉산드로스 대왕 이후 부르게 되었다. 히브리전승에서는 밧단아람이라고 했고, 아랍인들에게는 알 자지라라고 부르는 지역이다.

으로부터 중동의 인종들이 모여들었다.

메소포타미아에 먼저 정착한 수메르인들은 끊임없이 몰려드는 유랑민들의 침입으로부터 자신들을 방어해야 했다. 그들은 나무와 돌로 된 울타리를 쌓고 또 미로를 만들어 적들이 함부로 접근하지 못하게 했다. 자연히 그 안에 마을이 이루어졌다. 성읍(도시)이 형성된 것이다. 그 전까지 인류는 잦은 이동으로 많은 출산을 하지 못하고, 열악한 유랑생활로 인해 유아들도 대부분 잃어야 했었다.

수메르인들이 이주한 메소포타미아 남부는 미개한 지역이 아니었다. 이들은 그곳에서 나름대로 발전된 문화를 가지고 있던 본토민인 우바이드족과 더불어 수메르 문명을 출현시킨다.

남 메소포타미아 지역 '수메르'[2]는 저지대였기 때문에 대홍수를 입는 일이 잦았다. 그런데 오히려 이 고난 때문에 치수, 개간 기술이 발달하고, 보리류의 수확량이 비약적으로 증대하며 인구가 급속히 늘어난다.

---

2 '갈대가 무성한 땅'. 그들이 정착한 이 지역 이름을 본 따 이주민 이름(수메르인)이 붙여졌다. 또 다른 견해는 수메르란 말은 세메르에서 나왔는데 이는 셈족의 나라라는 뜻으로 창세기에 나오는 노아의 아들 중 장자권을 가진 셈의 나라를 일컫는다고 주장한다. 그렇다면 아마 히브리전승의 셈족은 수메르란 말에서 나왔다는 견해가 더 설득력을 가질 것이다. 구약성서는 수메르 시대 수천 년 지난 후 작품이기 때문이다.

마을에는 길이 생겼고,[3] 방앗간이 생겨나 산업화가 촉진된다. 이때 수메르에서는 보리로 빵과 맥주를 만들었으며, 석재가 몹시 귀한 까닭에 저지대의 풍부한 점토를 햇볕에 말려 벽돌로 주택을 지었고, 금, 은, 돌을 세공하는 수공업을 발달시켰다. 그리고 천체를 관측해 일 년을 12개월로, 일주일을 7일로 정했고, 60진법을 발달시켰다.[4] 학교를 지었으며,[5] 해시계판을 생각해 냈고, 루트 계산법까지 정착시켰다.

메소포타미아 지역의 예측할 수 없는 기후는 수메르인들을 자연에 대한 두려움으로 몰아넣었다. 이것은 자연 숭배 사상이 생겨나게 했고, 신을 생각하게 했다.[6]

수메르인들은 농경민이었기에 하늘의 신, 달의 신 외에도 비,

---

3 이 지대에 생겨난 최초의 마을은 약 2천 평에서 8천 평 정도의 평지에 이, 삼십 세대 정도였다. 비슷한 가옥 구조로 보아 평등하고 민주적인 생활방식을 택했던 것 같다.

4 60진법은 수메르 최고의 신인 '안'의 고유 숫자였기 때문이다. 고대인들이 60을 좋아한 까닭은 더 작은 여러 수로 고르게 나눠지기 때문이다. 분수가 발달하지 않았던 그들은 가장 편리한 수가 60이다. 현재에도 각도나 시간은 60 숫자가 사용되고 있다.

5 수메르 고대 도시 슈룹팍에서는 기원전 2500년경 것으로 추산되는 학교 교과서들이 발견되었다. 이 학교들이 수메르 문명의 최고의 공로자였다.

6 신의 이야기인 신화는 누가 일부러 날조한 것이 아니라, 자연현상을 알 수 없었기에 생겨난 것이다. 천둥과 번개, 사계의 변화, 사후의 세계 등의 현상을 이해할 수 없었기에 상상한 것이다.

바람, 우레 등을 내려주는 많은 신들을 숭배했다. 농사의 풍요는 어떤 특정한 신만으로 이룩되는 것이 아니라, 한 가지 능력을 가진 여러 신들이 모두 도와주어야만 되는 것이라고 믿고 다신을 섬겼다.

처음 누군가가 이상한 상상을 품게 될 때 그것은 망상일 수 있지만, 여러 사람이 그 망상을 품고 그것이 세월 속에 다듬어가면 신화가 된다. 그 신화를 처음 종교로 만든 자들은 수메르인들이다.[7]

신은 존재하는가? 라는 질문은 고대 세계에서는 의문거리가 아니었다. 당연히 무신론자도, 불가지론자도 없었다.[8] 그들은 모든 자연의 원인과 진행과 생성과 소멸을 경외하며 그것들

---

7 수메르인이 살던 메소포타미아 지역에서 세계적인 종교가 거의 모두 생겨났다. 유대교, 기독교, 이슬람교, 조로아스터교, 마니교 등이며 인도 출신의 철학자 라나지트 팔은 불교마저 기원전 3천 년경 이곳에서 생겨났다고 주장한다. 고대 인도는 근동 문화권에 속했으며 석가는 바벨론의 왕족이었고, 불교의 상징물인 연꽃과 사자 등도 메소포타미아가 원산지라는 것을 증거로 제시했다.

8 히브리전승을 포함하여 고대 중동의 모든 경전은 신이 존재한다는 것을 전제로 시작한다. 한 사람의 종교는 그가 속한 집단의 종교가 될 수밖에 없다. 대다수가 믿는 것을 허구라고 외칠 독립심을 갖춘 인간은 존재하기 힘들다. 원시 사회에서는 더욱 그러했을 것이다(어떤 집단 아래서 종교의 선택은 대부분 어린 시절에 이루어진다. 오리는 태어난지 몇 시간, 고양이는 4주, 원숭이는 8년, 인간은 10년 사이에 신경세포가 활발히 활동한다. 인간은 이 기간에 미래 사상의 기초가 될 지성, 감성 등 주위 정보를 기억하는데, 집단 환경의 영향을 받고 종교도 결정되곤 한다).

을 신의 활동으로 보았다. 그리고 그 자연신들에 의해 농사의 풍요, 다산, 삶의 안락과 장수 등이 결정된다고 믿고 섬겼다. 그리고 후대로 내려오며 자연현상을 남신과 여신으로 인격화시켰다.[9]

수메르인들 역시 신이 우주와 인간을 창조했다고 믿었다. 우주가 신에 의해 창조되어 바닷물이 우주 전체를 감싸고 있고, 거기에 나름대로의 질서를 지니면서 신의 뜻에 따라 움직이고 있다고 믿었다.[10]

이때 신과 인간 사이에 중계자인 사제들이 출현하게 된다. 기원전 2800년경까지만 해도 수메르인들의 도시에는 경제적 역할의 차이는 있었지만 계급 구분은 확실하지 않았다. 그런데 사제가 최초로 도시의 특권 계급으로 자리 잡는다.

---

9 구석기 시대에는 '신을 인지하는 종교'가 없는 시대였다. 죽음, 굶주림, 적들의 침입 등으로부터 공포감을 느끼고 마술의 수단으로 그것을 피해보려는 노력은 있었을 것이다. 그러나 행운과 불행 뒤에 있는 어떤 인격화된 힘은 믿지 않았다. 신을 인지한 것은 농경문화 이후이다. 일기의 불순, 천둥, 번개, 우박 등은 어떤 신령한 힘을 믿게 하는 이유가 되었다.

10 수메르인들은 '안'이라는 우주 최고의 신이 천상에서 신들의 회의를 주도해 나간다고 생각했다. 안의 아들 엔릴은 대기와 폭풍과 홍수의 신이다. 엔릴이 지배하는 자연현상들은 수메르인이 가장 두려워하던 것들이었다. 그 때문에 엔릴은 신들 중 가장 강력한 신으로 받들어졌으며, 전쟁의 신이라는 지위도 갖게 된다. 그 외에도 대지의 여신 닌훌삭, 물의 신 엔키 그리고 사랑의 여신 이난나(셈족은 이쉬타르이라 불렀음) 등은 수메르인들이 만들어낸 신들이다.

18

사원은 정신적, 정치적, 경제적 중심지가 되고, 토지를 소유하게 되고, 창고에는 제물이 쌓이게 된다. 사제는 '엔시'('신의 대리자')로 불리우게 되고 최고의 권력을 누리게 된다. 이 신전에는 음유시인, 악사, 내시, 신전 노예, 신전 창기들이 생겨나게 된다. 또 신전 중심 도시 의회가 있어 지파 동맹 역할을 한 흔적도 있다.[11]

원시 씨족 공동체는 계급이나 사유 재산이 없는 평등한 사회였다. 메소포타미아의 잦은 홍수 범람과 가뭄은 효율적인 관개 사업을 필요로 하게 되었는데 그러기 위해서는 통치자가 필요했다. 또 도시국가들의 규모가 커지면서 서로 이해가 대립되고 전쟁이 빈번히 발생했다. 이것은 또한 최고 통수권을 갖는 왕을 필요로 하는 계기가 되었고 '루갈'('왕, 위대한 인간')이 탄생된다. 처음에는 사제 엔시가 통치권을 가지고 있었으나 점차 루갈로 넘어간다.

왕국은 권력을 유지하기 위해 백성들로부터 세금을 받고 부역을 착취한다. 왕과 그와 함께 부귀를 누리던 심복들은 이 특권을 오랫동안 굳건히 지키고 싶었다. 또 다른 세력이 반란을

---

11 최초로 마을과 국가가 형성되었던 기원전 3000~4000년경 수메르시대 때에는 원시 민주주의 또는 원시 신 중심 사회주의가 국가 형식이었다. 그러나 왕정 시대로 오며 이 제도는 무너졌다.

일으킬까 두려워하기도 했다. 그래서 자신들이 누리는 권력을 유일한 힘으로 만들고 합법화시키고자 했다.

이를 위하여 수메르 귀족들은 종교를 끌어들인다. 왕이 신의 아들, 신의 대리자가 되어버린다. 왕권은 신으로부터 권한을 위임받은 신성한 직위라고 주장하게 된다. 제왕들은 수메르의 신들인 닙푸르, 엔릴의 부름을 받은 자들로 여겨졌고, 도시는 신의 이름으로 통치됐고 통제됐다.

토지는 신의 영지였고, 주민들은 신의 일꾼이었다. 반면 왕은 신의 영지 관리자였고, 그 권력은 지방 군주나 신전 제사장들과 나누어 가졌다. 처음에는 전쟁 출정이나, 홍수 방어 등 어떤 긴급한 상황으로 왕이 선출되었으나 기원전 2700년경에 이르러서는 왕권은 세습된다.

수메르인은 메소포타미아 지역에 성을 쌓고 우르, 에렉, 라가쉬 등 몇 개의 도시국가를 건설한다. 그 성읍 중 가장 큰 도시는 메소포타미아 남부 유프라테스 강 하류에 세워진 우르다. 수메르인은 이곳을 중심으로 인구 50,000인 '우르'('불꽃') 왕조를 세운다. 이 도시국가는 성벽으로 둘러싸이고, 그 안에는 호위병이 있는 왕궁과 귀족과 평민들의 주택이 있었다. 이 도시는 수메르, 북부아라비아 등 언어가 다른 여러 민족들이 사방에서 몰려와 세운 국제도시였다.

기원전 2300년경, 이 수메르 도시국가들은 '아카드인'[12]에게 정복당한다. 이미 강력한 군사력을 가졌던 이들은 '시리아'[13] 일부까지 정복하여 아카드 왕조를 세운다. 아카드인들은 이미 기원전 4000년 전부터 이동해 왔고, 기원전 3000년 중반에는 수메르 인구의 상당 부분을 차지하고 있었다.

이 아카드 왕조의 시조 사르곤('왕은 합법적이다')은 수많은 전설을 낳으며 수메르 도시국가 에렉 왕 루갈자기시를 패퇴시키고 메소포타미아 전역의 지배권을 장악했다. 그는 메소포타미아 지역에 최초로 통일 제국을 건설한다.

사르곤은 자신이 정복한 지역에 군대와 총독을 파견하였으며, 정복지에 관련된 중요한 문제를 직접 결정했다. 그러나 이러한 아카드인의 중앙집권적 정치체제 속에서도 수메르 도시국가들의 기본적 형태는 유지되었다.

사르곤의 뒤를 이어 두 아들이 집권하고, 손자 나람신 때는 수메르 외에 상부 메소포타미아 전 지역을 지배한다. 엘람과 중앙아시아, 소아시아, 아라비아, 인더스 강 유역까지 나람 신의 영토는 확장된다. 이 지배는 아카드어를 중동에 퍼뜨리는 역할

---

12 메소포타미아 상류의 셈족 유목민.
13 '높은 곳'. 가나안 동북쪽 지중해로부터 유프라테스 강에 이르는 지역.

을 하였다.[14]

기원전 2200년 무렵, 아카드인들은 '구티족'[15]과 싸워야 했다. 아카드 왕조는 몰려오는 이 산악 야만 민족들에게 붕괴된다. 구티족은 아카드 왕국을 멸망시키고 약 1세기 동안 남부 메소포타미아를 지배하는 왕조를 세웠다. 이때 구티족의 통치는 느슨했고 수메르문화는 그 통치 아래서도 꽃을 피웠다.

이미 남부 메소포타미아에는 기원전 4000년경 원시문자가 생겨났고, 기원전 3000년경 현재도 해독 가능한 문자 수메르어가 발명됐다.[16] 그리고 기원전 2500년경 역사를 서술하기 시작했다. 인류는 기나긴 석기시대의 문자 없는 야만의 시대를 벗어나서 역사시대로 접어들게 된 것이다.

───────────

14 나람신 때는 이미 신전보다 왕궁이 나라의 중심이었고, 그 역시 신들처럼 뿔 달린 삼중관을 쓴 거대한 풍모로 묘사된다. 왕권이 신권을 누른 시대였다.

15 이란 자그로스 산맥 중부를 중심으로 활동한 족속.

16 문자는 처음에는 숫자로부터 기원하여 발명되었다(명사, 동사, 형용사 순으로 발달했다). 문자는 메소포타미아에서 이집트와 엘람으로, 인더스 계곡으로 퍼져나갔던 것 같다. 그림문자에서 표음문자, 더 편리한 부호화 된 설형문자를 만들어냈다. 진흙판은 파기도, 다시 재생하기도 좋았기에 글을 새겨놓는 재료로 사용되었다. 또 그 판은 직선으로 긋기가 용이한 까닭에 쐐기문자(기원전 3400~3200년부터 수메르인들이 사용한 설형문자)가 생겨난다.

'문자'('기록')는 세상을 바꾸고 있었다. 경제적 이유로 생겨난 문자는 거래뿐만 아니라 동맹, 제의祭儀 등 필요에 의해 사용된다. 문자를 이용하여 종교는 경전화, 교리화되고, 세속 왕권은 '두루살'(수메르어. '서판 기록자')을 두어 더 많은 세금을 걷는 등 그들의 권력을 더 체계적이고 합리적으로 지켜나간다.

또 문자는 종교 권력과 세속 권력이 만든 구전 법률을 성문화시킨다. 그리고 그 법은 신의 이름으로 공포된다. 도덕적인 법과 종교적인 법을 구별하지 않고 다 신의 입에서 나왔기에 법률은 신탁과 같은 권위를 지녔다.

기원전 2000년경 근동지역

우르미아 호수

반호수

후리

아메다

수산
엘람

바사
(페르시아)

우르

바빌론
바빌로니아

앗갓?

유프라테스 강

니느웨
앗수르
누지

힛데겔(티그리스)강

메소보다미아

앗수르

에덴동산 추정지역 ⟶

대라 가족의 이동

대라의 조상 아모리족의 이동

아라비아 사막

아모리족 기원의 이동

하란

갈그미스

하맛

다메섹

게 달

타우루스 산맥

다소

우가리트

아르왓

그발(비블로스)

시돈
두로

겐네렛

요단강

여리고
길갈

헤브론

엠해
다말

아모리

미디안

가나안

므깃도

사렙

예루살렘

가사
브엘세바

가데스
바네아

엘리오폴리스)온

고센

애굽

멤피스)

지중해(구브로)

대 해

홍해

시 내

0   250
킬로미터

히브리인들
조상의 조상

1. 아모리인의 이동과 데라라는 사내

수메르 문명을 찬란하게 부흥시켰던 우르 왕조도 기원전 2004년경 동쪽의 '엘람'[1]으로부터 침공을 받는다. 우르 왕 이비신은 엘람 왕 이쉬비 이라에 의해 포로로 잡히고 우르 영토는 초토화되었다. 우르는 흉작과 사방에서 몰려드는 여러 유목민의 습격에 농사를 중단할 정도였고 식량 부족에 직면한다.

우르는 서쪽으로 침입한 '아모리'[2]인에게 치명적인 공격을 받는다. 기원전 1950년경, 티그리스 강 상류에 도시국가를 세운 아모리인들이 수메르 지방으로 몰려온다. 이후 바벨로니아 수메르의 지배자는 이들이다. 아모리 족속은 그 후에도 다른 족속

---

1 '높은 지대'. 바벨론 동쪽에서 페르시아만까지의 지역.
2 아카드어. '서쪽의 사람'. '산속에 사는 사람'. 고대 중동 북서쪽 셈족 방언을 말하는 모든 사람들을 일컫는 말이다. 메소포타미아·시리아·가나안 등지에서 유목생활을 하던 사람들과 남쪽 아라비아와 이집트 지방에서 계속해서 낙토를 찾아 이주한 이름도 갖지 못한 떠돌이들이다.

처럼 살기 좋은 메소포타미아 땅으로 계속 이주해왔다.

기원전 1975~1950년경 중기 청동기 시절, 아모리인의 후예인 '데라'(아카드어. '야생 염소')가 '하란'[3]으로 이주한다. 데라의 조상 역시 다른 아모리인처럼 일찍이 시리아 사막에서 우르로 옮겨와 터를 잡았다. 그들은 수메르를 침범하여 메소포타미아에서 아모리인 시대를 연 정복자들이다.

우르는 인구 25만의 당대 세계 최고의 도시다. 그러나 데라의 집안은 시내에서 산 도시민이 아니라 외곽 들판에서 천막 생활을 하는 유목민이다.

농경민들은 식물을 재배하여 생존에 필요한 것을 스스로 취할 수 있다. 그러나 유목민들은 메마른 땅에 살기 때문에 농사를 지을 수 없고, 가축을 데리고 초원을 찾아 이동해야 한다. 부족한 것은 원거리 사람들과 교환 거래를 하거나 약탈을 통해 획득할 수밖에 없다.

데라는 목축을 했지만, 백향목, 산목, 상수리나무 등을 깎아 여신상을 만들었고, 틀에 부어 만든 청동像에 은박, 금박을 입

---

3 '길'이라는 뜻이며, 고대 중동에서 이 말은 상업도로라는 의미로 쓰였다. 유프라테스 강과 티그리스 강 유역 메소포타미아 북서쪽에 위치(하란은 달신인 난나 숭배의 중심 도시다. 난나는 초목의 여신인 신(Sin)이라고도 불렀다. 난나는 닌갈 신과 결혼하여 태양신 샤마쉬를 낳았다).

히는 등 신상을 만드는 직업으로 생계를 삼는 자였다.[4]

"하란은 우리처럼 달신을 믿는 족속이 살고 있으니 그곳에서
는 내가 만든 신상을 팔 수 있을 것이다."

데라는 혼자 여행하지 않았다. 만약 그랬다면 추방된 자로
보였을 것이고 아마도 어떤 지역에서 만난 토착민에게 죽임을
당했을 것이다. 미지의 세계에 숨 가쁜 동경을 갖고 있던 데라
는 조상 아모리인들과 이주민들이 그랬듯이 보다 풍요롭고 넓
은 땅을 상상하며 이동 중이었다. 그렇다고 그는 지나치게 큰
무리를 이루어 여행하지는 않았다. 식량문제가 복잡해지기 때
문이다. 데라는 자기가 신뢰하고 자기를 보완해줄 수 있는 자들
과 같이 이동한다. 가족이다. 이미 그는 작은 씨족을 이루고 있
었다. 부부 외에 첩들, 자녀들, 자부들, 손자와 손녀들 그리고
노예들이다.[5]

---

4 고대 중동인에게는 수메르 시절부터 만신전이 있었으나 거기에 있는 고
등 신들은 너무 위대하고 멀리 떨어져 있어 접근할 수없는 존재라 생각했
다(우르나 하란 땅을 지배하는 큰 신은 달의 신 난나다). 그래서 자신의 이
익을 지켜줄 개인의 신 혹은 가족, 씨족, 부족의 작은 신을 만들어 섬겼다.
데라도 그런 개인 신을 만든 장인이었다. 은 채공 기술은 기원전 3000년대
중반에 이미 근동에 알려졌다. 우르에서는 납에서 은을 추출하는 이른바
회분법灰分法을 사용하여 이 은으로 신상이나 악기를 만들었다.

5 수렵을 하던 원시사회에서는 씨족을 떠나서는 개인도 가족도 존재할 수
없는 씨족 공동체 사회였다. 혼인도 아버지를 알 수 없는 모계 중심의 군
혼群婚이었다. 그러나 데라 때는 청동기 시대요, 가부장적 시대였다. 농업
과 목축을 하면서 남자의 비중이 커지며 생긴 위치였다.

길이란 떠나기를 두려워하지 않는 자들에 의해 만들어진다. 원래 최초의 길은 사냥꾼이 짐승을 추적하여 다니던 흔적이다. 발자국이 생겨난 것은 기원전 9000년경 가축 떼가 우리에서 풀밭까지 왕래하면서 생긴 노반길이다. 가축이 많아지고 더 멀리 초지를 찾아 이동하면서 이 길은 더 선명해지고 길어졌다. 그 후 기원전 2500년경쯤에는 객상 무리들이 먼 거리를 다니며 소금, 식량, 수공품들을 교환하며 새로운 길이 생겨난다. 데라의 가족들은 또 어느 객상들의 발걸음이 만들어 놓은 길을 걷는다.

데라 곁에는 발걸음을 나란히 하고 걷는 아내와 맏아들 아브라함, 둘째 아들 나홀과 고향 우르 땅에서 일찍 죽은 셋째아들 하란이 낳은 손자 롯도 있다. 이미 아브라함은 사라와, 나홀은 밀가와 근친혼례를 치르고 동행하고 있었다. 사라는 아브라함의 의붓동생이고, 밀가는 나홀의 조카다.

데라가 식구들을 데리고 우르에서 출발해서 걷는 메소포타미아 남부는 강우량이 풍부하고 평지가 많았다. 곳곳에 무디프(갈대로 지은 움막)와 찰흙과 거친 벽돌로 지은 직사각형 집들이 많았다. 강변 성읍 에렉을 스쳐 갈 때 식구들 모두가 땅바닥에 엎드려 그 도시 신인 '안An' 신과 이난나 여신에게 경배했다.

이들은 유프라테스 강변 도시 바벨론을 거쳐 메소포타미아 최북단에 있는 하란을 향해 걷는다. 유프라테스 강변으로는 거대한 바벨론 궁전과 달신 난나와 그의 아내 닌갈의 신전도 있다.

"달신이 여위어가요. 어디서 걸음을 멈춰야 할 것 같아요."

데라의 아내는 보름달에서 그믐달로 이우러져 가는 달은 불길하다고 여기며 얼굴빛이 어둡다. 그러나 데라는 앞만 보고 걸을 뿐이다. 다른 모든 식구는 가장의 눈치를 살피며 뒤를 따른다.

다음 날, 해가 중천에서 열기를 뿜으며 황야의 돌들을 달구고 있을 즈음, 데라의 식구들은 산모퉁이 한적한 곳에서 가죽부대를 열어 포도주를 마신다. 한쪽에서는 데라의 종들이 모여 신을 고쳐 삼는다. 이들은 부드러운 가죽 장화나 가죽 샌들을 신은 주인과는 달리 나무껍질과 풀로 짠 신을 신고 있었다. 맨발인 자도 있었다.

저쪽 돌우물 곁에서 눈두덩이가 뻥 뚫린 소경 노인이 술병을 흔들며 소리쳤다. 바벨론 술사인 노인은 뱀을 가지고 '레하스'('방술', '속삭이다'에서 파생)를 하는 자다.[6] 노인 곁의 바구

---

6 고대 중동 사막에서는 더위와 모래바람 등 기후적 요인과 해충의 전염 등으로 소경이 많았다. 화농성결막염을 앓은 자도 많았는데, 환자 눈에 앉았던 파리가 병체를 옮긴다. 고대에서는 파리를 쫓는 것이 재수를 쫓는다하여 금기했기에 이 병은 더욱 창궐했을 것이다. 그러나 소경들은 다른 세계를 볼 수 있다고도 믿었기에 점쟁이와 음유시인이 되는 경우도 있었다.

니 안에서 살무사들이 고개를 내밀었다.

"객이여, 시큼한 냄새가 나는 걸 보니 포도주를 먹는 모양이구려. 이곳 우물은 말라붙었소. 불쌍한 나에게 포도주 한 모금을 주면 내 영혼을 주겠소."

소경술사는 식수를 얻고, 정령을 만날까 하여 샘물 곁에 앉아 있다가[7] 데라 무리가 지나치려하자 다시 소리친다.

"그대들도 낙토를 찾아가는 무리들인가? 그러나 그렇게 생각 없이 빨리 걷진 말게나. 그대들의 영혼이 따라가지 못하고 뒤에 처지는구나. 그러면 목적지에 다다라도 그대들은 영혼 없는 허깨비가 되는 것이지."

그래도 데라 무리가 대답이 없자 노인은 돌아서서 돌우물에 기대어 앉는다. 그 모습을 지켜보던 데라의 손자 롯이 포도주 부대를 들고 다가간다. 아이는 부대를 들어 입에 대어준다. 포도주 한 모금을 크게 들이킨 노인이 다시 이야기를 시작한다.

"오, 싱싱한 냄새가 나는 걸 보니 내게 선을 베푼 그대는 젊은 이구나. 네 어미가 꿈에 황소와 야수를 보고 널 낳은 모양이다. 너는 영웅이 될 것이다."[8]

---

7 광야, 들, 성 근처 등에 파놓은 우물은 거주민과 가축들 그리고 여행객들에게 생명수와 같았다. 또 고대 근동인들은 샘물에 정령이 산다고 믿었다.

8 메소포타미아에서는 여인이 황소나 야수와 성관계를 맺는 꿈을 꾸면 길조고, 개나 돼지에게 유혹받는 꿈을 꾸면 흉조로 여겼다(고대 바벨로니아 해몽서인 구레아와 탐므즈 참조).

노인은 다시 포도주를 수염까지 흘려대며 양껏 마신 다음 입을 연다.

"아이야, 너도 친지를 따라 낙토를 찾아가느냐? 나는 신이 알려준 영생의 비밀을 알고 있다. 너에게 포도주 값으로 그 비밀들을 들려주겠다. 이 돌우물 그늘 밑에서 내 이야기를 듣고 가거라."

노인은 롯에게 조상 바벨론인의 신화를 들려준다.

"옛날, 인간들이 신들에게 제사를 드리지 않자, 신들은 회의를 열어 인간들을 없애기로 결정했다. 그런데 그중 한 신이 생각하기를 자기를 무척 섬겼던 한 인간만은 구해주고 싶었다. 그자는 아카드 왕이면서 사제였던 '우트나피슈팀'이다. 그 신은 신들의 비밀 결정을 그에게 알려 주었다. '너는 내가 하는 말을 명심해 듣고 목숨을 구하라. 신들은 대홍수를 일으켜 땅 위에 인류들을 모두 없애려 한다. 배를 만들어 너의 가족과 모든 생물의 종자를 싣도록 하여라…….'"

노인은 목이 쉬어지자 다시 부대를 들어 입술을 흠뻑 적신 다음 이야기를 이어간다.

"우트나피슈팀은 신의 명령대로 배를 만들었고, 마침내 홍수는 시작되었단다. 배 안에 숨은 자들은 무서운 홍수와 폭풍우 속에서 보냈다. 마침내 대홍수는 끝나고 하늘은 맑아졌지. 우트나피슈팀은 물이 빠졌나 알아보기 위해 비둘기와 제비를 날려

보냈으나 물이 마르지 않아 돌아오고 말았지. 큰 까마귀를 날려
보냈을 때 그 새는 돌아오지 않았다. 그제야 우트나피쉬팀은 물
이 다 빠진 줄 알고, 가족들과 함께 배에서 나와 산꼭대기에서
신들에게 제사를 드렸단다. 그때 홍수 기간 중 제물을 먹지 못
한 굶주린 신들은 파리떼처럼 모여들었지……."

노인은 눈이 보이지 않아도 손짓을 하고 땅바닥에 배 그림을
그려대며 홍수를 설명했지만, 롯은 포도주 부대를 달라고 보챌
뿐이다. 노인이 이야기를 바꾼다.

"얘야, 조금만 기다려라. 그 홍수에서 살아남은 우트나피쉬
팀이 영원한 생명을 찾아가는 이야기를 곧 들려주마. 그가 길을
가다가 수메르의 영웅이요, 역시 영생의 길을 찾고 있던 우르크
왕 길가메쉬를 만났는데……."

노인의 얘기는 끝이 없을 것 같았다. 그가 들려준 신화는 중
동에 널리 퍼져있는 진부한 이야기였다. 사라가 조카를 손짓으
로 부른다. 롯이 부대를 채트려 잡고 뛰어가자 뒷전에서 노인이
고함을 지른다.

"얘야, 내 말을 다 듣고 가라. 내 말 속에 영생이 있느니라.
나에게 '엉긴 젖'(치즈) 한 조각만 주면 그 길을 알려주겠다!"

여전히 뒤돌아보지 않고 데라 무리가 길을 간다. 멀리서 노
인의 아련한 목소리가 들려왔다.

"나만 알고 있는 생명나무가 있다. 또 생명수가 솟아나는 웅

달샘도 알고 있다. 젖 나는 염소 한 마리만 주면 가르쳐 주마!"

호랑나비가 날아가는 길섶에 족장들이 세워 놓은 이정표가 보였다. 꼬리 색깔 짙은 다람쥐가 지나가는 길모퉁이에는 신을 섬기는 초막 성소聖所도 있다. 성소 앞에 세워진 형상들을 보면 그 지방이 어떤 신을 섬기는지 알 수 있었다.

달신을 섬기는 하란 땅에 가까워질수록 나무로 깎아 세워 놓은 달 모형의 신상들이 드문드문 세워져 있다. 데라 일행은 그 성소와 수호신 앞을 지나갈 때는 엎드려 경배했다.

여울가에는 아낙과 어린 아들이 고기를 잡고 있다. 뻐꾸기가 숲 속에서 낭랑하게 울며 모자를 지켜본다.

"저 낮달은 낮에 죽은 나그네의 정령이다. 그리고 밤에 뜨는 초승달은 늑대에게 물려 죽은 아이의 정령이야."

아낙은 고기를 잡다가 허리를 펴 낮달을 바라보며 아들에게 사물 모든 것들에게는 정령이 있다는 것을 가르친다.

"저쪽에는 머리 좋은 물고기들이 살고 있다. 인기척을 내지 않아도 사람 냄새만 맡고 도망치는 물고기들이지. 그러나 그놈들도 이 독이 있는 풀을 돌로 빻아 풀어놓으면 물 위에 떠 오를 거야."

아낙은 아들을 데리고 물길을 따라 올라가다가 데라 무리들을 보고 걸음을 멈춘다. 여자는 아들을 품에 안고 지켜본다. 오늘도 몇 차례나 본 낯선 유랑민들이다. 하란 땅이 살기 좋다는 풍문이 돌자, 이곳저곳에서 사람들이 모여들고 있었다. 대부분 목축민들이었는데, 그들은 정착하면서 원주민들을 쫓아내기도 했다.

데라 무리는 산모롱이 그늘에 모여 깜부기불 위에 과자를 구웠고, 버섯, 볶은 보리, 말린 메뚜기 가루 등으로 허기를 채웠다. 이들이 다시 일어나 계곡을 지날 때다. 초로의 사내가 높은 산정에서 벽돌을 쌓고 있다. 사내는 어린 시절 모래탑도 쌓았고 또 젊은 시절 흙담도 쌓았다. 그런데 벽돌을 만들 수 있는 재주를 습득하여 나선형 탑을 쌓고 있었다.

'나는 물로 세상을 심판하지 않을 것이라는 신들의 얘기를 믿지 않는다. 이 벽돌은 단단하여 무너지지 않을 것이니 하늘 끝까지도 쌓을 수 있다!'

사내는 조상 때부터 전승되어 오는 바벨로니아 홍수 설화를 기억하면서 그 물결 속에 살아남았던 조상의 영웅 '우트나피쉬팀'이 되고 싶었다. 그는 비가 와도 침몰되지 않고 하늘까지 닿을 탑을 쌓는다. 사내는 쌓던 탑 벽면에 쐐기문자를 새겨 넣었다.

나는 이 탑을 '삼 층 하늘'[9]까지 쌓아 올려 신들과 대면할
것이다. 그리고 더 올라가 하늘의 지붕이 진흙인지, 구리인
지, 쇠인지 송곳으로 찔러 알아보리라.

사내는 더 튼튼한 벽돌을 얻기 위해 짚을 섞어 흙 반죽을 하
며 더 가까워져 보이는 하늘을 바라본다.[10]

메소포타미아 상부는 강우량이 넉넉하지 못해 용수를 큰 강
에 의지해 얻을 수밖에 없었다. 이 지대를 개간하기까지는 세월
이 걸렸기에 하부에 비해 문명의 발전 속도가 늦었다. 그러다가
제방과 운하가 생기자 인구는 점진적으로 증가했다.

골짜기를 따라 하란으로 걷고 있는 데라의 눈에 하늘바라기
밭들과 나뭇가지를 이어붙이고 갈대를 엮어 지붕을 덮은 '수
카'('초막')들이 보였다. 멀리 살아있는 나무로 울타리를 친 움
막도 있다.

데라 무리는 메소포타미아 최북단 하란 땅에 도착했다. 후리
아[11]인이 밀려와 점령하고 중심지로 삼은 곳이다. 그러나 이 땅

---

9 고대 중동 사람들은 하늘을 삼 층으로 되어있다고 보았다. 첫 층은 구름
과 새가 있는 하늘. 둘째 층은 해와 달, 별들이 매달려 있는 하늘. 셋째
층은 신과 천사가 있는 하늘.
10 벽돌을 굽는 기술은 메소포타미아에서 기원전 4000년경에 발전했다. 이
때도 역청을 사용하여 방수가 되고 돌처럼 튼튼하게 만들었다.
11 기원전 2300~2000년경 아르메니아에서 메소포타미아로 들어온 민족.

에는 벌써 천여 년 전부터 수메르인들과 아카드인들이 먼저 살고 있었다.

데라가 하란을 찾은 것은 정착한 친척들이 있다는 소문을 들었고, 고향 우르에서처럼 달신을 섬기는 곳이기 때문이다. 그러나 데라의 가솔들이 가죽 천막을 칠 때부터 목동들이 지팡이를 들고 몰려와 난장을 편다.

"어디서 흘러 왔는지도 모르는 족속이 어찌 이 땅에 머무느냐?"

"이 하란 땅에도 물과 목초가 많지 않다. 나눠줄 것이 없으니 어서 물러가라, 이 거렁뱅이들아!"

하란 본토민들은 데라 무리를 반갑게 받아들이지 않았다. 그들은 그 땅의 주인이었고, 데라 무리는 여전히 유랑민이었다. 가축에게 먹일 우물을 놓고 싸움이 있었고, 데라의 종들이 하란의 목동들에게 피살당했다.

유목민들에게는 불문율이 있었다. 근친이 피살당했을 때는 반드시 피로 복수해야 했다. 만일 물건으로 보상을 받았을 경우에는 피를 우유로 판다는 비아냥거림을 받을 정도로 불명예스러운 일이었다. 그러나 데라는 그 복수를 할 수 없었다. 원주민이 아니었기 때문이다.

데라의 아들들은 가족과 가축들이 불어나자 그들끼리도 좁은 목초지를 놓고 다툰다. 데라는 하란 변두리에서는 씨족이 더 번성할 수 없음을 알았다. 그는 가족들을 데리고 더 멀리 이주를 하고 싶었다. 그러나 늙고 병이 들었다. 데라는 맏아들 아브라함에게 유언을 남긴다. 고대인들은 자신들의 부족이 살고 있는 지역 외에 다른 황무지는 사람이 살지 않을 것이라는 생각을 가지고 있었다. 그리고 그곳의 토지를 마음대로 가질 수 있다고 생각하기도 했다.

"너는 남쪽으로 내려가라. 이 하란에는 단 한 뼘도 주인 없는 땅이 없다. 한 마리 쇠가죽으로 장막을 칠 장소가 없다. 남쪽에는 땅은 많고 사람은 적다니 주인 없는 곳이 많이 있을 것이다. 그곳에 가 큰 씨족을 이루어라. 네 조카 롯을 데리고 가거라. 그 아이에게도, 너에게도 위로가 될 것이다."

유목민들에게 재산은 초장, 가축, 천막, 가구, 가족 묘지, 노예 등이다. 데라는 중동 관습에 따라 장자인 아브라함에게 다른 아들보다 두 배의 가축과 노예 등을 유산으로 남겨준다.

이스라엘의 조상

1. 계시의 땅을 찾아, 목초지를 찾아 떠난 아브라함

셈족 아모리인으로 남 바벨로니아 우르에서 출생한 아브라함[1]과 사라[2]가 아비를 떠나 가족을 이끌고 남쪽으로 이주한다. 아비 데라가 하란 땅에 올 때 그러했듯 그 또한 보다 넓고 풍요한 땅을 얻기 위해서다.

아브라함을 따라오는 무리 중에는 아내와 조카 외에 아비 데라로부터 물려받은 여러 명의 종들이 있다. 지팡이를 들고 앞서가는 그의 눈 속이 타오른다.

'아버지는 땅이 없어 큰 씨족을 이루지 못했다. 나는 새로운

---

[1] 열국의 아버지. 히브리전승에는 처음 이름이 고귀한 아버지란 뜻의 아브람이었으나 신이 계시로 이 이름을 주었다고 함. 고대에서 이름을 바꿔주는 것은 어떤 개인에게 권위를 행사하는 한 방식이다. 영주가 봉신을 세울 때 새로운 이름을 주어 그 봉신에 대한 권세를 나타내 보였다. 이제 이름을 바꾸어줌으로 신은 아브라함의 주인이 된 것이다.

[2] 열국의 어머니. 나의 공주란 뜻의 사래였으나 역시 신이 계시로 이 이름을 주었다고 함.

땅을 찾아 자손을 번성시켜 큰 부족을 이루리라!'

아브라함이 태어나 혼례까지 올린 고향 우르는 유프라테스 강을 운하로 연결하는 두 개의 항구를 거느렸고, 상인들과 이주민들이 머물던 국제 무역도시다. 또 우르는 메소포타미아 지역뿐만 아니라 서쪽으로는 지중해까지 통치하는 도시국가였다. 뿐만 아니라 거대한 신전탑도 세우고 청동, 보석, 돌들로 세련된 신상 등을 만들었던 종교도시다. 아브라함은 중동의 문명인이다.[3]

아브라함의 어깨에는 물돼지가죽으로 만든 물통이 지워져 있다. 그와 식솔들은 '와디'[4]를 따라 걷는다. 하늘에는 반달이 흐린 구름에 가려 흘러간다.

"어젯밤에 본 '난나'(하란 땅의 달신)의 얼굴빛이 핏빛인데, 우리가 무슨 죄를 지어 화를 내신 것은 아닌가요. 우리가 가나안 땅으로 가는 것이 진정 신의 뜻인가요?"

"나는 분명히 신으로부터 약속을 받았소. 그분은 나에게 땅을 준다고 약속하셨소. 우리는 계시의 땅을 찾아가고 있는 것이오."

---

3 메소포타미아 문명의 시작은 기원전 5000년경이다. 기원전 4000년 전에 농사와 문자가 시작되었고, 3000년 전에 청동기가 병행 사용되었다. 아브라함은 기원전 1900년경 사람으로 그의 시대는 메소포타미아 문명이 꽃핀 뒤로 오히려 말기였다.
4 우기에는 탁류가 되어 넘쳐흐르고, 건기에는 말라버리는 건천 골짜기.

"약속을 주신 그 신은 '신'(Sin. 달신. 하란 땅 수호신)이신가요? 아무튼 '갓'(셈족 행운의 신)과 '므나'(셈족 운명의 신)께서 인도해주시기를 바래요."

아브라함 곁에 바짝 붙어 따라오는 사라는 불안한지 오렌지빛 눈망울을 출렁거렸다. 그러나 목소리는 어떤 기대감에 떨린다. 그녀가 목에 건 '사하로님'[5]을 어루만지며 또 달신을 찾는다.

"가나안은 어디로 가야 하나요, 우리는 거기서 누굴 만날까요. 그 땅은 어느 족속이 사는 땅인가요. 표범의 침 넘기는 소리나, 악어의 턱을 닫는 소리나, 방울뱀이 꼬리치는 소리가 들리는 땅은 아닌가요. 그렇지만 달신이 우리를 보호해 주겠죠?"

그들 곁에는 허리춤에 물매[6]를 차고 주머니가 '쇠차돌'[7]로 불룩한 조카 '롯'('가리웠다')이 따라온다. 롯의 팔뚝은 굵고 힘이 올라와 있었는데, 손에는 방금 전에 물매로 잡은 주둥이에 핏물이 묻은 바위너구리 새끼가 들려 있다.

아브라함 일행은 발자국을 떨어뜨리며 가나안을 향해 걷는

---

5 작은 달이란 뜻으로 금은으로 만든 초승달 모양의 장식. 달신 숭배사상에 나온 부적.

6 물매 형태는 가죽 주머니와 염소털로 짠 두 개의 끈이 연결되어 있다. 돌리다가 최고점에 이르렀을 때 한 개의 끈을 놓으면 그 주머니 속의 돌이 최고의 속력으로 날아가는 병기다. 사냥꾼이나 목동들이 이용했으나 후에는 전쟁에서도 사용됨.

7 산화철이 많이 포함되어 있는 무거운 차돌. 물맷돌로 적당했다.

다. '체엘림'[8]의 가시가 그들의 발등을 할퀸다. 먼 하늘 흰 낮달이 아브라함 무리를 따라온다. 아브라함과 사라가 낮달을 보며 미소를 그린다. 하란에서 섬기던 달신이 보내준 수호신으로 믿었기 때문이다.

또 얼마를 걸었을까. 따라오던 낮달이 구름에 가려 자취를 감춘다. 사라가 낮달을 찾으려 자꾸만 하늘을 올려보며 걸음을 멈춘다. 아브라함이 그녀의 소매를 끌며 길을 재촉한다. 그들을 인도한 것은 무엇이었을까, 달신이었을까? 앞질러 가는 바람이었을까?

아브라함은 가솔들과 가축들을 데리고 감수기減水期에 유프라테스 강을 건넌다. 강변에서 통나무를 반으로 자르고 그 속을 불로 태운 후 재를 파내 통나무배로 만드는 어부들 곁을 지난다. 그들은 시리아 북쪽 갈그미스 근방을 통과하여 계속 서남진하여 '오론테스'(레바논과 시리아 사이를 흐르는 강) 상류 북쪽에 위치한 도시 알렙포에 도착했다.

그러나 아브라함 무리는 가축 떼를 거느린 상태로 도시에 들어갈 수 없었다. 본토민들로부터 배척을 받기 때문이다. 그는 다시 오론테스 강을 따라 남진하여 다마스커스 북쪽 지대에 도착했다. 물큰 풀냄새가 풍겨오는 연둣빛 초원이 펼쳐져 목축하

---

8 사막에서 분포하는 가시 돋친 관목.

기에 적지다. 그러나 아브라함은 냄새만 맡다가 그곳을 떠나야 했다. 이미 쓸 만한 목초지는 시리아 목동들이 차지하고 있었다.

아브라함은 다마스커스 외곽에서 천막을 치고 잠시 체류했다. 염소가죽 천막은 밤에는 차양을 내려서 열을 보존하고, 낮에는 차양을 올려 산들바람이 통과할 수 있도록 했다. 식구들은 뜨거운 낮 동안 천막 문에 앉아 그늘 속에서 바람을 즐기며 행구를 지켰다.

아브라함은 시리아 사람들과 첫 거래를 했다. 염소 다섯 마리를 주고 가나안 방언에 능통한 엘리에셀이라는 설늙은 노예를 샀다. 그는 목에 차고 있던 멧돼지 이빨을 이어 붙여 만든 목걸이도 그 거래에 덤으로 주어야 했다.

아브라함은 시리아 사람들과 계산을 하며 셈어를 사용했다.[9] 아브라함은 그 거래가 합법적이라는 증거를 남기기 위해 양피지에 글을 적어 서명을 받아냈다.[10]

---

9 셈어는 아카드어(앗시리아어와 바벨로니아어가 이 언어의 방언이다), 아라비아어, 에디오피아어, 시리아어 등 중동과 북부 아프리카 언어를 포함한다. 가나안 방언 역시 셈어였다. 그러기에 아브라함은 같은 셈어를 사용하는 시리아와 가나안, 이집트 등 여러 각지를 떠돌면서도 근원이 공통되는 언어로 간단한 대화를 나눌 수 있었을 지 모른다.

10 중동인들은 기원전 3100년경부터 여러 문자를 사용했다. 그들의 문자는 아카드의 설형문자, 이집트의 상형문자, 히브리어, 영어 알파벳의 원조가 된 '우가리트'(북 시리아 도시 문명)의 설형문자 등이다.

아이들이 바구니를 들고 '돌라'[11]를 찾아 풀숲을 헤맨다. 홍수가 지나간 냇가에는 처녀들이 에메랄드 원석을 줍는다. 아브라함은 북쪽 요단강 상류를 통과하여 가나안[12] 중부 산악지대 성읍 '세겜'[13]에 도착했다. 에발산과 그리심산 사이에 있는 도시다. 이미 가나안 내륙 깊숙이 진입한 것이다.

가나안은 기원전 4000년대에 처음 촌락이 형성되었다. 이 시기에 북부 및 중앙 지역과 남부 지역에 석기와 청동기를 쓰는 문화와 원시종교가 자리 잡게 된다.[14]

가나안은 아프리카 이집트와 소아시아를 연결해 주는 중동 서남아시아 지역이며, 이집트와 메소포타미아 두 세력이 오고 가는 길목이기에 미개한 지역이 아니다. 유라시아와 아프리카 대륙을 연결하는 곳에 위치했기에 끊임없이 외세의 침입을 당

---

11 아카드어. '연지벌레'. 이 벌레를 건조시켜 염료로 사용함.

12 아카드어. '낮은 땅'. 후리아어로는 가나안 사람들의 특산물인 자줏빛 염료로 물들인 옷감을 지칭. 또 이 말은 그 지역에 사는 사람들을 일컫는 말이며 그 옷감을 매매했던 '상인', '장사꾼'의 의미로 사용되기도 하였다.

13 '언덕배기' 또는 '떡갈나무의 폐허'.

14 이때 이미 코끼리 가면을 쓰는 제의와 무덤에 음식과 가구를 집어넣는 등 원시종교 행위들이 행해지고 있었다. 또 별, 새, 기하학적인 무늬들을 토담 벽에 그리기도 했다.

했지만 두 문명을 다 받아들일 수 있는 유리한 위치다.[15]

　이곳은 농경문화가 발달했고 원주민들에 의해 다산과 풍요를 준다는 셈족의 농경신 바알, 아스다롯, 아세라 신 등이 숭배되고 있었다.[16] 메소포타미아와 이집트문명 사이에 있던 가나안 종교는 두 문명의 영향을 받았지만, 또 다른 모습으로 발전되었다.[17] 아브라함의 가솔들이 걷는 곳곳 길섶에 세워진 지계석에

15 가나안 지역은 좁게는 요단 서편 땅 전체를 가리키고, 넓게는 요단 서편과 시리아 일부를 가리킨다. 이곳은 동쪽에 아라비아 사막 광야, 서쪽은 지중해, 남쪽으로는 시나이 광야와 홍해, 그리고 북쪽은 '레바논'('희다'. 산 정상의 만년설 때문에 유래) 산맥이 있다. 동서로 짧고 남북이 긴 이 땅의 지형은 매우 기복이 심하며 기후 또한 한대부터 열대까지 다양하다. 특히 북쪽 '헤르몬'('거룩한 산'. 가나안 북부에 위치한 세 봉우리로 된 산) 산에서 발원하여 갈릴리 호수, 요단강을 거쳐 사해(지구상에서 가장 낮은 해저 120피트)로 흘러드는 강이 이 땅의 젖줄이다.

16 가나안 곳곳 벳산, 므깃도, 라기스, 세겜, 하솔 성읍 등에는 신전들이 무수히 많았다. 그리고 '벧세메스'('태양신의 성읍'), '벧엘'('엘 신의 집'), '벧아닷'('가나안 풍요의 여신, 아닷의 집'), '기럇아르바'('달신 넷 성의 도성'), '세새'('태양신의 성읍'), '아히만'('운명의 신 므니의 친구') 등 가나안 족속이 섬기던 신들의 이름으로 세운 도성들도 많았다.

17 이미 이곳에는 기원전 2800년경 가나안의 고도古都인 페니키아 두로가 세워졌다. 그 후 메소포타미아 우르 왕조를 멸망시킨 아모리 족속이 대규모로 이동하여 가나안은 많은 아모리 족속의 도시국가들로 나눠지고 유목 생활에서 도시문화로 점차 형태를 갖추어가고 있었다. 그리고 성읍들은 왕을 세웠고 왕은 군사 경제 및 종교를 장악하고 있었다. 히브리전승에 의하면 이곳에서는 르바임 족속(르바임 골짜기 근방 암몬 땅에 거주하던 족속)·엠 족속(모압 땅에 거주)·호리아 족속('동굴 족속'. 가나안 중앙 지대에 거주, 나중에 에돔 족속에 흡수됨)·수스 족속(요단 동편 평지에 거주)·아낙 족속(헤브론 산지를 중심으로 거주) 등이 살고 있었다.

는 침범하면 신의 심판을 받는다는 경고 글이 새겨져 있다.

부정한 다리로 바알 신의 땅을 밟는 너는 누구냐?

가나안에 왔지만 빈 땅은 없었고 인간의 자취들이 눈에 띄었다.[18] 농부들이 괭이와 따비로 밭을 갈며 구릉에 돌을 쌓아 계단식 밭을 만들어 조, 피, 기장, 수수 농사를 짓고 있다. 초원도 염소들이 뜯고 지나가 황폐했다.[19] 갈색 염소들은 키 작은 나무에 올라가서 잔가지 잎사귀까지 뜯어대고 있다. 아브라함은 그것들을 보고 한숨을 쉬며 걷는다.

'독수리는 산위 뾰족한 바위 사이에, 갈가마귀는 속 빈 나뭇가지에, 황새는 물가 나뭇가지에 보금자리를 얻건만 나는 앉을 곳도 없구나!'

하늘이 달을 띄워 달빛 두루마리를 내려준다. 아브라함의 식

18 가나안은 조그마한 지역임에도 불구하고 메소포타미아와 나일 삼각주의 인근 지점에 위치한 교차로이기에 기원전 2000년 말기부터 사방에서 인구가 이동해 와 여러 민족이 살고 있었다. 이즈음 바위에 판 저수구 안에 석회 도료를 발라 물을 저장하는 방법이 발명되면서 강수량이 많지 않던 지역도 사람들이 살기 시작하며 더욱 왕성하게 인구가 늘어난다.
19 염소는 가축들 중에서 풀 밑동까지 잘라먹는 등 식탐이 강해 초원을 황폐케 하는 구실을 해왔다. 염소는 인류가 가장 처음 길들인 반추동물이었을 것이다. 가나안의 야생염소는 여름에는 불그레한 갈색을 띠고 겨울에는 회색을 띤다.

솔들은 밤에도 그 빛의 두루마리를 밟고 남쪽을 향해 걷고 또 걷는다.

"'남방의 밀실'[20]에 해가 잠들었다. 우리도 잠자리를 찾자!"

밤 하늘에 온통 별꽃이 피어나고 아브라함의 무리는 들에 장막을 친다. 그러나 깊은 잠을 잘 수 없었다. 그들의 땅이 아니기 때문이다. 아브라함이 부싯돌을 쳐 마른 풀에 불을 피우며 말했다.

"깊은 잠에 빠지지 마라. 언제 어디서 농경민들이 달려들지 모른다. 화톳불을 피우고 번갈아 지키자."

그 다음 날 아침, 아브라함은 하룻밤 잠자리 신세졌던 세겜 주변을 둘러본다. 여러 신들을 섬기는 성소들이 보였다. 돌탑과 돌무더기들 또 나뭇가지에 걸어놓은 신을 부르는 손짓 같은 천조각들…… 아브라함은 제의를 올리고자 한다.

"여기에 도착했으니 이곳 신에게 경배하자. 그러나 성 안에 들어가서는 안 된다. 주민들이 우리 가축들을 받아줄 리 만무하다."

그는 세겜 변두리 '모래'('성스러운')라는 곳에 머물며 '테레

---

20 바벨로니아인들이 태양의 잠자리라고 생각했던 남쪽 하늘, 12궁 성좌星座.

빈나무'[21] 아래에서 신에게 제사를 올렸다.[22] 아브라함 역시 다른 셈족처럼 지방마다 다른 신들이 존재한다고 믿었기에 지역신을 경배한 것이다.[23]

세겜은 '하몰'[24]이 세운 도시국가다. 주인 없는 땅이 아니다. 이곳에서도 정착할 수 없었던 아브라함은 다시 남쪽으로 내려간다. 조심성이 많은 그는 '네게브'(유다 남부 사막) 쪽으로 남진한다. 가뭄이 자주 발생하여 건조하지만 안전한 곳을 찾기 위해서다.

---

21 상수리나무. 중동에서는 이 나무를 성스럽게 여겨 그 아래에서 제의를 벌이기도 했다. 또 이 나무를 깎아 신상을 만들었고, 정령을 달래려 이 나뭇가지에 옷자락이나 헝겊 자락을 붙여놓기도 했다. 가나안은 나무가 귀한 땅이라서 푸른 나무는 생명과 풍요다산의 상징이었다.

22 고대 메소포타미아인에게는 신들을 즐겁게 해줄 책임이 있었다. 그것이 제의요, 제사였다.

23 아브라함은 이미 유프라테스 강가 우르, 하란에서 조상들의 신 달신을 섬겼다. 이렇듯 조상 부족들과 함께 나름대로 믿는 신이 있었지만 가나안 성소에서 토착신들을 만났을 것이다. 그리고 가나안 만신전萬神殿에서 신들 중 최고 신이 엘 신이라는 것을 알게 됐을 것이다. 어쩌면 이 순간 그의 신이 엘 신으로 바뀌었는지 모른다. 아브라함이 당시 야웨 신을 알았다는 것은 히브리전승 자체가 부인한다. 출애굽기 6장 2-3절을 보면 모세에게 나타난 야웨는 이렇게 말했다. '내가 아브라함과 이삭과 야곱에게 전능의 신으로 나타났으나 나의 이름을 야웨로는 그들에게 알리지 않았고'(히브리전승 다른 부분에 나타난 아브라함이 야웨를 섬겼다는 기록은 진보주의 학자들은 후대의 첨가된 기록으로 본다).

24 당나귀. 세겜 왕을 부르는 총칭. 아마 이 말은 세겜의 토템이었던 것 같다.

아브라함은 두리번거리며 정착지를 찾는다. 그러나 주민들은 목초지를 찾기 위해 철따라 이동하는 '노크리'[25]는 막지 않는 반면에 정착하려고 하면 무력으로 밀어냈다. 그 역시 가솔들을 데리고 또 가축을 몰고서는 어느 마을에도 안착할 수 없었다.

아브라함의 식구들은 길목 곳곳에 자국 객상과 유목민을 보호하는 가나안 소국들의 수비대를 만났다. 어느 날은 '마차브'[26]를 세우고 길목을 지키고 있는 낯선 복장의 군사들도 보았다. 사실상 가나안을 지배하고 있는 이집트 군대다.

가나안 소국들은 이집트에서 파송된 총독이나 그들이 지명한 본토민 '파키드'('장관'. 왕이라고도 불림)에 의해 다스려지고 있었다. 거의 모든 가나안 왕국의 왕들은 이집트를 맹주로 섬겼으며 그 속국왕이나 다름없었다. 가나안은 이집트 변방 국가로 살아 남았는데, 이집트인들은 자신들의 이익에 관련될 때만 내정을 간섭할 뿐 그들의 왕조를 보존해 주며 조공만을 받아냈다.

"'파라오'[27]께서 이 가나안 우가리트에 사신과 예물을 보냈다

---

25 '이방인'. 정주하는 이방인이 아니라 방문하는 객.

26 '전초기지'. 점령 지역을 관할하는 군대 초소.

27 이집트 고대어인 콥틱어로 '크고 위대한 집'. 이집트 왕의 총칭. '모든 인간을 눈 아래로 보는 자'라는 뜻도 가지고 있다. 태양신의 화신이라 하여 감히 본 이름을 부르지 못하고 이 이름을 불렀다. 큰 땅이란 뜻의 이집트

지?"

"왕자님께서 우가리트의 공주를 사모하는 모양이야. 이번에 보낸 예물도 쿠미에트 공주에게 환심을 사기 위해 보석으로 꾸민 신상이라고 하더구만."

"어디 왕자님이 그 공주를 한 번이라도 본 일이 있었겠어? 파라오께서 그 나라 왕과 결혼 동맹을 맺으려고 혼례를 시키려는 것이지."

유리·금은·호박금·철·주석·소금 등을 나귀 등에 싣고 객상들이 지나간다. 이집트 초병들은 '드빌림'('말린 무화과'. 여행자들 필수품 중 하나)과 '아예시'(화덕에 구운 속이 빈 이집트 빵)를 씹어대며 국내에서 벌어진 일들을 화제 삼아 얘기한다. 이집트 12왕조 파라오 셴 우세르트 1세가 북시리아 우가리트에 사절단을 파견하고, 쿠미에트 공주에게 선물로 소상小像을 보내 아들 셴 우세르트 2세의 왕자비로 청혼한 소식이다.

이집트 초병들은 아브라함 무리를 보고도 별 관심을 갖지 않는다. 하루에도 수없이 지나가는 유랑민으로 여긴 것이다. 이집트인들은 나일강을 '느하로트 에탄'('늘 흐르는 강')이라고 부르며 그 강가에서 풍요를 누리는 자신들만을 신들이 축복하고 있다고 믿었다. 이들은 '이집트 문자'[28]까지도 자부심을 가지고 있

어 '페르아'에서 유래됐다는 견해가 있다.

28 신이 내려준 선물로 생각했던 신성문자로 불리우던 상형문자. 이집트인

었다. 그러기에 가축 냄새 나는 유목민들에게는 눈길조차 주지 않았다.[29]

아브라함이 하란을 떠나 가나안에 들어간 때는 12왕조 파라오 세소스트리스 1세(기원전 1971~1928년) 통치 즈음이다.[30] 이

들은 이 문자에 마법의 힘이 있다고 믿었기에 주문을 신전 벽 등에 새겨 놓았다. 그러나 이집트 글은 부호화시키지 못하고 그림문자로 시작해서 그림문자로 끝났다.

29 고대 중동인들에게는 '마조르'('힘의 땅')라고 불리었던 이집트의 민족은 함족 계통에 속하는 코카서스 인종이다. 이 이집트가 신석기 사회로 발전한 것은 기원전 5000년기로부터 4000년기에 걸쳐서이다. 이 시기에 나일강변의 토템 씨족의 촌락들은 도시로 성장했다. 이 집합 '노메스'(그리스어. 소 지방)가 합쳐서 남쪽 22개 연합, 북쪽 20개 지방이 상·하 양 왕국을 형성했다. 그 후 기원전 3000년을 좀 지난 무렵, 상왕국 파라오 메네스에 의해 통일왕국이 되었다. 위치상 아프리카에 고립되어 북쪽 메소포타미아에 비하여 문명 발달이 늦었던 이집트는 3왕조에서 6왕조 고왕국 시대 때 멤피스에 기반을 두고 피라미드를 건축하는 등 세력을 떨쳤다. 이때 에디오피아와 수단, 리비아에 출정하여 이집트 역사의 절정기를 이루었다. 또 이들은 구리 광산과 터키석 광산이 있는 가나안 남부와 서부 비블로스까지 진출하게 된다. 그러나 6왕조에서 11왕조까지 이집트는 쇠퇴기를 맞이하여 상, 하로 다시 분리된다(상 왕국은 멤피스, 하왕국은 테베를 수도로 삼았다). 지방 관리들은 영주가 되어 독립적으로 행동하던 때다. 그 후 중왕국 시대 11왕조 멘투호텝 1세가 이집트를 재통일시켰다. 다시 그 왕조 대신이었던 아메넴헷이 반란을 일으켜 새 왕조를 연다. 제12왕조 아메넴헷 1세는 기원전 1991년 테베에서 멤피스로 도읍을 옮겨 다시 이집트를 부흥시켰다. 그리고 여유 있게 가나안에 영향력을 미치기 시작한다. 이때가 아브라함 때이다.

30 창세기 등 초기 히브리전승은 신화성이 강했기 때문에 저자들은 등장인물 이름을 명확히 기록하지 않았다. 그래서 당시 파라오의 이름도 명기되지 않았다. 유추할 수밖에 없다. 그러나 후대 역사시대에는 히브리전승에도 '파라오 느고' 등 실제 이름이 기록된다.

때 가나안은 이집트와 북부 시리아 우가리트 왕국과도 사이가 좋았다. 이집트가 가나안과 시리아의 남부도 제압하여 어떤 질서가 잡혀 있었고, 객상이나 유목민들이 이동하기에 적합한 시기였다.

이집트 초병들의 창끝이 경계하는 것은 '하비루'[31]들이다. 이들은 이 나라 저 나라에서 추방당한 자들, 지배 세력에 항거한 폭도들, 달아난 노예들, 용병이 되기 위해 이탈한 여러 나라의 탈주병들, 범법자들 등 잡다한 종족이다. 이집트는 이 하비루들로부터 속국인 가나안 땅에서 자국의 객상들까지 늑탈을 당하자 객상로에 군사를 파견하고 있었다.

가나안 내륙에서 떠돌던 아브라함이 정착한 곳은 유다 광야 헤브론[32]이다. 가시나무가 우거졌지만, 인적이 드물고 목축을 할 수 있는 평원도 있었다. 그는 헤브론 변두리 마므레(선생이

---

31 하비루들은 카스피 해 연안부터 코카서스 초원을 지나, 아르메니아 우라르투 산악 지대, 나일 강 연안, 가나안과 아라비아까지 떠돌고 있었다. 하비루들은 출신지역과 종족, 언어를 달리했으나 모두가 평등했고 지도자는 특권이 없는 대중사회를 이루고 있었다. 이 하비루와 비슷한 '사가즈'들도 있었다. 역시 반체제 무리들이며 용병, 일꾼들로 근동과 가나안에 존재했다(사가즈는 함무라비 외교문서에 메소포타미아 서부 국경 유민으로 되어 있는데, 하비루와 다르다는 견해와 표의문자 표기로 동일어라는 견해가 있다).

32 '곡창'. 예루살렘 서남쪽 30km지점 성읍. 해발 900m로 가나안에서 가장 높은 지대의 마을이다.

나 재판관을 가리킨다) 상수리나무 아래서 돌무더기를 쌓고 신에게 제의를 드렸다.[33]

아브라함은 헤브론을 제2의 고향으로 삼고 광야를 두루 다니며 목축 생활을 시작한다. 그러나 얼마 있지 않아 그랄 왕 아비멜렉과 물을 갖고 다투어야 했으며 땅을 갖지 못한 서러움을 여전히 당해야 했다. 그는 가나안 본토민들과 상거래를 하면서도 불이익을 받았다.

"소 한 마리나 나귀 한 마리, 양 열 마리가 똑같이 반½ 므나 (화폐로 사용되던 은의 무게)에 해당되는데 어찌 내 양 스무 마리와 나귀 한 마리를 바꾸자고 하는 것이오?"

아브라함은 가나안인들에게 나귀[34]를 사려다가 시비가 붙는다.

"네가 부유해지고 종들을 거느리고 있다고 우리 땅에서 세를 부리는 것이냐? 네가 '케세우'(아카드어. '보름달'을 의미하나 왕관을 의미하기도 한다)를 쓰고 우리 왕이라도 되려고 하느냐? 네가 양떼를 먹인 이 땅의 초목도, 우물도 우리 것이 아니더냐? 떠돌이가 거저 가축을 먹이고도 우리 본토민들과 대등한 거래

---

33 상수리나무 그늘 아래에서 선생이 가르치고 재판관이 판결하는 전례 때문에 생긴 명칭 같다.

34 기원전 3000년경부터 이집트에서 야생나귀를 길들여 운송수단으로 사용했다. 이집트와 가나안 지역에서는 잿빛 털색 나귀가, 북부 메소포타미아 지역에서는 검은 털색 나귀가 이용되었다. 나귀는 힘이 세고 성질이 순하며 말에 비하여 값이 쌌다.

를 하기 원하느냐?"

목초를 찾아 떠도는 유목민들은 소유권에 대하여 관대했다. 물론 목동의 최고의 재산인 목초와 샘물은 생명 같은 것이다. 그러나 그것들은 가지고 다닐 수 없고 스치고 갈 수밖에 없는 것들이었기 때문에 방문객들에게 내어주기도 했다. 그리고 황무지에서는 인구가 드문 까닭에 손님에게 친절했다.[35] 그러나 아브라함 무리는 그 대우를 받지 못했다. 먼 이방인 떠돌이였기 때문이다.

아브라함과 롯 역시 소유가 많아지자 충분한 목장과 물을 찾기 어려워 종들끼리 다툼이 심했다. 그들은 서로 분가했다. 아브라함은 거친 유다 광야쪽으로, 롯은 목축이 번성하고 도시가 세워졌던 요단강 지역으로 터를 잡게 된다.[36]

어느 날 남 메소포타미아에서 엘람 왕 그돌라오멜이 이끄는 네 왕의 동맹국이 또 다른 동맹을 맺은 가나안 사해 근처 부족

---

35 유목민은 융숭한 손님 접대가 의무와 같았고, 천막 안으로 영접하는 것이 관례였다. 또 떠돌이 유목민들은 기후와 지형, 또한 방랑하면서 얻은 여러 가지 진보적인 기술의 지식들을 가지고 있었다. 그러기에 그들은 정착민들에게 도전을 받았지만 존경도 받았다.

36 이것은 문명지 도시보다 광야를 더 선호했던 히브리인 목동들의 일화일지 모른다. 다른 유목민들처럼 초기 히브리인들은 정착 문명을 죄악시했다.

장들을 습격하여 조카 롯을 잡아간다. 분노한 아브라함은 318 명의 사병을 거느리고 엘람 동맹군을 습격하여 롯을 찾고 전리 품까지 가져오는 승리를 거둔다.[37]

아브라함은 전리품의 십분의 일을 '살렘'(예루살렘의 옛날 지명)의 제사장이며 왕인 '멜기세덱'('평강의 왕')에게 바쳤다.[38] 그러자 그 제사장은 '엘 엘리온'('지극히 높으신 신')이란 신의 이름으로 복을 빌어 주었다. 이때 '엘'('신') 엘리온 앞에 예물을 바쳤던 것을 보면 아브라함이 섬겼던 신은 가나안 모든 족속들 이 섬겼던 만신전 최고 신 엘이었던 것 같다.[39]

---

37 당시 메소포타미아 왕들이 동맹하여 가나안을 침공했다는 것은 먼 지리 와 상황적으로 역사적 사건은 아닐 것이다. 엘람은 이미 문명을 꽃피우 고 있었다. 주변 나라와 연합하여 침공한 그 세력을 씨족장이었던 아브 라함이 제압하지 못했을 것이다. 이 히브리전승은 부족 간의 다툼을 다 룬 일화일 것이다.

38 이것은 십일조의 초시가 되었다. 후대 히브리전승은 이 이교도 멜기세덱 을 신의 제사장이라고 추켜세운다(참고. 시편110편 4절). 그리고 신약에 서도 이 자를 예수의 모형으로 본다. 기독교 보수적 해석으로는 엘 엘리 온 신을 야웨 신으로 해석하기도 한다. 아브라함이 그에게 예물을 바친 설화가 있기 때문에 그랬던 것 같다. 그러나 엘 엘리온 신은 가나안 원주 민들의 대표적인 신이다.

39 엘을 '엘로아'('강한'. 위대한 신)보다는 '엘로힘'('위대한 신들')이라고 흔히 불렸는데 그것은 가나안인들의 신이 유일신이 아니라 다신이었기 때문이었고, 또 신의 전지전능과 무소편재 등 위대성을 강조하기 위해 단수 신을 복수로 그렇게 불렀을 수도 있다. 히브리전승에 의하면 아브 라함 이후 이삭, 야곱 등 이스라엘 족장들은 가나안에 들어갔을 때 그 지 역 성소에서 신을 섬겼다. 그 신의 이름도 바로 엘이요, 엘로힘이었다. 이미 아브라함 때부터 엘로힘은 특정 가나안 신이 아니라 신의 고유명사

4월부터 9월까지의 덥고 건조한 때는 아브라함은 가축을 몰고 풀이 남아 있는 시내와 샘이 있는 더 높은 곳으로 이동했다. 10월부터 3월까지 춥고 습한 때는 가축들이 풀을 뜯도록 다시 평지로 내려왔다.

아브라함은 가나안 땅에 가뭄이 들자 이번에는 식솔들을 데리고 이집트로 내려갔다. 한재를 만날 때마다 자주 있는 가나안인들의 행로다.[40] 그는 나일강 하류 주변 팀사 호수 근처를 걷고 있었다. 아브라함 무리는 호수 주변에서 악어 사냥을 하는 이집트인들을 본다. 그들은 돼지새끼를 때려 돼지의 비명소리를 듣고 기어 나온 악어에게 창을 던졌다.

아브라함은 이집트 왕들의 '피라미드'[41]와 스핑크스[42] 곁을 지

<hr />

가 되어 있었다는 주장도 있다(한국어 성서에는 엘로힘을 하나님이나, 하느님이라고 번역됐다).

40 아브라함 때 기원전 1900년경에 이집트 북부는 사막이 아닌 초원지대였다.

41 피라미드란 말은 그리스어로 삼각형 빵에서 유래되었다는 속설이 있다. 그러나 그 형태는 파라오가 태양신 라를 향해 올라가는 모형을 흉내 낸 것 같다. 3왕조의 창시자 파라오 소제르는 최초로 계단 피라미드를 세웠고, 4왕조의 파라오 카프레, 케프렌, 멘쿠레가 가장 큰 피라미드들을 세웠다(기원전 5세기 그리스 역사가 헤로도토스는 이집트 가사 지방 피라미드를 짓기 위해 10만 명의 노예와 20년의 세월이 필요했다고 추산했다).

42 '살아있는 형상'이라는 의미의 고대 이집트어 세셉프 앙크에서 비롯되었으며, 그리스어로는 '교살자'라는 뜻이다. 사자의 몸에 독수리 날개를 단

나간다. 그곳은 왕들이 죽어 태양신 '라'가 오기까지 기다리는 장소다. 그러나 아브라함이 걷고 있을 때는 피라미드와 스핑크스를 만드는 시대는 지나가고, 파라오들은 창조신 프타나 죽음의 신 오시리스 신전 같은 다른 건축물을 만드는데 마음을 뺏기고 있었다. 사라의 눈에 멀리 세소스트리스 1세가 지은 '오벨리스크'('거대한 신전탑')가 비친다.

아브라함이 지나가는 그 길가에도 일꾼들이 등에 짐을 지고 땀을 흘려댄다. 인부들은 청동으로 된 톱으로 화강암을 자르며 석조를 만든다.[43] 또 피라미드를 쌓았던 벽돌까지 빼내 와 도시 곳곳에는 신전을 세웠다.

파라오는 신과 동일시되었다. 그는 불사의 존재로 죽음 저편에서도 왕궁에서 살 것이다. 그러자면 신하들도 필요할 것인데, 자신들이 신전을 짓는 등 충성하면 파라오와 같이 부활할 수 있

파라오의 얼굴을 한 영물. 이 석상은 역사적으로 피라미드보다 훨씬 먼저 세워졌고, 태양신에게 바친 작품이다. 피라미드가 무덤으로 지는 해를 바라보고 서쪽으로 향했다면, 스핑크스는 부활한 생명을 받아들이려 해가 떠오르는 동쪽을 향하고 있다. 바벨로니아의 황소 얼굴의 인간 라마스와 같은 수호신이다. 스핑크스와 라마스는 히브리전승에 지대한 영향을 미쳤다. 에덴과 신전과 언약궤를 지키는 히브리전승의 그룹은 이 괴물들을 연상시킨다. 에스겔서(에스겔 1장 10절)나 요한계시록(요한계시록 4장 7절)에 나오는 생물들도 이들을 닮아 있다.

43 무른 석회암은 청동 톱으로 쉽게 자를 수 있었으나 단단한 화강암은 불가능했다. 당시 톱은 톱날이 없었다. 맨 날에 모래를 뿌려가며 그 속에 섞인 단단한 석영의 힘으로 화강암을 자를 수 있었다.

다는 소망을 갖고 굵은 땀을 흘려댄다.

아브라함 무리는 나일강 가를 걸으며 파피루스를 수확하는 농민들을 본다. 그들은 파피루스를 잘라 포개 놓고 그 위를 나무 망치로 두들겨 달라붙게 하여 종이를 만든다.[44] 히브리전승에 의하면 이집트에 도착한 아브라함은 아내 사라가 너무 미인인 까닭에 누이동생으로 소개하고 파라오에게 바쳐 예물을 얻었다고 전해져온다.[45]

또 훗날 가뭄이 있자 아브라함은 블레셋 영토 그랄로 내려갔으나 역시 아내의 미모를 염려하여 그곳 왕 아비멜렉 왕에게 누이동생으로 속이고 예물을 받았다고 전해져 온다. 두 전승에는 그때마다 그들 왕들에게 신이 꿈에 나타나 사라를 건드리지 말라고 계시하여 그곳에서 무사히 빠져 나왔다고 전한다.[46]

---

44 파피루스는 작은 배와 광주리, 밧줄과 신발, 천을 만드는 데도 이용되었다. 그 뿌리는 가난한 사람들의 음식이 되기도 했다.

45 창세기 외경에 의하면 이때 조카 롯이 나서서 파라오의 관리에게 삼촌 아브라함이 큰 상급과 새 아내를 얻게 해달라고 중개자 역할을 했다고 한다.

46 아브라함을 신이 택한 사람으로 미화시키려는 히브리인들의 신화일 것이다. 또 비슷한 두 설화는 한 사건이 두 전승으로 와전되어 전해졌다고 보기도 한다. 히브리전승을 유추하면 이집트로 내려갈 때 사라의 나이가 75세였고, 그랄로 내려갈 때는 90세였다. 아름다움을 지킬 나이는 아니다. 또 그랄은 블레셋의 도시인데, 아브라함 당시에는 그 족속이 가나안 땅에 정착하지 못했다. 이 설화가 신화성이 강한 것을 알 수 있다.

히브리전승에 의하면 그즈음 아브라함은 가나안 지역을 떠돌아다니다가 정체 모를 세 천사[47]를 대접한 공로로 오래 전에 경수가 끊긴 늙은 아내 사라의 몸을 통해 백세에 아들 '이삭'('웃음')을 얻었다고 전한다.[48]

아브라함은 여전히 떠돌이 목축인이었다. 그는 블레셋 족속 왕 아비멜렉과 군대장관 비골에게 그들 영토의 땅을 사 우물 7개를 팠으며 주거지로 삼았다. 히브리전승에 의하면 아브라함이 그곳 '브엘세바'[49]에 살고 있을 때 야웨가 그를 불러 명령했다고 한다. 본처 사라에게서 낳은 이삭을 '번제'(제물을 칼로 조각내어 장작에 태워 바치는 제사)로 바치라는 것이다.[50]

---

47 천사는 고대의 다신론적 배경에서 생겨난 영물이다. 천사는 계급이 낮은 신들 자신이었다. 메소포타미아에서는 누스카와 카카, 그리스 신화에서는 헤르메스 등이 이 역할을 했다. 유일신 종교인 이스라엘에서는 천사를 신의 심부름꾼 영물로만 격하시켰다(히브리전승에도 기원전 2세기 이후 사탄, 가브리엘, 미가엘 등의 이름으로 천사들이 나오는데 페르시아 종교의 영향을 받은 것이다).

48 이 전승은 나그네를 대접하면 복이 온다고 널리 알려진 고대의 민담과 비슷하다. 고대 그리스의 신화 중에도 사제 히리에우스가 인간으로 변한 세 신을 대접하여 아들 오리온을 선물로 받았다.

49 '일곱 샘'. '맹세의 우물'. 헤브론 남쪽 유다 산골. 아브라함 때 유물인지 확인할 수 없지만 40m 깊이의 우물이 지금도 남아 있는 곳이다. 이스라엘 국립공원으로 남아 있다.

50 고대 근동 사람들은 신들을 즐겁게 해주어야 할 책임이 스스로 있다고 믿

'신께서 내 아들 고기를 먹고 싶다니 이 일을 어쩔꼬?'

밤을 태운 아브라함은 새벽에 일찍 사환 둘과 열아홉 살 이삭을 데리고 길을 떠났다. 나귀 안장에는 쪼갠 나무가 실려 있고, 사환들의 손에는 불과 칼이 들려있다. 새벽이슬을 털며 걷는 아브라함은 자신 곁을 바짝 붙어 따라오는 아들을 바라본다.

'제가 죽을 지도 모르고 따라오는구나. 신은 어찌하여 내 아들을 태운 냄새를 맡고자 하는 것인가?'

아브라함은 괴로운 생각에 젖었으나 그의 깊은 신앙은 그 의문을 뛰어넘고 있었다. 무리는 사흘 길을 걸어 신이 지시한 땅 '모리아'[51] 산에 도착했다. 사환들을 산 아래에 남겨 둔 아브라함은 아들의 등에 장작을 지우고 자신은 불과 칼을 들고 산에 올랐다. 이삭이 따라오다가 고개를 갸우뚱거린다.

"아버지, 불과 장작은 있는데 번제할 어린 양이 어디에 있습니까?"

아브라함은 진실도 거짓도 아닌 대답을 한다.

"신께서 준비하시리라!"

산꼭대기에 단을 쌓고 나무를 벌여놓은 아브라함은 아들을

었다. 그 책임은 먼저 신에게 제사를 드리는 것이었다(이슬람 경전에도 이 이야기가 나오는데 이삭이 아니라 아브라함이 첩 하갈을 통해 낳은 또 다른 아들인 이스마엘이다. 이 자는 실질적으로 장남이었다).

51 '준비되다'. 훗날 히브리전승 역대기 저자에 의하면 예루살렘 북쪽 산으로 솔로몬이 신전을 지은 곳이다.

결박하여 그 위에 놓고 칼을 들었다.

"신께서 너를 원하고 계시다. 그 분의 뜻을 따르거라!"

이삭은 그제야 자신이 번제 제물이 된 것을 알았지만 아비에게 반항하지 않았다.

"아버지께서 주신 목숨이니 아버지를 위해 바치겠습니다!"[52]

발발 떠는 이삭 위로 아브라함이 칼을 내리칠 찰나, 화들짝 놀란 야웨의 사자가 하늘에서 소리쳤다.

"아이에게 손을 대지 말라. 아무 일도 그에게 하지 말라. 네가 독자라도 아끼지 아니하였으니 이제야 나를 경외하는 줄을 알았노라!"

아브라함이 사방을 살펴보니 숫양 한 마리가 가시나무에 뿔이 걸려 있었다. 그는 가서 그 숫양을 가져다가 이삭 대신 번제로 드렸다. 아브라함은 그 땅의 이름을 '야웨 이레'('야웨가 준비하셨다')로 불렀다.

제사 후, 야웨의 사자가 하늘에서부터 아브라함을 두 번 불러 약속을 주었다.

"네가 네 독자를 아끼지 않았으니, 내가 너에게 큰 복을 주고 네 씨가 크게 번성하여 하늘의 별과 같고 바닷가의 모래와 같게

---

52 고대 중동은 가부장적 사회였다. 당시 중동의 법이었던 함무라비 법 195조에 의하면 아버지를 때린 아들은 손이 잘리는 형벌에 처해졌다. 번제 단까지 따라간 이삭의 순종은 이 법을 적용시키면 이해할 수 있다.

하리니 네 씨가 그 대적의 성문을 차지하리라!"[53]

    아브라함은 아들 이삭이 자라자 같은 혈족으로 후손을 잇기 위해 씨족들이 살고 있는 고향 메소포타미아 '밧단아람'[54] 나홀 성으로 늙은 종 엘리에셀을 보내 며느리 '리브가'[55]를 얻어 온 다. 아비 데라의 친척인 시리아인 라반의 누이동생이다.[56]

---

53 아들까지 바친, 그리하여 아브라함의 순종이 후대의 유대교, 기독교인들에게 칭송받은 이 설화의 사실 여부는 알 길이 없다. 그러나 분명한 것은 아브라함이 실행했다는 제사는 그 당시 가나안에 만연했던 인신 제사의 한 형태라는 것이다. 야웨 종교도 초기에는 인신 제사라는 원시종교의 형태에서 시작되었다는 것을 의미한다. 히브리전승을 보더라도 신이 아들을 도막치고 불에 살라 바치라 했을 때 아브라함은 그 요구에 놀라지 않았다. 인신 제사는 가나안인들에게 익숙했기 때문이다.
후대 가나안 동쪽 고대 족속인 '모압의 비문'에도 모압 왕 메사가 장자를 번제로 드려 그의 신 그모스의 힘으로 적들을 물리친 기록이 남아 있다. 아브라함이나 메사나 장자를 바쳤는데 고대 근동에서는 가축의 처음 난 것을 신에게 바칠 때 다산이 보장된다고 믿었던 풍습 때문이다. 가나안과 페니키아 종교에서도 처음 난 가축을 제물로 바치는 것은 흔한 관습이었다. 훗날 모세가 받았다는 이스라엘 율법 기록에도 처음 태어난 가축은 신의 것이므로 신에게 바치게 되어있다.
히브리전승은 이때 아브라함이 순종함으로 신의 시험을 통과하여 자손 번성과 가나안 땅을 차지할 것이라는 약속을 받았다고 전한다. 이 전승은 그 후 이스라엘 후예들에게 가나안 땅을 정복해야 되는 명분이 된다.

54 '시리아의 밭 또는 시리아의 통로'라는 뜻으로 하란의 한 지역이다. 북부 메소포타미아를 가리키는 호칭일 수도 있다.

55 아라비아어. 어린 짐승을 묶기 위한 고리로 된 끈.

56 아브라함이 하란 먼 땅까지 종을 보내 혈족인 며느리를 얻어 온 것은, 같은 신을 믿는 종족을 원했기 때문이다. 그렇다면 하란 땅의 친척들과 아브라함은 같은 신을 섬겼을 것이다. 그 신은 아비 데라의 신이었고, 조상

그러나 헤브론에서도 땅이 없는 아브라함의 서러움은 여전했다. 그는 아내 사라가 죽자 무덤을 마련하기 위해서 은을 달아 400세겔(수메르 도량형으로 1세겔은 11.5g)을 주고 가나안 힛타이트족 땅 '막벨라'('이중의 굴') 지역 큰 굴을 구입했다.[57]

그 후 아브라함은 많은 소유를 본처 소생 이삭에게 주었다. 그리고 이미 이집트 여자 하갈 등 첩들에게서 얻은 이스마엘 등 서자들에게는 의붓형제들 간의 다툼을 피하기 위해 재물을 주어 아라비아 광야 쪽으로 떠나보낸다.[58] 히브리전승에 의하면 아브라함은 향년 175세로 숨을 거두고 아내와 함께 합장된다.[59]

아모리 족속의 신이었고, 시리아 사막을 떠돌던 목동들의 부족 신이었을 것이다.

57 고대 바벨론에서는 육체로부터 이탈한 영인 '우툭키'를 돌보지 않으면 큰 위험에 처할 수 있다고 생각했다. 또 수메르 신화 길가메쉬 서사시에서도 장사되지 못한 사람은 안식을 취하지 못하며, 그 무덤을 돌봐 줄 살아 있는 친척이 없는 사람은 거리에 던져진 것만을 먹을 수밖에 없다고 했다. 고대 근동인들은 시체를 잘 돌보고 망자에게 예물을 바쳤다. 가나안에서도 무덤 속에 질그릇, 보석류, 연장, 개인 소품이 들어있는 무덤이 발견된다. 아브라함이 산 가족 묘는 조상 숭배 의식을 보여준다.

58 일부다처제는 히브리전승에도 아브라함 전부터 시작된다. 남녀 인구 수의 불균형, 가축 돌봄을 위해 많은 자녀를 낳아야 할 필요성, 동맹을 맺기 위한 계약 결혼, 신부를 약탈하는 제도 등에 의해 생겨난 제도다. 모세의 율법에도 일부다처제를 죄악시하지 않았다.

59 히브리전승에서 훗날 모세는 자신들의 조상을 떠도는 시리아인이었다고 말했다. 히브리인들은 데라가 살던 시리아 하란 땅이 그들의 본향이라고 생각했던 것 같다. 역사적으로도 시리아 조상들도 아브라함과 같은 아

누군가에 의해 아브라함이 근원이 된 민족을 '히브리'[60] 족속
이라 불렸다. 그들 조상 아브라함이 유프라테스 강을 건너 하란
에서 가나안으로 건너온 자라는 의미를 지닌다.

2. 이삭과 야곱의 설화

아브라함의 아들 이삭은 쌍둥이 아들 에서와 야곱을 얻는다.
그러나 그도 가뭄을 만나자 아비가 그랬던 것처럼 가나안 서쪽
해변가 블레셋인 땅 브엘라해로이로 가게 된다. 이삭은 그곳에
서 자손을 번성시키고 가축 수를 늘린다. 그러나 그럴수록 블레
셋인들은 그를 견제했다. 블레셋 목동들은 이삭이 파놓은 우물
을 메워놓으며 선전포고를 하기도 한다.

모리인들이었다. 하란 근처에는 아브라함 조상의 이름들, 즉 수룩(아브
라함의 조부), 데라 등과 이름이 일치하는 지역들이 있었다. 또 아모리인
중에는 아브람, 야곱, 스불론, 베냐민 같은 히브리 이름들이 나온다. 가
나안의 방언인 히브리어에도 시리아어의 잔재들이 섞여 있다. 아브라함
이 태어났다던 우르는 메소포타미아 하류에 있는 고대도시가 아니라, 시
리아 마리 근처의 다른 우르라는 주장도 있다.

60 '건너온 자'. 이 용어의 기본 동사 '아바르'는 '강을 건너다'를 의미한다.
아모리어 중에 '이주하다, 피난처를 찾다' 등을 의미하는 '하부아루'란 말
에서 파생되었다는 이론도 있다. 또는 히브리전승 족보에 나오는 아브라
함 조상 '이브리' 즉 '에벨('건너는 사람') 후손'이란 뜻에서 나온 말로 보
기도 한다.

이삭은 그곳을 떠나 그랄 골짜기에 장막을 세우고 목축을 한다. 그러나 그곳 역시 블레셋 땅이다.[61] 그는 가축이 많아지자 다시 아비 아브라함이 살던 브엘세바로 피신한다. 이삭은 그곳에서 늙어가며 아비 때보다 더 넓은 지역과 더 많은 가축을 거느리고 번성한다.

히브리전승에는 이삭의 쌍둥이 아들들인 에서와 야곱이 장자권[62]과 아비가 아들의 머리 위에 손을 얹고 기도했을 때 받는다는 축복권을 얻기 위해 다툼을 벌였다고 한다. 가나안 법에 의하면 그 모든 권한은 장자 에서에게 있었다.

히브리전승에 의하면 동생은 장자권을 얻기 위해 어미 리브가의 자궁 안에서부터 앞서나가는 형의 발뒤꿈치를 잡고 태어났다고 하여 '야곱'[63]이라고 이름 지어졌다고 전한다. 또 형은

---

61 이때 이삭은 아비 아브라함이 그랬던 것처럼 블레셋 왕에게 자기 아내 리브가를 누이로 소개하고 위기를 모면했다고 한다. 히브리전승의 이런 비슷한 기사는 아비 아브라함 때 두 번, 아들 이삭 때 한 번 창세기에 나타난다. 여러 단편 민담들이 훗날에 중복되어 편집되었다는 증거일 수 있다.

62 고대 근동에서는 장자는 조상 숭배를 이어나갈 책임이 있다고 보았으며, 종종 가족 신들(조상의 형상들)을 물려 받았다. 야웨 신앙이 정립되지 않고 율법도 없던 이때 형제는 이런 이유로 장자권을 원했는지 모른다.

63 원래의 뜻은 '쫓아간다'이다. 그런데 히브리전승의 내용에 입각하여 '발뒤꿈치를 잡음', 또는 '약탈자'라고 후대에 의역 해석했다.

몸이 붉고 털이 많아 '에서'('붉다')라 지었다고 한다.[64]

큰아들 에서는 들사람으로 사냥을 즐겼고 아비 이삭의 사랑을 받는다. 그러나 작은 아들 야곱은 팥죽 쑤는 일을 돕는 등 장막 안에 있기를 즐거워하며 어미 리브가의 사랑을 받고 자란다. 그런데 야곱은 성질 급한 에서의 성격을 이용하여 사냥에서 돌아와 시장한 형에게 팥죽 한 그릇으로 유혹하여 장자권을 빼앗는다.

그 후에도 또 야곱은 어미의 도움을 받아 손에 털이 많았던 형 모습을 흉내내 눈 어두운 아비 이삭을 속여 형보다 먼저 안수를 받고 축복권을 빼앗는다.[65] 그리하여 형 에서의 살의에 찬 눈빛을 받게 된다.

'야곱은 에서에게 죽게 되고, 에서는 동생을 죽인 살인자로 낙인찍혀 도망자가 되면 어떻게 하나?'

어미 리브가는 고심하지 않을 수 없었다.

"너는 가나안 여인과 결혼하지 말고 하란에 있는 외할아버지 브두엘의 집으로 가서 외삼촌 라반의 딸 중 하나를 택해 아내로 삼아라."

---

64 히브리전승에 의하면 '에서' 이름에서 '에돔'('붉다')이란 말이 나왔고, 에돔은 그의 후예 족속의 국가 명칭이 되었다.

65 아비가 자식의 머리 위에 손을 얹고 축복하면 복이 임한다는 이런 유형은 고대 중동 미신의 한 형태이다. 고대에는 미신과 종교의 경계가 분명하지 않았다. 인류학자 프레이저의 말대로라면 이삭의 이런 행위는 가나안 사회와의 접촉에서 모방되고 습득된 것이다.

이때 어미 리브가는 골육상쟁 분란을 피하고, 또 시아버지 아브라함이 그랬던 것처럼 같은 신을 믿는 혈족을 며느리로 얻기 위해 야곱을 조부의 땅이요, 친정인 하란으로 보낸다.

야곱은 하란 땅에 살고 있는 부유한 목자 외삼촌 라반('흰 빛')의 집을 향해 '베니 결혼'('데릴사위제')을 하러 간다. 전날 조부 아브라함이 하란을 떠나 가나안으로 왔던 그 길을 손자 야곱이 되돌아가는 것이다.

하란으로 향하던 야곱은 일교차가 매우 심한 지역을 지나기 위해 등에 가죽 담요를 걸머지고 있었다. 히브리전승에 의하면 그는 '길벳 라우제'[66]를 지나던 도중 돌베개를 베고 잠을 잘 때 꿈속에서 서 있는 신을 본다. 또 '네가 누운 그 땅을 너와 네 후손들에게 주리라'는 음성을 들었으며, 사다리를 타고 하늘과 땅을 오르락내리락하는 천사들도 보았다고 한다.[67] 야곱은 그곳에서 베고 자던 돌로 석상을 삼아 그 위에 기름을 뿌리고 '벧

---

66 히브리전승에 의하면 이 지역은 아브라함이 아들 이삭을 제물로 바치려 했던 예루살렘 근처 모리아 지방이라고 하기도 하고, 그리심 산 꼭대기라고 보기도 한다.

67 고대 중동에서는 신도 사다리를 타고 하늘로 올라간다고 믿었다. 이집트나 그리스에서도 무덤가에 사다리를 만들어 놓아 죽은 자의 영혼이 하늘로 올라가기 쉽도록 해놓는 전례가 있다. 야곱이 보았다는 사다리는 메소포타미아 신전 탑 지구라트일 가능성이 많다. 이 탑은 나선형으로 높이 쌓았으며 그 위에는 신이 강림한다고 믿었다. 이 탑은 야곱이 찾아가고 있던 메소포타미아 하란 땅에도 있었을 것이다.

엘'('신의 집')이라 부르며 신께 경배했다고 한다.[68]

하란은 가나안, 이집트 등으로 가는 대상들에게 있어 중간 지점에 있는 상업도시다. 야곱은 걷고 걷던 길가에서 말[69] 등에 순록 근막(힘줄. 말려서 실로 사용함), 소가죽, 청동괴 등 짐을 가득 싣고 걷고 있는 객상들을 바라본다. 이들은 방어할 능력이 없었기 때문에 토착민이나 약탈자들에게 공격당할 위험이 많았다. 그런 까닭에 무리를 짓거나 작은 규모의 군대를 조직하여 여행하고 있었다.

야곱이 하란에 도착했을 때, 초입의 큰 우물가에는 세 무리의 목동들이 양떼에게 물을 먹이려고 기다리고 있었다. 물이 귀해 동네 모든 양들이 모였을 때 공평하게 먹이는 규례 때문이다. 야곱은 우물가로 양을 몰고 온 외삼촌 라반의 딸 라헬을 발견하곤 달려가 얼싸안고 입을 맞추며 소리내어 울었다.

야곱은 라반을 만나 그의 삯꾼 목동이 되었다. 그리고 7년 동

---

68 남신男神 마세바를 섬기는 가나안 사람들은 돌에 피와 기름을 바르고 술을 붓기도 하고, 또 입맞춤을 하며 숭배하는 관례가 있다.

69 기원전 7000년경 남부 러시아와 중앙아시아 초원 아나톨리아 지역에서 처음 말이 사육되기 시작했다. 그 후 인간은 기원전 2000년쯤 히말라야 고원에서 처음으로 말을 탔다. 이때부터 유라시아, 아프리카 등 대륙을 횡단하는 일이 평생 또는 여러 세대를 거쳐야만 가능한 일이 아니라 몇 년 동안에 할 수 있는 일, 곧 이어서 몇 달 내에 할 수 있는 일이 되어버렸다.

안 일을 한 대가로 라헬을 아내로 받을 것을 약속 받았다.

야곱은 새벽 별빛을 길 삼아 양떼를 몰고 광야로 나갔고 노을 빛을 길 삼아 돌아왔다. 마당귀 화덕에서 불을 지피며 생긋 웃어주는 라헬의 얼굴을 보며 그는 하루의 피로를 푼다. 야곱은 라헬과 연애하며 7년을 며칠처럼 보냈다.

그런데 야곱이 그 세월이 지난 후 신혼방에 들어와 밤을 보낸 여자는 둘째 라헬('암양')이 아닌 장녀인 레아('멍청이')였다. 시력이 어둡고 얼굴이 반반하지 못한 큰딸을 준 라반에게 항의하자 그가 말했다.

"언니보다 아우를 먼저 주는 것은 우리 지방에서 관례가 아니다. 혼인 잔치가 끝난 후 7일 후에 아우도 줄 것이니 7년을 더 일하라!"

야곱은 다시 7년을 삯군 목동 생활을 하여 자매와 그녀들의 몸종인 빌하와 실바까지 얻었다. 중혼이었고 첩[70]까지 거느린 일부다처였다. 자매들 사이에는 남편 사랑과 아들을 얻기 위해 쟁투가 벌어진다. 그녀들은 자신의 몸종까지 주어 아들을 얻고

---

70 고대의 노예는 가축이요, 말하는 도구에 불과했다. 전쟁 때 죽이지 않고 잡아와 부리는 것이 더 유익하다고 생각했기에 포로가 많아지고 그들이 노예가 된 것이다. 여자 노예의 경우 주인의 첩이 되었는데 아이를 낳는 것은 노예의 재생산에 불과했다. 첩은 히브리어로 '차라'라고 부르는데 '괴롭히다, 적대감을 나타내다'라는 어근을 가지고 있다. 그만큼 첩의 일생이 순탄하지 않았음을 알 수 있다.

자 했다. 남편이 몸종을 통해 낳은 아들은 여주인의 소유가 되기 때문이다.

고대 중동인들은 자녀들의 이름을 지을 때는 부모의 신앙을 실어 짓는 풍습이 있었다. 히브리전승에 전해지는 야곱의 아들들은 르우벤('보라, 아들이다'), 시므온('들음'), 레위('연합됨'), 유다('찬양'), 단('탄원'. 가나안 신의 이름이다), 납달리('나의 씨름'), 갓('행운'. 셈족의 신 이름이기도 했다), 아셀('행복'. 가나안 신의 이름이다), 잇사갈('보상'. 가나안 신 사카에서 파생했다), 스불론('거주함'. 가나안 신 이름에서 나왔다)이다.

야곱 가족이 섬겼던 신은 조부로부터, 아니 증조부 아모리인 데라의 조상들로부터 내려온 씨족 신이었을 것이다. 그러나 야곱은 가나안 신도 섬겼을 가능성이 크다. 그러기에 아들들의 이름에 가나안 신의 이름을 넣어 지었을 것이다. 그의 아내 레아도 남편에게 바친 첩을 통해 아들 아셀을 낳았을 때 이렇게 외쳤다.

"기쁘다, 아셀께서 도우셨다!"[71]

---

71 아들들이 가나안 신들의 이름을 가지고 있는 것을 보면 야곱 역시 이 다신多神들을 섬겼던 것 같다. 아니면 훗날 이스라엘 열두 지파의 조상이 된 이 이름들은 개인 이름이 아니라 가나안 부족 이름이었을지도 모른다.

20년이 흘렀다. 야곱은 라헬에게서 열한 번째 아들 요셉('신이 더하심')을 낳았다. 그는 고향 가나안으로 돌아가기를 원했다. 라반이 야곱을 붙잡는다. 조카가 와서 자신의 가축들이 무척 늘었기 때문이다.

"네가 내 곁에 머물면 원하는 대가를 주겠다!"

"외삼촌의 가축들 가운데 흰 염소나 양을 제외하고 검은 것이나 얼룩진 것을 삯으로 갖고 싶습니다."

양, 염소 중에는 색깔 있는 것이 많지 않았다. 라반은 반겼다. 라반은 야곱과 계약을 맺은 후 검은 것이나 얼룩진 것은 미리 아들들에게 빼돌리고 흰 것만 야곱에게 맡겼다. 그런 후에도 라반은 자신의 양떼를 사흘 길 멀리 떨어뜨려 놓았다. 혹시라도 야곱의 가축과 교미를 해 색깔 있는 것이 나올까 염려했다.

히브리전승에 의하면 야곱은 껍질을 벗겨 얼룩덜룩해진 신풍나무·살구나무·버드나무 가지를 구유 옆에 세워서 짐승들이 그것을 보고 교미를 해 얼룩이 있는 새끼를 낳게 했다고 한다.[72] 야곱은 튼튼한 가축이 교미할 때는 가지를 두고, 부실한 것이 교미할 때는 그것을 두지 않았다.

---

72 유전에 의해서 결정지어지는 가축의 색깔이지만, 히브리전승 저자는 야곱이 그 시각적 행위로 그런 결과를 얻었다고 기록했다. 산모가 토끼의 갈라진 입을 보면 언청이를 낳고, 오리를 보면 손가락이 붙은 아기를 낳는다는 미신과 다름이 없는 신화 전승이다.

"야곱이 우리의 누이들을 차지하더니, 우리 아비의 소유를 다 빼앗아 부자가 되었다. 그 놈을 죽여서라도 우리의 몫을 찾자!"

라반의 아들들의 얘기를 엿들은 야곱이 아내 라헬과 레아를 양떼가 있는 들로 불러내 말한다.

"그대들의 아버지와 오빠들의 안색을 보니 예전 같지 않다. 내가 힘껏 섬겼거늘 나를 속여 품삯을 열 번이나 변경하였다. 내가 고향에서 떠나올 때 벧엘에서 만난 신이 어젯밤 꿈에 다시 나타나셔서 이곳을 떠나라고 명령하셨다."

"당신의 말이 옳아요. 아버지 집에 우리가 받을 분깃이나 유산은 없어요. 같이 떠나요."

"아버지는 우리를 당신에게 팔았어요. 그 후 우리의 돈을 빼앗고 또 우리를 타인처럼 여겼어요. 계시를 받았다니 신의 뜻대로 하세요."

아내들도 동조하자, 야곱은 라반이 양털을 깎으러 간 틈을 타 가족들을 데리고 하란에서 모은 가축들과 노예들과 함께 도주한다. 둘째 아내 라헬은 가정 수호신인 드라빔까지 훔쳐 나왔다. 야곱은 할아버지 아브라함의 거주지였던 가나안 브엘세바로 향해 걸으며 감회에 젖는다.

"내가 아비의 집을 떠날 때는 지팡이만 가지고 나왔는데 이제는 두 명의 아내와 두 명의 첩과 열한 명의 아들과 한 명의 딸과 노예들과 수백 마리의 가축을 얻었다. 다 신의 은혜로다!"

라반이 형제들을 거느리고 칠일 길을 쫓아와 콧김을 내뿜으며 야곱을 만났다.

"네가 내 딸을 칼로 사로잡은 자 같이 끌고 가니 어찌 이럴 수 있느냐? 내가 노래와 북과 수금으로 너를 보냈을 것을 어찌 내게 알리지 않고 가느냐?"

"외삼촌이 딸들을 억지로 내 곁에서 빼앗을까 두려워했기 때문입니다."

"네가 고향이 그리워 간다면 할 수 없지만 어찌 내 드라빔을 훔쳐 갔느냐?"[73]

"나는 드라빔을 훔치지 않았습니다. 만일 무엇이든지 내 가솔의 물건 중에 외삼촌의 것이 있으면 그는 죽게 될 것입니다. 나는 이십 년 동안 외삼촌의 양들을 치며 낙태하지 않게 했고, 숫양도 먹지 않았습니다.[74] 짐승에게 물려 찢기거나 도둑맞은 것은 내 가축으로 대신 보충했습니다. 내가 이와 같이 밤낮 더위와 추위 속에 가축을 돌봤는데 외삼촌은 내 품삯을 열 번이나

73 히브리전승에 의하면 라반의 꿈 속에 신이 나타나 야곱을 해코지 하지 말라는 경고를 했다고 한다.
74 유목민들은 새끼를 낳기 위해 여간 암양을 잡지 않는다. 식량을 위해서 숫양이 도살의 대상이다.

바꾸셨습니다."

라반이 드라빔을 찾았지만 라헬은 낙타 위에 앉아 그 안장 속에 숨기고 움직이지 않았다.

"아버지, 저는 경수 중이라 일어설 수 없어요."[75]

라반은 딸들과 외손주들을 생각해서 해코지하지 못하고 야곱과 평화 협정을 제의한다.

"네가 데리고 있는 처와 자식들은 내 딸과 손자들이요, 네가 가지고 있는 가축도 내 양떼였다. 내가 너에게 무슨 해코지를 하겠느냐? 우리가 서로 돌 기둥을 쌓고 조약을 맺자."

라반과 야곱은 앞으로 서로 간에 평화를 지킨다는 증거로 돌을 쌓고 그 이름을 여갈사하두다(시리아어로 '증거의 무더기')와 길르엣(히브리어로 '증거의 무더기')이라고 불렀다.

야곱의 식솔들은 요단 동편을 걸어 사해를 우회하여 가나안 내륙을 향해 가고 있었다. 뒤에서는 라반과 그의 측근들이 언제 마음이 변해 추적해 올지 모르는 상황이었다. 그런데 들리는 소식이 몇 마장 앞에서 형 에서가 기다리고 있다는 것이다.

'형이 내가 전날 장자권과 축복권을 속여 뺏은 일을 잊지 않고 있구나. 그가 수십 년 동안 칼을 갈고 있었구나. 이 일을 어찌할꼬!'

---

75 고대 사회에서는 생리혈은 마귀의 서식지라고 생각하여 두려워했다.

에서는 세일 땅 에돔 들에서 용병 생활을 하고 있었다. 그에게는 400명의 사나운 부하들이 있었다. 야곱은 소와 나귀와 양떼를 둘로 나누어 그것들과 함께 종들을 먼저 보내 에서를 만나게 했다.

"너희들이 에서를 만나면 이 가축들은 에서의 종 야곱이 바치는 예물이라고 말하여라."

야곱은 종들과 가축이 에서에게 공격을 받으면 뒤에 있다가 그 틈에 도망치려 했다.

야곱은 두 첩과 두 아내와 자식들을 보내고 홀로 남아 유도화가 만발한 얍복 강가에서 한 밤을 지샜다. 두려운 밤이었다. 거세게 흘러가는 흰 여울물 소리, 야수의 검은 울음소리, 발목을 스치고 지나가는 독사들⋯⋯.

히브리전승에는 야곱은 그 '얍복'[76] 강 앞에서 알 수 없는 신과 씨름을 한다.[77] 새벽이 되어 신은 힘을 잃었고,[78] 그 신은 야

---

76 갈릴리 호수와 사해 중간에 위치한 요단강 지류의 하나인 이 강의 이름은 '싸운다'는 뜻을 가진 '야비크'에서 기원했다.

77 나그네가 강을 건너기 전에 그 강의 정령과 겨루는 설화는 고대 중동에 널리 유행되어 남아 있다(힛타이트 족속 문서를 보면 케밧 여신과 왕이 씨름하는 장면이 나오는데 여신은 붙들리게 되고, 왕은 그 여신에게 축복을 요청한다). 그리고 인간이 신과 싸워 이겼다는 설화 또한 그리스 신화에 남아 있다(기독교 전통 의역주의자들은 신과 씨름했다는 이 신화적인 장면을 차마 그대로 해석하기가 어려워 야곱이 힘써 기도했다고 해석하기도 한다).

78 고대 민간 전승에는 새벽녘 여명 때는 어둠의 권세와 앞잡이들이 사람에

곱의 환도뼈[79]를 쳤다. 씨름에서 이긴 야곱은 그 신으로부터 '이스라엘'('신과 겨루어 이긴 자')이라는 새로운 이름을 받았다고 전해져온다.

"아, 내가 신을 보았으나 나는 죽지 않았다!"

야곱은 신을 만난 그 곳을 브니엘('신의 얼굴')이라고 불렀다.

압복 강을 건넌 야곱은 에서를 만날 때도 첩들과 레아와 그의 자녀들을 앞서 보냈고, 특별히 사랑한 라헬과 그녀의 소생 요셉은 자기 뒤편에 있게 했다. 야곱이 아내들과 첩들과 자식들과 함께 에서에게 일곱 번 절을 했다.[80] 에서가 가까이 와 그를 안고 입을 맞추며 운다.

"내가 앞서 만난 가축 떼는 다 무엇이냐?"

에서는 야곱이 보낸 가축 예물을 보고 마음이 너그러워져 있었다. 야곱도 따라서 운다.

"형님의 은혜를 갚으려 제가 보낸 선물입니다."

"내 동생아, 내게 있는 것으로 족하니 네 소유는 네게 두라. 그리고 나와 함께 같이 가자!"

대한 권세를 잃는 순간으로 흔히 표현된다.

79 허리 아래 부분에 있는 뼈. 이 사건을 기억하며 이스라엘인들은 후에도 가축의 엉덩이 힘줄은 먹지 않았다고 한다.

80 고대 근동에서는 왕에게 일곱 번 절하는 풍습이 있었다.

전날 동생에게 속은 원한을 가지고 있었으나 에서는 혈족인 제수와 조카들을 보자 마음이 변해 있었다.

"형님을 뵌 것이 신의 얼굴을 보는 것 같습니다. 어서 선물을 받으소서! 그리고 형님, 제 가솔들은 아녀자들이 많습니다. 형님과 부하들을 따라가면 하루도 못가서 지쳐 쓰러질 것입니다. 먼저 가소서, 뒤따라가겠나이다."

"그러면 내 부하들을 남겨두어 너희 가솔을 보호해주랴?"

"아닙니다. 형님의 얼굴을 뵌 것으로 그 은혜가 족합니다."

야곱은 에서의 마음이 언제 바뀔지 모른다는 생각에 어떻게 해서든지 사이를 둔다. 에서는 용병 생활을 하던 아라비아 땅 세일로 돌아갔고,[81] 야곱은 그를 두려워하여 따라 가지 않고 요단강을 건너 장막을 쳤다. 에서의 활동 영토에서 도망친 것이다.

야곱은 벧엘로 향하다가 가나안 성읍 세겜에 머물렀다. 세겜은 가나안 중심도시였는데 그 문명 생활에 마음이 끌린 것이다. 그러나 야곱은 여전히 떠돌이 유랑민이었다.

---

81 히브리전승에 의하면 그 이후 에서는 아라비아의 조상이 되었다고 한다. 이미 이때는 아라비아 족속이 나라를 이루고 있을 때다. 에서가 시조가 되었다는 설화는 신화에 불과하다. 히브리전승 저자는 가나안과 근처 모든 민족의 시조는 아브라함의 후예라고 기록했다. 이스라엘을 높이려는 계획된 의도일 것이다.

어느 날 그곳 히위 족장 하몰의 아들 세겜에게 딸 디나가 강간을 당하게 된다.

"당신의 딸은 우리 딸들을 보러 우리 땅에 허가 없이 들어와 강간을 당한 것이오. 우리에게는 죄가 없소."

고대 수메르 법에 의하면 약혼하지 않은 젊은 여자가 허가 없이 자기 부모의 집을 떠나 강간을 당했을 경우에는 상대방에게 죄를 묻지 않았다. 이런 경우 부모는 딸의 동의 없이 강간한 자와 결혼시킬 수 있었다.

히위 족속은 야곱 가족과 화해를 신청하며, 디나를 며느리로 달라고 한다. 야곱이 할례 받지 않은 자들과 혼례를 맺을 수 없다고 하자 그들은 그것까지 받겠다고 한다.

"내 아들 세겜이 당신의 딸 디나를 연모하여 중병까지 들었으니 어쩌겠소. 우리 풍습이 아닌 할례를 치루겠소. 딸만 주시오."

이때 히위 족속이 할례를 받고 고통스러워하는 틈을 타 야곱의 아들들인 시므온과 레위가 세겜 성읍을 기습하여 모든 남자를 죽이고 노략질하여 누이동생의 복수를 한다.[82]

야곱은 세겜에서 수치스런 일을 당하고 발걸음을 옮겼다. 그

---

82 이 설화는 세겜 족속을 레위와 시므온 두 사람이 쳐들어가 말살시켰다는 그 문맥부터가 신화적이다. 이것은 족장 시대에 시므온, 레위 족속과 세겜 족속과의 분쟁을 말하고 있는지 모른다.

는 벧엘에 도착하여 전날 아비의 집을 떠났을 때 그곳에 쌓은 돌기둥 앞에서 다시 기름을 붓고 제사를 올렸다.

"아, 내가 전날 집을 떠나 외갓집으로 갈 때 이 벧엘로 다시 돌아와 신에게 제사를 드린다고 약속했는데, 세겜으로 가는 바람에 딸년에게 못된 일을 겪게 했구나!"

다시 벧엘을 떠난 야곱은 에브랏(베들레헴의 옛 지명)에서 라헬 소생 열두 번째 아들을 얻었다. 그러나 라헬은 요셉을 낳은 지 16년이 지났으므로 산고가 심했고, 고통 끝에 낳은 아들의 이름을 '베노미'('슬픔의 아들')라고 부르며 죽었다. 야곱은 아들의 이름을 베냐민('오른손의 아들')이라 바꿔 부른다.

야곱은 할아버지 아브라함 때부터 살던 마므레 헤브론 성읍에서 아비 이삭을 만났다. 그리고 얼마 후 형 에서와 함께 180세의 노부를 장사한다. 에서는 다시 아라비아로 떠났고 야곱 가솔은 그곳 헤브론에 장막을 치고 머물렀다.

야곱이 두 아내와 두 첩들을 통해 낳은 아들들은 어미들의 혈족이 달라 반목이 심했다. 게다가 야곱은 총애한 라헬의 아들들인 요셉과 베냐민을 특히 아꼈다. 요셉에게는 '파씸'[83]을 입히기도 했다. 요셉은 첩들의 아들과 어울리면서 아비에게 달려가 고

---

83 채색 옷. 길이가 길고 소매에 수놓은 옷.

자질하는 것을 좋아했다.

"빌하와 실바의 아들들이 새끼 양을 팔아서 술을 사 먹었어요. 지난번에 어미 양이 유산해서 그 태반을 날짐승들에게 던져주었다는 그들의 말은 거짓말이에요!"

요셉은 꿈을 꾸고 해몽하기를 좋아했다. 또 그것을 자랑하고 다녔다.

"형들은 내 꿈을 들으시오. 우리 형제가 곡식밭에서 단을 묶었는데 내 단은 일어서고, 형들의 단은 둘러서서 내 단에게 절하는 것이 아니겠소."

"네 이놈, 네가 우리의 왕이 된다는 것이 아니냐?"

형들은 아비의 편애를 받는 요셉을 미워했는데 그 꿈 때문에 미움은 증오로 바뀌었다. 그러나 요셉은 아비 야곱에게까지 자신의 꿈을 자랑했다.

"어제 장막 안에서 잠을 자는데 해와 달과 열한 개의 별이 꿈에 나타나 내게 절을 했습니다!"[84]

"그러면 네 부모와 네 형들이 너에게 절을 했다는 얘기냐?"

야곱은 목소리를 높였지만 그의 해몽을 예사롭게 여기지 않았다.

---

84 이처럼 영웅이 될 자가 자신이 권좌에 오르는 꿈을 꿨다는 것은 근동 신화의 일반적인 설화다. 요셉보다 500년 앞섰던 아카드 왕 사르곤도 왕좌에 오르는 꿈을 꿨다.

건기였다. 형제들은 양을 몰고 먼 들로 목초를 찾아 떠났다. 야곱은 라헬의 소생인 어린 베냐민과 열일곱 살 요셉을 아껴 그들과 같이 보내지 않고 장막에 머물게 했다. 힘든 목축일을 시키지 않으려는 마음 한 편에는 혹시라도 형들과 싸움이 벌어질까 염려도 담겨 있었다.

"형들의 소식이 궁금하다. 벌써 꼴을 먹이고 돌아왔어야 하지 않느냐? 세겜에 있을 것이니 형들을 만나보고 소식을 알아보아라!"

요셉은 아비의 명을 받고 도시락과 행구를 갖춰 길을 떠났다.

형들은 세겜에서 목축을 하다가 그곳 목동들과 목초 다툼에 밀려나 도단[85]에 있었다. 형제들은 양 떼를 풀어놓고 언덕에 앉아 푸념을 늘어놓는다.

"요셉과 베냐민은 장막 안에서 꿀을 바른 과자나 먹고 있겠지. 우리는 식량도 떨어지고 쓴 풀씨만 털어 먹어야 하는구나!"

억새 씨를 입에 넣던 형제가 소리친다.

"저기를 봐라. 요셉이 오고 있다. 놈을 혼낼 수 있도록 신이

---

85 이집트에서 시리아로 이어진 가나안 객상로 근처 성읍. 세겜에서 북쪽으로 30km지점.

주신 기회가 아니냐?"

요셉은 세겜에서 형들을 찾지 못하다가 그곳 목동이 전해준 정보를 듣고 도단으로 왔다. 그가 채색옷 소매를 휘날리며 다가오고 있을 때, 형제들이 급히 모의한다.

"꿈 꾸는 자가 온다. 저 잘난 놈을 죽여 구덩이에 던지고 악한 짐승이 잡아먹었다고 아버지에게 보고하자. 왕이 된다는 저 놈의 꿈이 어떻게 이루어지는지 알아보자."

장남 르우벤이 급히 나섰다. 그는 일단 요셉을 살려 놓고 기회를 보아 아비에게로 돌려보내고자 했다. 장남으로서 형제를 통솔하는 책임을 느꼈던 것이다.

"죽이지 말고 웅덩이에 던져 넣자!"

형제들은 요셉을 잡아 채색옷을 벗기고 우물 속에 집어넣었다. 목동들이 파놓은 것인데, 건기로 말라 있었다. 요셉이 울부짖는다.

"형님들, 살려주세요. 저는 단지 아버지의 심부름으로 형님들 안부를 알고자 찾아왔고, 도시락을 가져왔을 뿐이에요!"

"네 이놈, 거기서 조용히 꿈이나 꾸고 있거라. 그렇게 소리를 지르면 짐승들이 몰려와서 네 놈의 머리부터 아삭아삭 먹어버릴 것이다!"

귀를 틀어막은 형들은 웅덩이 옆에서 요셉이 가져온 포도주를 마시며 볶은 곡식을 씹고 있을 뿐이다. 동편 길르앗 쪽에서 향료와 유향과 몰약을 실은 낙타를 타고 이스마엘 객상들이 오고 있었다. 지켜보던 넷째 유다가 말한다.

"우리가 동생을 죽이고 그의 피를 덮어둔들 무엇이 유익하겠느냐? 이스마엘 사람들에게 팔고 그의 피를 우리 손에 묻히지 말자."

형제들은 상인들에게 요셉을 은전 20냥에 팔았다.[86] 상인들은 요셉을 사가지고 해 뜨는 이집트 쪽으로 내려갔다.[87]

형제들은 요셉의 옷에 숫양의 피를 묻혀 제 아비에게 가져갔다.

"이 옷은 내 아들의 옷이다. 악한 짐승이 그 아이를 잡아먹었도다. 요셉이 분명히 찢겼도다!"

야곱은 끝없이 눈물을 흘렸다. 아들들이 위로해도 통곡은 끊이지 않았다. 그는 쓰러져 침대에 눕는다.

---

86 기원전 18세기 중엽 이집트 13 왕조 때 남긴 점토판을 보면, 아시아인들이 이집트 노예로 팔려온 명단이 기록되어 있다. 이때 남자보다 여자가 더 많았고, 남자들 가운데에는 집사, 요리사, 양조사, 가정교사 등이 있었다. 고대 중동에서 요셉 전 시대는 노예 값이 10내지 15세겔이었고, 기원전 15세경에 와서는 30~40세겔이었다(누지법을 보면 당시 목자의 1년 임금은 10세겔이었고, 신부값은 30~40세겔이다).

87 히브리전승에는 이 장면에서 이스마엘 객상과 미디안 상인이 혼동되어 사용되며 요셉을 노예로 사 간 것으로 기록되어 있다. 창세기가 단일 저자가 아니고 혼합된 단편 모음이기 때문에 생긴 오류다(반면 보수적인 해석은 이스마엘 객상과 미디안 객상들이 동행했다고 본다).

"내 아들을 따라 나도 땅 속 죽음의 세계로 들어가리라!"

요셉을 팔아먹은 형제들의 가정 삶은 순탄하지 않았다. 장남 르우벤은 아비의 첩과 음행하여 야곱의 미움을 받는다.

넷째 유다는 아비의 반대에도 불구하고 가나안인 수하의 딸과 혼례를 올렸다. 그는 그녀에게서 세 아들 엘과 오난과 셀라를 얻었다. 그런데 엘이 범죄하여 신의 저주로 일찍 죽는다.

형이 죽으면 아래 동생이 형수를 아내로 취하는 수계결혼 관례대로 야곱은 둘째 아들 오난에게 며느리를 주었다. 그런데 오난은 수계결혼 법칙대로 아들을 낳아도 형의 족보로 올리는 까닭에 신혼 첫날 밤 형수의 몸 밖에 설정泄精을 했다.

히브리전승에 의하면 신은 이 사실을 노엽게 여겨 오난을 죽였다고 한다. 성 행위는 자손 번성을 위한 신의 섭리인데 그것을 어겼기 때문이다.

"셋째 셀라가 너무 어려 아직 네 남편이 될 수 없다. 그 아이가 클 때까지 수절하며 친정에 가 기다리라."

시아버지 유다의 명령에 며느리 다말은 친정으로 내려갔다. 그런데 아무리 기다려도 시아버지에게 소식이 없었다.

다말은 과부의 면박을 벗고 창녀가 쓰는 검은 면박으로 얼굴을 가리고 시아버지 유다가 양을 치는 들판으로 찾아갔다. 그리고 시아버지를 유혹하여 관계를 맺고 쌍둥이 아들 베레스와 세라를 낳았다.

다말이 시아버지를 유혹해 자손을 얻은 까닭은, 다른 남자와 간통하여 자녀를 얻으면 시댁 식구들에게 죽임을 당했기에 그 것을 피하려 했기 때문이다.

요셉은 이집트로 끌려와 환관장 보디발의 집에 노예로 팔렸 다. 신임을 받은 그는 집사가 되었고, 온 집안일을 도맡아서 했 다. 그런데 보디발의 아내는 곱상한 요셉을 유혹했고, 그가 뿌 리치자 찢긴 옷을 거짓증거 삼아 남편에게 일렀다.

"당신의 종이 겁간하려 했습니다. 이 옷이 그 증거입니다."

보디발은 아내의 부정한 생활을 알았다. 그러나 자신의 체면 상 요셉에게 그 죄를 뒤집어씌웠다.

요셉은 파라오의 신하들이 갇힌 왕궁 감옥에 있게 되었다. 상전의 아내를 강간한 죄라면 사형에 해당되었으나 보디발은 그의 결백을 알았기에 그 정도로 형을 내린 것이다.

감옥에는 파라오로부터 징계를 받은 고급 관료들이 모여 있 었다. 반역음모 죄인, 요리를 잘못한 죄인, 할렘을 기웃거린 죄 인 등이다. 요셉은 감옥을 관리하는 전옥의 신임을 받아 옥중 죄수들을 관리하는 사무를 맡았다. 그리고 죄수들에게 해몽을 해주며 인기를 얻었다.

술 맡은 관원과 떡 맡은 관원이 요셉에게 해몽을 요청했다.

"내가 꿈을 꾸었는데 포도나무 세 가지에 싹이 나서 꽃이 피고 포도송이가 익었다. 내가 그 즙을 짜서 파라오의 손에 드렸다."

"그것은 지금부터 사흘 후에 파라오가 당신의 머리를 들어 복권시켜 줄 것이라는 꿈입니다."

"나도 꿈을 꾸었는데 흰 떡 세 광주리가 내 머리 위에 있고 그 윗 광주리에는 파라오를 위하여 만든 각종 구운 식물이 있었는데 새들이 날아와 그것들을 먹었다."

"지금부터 사흘 후에 파라오가 당신의 머리를 끊고 당신을 나무에 매달 것입니다. 새들이 당신의 고기를 뜯어 먹을 것입니다."[88]

---

88 요셉의 해몽은 고대 이집트 해몽서에 나오는 내용과 상징이 비슷하다. 그 해몽서에는 가득 찬 술잔은 명성과 소산을 얻는다는 표식이고, 머리에 과일을 이고 나르는 것은 슬픔의 표식이다.

요셉의 이야기

1. 힉소스족의 이집트 침공

이집트에서는 세소스트리스 1세를 이어 2세, 3세가 파라오 자리를 차지하고 안정된 왕조를 이어간다. 세소스트리스 3세 때는 중앙정부를 강화하고 지방의 봉건귀족들의 권한을 빼앗기도 했다. 또 그는 '누비아'(이집트 남부. 지금의 수단)를 정복하고 나일강 남부를 평정했다. 그리고 그곳 곳곳에 요새와 초소를 세우고 유목민들과 선박들을 통제했다.

그 후 세소스트리스는 소부대를 이끌고 가나안으로 올라와 세겜을 함락시키기도 했다. 가나안 종주권을 확인하려는 의도였다. 그런데 영광이 영원할 것 같은 이집트에도 재칼이 앙칼지게 울부짖던 북쪽 광야 너머로부터 차츰 먹구름이 몰려온다.

이집트는 나일강 양쪽 깊은 계곡과 주위를 둘러싼 사막이 방패 역할을 했다. 북쪽 역시 바다가 지켜주고 있었다. 이런 지리적 여건으로 외부 침략을 받지 않고 오랫동안 안정된 정치 세력권을 유지했던 이집트에 평화가 깨진다.

이집트는 태양신 호루스의 화신인 파라오가 지배하는 세습적인 절대 군주체제였다. 그런데 점차 분봉된 지방 귀족들의 세력이 커져 지방분권 상태에 이르렀다.

또 이집트는 정치 중심지인 멤피스[1]와 종교 중심지인 테베 사제들 간의 다툼 등 내부 분열 상태에 빠지고, 남부에서는 누비아와 치열한 영토 분쟁에 휘말린다. 기원전 1800년경 무렵부터 국운이 쇠퇴하기 시작하여 13왕조가 끝날 때는 이미 중앙정부 체제가 완전히 붕괴된다. 이때 나일강 삼각주 지대를 통해 북쪽에서 셈족 유목민족들이 조금씩 몰려들었다.

기원전 1750년경, 이집트는 급기야 힉소스족[2]의 대규모 침공을 받는다. 이들은 이미 소아시아 지역과 북부 메소포타미아 동서양 경계의 지역에 기원전 2500년경부터 살았다. 그 후 메소포타미아 문명으로 개화된 후 다시 남하하여 이집트를 침공한 것

---

1 이집트는 나일강을 중심으로 호루스 신을 믿는 상 이집트와 세트 신을 믿는 하 이집트로 나누어진다. 멤피스는 지리적으로 이집트 중앙에 위치한 땅이다. 수도로서는 적격이었다.

2 중앙아시아 코카사스 지방에서 나온 셈족으로 이 족속의 지도자들 얼마는 후리야족인 인도 아리안의 귀족으로 보인다. 동아시아에서 이동한 후리아족이 이들을 지배했던 것 같다. 힉소스란 이름은 이집트 역사가 마네토(기원전 300년경 활동)가 붙인 것으로 '양치기 왕', '붙잡힌 양치기'라는 뜻을 가지고 있다고 유대역사가 요세푸스(A.D. 1세기 활동)가 주장했다. 그러나 이집트어로 '외국에서 온 통치자'라는 뜻의 변형이 확실한 것 같다.

이다.[3]

힉소스족의 침입은 태양신이 이집트를 지켜줄 것이라는 신념을 무참히 무너뜨렸다. 힉소스족은 갑옷을 입고 말과 마차를 타고 발달된 청동기 무기를 들고 북쪽에서 내려왔다. 이들이 사용하던 전쟁무기는 중동에서는 생소한 것들이었다. "'아무'(이집트어로 아시아인을 뜻함)들이 타고 온 마차의 동그란 바퀴는 어떻게 만든 것이냐?[4] 저 위에서 병사들이 활을 쏘아 날리고 있지 않느냐?"

---

3 이즈음 메소포타미아는 여러 세력들이 충돌하며 소용돌이치고 있었다. 우르 왕조를 멸망시킨 이슈비 이라의 후예 엘람 왕 이아둔 림은 궁중 반란으로 암살당하고, 엘람은 앗시리아 왕 샴시 아닷 1세에 의해 침공을 받는다. 그 후 이아둔 림의 아들 지므리 림이 다시 궐기하여 엘람의 왕좌를 되찾았다. 이때 기원전 1830년경, 아모리인들은 수무 아붐이란 인물의 인도 아래 유프라테스 강변의 바벨로니아 왕조를 세웠다. 그 후 아모리족의 후예 함무라비가 마리 왕 지므리 림까지 축출한다. 함무라비가 죽은 후 메소포타미아 하류에서 다른 아모리인 '일루 마 일루'란 자가 반란을 일으켜 왕조를 창건하여 바벨로니아를 둘로 나뉘게 했다. 분열된 이때 이란 고원지대에서 카시스족이 나타나 바벨로니아를 지배하게 된다. 이 분란 중에 소아시아에서는 힛타이트족들이 시리아와 메소포타미아로 진출하여 미탄니(기원전 16세기 북메소포타미아를 지배한 인도 아리안계 후리족 왕국)를 세운다. 이 혼란 중에 힉소스족도 이집트로 몰려간 것이다.
4 바퀴는 기원전 4000~3000년 메소포타미아에서 발명되었다. 살이 4개나 6개 달린 바퀴는 기원전 2000년경에 역시 메소포타미아에서 만들어졌다. 이 마차는 운송수단으로 사용되다가 그 후 미탄니족이 전마가 끄는 두 바퀴 달린 전쟁용 전차를 발명하여 북메소포타미아에 전래시켰다. 힉소스족이 끌고 온 전차는 이 마차일 것이다.

전차를 탄 힉소스인들은 활을 쏘고 창을 날리며 이집트에 나타났다. 이 기마민들이 들여온 것은 갑옷, 말, 바퀴, 전차, 공성퇴 공격에 대비하는 이중 성벽, 발달된 '요새 축조술',[5] 중량 단위 등이다. 이들은 야금술도 들여왔는데 이집트 내부에서 발견한 기술보다 더 정교한 것이었다. 특히 이집트인들이 놀란 것은 힉소스족들이 전차 위에서 쏘아대는 성능 좋은 활이다.[6]

힉소스족 조상들은 위치상 사방으로부터 도전을 받는 중앙아시아에 위치하고 있었다.[7] 그래서 그 활을 더 멀리 더 날카롭게 개발하였고, 상대적으로 아프리카에 고립되어 있는 위치 관

---

5 둔덕 비탈진 곳에 이긴 흙, 자갈을 층층이 쌓은 다음 회반죽을 입혀 만든 인공 언덕.

6 호모하빌리스(손을 사용하는 사람)의 출현은 기원전 340만년으로 추정된다. 그 후 인류는 도구를 발달시켰다. 이미 무기는 20만년 전 네안데르탈인 때 나무창이 사용되었다. 그 후 화살이 발명된 동기는 빙하기가 끝나고 다시 기온이 더워졌던 까닭이다. 더위로 초원은 사라지고 숲은 더욱 우거졌으며, 들소나 매머드 같은 대형 초식동물들은 사라지고 사슴, 노루, 멧돼지 등이 번성했다. 처음에는 움직임이 둔한 짐승들을 잡는데 짐승의 앞발보다 큰 창이면 됐다. 그러나 새로운 동물들은 더 빨리 달렸기에 전날처럼 창으로 잡기에는 힘들었다. 곧 투창이 발명되었지만, 수렵인들은 속도, 정확성을 요하는 무기가 필요했다. 활이었다.

7 세계적으로 보면 이즈음 기원전 2000년경에서 기원전 1500년 사이에 중앙아시아에서 러시아에 걸쳐 살던 아리안족이 남하하여 인도의 조상이 되었다. 또 다른 아리안족 부류는 북부로 진출하여 유럽인이 되었다. 이들 아리안족의 범어(산스크리트어)는 게르만족 어원과 같아서 유럽 조상인 것이 밝혀졌다. 힉소스족도 이 분류라고 생각하는 학자들도 있다. 이들 아리안족은 자연현상인 태양, 번개, 물 등을 섬겼던 다신교였다. 이들이 신을 찬미하며 지은 노래집이 베다 경전이다. 힌두교의 모태이다.

계로 적이 적어 무기를 발달시키지 않았던 이집트와 다른 양상
이었다.[8] 이집트인들은 힉소스족의 마차와 활을 막을 수가 없었
고 나일강 삼각주를 내어주었다.[9]

힉소스족에 의해 이집트 15왕조 문이 열렸다. 북부 아프리카
에 처음으로 아시아 이방 왕조가 들어서는 순간이다. 이들은 이
집트의 배꼽인 나일 강 삼각주를 지배하고 그 강 주변 성읍 멤
피스, 헬리오폴리스를 함락시켰다.

파라오의 자리에 앉은 자는 힉소스족 살리티스다. 힉소스 왕
조는 처음에는 멤피스를 도성으로 정했으나, 후에는 그들의 고
향인 아시아와의 관계를 긴밀히 하기 위해 '타니스'[10]로 도성을

---

8 청동무기는 메소포타미아에서는 기원전 3500년경에 이미 사용했다. 청
   동부속이 달린 전차도 이 지역에서 기원전 3000년경에 보급됐다. 그런데
   이집트에서는 청동무기가 사용된 것이 기원전 2000년경이었다. 이처럼
   금속문명이 늦은 것도 이집트가 힉소스족에게 침략을 받은 원인이 되었
   을 것이다.

9 후기 이집트 제사장 마네토가 쓴 역사 기록에서 '힉소스족이 갑자기 습
   격해 와 무서운 전쟁을 치르거나 어려운 일도 없이 우리 땅을 정복했다'
   는 내용을 보면 이 침공이 전차에 의한 급습이었음을 말해 주는 것이 아
   닐까?

10 이집트어. '태양신은 그를 낳았다'. 나일강 북동쪽 삼각주 지방. 그리스
   어로 '아바리스'('태양신의 집')라고도 불리었다. 타니스는 기원전 2300
   년경 이집트 제6왕조의 페피 1세 때 아시아와의 통상활동 기지로 건설되
   었는데 힉소스족의 수도가 된다. 이곳은 이집트 중왕국 시절의 유적이
   많았는데 이 유적지 위에 새로 도성을 쌓은 것이다.

옮겼다. 그리고 반발하던 이집트 지방 통치자까지 제거하고 모든 권력 자리를 차지했다. 그러나 나일강 하류와 중류 외에 남부는 지배하지 못했다.

힉소스족이 이집트를 지배하자, 이제까지 이집트 지배 아래 있던 가나안이 혼란에 빠진다. 후리족이요, 그들이 세운 미탄니 군사들이 몰려와 이집트에 종속되었던 시리아와 북부 가나안 지배권을 주장한 것이다.

힉소스족의 지배를 받으면서도 이집트인들은 그들이 교만하고 신앙심이 없는 종족이라고 비방했지만 야만인이 아니었다. 힉소스족들은 나귀와 수백 척의 선단을 이끌고 근동 여러 곳과 무역을 할 정도로 상술에도 능한 족속이었다. 그들이 사용한 나귀는 누비아에서 야생 나귀를 길들인 것인데 사막의 배처럼 사용되었다. 파라오 살리티스는 누비아로부터 타니스까지 곳곳에 수비대를 세워 객상들을 보호했다.

힉소스족들은 이집트인을 통치함에 있어서 관대한 정책을 썼다. 왕들은 세력이 연약해진 나일강 상류 테베 통치자들로부터 공물을 받는 것으로 만족했다. 또한 힉소스인들은 정치적 영역 외에는 종교나 문화에 관여한 일이 없었고, 오히려 그들 스스로 이집트인들에게 동화되어 갔다.

'우리가 섬기던 '세테크'(힉소스족이 숭배하던 폭풍의 신)께서 이집트에도 계신다. 그 분은 여기서는 '세스'(이집트인이 섬기던 폭풍과 사막의 신) 신으로 불리고 있지 않은가.' 힉소스인들은 이런 생각에 이집트의 제의에도 참여하여 세스 신을 경배했다.

2. 힉소스족의 하수인 요셉

기원전 1620년, 힉소스족 출신 파라오 '사키르하르 키얀'이 비단조개껍데기와 비단벌레껍데기로 상감된 왕좌에 앉아 술로 분노를 달랜다.

"이집트 놈들은 자존심만 세서 다른 민족은 인간으로 보지 않는다. 나와 우리 힉소스족까지도 야만인처럼 보니 어찌 다스릴 수 있겠느냐?"

그가 소리칠 때, 곁에 섰던 '마스케'(이집트어. '술 맡은 관원')가 밀봉된 다른 술 항아리를 연다.[11] 그는 자신의 왼손바닥

---

11 메소포타미아와 이집트에서는 기원전 4000년경부터 여러 종류의 맥주를 양조하였고, 대추야자와 포도를 발효하여 술을 만들었다. 이집트 술 관원은 술을 봉할 때 왕이 보는 앞에서 인으로 밀봉한 후 제조자의 이름을 써 붙였다. 또 마실 때는 왕이 보는 앞에서 그 뚜껑을 여는 관례가 있었다. 이집트에서는 포도가 귀했기 때문에 주로 밀로 술을 담았다. 훗날 기원전 1200년경 람세스 3세 때 파라오를 암살한 규방 음모 사건을 조사했

에 약간의 술을 부어 마시더니 다시 사키르하르 키얀의 금 술잔
에 따르며 속삭인다.

"히브리노예 요셉이란 자를 눈여겨보셨습니까?"

"해몽의 대가로 내가 감옥과 노예에서 풀어준 자를 말하느
냐?"

얼마 전 사키르하르 키얀은 꿈을 꾼 적이 있었다. 일곱 마리
의 암소가 나일강에서 올라와 갈밭에서 풀을 뜯어먹고 있는데,
그 뒤에 흉악하고 파리한 일곱 암소가 올라와 처음 일곱 마리의
소를 잡아먹는 꿈이다. 또 꿈을 꾸었는데 한 줄기에서 무성하고
충실한 일곱 이삭이 나오고, 또 그 후에 쇠약하고 마른 일곱 이
삭이 나왔는데 이 이삭이 처음 이삭을 삼켰던 것이다. 사키르하
르 키얀이 생각할 때 이집트인이 숭상하던 아피스(소 형상을 한
풍요의 신)와 '하피'[12]가 다스리는 나일강을 꿈에 본 것은 상스
러운 일이었다.[13]

던 재판관 중에 술 맡은 관원이 있었다는 기록이 있다. 그만큼 이 직책은
이집트에서 중요시되었다.

12 뚱뚱한 형상의 나일 강 여신. 나일강 범람을 의인화한 신의 모습이었다.
고대 이집트인들은 나일 강물이 에스완에 있는 하피가 거주하는 동굴에
서 흘러나온다고 여겼다. 급류 때문에 더 이상 배를 타고 상류로 거슬러
올라갈 수 없기 때문에 생겨난 전설이다.

13 이집트인들은 꿈을 신이 보여준 상징으로 보고 해독하는 경향이 있었다.
파라오들은 주로 꿈을 통해서 신탁을 받았다. 그들은 신전 옆에 꿈의 궁
전을 짓고 잠을 자며 신탁을 받기도 했다. 이집트에서는 해몽책까지 있
었다. 고양이를 본 사람은 풍성한 수확을 얻게 되고, 흰 빵을 보면 건강

힉소스족 사키르하르 키얀 역시 해몽을 중요시했던 북부 바벨로니아의 후예였기에 궁금증이 더했다. 그런데 이집트 술사들이 속 시원히 해몽하지 못하자 번민에 빠졌다. 그때 감옥에 갇힌 적이 있던 관원이 전에 같이 갇혀 있던 히브리노예를 소개했고, 그를 궁으로 불러들였던 것이다. 그때 히브리노예 요셉이 사키르하르 키얀의 마음에 맞도록 해몽한 적이 있었다.[14]

파라오 앞에 불려온 요셉의 해몽은 이러했다. 이집트 온 땅에 일곱 해 동안 큰 풍년이 들고, 후에 일곱 해 동안 기근이 든다는 것이다. 그 해결책으로 풍년이 들 때 이집트 땅에서 오분지 일의 곡물을 거두어 각 성에 비치해 놓았다가 흉년이 들 때 대비하라는 것이다.[15]

해지고, 새를 잡으면 재산을 잃어버린다는 내용 등이다. 메소포타미아인들도 '자키쿠'('신의 영')가 꿈을 준다고 생각했다. 바벨로니아 또한 해몽에 관심을 가져 해몽서를 남겼다. '슘마 알루'(고대 메소포타미아 해몽서) 등인데, 만일 사람이 꿈속에서 갈가마귀를 먹으면 수입이 생기고, 하늘로 올라가면 수명이 짧아지며, 하계로 내려가면 수명이 길어진다는 내용 등이다.

14 해몽은 고대 중동에서 보여지는 원시신앙의 전형이다. 해몽은 수메르 시절부터 유행했고, 기원전 2150년경 도시국가 라가쉬에서는 구데아라는 자가 해몽가로 알려지기도 했다. 이집트 파라오 아멘호텝 1세(기원전 1991~1962년) 때 문서인 '네페르티의 환상'에서 보면 요셉처럼 이집트에 기근이 올 것을 환상으로 해석하고 국가적 재난을 예측하는 기록이 있다.

15 우가리트 설화에도 풍요의 신 바알이 죽었으니 7년 동안 비도 안 오고 이슬조차 맺히지 않게 될 것이라는 기록이 있다. 이것은 매년 여름에 죽음의 신 모트에 의해 바알 신이 죽으면 가뭄이 온다는 자연 사상에서 유래

"파라오여, 그 요셉이란 자를 이집트 본토민들을 다스리는 위치로 등용하소서!"

"그 자는 노예요, 히브리인이라고 하지 않았느냐? 천하고 낯선 자를 어찌 등용시키란 말이냐?"

"제가 아는 히브리인들의 전승에 의하면 그들 조상은 아브라함이라는 자입니다. 그 자는 바벨로니아 우르에서 이동하여 하란에서 살다 죽은 데라라는 자의 아들이라고 합니다. 그러면 그 자들의 조상은 메소포타미아 북부 셈족으로 우리와 같지 않습니까?[16] 히브리노예 출신 요셉을 앞장세우면 여러 가지로 득보는 일이 많을 것입니다. 먼저 그 자가 함족인 이집트인들을 냉혹하게 다스릴 것입니다. 또 이집트인들과 다른 이족들도 그의 출세를 보고 생각하기를 높은 관직에 오를 수 있다는 기대심에 충성을 다할 것입니다."

힉소스족 파라오는 이집트 국수주의자들의 코를 꺾고, 자신에게 충성하는 자들은 이방인이나 노예라도 출세할 수 있다는

된 것이다. 또 한 이집트 비문에는 제3왕조 파라오 드죠세르 때 나일강이 낮아져 7년 기근이 있었다는 기록도 남아 있다. 중동과 히브리인들에게 7이라는 숫자는 완전하다는 의미를 지니고 있다.

16 힉소스족 역시 아브라함의 조상처럼 메소포타미아를 근거지로 발전했기에 그 이름들도 비슷했다. 힉소스족 한 왕의 이름은 '야곱 할'이었다.

것을 보여주기 위한 유화정책으로 요셉을 총리로 채용한다.[17]

파라오들은 신의 종으로 주장한 메소포타미아의 왕이나 힛타이트 왕과도 다르게 그 자신은 매의 형상을 한 태양신 호로스가 성육신 된 것이라고 주장했다.[18] 그러기에 근동과는 다르게 법률도 없었다. 파라오 자신이 입법자요, 법이기 때문이다. 총리 등 복잡한 관료제도가 있었지만[19] 그들 모두는 파라오 신의 신도요, 신하였다. '사르'[20]가 된 요셉도 그중 한 명이었다.

이집트 제2의 도시 '헬리오폴리스'[21] 거리 곳곳에는 성수聖樹 이쉬드 나무, '볏이 있는 왜가리'(그리스인들이 불사조라고 부

---

17 요셉이 이집트 총리가 되었던 사건처럼, 셈족의 소수 집단이 이집트로 이주하여 궁중에서 높은 지위를 얻었다는 다른 파피루스의 기록이 있다. 이집트 파라오 아멘호텝 3세와 그의 아들 아켄아톤을 섬겼던 셈족 출신 총리대신 얀하무라는 자의 기록이다. 이 자의 생애가 요셉설화로 신화화 됐다는 주장도 있다.

18 힌두교 서사시 라마야나에 나오는 라마도 비슈누 신의 성육신이다. 불교에서도 부처를 역시 비슈누의 성육신으로 본다. 회교 시아파도 예언자 알리를 알라의 성육신으로 본다. 기독교의 예수도 야웨의 성육신이다.

19 이집트는 크게 네 개의 행정구역으로 나뉘었다. 각 행정구역은 관리와 서기들로 이루어진 위계질서를 가지고 있었다. 이곳은 '와지르'(이집트어. '총리')가 직접 관할했다. 총리 밑에는 장관들이 있었다. 중앙에 재정·농업·전쟁·노동을 관할하는 부서들도 있었다.

20 '왕의 머리가 되는 자'. '수상 혹은 방백'. 왕실의 고급관리.

21 그리스어. 태양신 라를 섬기는 나일 강 하류 중심 도시. 이집트어로 온이라고도 불렸다.

르던 새), 황소 모형의 신 므네비스 등의 조상彫像들을 세워 태양신에게 바치고 있었다.

신전 앞에서는 제물로 바칠 흰 황소를 검사관이 조사하고 있다. 검사관은 털 속까지 세세히 보며 부정한 검은 털이 있는가 찾고 있다. 제사장은 소에게 여러 저주를 퍼부운 후 동체는 '에파포스 신'('멤피스의 주신 오실리스의 현신')에게 태워 바치고 머리는 강에 버릴 것이다.

파라오가 요셉과 함께 태양신 라에게 경배하기 위해 황소 열두 마리를 몰고 그곳 성소를 찾았을 때다. 대제사장 '보디베라'('태양신에게 바쳐진 사람')가 파라오를 맞이한다. 곁에는 딸 '아스낫'[22]이 동행한다.

'저 자가 파라오가 최고로 신임하는 총리 요셉이란 자구나. 아름다운 젊은이다!'

아스낫의 눈빛이 요셉에게 머문다. 요셉 역시 그녀를 눈 속에 담는다.

'이집트 신은 솜씨도 좋다. '프타'(이집트 창조 신)는 진흙에 침을 섞어 인간을 만들었다고 하던데, 저 여인은 꽃을 으깨어 빚고 이슬을 섞어 만든 모양이다!'

보디베라는 종교도시 남쪽 테베와 겨루고 있는 신진 종교도시 헬리오폴리스 사제들의 수장이다. 그는 파라오의 총애를 받

---

22 이집트 여신 '네이트에 속한 자'.

고 있는 요셉을 자신의 편으로 끌어들이고자 했다. 보디베라는 파라오에게 딸과 요셉을 맺어줄 것을 부탁한다.

머리에 파피루스 다발을 인 사내들, 어깨에 물동이를 멘 처녀들, 숫당나귀 등에 곡물을 실은 객상들이 지나가는 길로 말굽과 마차 바퀴들이 달린다. 힉소스족들은 이 마차들을 앞장세워 침략해왔지만 어느덧 이집트인들의 상용품이 되었다.

말대가리에 공작 깃털을 달아 치장시켰고 금박 테 두른 안장으로 꾸며놓은 마차가 황금빛 투구를 쓴 요셉을 싣고 거리를 달린다. 신전을 짓기 위해 돌을 나르던 노예들이 눈알을 굴린다.

"아, 보아라. 요셉이 파라오가 보내준 왕실용 버금수레를 타고 왔다. 오늘은 흑마가 아니라 백마다. 요셉의 목에 걸린 금사슬을 보아라. 파라오가 걸어준 것이라지. 야, '인장 반지'(도장으로 쓰는 반지)도 꼈다. 꾹 누르면 파라오의 칙령 같은 권위가 주어진다는 것이 아니더냐."

"타니스 궁에서는 저 자를 '파라오의 아비'('파라오의 조언자')라고 부른다고 하더구만. 오늘은 처갓집 보디베라 제사장 집을 방문한 모양이다."

"저 자는 '싸리스'[23] 보디발의 아내를 간음하려다 감옥에 간힌

---

23 '환관장'. 고환을 제거하다에서 유래. 한국 번역에는 시위대장으로 표기했다.

자였는데, 어찌 저런 부귀와 영광을 누린단 말인가."

"파라오의 궁에서 불알도 안 발리고 황후와 얘기할 수 있는 자는 저 자밖에 없다는 거야."

"그러나저러나 정말 요셉이란 자가 보디발의 아내를 겁간하려고 했을까?"

"그것을 믿나? 만일 그랬더라면 보디발이 저 요셉을 감옥에 가둬만 놓았겠나? 당장 죽여 버렸겠지. 이제 보디발과 그의 첩도 요셉이 지위가 더 높아졌으니 온전하지 못할 걸세."[24]

파라오의 총애를 받고 실권을 쥔 요셉은 곡물량을 조사하고 세금을 징수하여 나라 창고에 보리, 밀, 호밀 등을 몇 년 동안 비축했다.[25]

---

24 이집트 고대 설화에도 요셉과 보디발 아내와의 사건과 비슷한 얘기가 남아있다. '두 형제 이야기'(기원전 13세기경, 이집트 제19왕조 산물로 추정)의 내용을 보면, 아우 비티스는 형 아누비스의 아내가 접근하는 것을 거절한다. 그때 형수는 희롱당했다고 고소한다. 아우는 생명을 보존하기 위해 도망쳐야 했다. 아우는 태양신의 보호를 받고 누비아의 총리와 이집트 왕의 자리에 오른다. 이 설화 배경은 요셉 연대기보다 오히려 후세대에 벌어진 일이지만, 정작 구약성서가 편집되었을 기원전 500~400년경보다는 훨씬 앞선다. 현대신학자들은 이처럼 여러 단편적인 민담이 요셉 설화를 꾸몄다고 생각하기도 한다.

25 초기 이집트 유물 발굴은 신앙에 열정적인 목사들이 시작했다. 처음 피라미드를 본 목사들은 그 엄청난 건축물이 요셉이 지은 곡물창고로 오해했다.

요셉의 해몽은 옳았다.[26] 폭염이 곡물들을 태워 수확량을 떨어뜨렸다. 나일강의 수위가 몇 년째 줄어들었다. 해마다 쌓이던 퇴적토가 밀려오지 않았다. 나일강 하류 쪽은 지중해에서 역류한 바닷물의 염기로 농사를 지을 수 없었다. 농민들은 호미를 놓았고, 아사라도 면하려 강변에서 물벌레와 파피루스 뿌리를 찾았다.

그러나 파라오의 창고에는 요셉이 채워 놓은 곡물이 가득 차 있었다. 지난 7년 동안 연이어 있었던 풍년의 결실이다. 관료들은 창고문을 열어 내국민과 외국인에게 곡물을 팔았다.

"우리는 돈이 떨어졌소."

"그러면 가축을 내라. 보리를 주겠다. 그 가축도 보리겨가 없으면 굶어 죽을 것이 아니냐?"

"우리는 가축도 없소."

"그러면 토지를 내어라. 땅도 종자가 없으면 곡물을 심지 못할 것이 아니냐? 토지가 없는 자는 파라오의 종이 되어라!"

요셉은 가뭄을 이용하여 돈과 가축과 땅과 노예를 사들여 파라오에게 바쳤다. 파라오의 토지는 다시 임대되었다.

---

26 해몽대로 사건이 벌어졌다는 것은 고대 신화의 전형적인 예다. 역사가 헤로도토스에 의하면 페르시아를 지배한 고레스도 그의 외할아버지 메디아 왕 아스티아그스의 꿈에 그의 운명이 나타났다. 그 꿈 내용은 고레스가 메디아를 정복한다는 것이었는데, 아스티아그스가 그것을 막으려 자객을 보내도 그 운명을 바꿀 수 없었다.

"토지의 세는 수확량의 1/5이니 그 곡물을 파라오에게 바쳐라!"

"양과 염소와 치즈를 주어 농민들과 바꾼 보리와 귀리가 다떨어졌다. 썩은 콩과 팥이 조금 남았을 뿐이다. 지금은 이곳 가나안 농민들까지 우리와 별반 다를 것이 없을 것이다. 이집트나일강 주변에는 여유가 있어 곡물을 팔고 있다고 하니 사가지고 오너라."

조부 아브라함이 가뭄을 피해 이집트로 내려갔듯이, 야곱은 풍요한 나일강 땅으로 곡식을 사오라고 아들들을 보낸다. 야곱은 열 아들을 이집트로 보내면서 그 먼 길 도중 어떤 해를 받을까 하여 라헬의 소생 막내아들 베냐민은 제 곁에 남겨 두었다.

이집트 파라오 궁 창고 앞에서는 저울과 말과 되로 이집트 관원들이 곡물을 팔고 있다. 근처 높은 테라스 위에서는 금박을 입힌 관복을 입은 요셉이 '홀'(왕이나 왕의 권한을 대신하는 자의 지팡이)을 들고 지켜본다. 자루를 멘 형제들을 발견한 그의 눈이 깊어진다.

"너희들은 염탐꾼이 아니냐? 어느 나라, 어느 군대의 소속이냐?"

요셉은 형제들을 불러놓고 통역관을 시켜 묻는다. 형제들이 고개를 땅에 묻고 대답한다.

"우리는 가나안 사람들로 한 아비 밑에 열두 명의 아들입니다. 막내아들은 아비와 함께 있고, 또 한 아들은 없어졌나이다."

"너희들이 가족이고, 염탐꾼이 아니란 말이냐? 그렇다면 여기 한 사람이 남고, 다른 자들은 곡물을 사 가지고 고향으로 내려가 아비를 봉양해라. 그 막내를 데려 오면 잡아 놓은 형제를 풀어줄 것이다!"

시므온이 결박되어 옥에 갇히고, 형제들은 곡물을 사가지고 이집트를 떠났다. 요셉은 형제들이 떠나는 모습을 보며 눈시울이 가늘어진다.

'저들이 나를 죽이려했고 노예로 팔았는데, 내 동생 베냐민을 해코지하지 않았을까?'

형제들이 가나안으로 돌아오던 중 여관에서 자루를 풀어보니 곡물 속에는 이집트 곡물상에게 치렀던 은전이 들어 있었다.

"아, 신이 어찌하여 이런 일을 우리에게 행했는고!"

형제들은 자신들이 도둑이 되었으니 인질로 잡혀 있는 시므온이 죽게 되었다고 생각하며 혼이 나갔다. 형제들은 곡소리를 내며 고향으로 돌아갔다.

"이집트 총리가 말하되 막내아들을 데려오지 않는다면 시므온을 풀어주지 않겠다고 합니다."

"너희가 나에게 자식을 잃게 하였도다. 요셉도 없어졌고, 시므온도 없어졌거늘 베냐민을 또 빼앗아 가고자 하니 이는 나를 해롭게 함이다!"

아들들이 돌아와 겪은 일을 얘기하니 야곱이 가슴을 친다. 장남 르우벤이 말한다.

"우리가 이집트로 막내를 데려가게 하소서. 그리해야만 시므온이 풀려날 수 있습니다. 만일 막내를 데려갔다가 온전히 데려오지 못한다면 제 두 아들을 죽이소서!"

야곱은 침대에 누워 고개를 흔든다.

"베냐민을 너희와 함께 보낼 수 없다. 형 요셉이 죽고 그만 남았다. 만일 너희가 잘못하여 베냐민마저 죽게 한다면 나의 흰 머리를 땅 속 세계로 내려가게 하는 것이다!"

야곱은 의붓어미를 범한 적이 있는 장남 르우벤의 말을 신뢰하지 않았다.

하늘은 여전히 불타고 있었다. 가축은 먼지만 핥다가 죽어나자빠지고, 부리던 노예들도 배를 곯아 도망쳤다. 이집트에서 사온 곡물마저 떨어졌다.

"이집트에 가서 거친 보리라도 사오너라. 손자들 암죽거리도 떨어졌다."

아비의 명령을 들은 유다가 망설이다가 대답한다.

"곡물을 팔던 이집트 총리가 말했습니다. 막내를 데려오지 않으면 자신을 만날 수 없을 것이라고. 아버지, 막내를 우리와 함께 가게 하소서. 그러면 우리가 갈 것이고 우리 식구 모두는 살 것입니다. 제가 담보가 되겠습니다. 만일 막내를 데려오지 못한다면 제가 모든 죄를 뒤집어쓰겠습니다."

야곱이 손가락을 빨고 있는 손자들을 보며 한숨을 내쉰다.

"포도즙을 조린 시럽과 향품과 몰약과 유향나무 열매와 아몬드를 가져다가 이집트의 통치자에게 예물로 바쳐라. 그리고 곡물 값을 치를 돈을 갑절로 가져가라. 그리고…… 막내도 데려가라. 전능하신 신께서 너희에게 은혜를 베푸시기를 원한다. 내가 자식을 잃으면 잃으리로다!"

이집트로 가는 길가에는 곡물을 사러가는 가나안인들로 북적인다. 이집트 국경 초입에는 병사들이 유랑민들을 검사하고 있었다. 이들은 돼지를 몰고 온 이민족들을 내어 쫓았다. 이집트인들은 지나가다가도 우연히 돼지를 건드리게 되면 옷을 입은 채로 강에 뛰어 들어가 몸을 씻었다. 돼지를 기르는 사람이 이집트인이라 할지라도 신전에 들어갈 수 없고 누구 하나 그에게 딸을 시집보내려 하지 않았다.

형제들이 끌고 온 나귀 등에는 야곱이 보낸 예물이 가득 실려 있다. 형들이 베냐민과 같이 왔다는 소식을 들은 요셉은 그들을 궁 옆 자신의 집으로 초대했다. 그가 베냐민을 가까이 부른다.

"너희들이 말한 그 막내동생이 이 아이냐? 오, 소자야. 신이 너에게 은혜를 베풀기 원한다."

동생의 탯줄이 겨우 말랐을 때 헤어진 후 15년 만의 만남이었다. 어미 라헬이 낳다 죽었기에 동생에 대한 연민이 더 컸다. 요셉은 유일한 친동생인 베냐민을 보고 복받쳐 안방으로 가 운다.

요셉이 눈물을 씻고 돌아와 만찬을 베푼다. 베냐민에게는 형들보다 다섯 배의 음식을 주었다. 그러나 그는 식사 자리에 참여하지 않았고, 형들도 요셉을 몰라보았다.

나일강 수면 위로 해가 떠오르고 형제들은 곡물을 사가지고 고향 가나안으로 출발했다. 그런데 뒤쫓아 온 요셉의 시종이 그들의 곡물 자루를 수색했다.

"너희들 중 누군가가 내 주인이 늘 마시고 점을 치던 은잔[27]을 자루 속에 숨겼다!"

"그런 일은 결단코 없을 것입니다. 누구에게서 발견되든 그는 죽을 것이요, 우리는 노예가 될 것입니다!"

---

27 이집트인들은 은잔에 술을 부은 후 기름 혹은 잎새를 집어넣고 흔들어 그 모양새를 보며 점을 쳤다.

형제들은 극구 부인했으나, 베냐민의 자루 속에 은잔이 들어 있었다. 요셉이 시종을 시켜 미리 숨겨 놓은 것이다.

"내가 점을 잘 쳐서 도둑놈을 잡을 줄 몰랐느냐? 범인인 너희 막내는 내 노예가 될 것이니 나머지 형제들은 편안히 아비의 집으로 돌아가라!"

베냐민은 이집트 요셉의 집으로 끌려왔다. 홀을 든 요셉이 화를 내어 형들을 쫓아냈다. 그러나 베냐민을 따라온 그들은 돌아가지 않았다. 유다가 흐느낀다.

"만일 막내와 함께 가지 않는다면 내 아버지는 돌아가실 것입니다. 이 아이의 생명과 제 아비의 생명은 연결되어 있습니다. 제가 대신 노예가 되겠습니다. 이 아이를 풀어주소서!"

요셉은 형들이 베냐민을 생각하는 마음을 보고 흐느낀다. 그우는 소리가 파라오의 궁전까지 들렸다. 그가 자신의 신분을 비로소 밝힌다.

"가까이 오시오. 나는 당신들이 이집트에 판 아우 요셉이요. 당신들이 나를 팔았다고 근심하지 마시오. 한탄하지 마시오. 신이 생명을 구원하시려고 나를 당신들보다 먼저 이집트로 보내신 것이오!"

요셉은 자신이 노예로 팔리고 감옥에 갇히고 그리하여 총리

가 된 것까지 모든 여정을 신의 뜻으로 돌린다.[28]

파라오의 귀에 요셉이 헤어졌던 형제들을 만났다는 소식이 들렸다. 그는 어떻게 해서든지 요셉을 더 가까이 곁에 오랫동안 두고 싶었다. 요셉은 자신의 꿈을 해몽했고 앞날을 예견하여 엄청난 재산을 벌어준 복덩어리가 아니던가. 파라오가 요셉을 불러 말한다.

"이집트의 좋은 땅을 주리니 너희 가문이 기름진 것을 먹을 것이다. 어서 가나안으로 수레를 보내 너희 형제 자녀와 아내를 태우고 너희 아비를 모셔오라!"

"그 아이가 살아 이집트의 총리가 되었다니! 아니다, 너희들이 피 묻은 요셉의 옷자락까지 내게 가져오지 않았느냐?"

야곱은 아들들이 가져온 금박 장식이 붙은 수레와 수나귀, 암나귀 각각 열 필에 실린 물품과 곡식과 떡을 보고 요셉이 살아 있다는 것을 비로소 믿는다. 그가 침상에 누웠다가 벌떡 일어나 외쳤다.

---

28 이드리미 자서전(터키 핫타이 지방 알라라 지역 왕이었던 이드리미의 입상 속에서 발견된 자서전. 기원전 1450년경을 배경으로 한다)을 보면 형제들 때문에 도망갔다가 왕이 된 후 형과 다시 화해하는 이야기가 나온다. 이때 동생은 관대히 처리하여 형제들을 원래의 지위로 복권시켰다. 비슷한 시대의 두 설화는 어느 한쪽이 다른 한쪽에게 영향을 받았을지, 또는 우연의 일치였는지는 알 수 없다.

"내 아들 요셉이 지금까지 살아있어 내가 죽기 전에 보게 되었다. 나는 그것으로 만족한다!"

3. 야곱 가족의 이주

황금 장식이 달린 마차를 탄 야곱은 이집트로 향한다. 요셉의 의붓형들과 친동생 베냐민도 따른다.[29] 야곱의 아내들과 첩들, 자부들, 종들도 동행한다.[30] 그 아들 중에는 레위와 그의 아들 고핫[31]도 있고 야곱의 식솔들은 70여 명이었다.[32]

---

29 이미 그때 과거 7세기 동안 이집트와 가나안은 정치, 문화적 접촉을 활발히 하고 있었다. 이집트 안에는 수천, 수만의 셈족 노예, 농부, 상인들이 있었고, 가나안 페니키아 등에도 수천의 이집트인이 상주하고 있었다.

30 그러나 아브라함의 후예들 중에 야곱을 따라오지 않은 히브리 족속이 있었을 것이다. 이미 가나안인과 혼인을 올리고 자손을 남긴 히브리인들도 많았는데 그 혼혈족들도 여전히 가나안 땅에 남았을 것이다. 또 야곱의 후예 중에도 첩 빌하와 실바의 자녀들 중 누구는 가나안에 남아 히브리 자손을 퍼트렸을지도 모른다. 히브리전승에 의하면 야곱의 아들 유다와 가나안인 첩 사이에서 태어난 셀라 등은 가나안 마레사 성읍에서 씨를 퍼트리고 살았다.

31 히브리전승대로라면 고핫은 모세의 어미가 되는 요게벳의 오빠다.

32 이 시대 이집트 파라오 '호르 엠 헵' 비문에 보면 외국인들이 조부, 아비를 앞세우고 기근이 심한 지역에서 이집트로 왔다는 기록 등이 있다. 또 기원전 19세기 초반 파라오 크놈 하셀 무덤 벽화에는 유랑하는 땜장이 (혹은 눈 화장품 장수) 가장이 무기를 실은 나귀를 이끌고 이집트로 내려오는 그림이 그려져 있다(벽화 속의 가나안인과 이집트인은 의상으로 구

"정말 너희 동생이 이집트의 마술사가 되어 있느냐?"

파라오가 마차까지 보내왔음에도 야곱은 아들들의 말을 아직도 의심하고 있었다. 베냐민이 대답한다.

"분명히 형은 파라오가 신임하는 '잇튼틀'(이집트어. '신의 아비'. 파라오 궁전의 제사장)이 되어 있었어요. 파라오가 그곳 제사장 딸과 결혼시켜 '므낫세'[33]와 '에브라임'[34]이라는 조카들까지 낳아 살고 있었어요."

야곱의 식솔들이 뽀얀 모래바람 속에 아톤, 하라크테, 하토르 등 신전들이 보이는 타니스에 다다랐을 때다. 두리번거리던 야곱이 아들들에게 묻는다.

"왜 이렇게 이집트인들이 우리를 피하고 있느냐?"

머리에 터번을 두른 이집트인들이 눈길조차 주지 않는 것을 보며 그는 의아해 했다. 객상 생활로 함족과도 포도주 거래를 하며 이집트 정보에 밝았던 넷째 아들 유다가 말한다.[35]

별된다). 이들 또한 야곱 가족과 같이 나일강 풍요를 찾아 이동하는 무리였으리라.

33 '나의 모든 고난을 잊어버리게 하셨다'. 형제가 자기를 팔아먹은 서운함을 신이 잊게 했다는 뜻은 아니었을까?

34 '나로 수고한 땅에서 장성케 하셨다.'

35 히브리전승에 아비 야곱이 유다를 축복한 내용 중, '나귀를 포도나무에 매며…… 그 옷을 포도주에 빨고' 등의 표현을 보면, 그의 포도 농사와 당나귀를 모는 객상 생활을 의미하는 듯 하다(포도주로 옷을 빠는 것은 염색 장수를 의미하는 것인지 모른다).

"이 이집트 땅은 오래 전부터 힉소스족들이 지배하고 있어요. 저들은 우리를 힉소스족으로 여길 거예요. 힉소스족들이 지금도 유프라테스 강쪽에서 이집트 땅으로 이주하고 있다는 얘기를 들었어요. 이집트인들은 자신들의 영토와 왕좌까지 점령하고 있는 그들에게 분노와 두려움을 가지고 있어요."

야곱은 이집트로 내려오는 길가에서 북쪽에서 몰려 내려오는 무리들을 많이 보았다. 북부 메소포타미아에 남아있던 힉소스족들이 그들이 점령한 이집트 땅을 밟으려는 이주였고, 북쪽에서 후리아인들이 침공해오자 그 난을 피해온 다른 셈족 메소포타미아 피난민들의 이주였다. 이집트인들은 야곱 무리도 그들 중 하나로 생각했다.

이집트로 귀화한 야곱과 요셉의 형제들은 파라오의 환대를 받으며 넓은 초장이 있고 목축하기에 비옥한 나일강 삼각주 고센[36]에 정착한다.

"태생과 근원을 알 수 없는 가나안인들이 우리 땅에다가 초막을 짓고 마을까지 형성했다. 몰고 온 가축들이 우리 초원을 갉아먹고 있다. 우리가 몰려가서 초막을 불살라버리고, 가축들도 도살하자."

---

36 태양신 라가 창조했다는 지역으로 소안이라고도 불리었다. 나일강 지류의 동쪽에 위치하며, 요셉이 근무하는 타니스 파라오의 궁은 이 지역 안에 있었다.

"요셉의 친족들은 제사장과 같이 파라오에게 세금도 바치지 않는다는 거야. 그 자들은 이방인들이지만 함부로 건드리면 파라오의 부하들에게 혼쭐이 난대."

이집트 본토민들은 야곱 가족의 이동을 매우 위협적으로 받아들인다. 그러나 고센 땅 이집트인들조차 요셉의 후광 때문에 그들을 건드리지 못했다. 파라오는 해몽을 잘하는 요셉을 마술사로 생각했고, 제사장처럼 대우했다. 야곱의 후예들은 관개장비, 농경기구, 가정 필수품까지 파라오의 궁에서 제공받았다. 그들은 신전을 짓는 노역까지 면제받으며 밀 재배, 목축업을 하며 번성한다.[37]

아비 야곱의 임종이 가까워오자 요셉은 아들들을 데리고 축복 안수를 받기 위해 찾아갔다. 풍습대로 족장이나 가장은 자녀를 축복할 수 있는 권한이 있다고 믿은 것이다. 야곱은 오른 손을 차남 에브라임의 머리 위에, 왼손은 장남 므낫세의 머리 위에 얹고 축복기도를 해주었다.

"아버지, 장남의 머리 위에 오른손을 얹고 축복해 주소서!"

요셉은 장남이 더 큰 축복을 받기 원했기에 말했지만 야곱은

---

37 이집트 토지법에는 전국이 파라오 소유였다. 백성들은 경작지의 수확물을 바쳐야 했지만 제사장은 예외로 인정되었다. 이집트 아비도스에서 발견된 '네페르 이리 카 레' 비문에 보면 이집트 관습이 나와 있는데 제사장들은 병역 의무를 면제 받는 특권이 있었다.

이미 기도가 끝났다고 하며 차남이 장남을 능가할 것을 예언했다.[38] 그리고 자신이 전날 히위족에게 빼앗은 세겜 성읍을 차남 에브라임에게 주었다.[39]

히브리전승에 의하면 야곱은 죽기 얼마 전 열두 아들을 모아 놓고 유언으로 예언을 남겼다.

"르우벤아, 너는 내 장자요 나의 능력이요 나의 기력의 시작이다. 너와 네 후예는 위광이 초등하고 권능이 탁월할 것이다…… 시므온과 레위는……"

야곱은 자신을 가나안에 있는 가족 묘지에 장사 지내줄 것을 유언으로 남기고 죽는다. 아브라함과 사라, 이삭, 리브가, 레아가 묻힌 가족 묘였다. 147세였다. 요셉이 아비의 시신에 엎드려 그 얼굴에 입을 맞추며 운다.

"오, 아버지. 선조 때부터 신에게 계시 받은 가나안 땅에 시신이라도 묻히시기를 원하셨군요!"

야곱의 시신은 향 재료가 채워져 입관된다. 요셉은 가족 친지들과 같이 관을 가지고 가나안으로 향했다. 파라오가 보내준 전차와 마병이 뒤를 따른다.

"아버지, 이 가나안 땅에서 편히 잠드소서!"

---

38 야곱 자신 역시 차남이었음에도 형 에서를 제치고 아비 이삭의 안수를 받아 축복을 받았다.

39 히브리전승에 의하면 이 예언은 이루어졌다. 훗날 에브라임은 북쪽 지파 중 대표 지파가 되고 세겜은 북쪽 지파의 중심도시가 되었다.

야곱의 장례를 치룬 가족들이 아닷 타작마당에서 슬피 울자 가나안 본토민들이 그곳을 아벨미스라임(이집트인의 애통)이 라고 불렀다. 요셉의 무리는 가나안인들이 바라볼 때 이집트인 처럼 보였던 것이다.

요셉의 아내 아스낫은 얼굴빛이 붉은 젊은 시절에 죽었다. 시신은 나흘이 지나서 미라를 만드는 장인의 손에 넘어갔다. 아 름다웠기에 시간屍姦을 방지한 것이다.

요셉이 눈을 감는다. 집안의 여인들은 얼굴에 진흙을 바르고 허리띠를 동여맨 채 가슴을 드러내고 도시 안을 걸었다. 남자들 도 상반신을 드러내고 가슴을 쳐댔다. 그리고 유해를 미라로 만 드는 장소로 운반했다.[40]

요셉은 이집트 풍습대로 40일간의 작업으로 미라로 만들어 졌다. 비공鼻孔을 통해 뇌를 긁어내고 그 속에 방부제인 몰약과 향이 채워졌다. 또 온몸을 종려나무 술로 씻은 후 고무의 진을 바르고 흰 천으로 싸서 함 속에 넣었다. 그리고 재칼 모형의 석 관 뚜껑 위에는 '라' 신의 아들 '사브낫바네아'[41]라고 썼다.

---

40 히브리전승에 요셉은 110세에 죽었다고 전한다. 이 나이는 이집트인들이 생각하는 이상적인 나이다. 미라를 조사해보면 이집트인의 평균 수명은 40~50세였다.

41 이집트어. 이 이름의 의미는 '신은 말씀하시며 살아계신다'로 추정된다. 아마도 요셉이 신의 능력으로 해몽했을 때 지어진 이름일 것이다.

요셉의 유언에 따라 이 미라는 시리아 산 무화과나무 목재로 만든 관에 담겨져 히브리인들이 가나안으로 이동할 때 함께 들어갔다.

2부
역사시대로의 진입

이집트의 부흥

1. 힉소스족의 몰락

야곱의 후예들이 고센 땅에서 목축을 하며 자손을 번성시키고 있을 때, 이집트는 힉소스족 출신 '아우세레 아포피스 1세'(기원전 1580~1540년)가 파라오의 자리에서 통치하고 있었다. 이 파라오는 힉소스족과 바벨론인과 또 요셉 가족처럼 가나안에서 몰려 내려온 셈족을 등용하여 이집트를 통치했다.

그러나 이집트인들은 이미 힉소스족으로부터 말과 마차와 활, 갑옷, 날카로운 칼 등을 받아들여 이 이민족으로부터 벗어날 수 있는 국력을 키우고 있었다. 드디어 나일강 상류지역 고대 수도 테베에서 반역이 시작됐다.

"우리 힉소스족이 테베 궁까지 쳐들어가 전멸시켜야 했었는데 왕족들을 살려두니 그곳이 반란의 기지가 되고 있다. 지난번 전투에 테베 왕 세케넨레를 죽였어도 그 후예들이 골치를 썩이는구나."[1]

파라오 아포피스는 테베에서 그곳 왕을 자처하던 세케넨레의 아들 카(이집트어. '영혼') 모세가 반란을 일으키자 분노한다. 그는 요즘 테베의 반란을 막기 위해 이집트 남부 누비아 통치자들에게 동맹을 제의했으나 거절당했으므로 신경이 더 날카로워졌다. 그동안 향료·고무·상아·표범가죽·금 세공품 등을 조공으로 받으며 누비아를 속국처럼 다스리고 있었다. 그런데 요사이 그들은 특산물인 흑요석[2]을 나귀에 싣고 와 공물로 바치는 것이 아니라 비싼 값으로 팔아먹고 있었다.[3] 누비아인들 또한 세력을 키워 이집트와 대등한 위치에 올라와 있었다.

"어찌 수천 년 동안 지켜온 왕조를 근원도 알 수 없는 아시아

---

1 세케넨레의 미라가 테베에서 발견되었는데 심하게 부상당한 것으로 보아 전사한 듯 하다. 특히 두개골에 정확히 손도끼 자국이 있는 것으로 보아, 그가 잡혀 와 포로 상태에서 살해당했다고 의학적으로 믿기도 한다. 힉소스족 파라오 아포피스가 테베의 파라오에게 조롱조로 보낸 편지도 발견되었다. 그 내용에는 '당신 연못의 하마가 울어대서 잠을 못 이루니 죽이라'는 것이었다. 테베와 힉소스족 왕궁의 거리는 600km가 넘는다. 시비를 거는 내용 같다.

2 유리 성분이 들어가 있는 광물. 용암에서 나온 천연 유리다. 부싯돌로 사용되었다는 견해도 있다.

3 나일강은 적도 아프리카에서 시작하여 지중해로 흘러들어가는 세계 최장의 강으로 폭포가 거의 없기 때문에 갈대배가 편리한 통상 수단이 되고 있었다. 나일강 상류에 있는 누비아와 나일강 하류에 있는 이집트와는 통상이 활발했다.

인들에게 빼앗길 수 있단 말인가. 나는 힉소스족들을 이 땅에서
들쥐 쫓듯 몰아낼 것이다!"

기원전 1580년, 아비 세케넨레가 죽자 테베에서 파라오 자리
에 오른 카 모세가 힉소스와 대결을 선언하고 나섰다. 그는 북
쪽 가나안 페니키아인과 남쪽 누비아인과 좋은 관계를 맺으며
힉소스족을 몰아내려 '마리안누'(이집트어. 최고의 군사 계급,
고문)들과 격론을 벌인다.

"비록 우리가 수치스러운 지배를 받고 있으나 힉소스 왕조는
우리를 관대히 대하고 있습니다. 우리 목동들이 나일강 삼각주
까지 올라가 방목하는 것까지 허락하지 않았습니까? 그런데 만
일 그들과 충돌하면 정책은 바뀔 것이고 이 테베도 멸망될까 두
렵습니다."

"우리는 그동안 북쪽 나일강 기름진 영토를 그들에게 내어주
었다. 아시아 들쥐들에게 우리의 떡그릇을 더 이상 바칠 수 없
다. 나는 힉소스족에게 조공이나 바치는 왕이 되고 싶지 않다.
해방 전쟁은 시작됐다."

카 모세는 민족주의에 사로잡혀 있었고, 이집트인들의 자존
심을 일깨워 군대를 일으켰다. 재임 3년째, 그는 나일강 상류에
서 함대와 보병들을 진군시켰다.

카 모세는 북쪽으로 테베의 군사들을 몰고 올라가며 나일강

강변에 산재해 있는 힉소스족 초소들을 급습했고, 그 도중 힉소스족 전령을 생포하기도 했다. 전령은 테베를 공격하라고 촉구하는 힉소스 왕 서신을 들고 '구스'('에디오피아') 왕자에게 가던 자였다.

카 모세는 계속 전진하며 힉소스족에게 협조하던 나일강 중·하류 이집트 본토민을 죽였다. 남자의 머리를 잘랐고, 여자는 불태웠다. 힉소스족 밑에서 큰 지위를 누리던 자들은 연자맷돌에 갈아 죽였다. 그는 나일강 삼각주에 도착하여 힉소스족을 패퇴시켰다.

그 후 카 모세가 죽고, 동생 '아크(구원받은 영혼) 모세'(기원전 1539~1514)가 친 누나 노프레타리와 결혼하여 왕조 권력을 쥔다. 그는 테베에서 왕좌에 올라 이집트 18왕조의 문을 연다. 그동안 타니스 힉소스 왕조와 테베 이집트 본토민들 사이의 충돌은 계속되었다.

"네 아비도, 형도 힉소스 야만족들을 이 땅에서 쫓아내고 성스러운 이집트를 독립시키는 것이 꿈이었다. 네가 그 꿈을 이루어야 한다!"

아크 모세의 어미 태후 아호텝도 힉소스 정벌을 주장한다. 아크 모세는 테베에서 군사를 일으켰다. 그는 테베 왕궁을 어미에게 맡기고, 해군과 육군을 동원하여 나일강 변을 따라 배와 보병들을 진군시켰다.

아크 모세는 먼저 해상 작전으로 타니스를 급습했다. 함대에서 내린 해군은 육지로 올라가 타니스 궁을 몰아쳤다. 그러나 타니스 함락 직전 테베에서 왕권을 노린 일부 귀족들이 반란을 일으켰다는 소식을 듣는다. 아크 모세는 군대를 회군하지 않을 수 없었다. 테베에 도착했을 때, 태후 아호텝이 그 반란을 제압해놓고 있었다.

테베의 반란을 진압한 아크 모세는 다시 군대를 일으켜 타니스를 재침공했다. 그는 힉소스족 '카무디'(기원전 1540~1534년)가 파라오 자리를 차지하고 있던 타니스의 궁을 점령했다. 108년간의 힉소스족 통치가 끝나는 순간이기도 했다.

이집트 왕조를 지배했던 힉소스족들은 아크 모세에게 밀려 가나안 쪽으로 퇴각하며 '사루헨'[4]에 진을 치고 결전을 준비했다. 아크 모세는 사루헨을 3년 동안 포위하고 공격했다. 아크 모세는 요단 강 서부에 진영을 차리고 이집트와 시리아를 연결하는 통로인 므깃도 평야에서 힉소스 잔병들을 소탕했다.

이 전쟁에서 패배한 힉소스족들은 고향인 가나안 북부 메소포타미아로 물러가야 했다. 이때 페니키아 도시국가 두로는 이

---

4 가나안 유다 광야 서남부에 자리잡은 성읍. 그랄이라고도 부름.

집트와 굳게 연합하여 퇴각하는 힉소스족 패잔병들을 공격했다. 아크 모세는 힉소스 편에 섰던 다른 페니키아 도시국가 주민들을 추방시켰다.

아크 모세는 북쪽으로 더 치고 올라가 시리아 지방과 미탄니 왕국, 아나톨리아의 힛타이트 제국과도 격돌했다. 그리하여 남쪽으로는 나일강으로 시작하여 북쪽으로는 유프라테스 상류까지 중동 아시아인들을 짓밟아 버렸다.

그 후 아크 모세는 남쪽 국경을 든든히 하기 위해 힉소스족과 동맹을 맺고 있던 일부 누비아족을 정벌했다. 이 침공은 그 지역에 금광과 흑요석이 풍부했기 때문이기도 했다. 이미 가나안까지 정복한 이집트는 시나이 근처에 있는 구리광산을 채굴하고, 시리아와 무역을 재개했다. 사실상 다시 가나안을 속주로 삼은 것이다.

힉소스족의 패배와 추방은 이집트 아브라함 후예들에게 고난의 시작이었다. 힉소스 정권 아래에서 특혜를 받던 히브리인들은 핍박의 대상이 된다. 이제 이집트인들은 힉소스족 보듯 요셉의 후예들을 바라보았다.

"힉소스 놈들 밑에서 설치던 히브리인들은 그들과 다를 바가 없다!"

이집트 본토민들은 고센 땅에 거주하던 히브리 족속을 습격했다. 가축들이 수탈되고, 우물가에서 처녀들이 겁간을 당했다. 곡물을 나귀에 싣고 팔러가던 농부도, 노새에 가죽을 싣고 나서던 상인도 살해당했다.

이집트 관료들은 야곱의 후예들에게 오히려 조세를 과하게 징수하는가 하면 심한 노역을 시키기 시작했다. 히브리인들은 농사를 짓고 목축을 하다가 끌려나와 이집트 신전을 짓는데 동원된다. 특권층에서 노예로 전락하는 순간이었다.

이때 히브리인들은 다수가 다시 가나안으로 돌아갔다. 이집트와 가나안은 먼 거리가 아니다. 원래 유목민들은 가뭄만 들어도 이집트와 가나안을 자주 오갔다. 그리고 고향 가나안에는 그들의 친척도 거주했다.

2. 투트모스 3세의 가나안 침공

이집트가 힘겹게 힉소스족을 몰아냈을 이때, 메소포타미아 바벨로니아 지역은 후리족 미탄니가 지배하고 있었다.[5] 미탄니는 힉소스족으로부터 독립한 이집트와 대결할 수밖에 없는 상

---

5 미탄니족 지도자들은 북 메소포타미아로 진출한 인도 아리안 혈통으로 베다신을 숭배했으며, '마리야'(아카드어. 귀족출신 전차 기사)들이 상류층을 이루고 있었다. 미탄니족은 티그리스 지역부터 북부 시리아 지역까지, 또 지중해 연안까지 영향을 끼쳤고 앗시리아를 속국으로 두고 있었다.

황이었다. 이들은 이집트를 견제하기 위해 가나안 소국들이 반란을 일으키도록 충동질한다.

이집트는 어떻게든 힉소스족 같은 아시아인들이 침범하지 못하도록 경계를 해야 했다. 정복하지 않으면 정복당한다는 교훈을 터득하고 있었다. 파라오들은 가나안 북쪽 내륙 깊숙이 쳐들어가 이집트를 방어하며 또 그 지역을 지배하고자 했다.

아크 모세의 아들 아멘호텝 1세는 누비아를 정복하는 등 공로가 있었으나 단명했다. 아들 투트모스 1세는 반역하는 이집트 속국 누비아를 원정하여 남쪽 국경을 굳건히 했다. 그 후 북쪽으로 군대를 몰아 가나안을 원정하여 유프라테스 강까지 진군했다. 이집트를 지배했던 힉소스족의 고향을 군홧발로 짓밟은 것이다.

'투트모스 2세'(기원전 1482~1479년)는 투트모스 1세와 왕비 동생 사이에 태어났는데, 그는 왕권을 확고히 하기 위해 이복누이 핫셉수트와 결혼했다. 구스 족장이 누비아 이집트 초소를 습격하자 병사를 파견하기도 했지만 투트모스 2세는 별다른 군사적인 업적을 남기진 못했다.

투트모스 2세가 죽자 후궁의 몸에서 태어난 투트모스 3세가 왕위에 오른다. 그는 10세 정도였고 이복누이인 네페루레와 약혼한 사이였다. 그러나 모든 실권은 태후 핫셉수트가 쥐고 있었다. 그녀는 의붓아들이요, 사위이기도 했던 투트모스 3세를 왕궁에 위폐 시키고 파라오의 자리에 오른다. 핫셉수트는 턱수염까지 인공으로 만들어 붙이고 여왕의 자리에 앉았다.

'핫셉수트'(기원전 1486~1468년)는 자신의 이름에 오직 왕만이 사용할 수 있는 호로스 신이란 호칭을 붙이고 이집트 전역을 통치한다. 이때는 시리아 지방을 지배하고 있던 미탄니의 세력 때문에 북부 가나안 쪽으로 이집트는 세력을 뻗칠 수 없었다. 그러자 그녀는 홍해 연안과 아라비아 연안, 아프리카 소말리아 해안 등으로 원정을 나가 외국 무역을 통해 나라를 부강하게 했다.[6] 핫셉수트는 침략전쟁을 억제하고 내정에 눈을 돌려 여러 가지 건축 사업과 예술 행사에 치중했다.

핫셉수트가 죽고 나자, 어렸을 때 그녀에게 왕위를 빼앗기고 20년이라는 세월을 참고 견디며 살아온 '투트모스 3세'(기원전 1468~1436년)가 왕위에 올랐다.[7] 그는 핫셉슈트의 기념물을 파괴했다. 그리고 모든 비명에서 그녀의 이름을 지워버렸다.

---

6 기원전 1500년경 이집트 신전 부조에 보면 핫셉수트 여왕이 아프리카 푼트(지금의 소말리아)와 무역을 하여 송진, 향품, 나무 묘목, 흑단목, 상아, 황금, 향나무, 원숭이, 개, 표범가죽, 흑인 노예 등을 거래한 것이 새겨져 있다.

7 핫셉수트 묘지와 함께 발견된 투트모스 3세의 미라는 160cm가 채 안 되는 키에 콧마루가 높고 즐거운 미소를 지은 모습이었다.

"우리는 침략하는 것이 아니라 예전 우리 땅을 찾는 것이다. 호로스의 눈이 우리를 지켜줄 것이다. 적들의 화살도, 창칼도 우리를 피해갈 것이다!"

투트모스는 왕위에 오르던 그 해 원년인 기원전 1468년 5월, 조상이 지배했던 가나안 진군을 결정했다. 이 전투는 가나안을 사실상 섭정하고 있던 미탄니 세력을 꺾으려는 의도가 있었다.

그는 전투지략과 행정 능력을 갖춘 자였다. 스스로를 '외국 통치자들(힉소스족을 의미)에 대한 징벌자'라고 부르며 침공하기 시작한다. 그는 '카르낙'[8]에서 제사를 마치고 출정한다.

"원정대들이여, 어서 사악한 반역자들을 처단하기 위해 출발하자!"

이집트는 그때까지 상비군이 존재하지 않았다. 농부, 목동들과 신전 등을 짓고 있던 노동자들까지 모아 참전시켰다. 그들은 아내가 목에 걸어준 '호로스 목걸이'[9]를 차고 전쟁터로 나왔다. 그리고 누비아인들도 용병으로 채용하여 합류시켰다.

이때 고센 땅에 살던 야곱의 후예 히브리인들도 징집됐다. 이들은 노동판에 끌려나왔다가 가나안 침공 병사로 징모된다.

---

8 나일강 상류 테베 근처에 있는 성소聖所로 투트모스는 이곳 신전에서 신탁을 받고 이곳 사제들로부터 지지를 받아 왕위에 오를 수 있었다.
9 매 눈의 형상을 한 이집트 병사들의 수호신.

히브리인들은 누비아인들과 다르게 보수도 없이 전쟁노예로 참여할 수밖에 없었다.

"아, 이집트 신전을 지으며 허리가 굽어가더니, 소모병기가 되어 조상의 땅 가나안을 침공하는 신세가 되었구나."

이집트군은 기습 작전에 용이한 전차를 앞장세웠다. 전차의 차축에는 곧게 뻗은 채가 달려 있는데, 이 채에는 말에 매는 멍에가 부착되어 있었다. 또 이들은 자작나무 활대와 소힘줄 활시위로 만든 활, 철기 도끼와 창으로 무장했다. 종군 기자인 '제멘'이 동행하였는데 그는 이 전쟁을 룩소르(테베 근처 도시) 벽화에 이렇게 기록했다.[10]

모병한 군사들을 북부 이집트 자루 요새에서 훈련시키고 가나안으로 진군했다. 하루 14톤의 양곡과 9,500리터의 물이 필요한 행군이었다. 그러나 보급품이 부족하자 군사들은 옷을 벗고, 샌들도 없이 사흘에 한 번씩 더러운 물을 마셔가며 진군했다.

먼 길이었다. 사막과 황무지 흙먼지 속을 지나야 하는 길이다. 누비아 용병들은 식량으로 끌고 온 소와 염소의 피부에 칼

10 이집트에서는 골풀(갈대)로 펜을 만들었다. 그 끝을 끌처럼 좁거나 넓게 잘라 획을 그었다. 잉크는 숯에 기름을 배합해서 만들었다.

집을 내 피를 빨아 먹기도 했고, 그 가축들의 엉덩이와 음부를 만져 오줌을 누게 하여 그것을 받아 마시며 행군한다. 그러나 나일 강가에서 풍부한 물을 마셨던 이집트 군사는 행로 중 갈증을 더 심하게 느꼈다.

가나안 역시 이집트가 침범한다는 정보를 입수한 후 출정하지 않을 수 없었다. 가나안 왕들도 오론테스 강변에 위치한 시리아 가데스 왕을 중심으로 연맹을 맺고, 므깃도에 총본영을 설치하고 이집트군을 기다렸다. 아직까지 가나안은 소도시로 이루어진 분산된 부족에 불과했고 백성수와 군사는 미미했다. 그러기에 연합하는 길밖에 없었다. 그들 뒤에는 미탄니족이 무기를 대주고 있었다.

가나안 연합군은 330명의 군주들이었다. 명칭은 왕들이었으나 작은 성을 가지고 있는 성주, 성城도 없는 부족, 씨족장에 불과한 무리들이다.[11]

페니키아에서 세 번째로 큰 세력을 가진 비블로스 왕국에서

---

11 연맹군은 남쪽으로부터는 게셀, 욥바, 아얄론, 브에롯 같은 성읍들이 가담했고, 샤론 평야로부터는 악고, 악삽, 이스르엘 계곡으로부터는 므깃도, 도단, 벳산, 요단강 건너편으로는 아스다롯, 에드레이, 갈릴리로부터는 메롬, 하솔, 그리고 시리아에서는 다마스커스, 알렙포, 갈그미스 같은 자치 성읍들이 참전했다.

는 이번 가나안 군사동맹 요청을 받고 신하들이 이구동성으로 말한다.

"우리는 이집트로부터 파피루스 원료를 수입하여 종이 제품을 만들어 수출하여 먹고 살고 있소."[12]

"가나안 왕들은 촌장에 불과하오. 합친다고 하나 어찌 대국 파라오의 군대를 이길 수 있겠소?"

비블로스뿐만 아니라 두로와 시돈 같은 페니키아의 주요 도시들은 동맹군에 가담하지 않았다. 가나안 지중해 해변 국가로 무역으로 생존한 국가였기에 이집트와의 교역을 그대로 유지하고 싶었기 때문이다. 이미 페니키아 왕들은 침공하지 않겠노라는 파라오의 서신을 이집트 사신으로부터 전해받고 있었다.

투트모스는 진군하던 진영에서 장군들과 모사들, 그리고 제사장들과 밤을 새워 므깃도 침공을 계획했다. 그곳을 침공하는 길은 좌우로 돌아가는 길과 중앙으로 직공하는 길이 있었다.

투트모스는 험준한 산악지대 직진 길을 택하여 진군하기로 했다. 적들의 복병들이 공격하기 좋은 위험한 지대다. 다른 장군들은 극력 반대했으나 태양신 라가 도와줄 것을 믿고 이 길을 택했다. 이미 보급품도 떨어진 군대를 더 이상 지체시킬 수 없

---

12 '비블로스'(그리스어, 책과 종이를 뜻하며 나중에 성경을 뜻하는 바이블이라는 말이 이 도시에서 나왔다)는 파피루스(종이. 영어 페이퍼가 이 단어에서 나왔다)를 수입하여 다시 에게해 국가들에게 팔아먹는 도시였다.

었기에 모험의 길을 택한 것이다.

산길로 전진하면서 많은 전차들이 산 언덕에서 굴러 떨어졌지만 이집트 군대는 가나안 서부 므깃도에 도착했다. 진군 도중 적의 복병은 없었다. 가데스 왕은 이집트군이 산악 길을 택하지 않을 것이라고 믿었다가 허를 찔린 것이다.

투트모스는 왕의 지팡이를 쥐고 기원전 3500년경 가나안 족속에 의해 건립된 이 성읍 언덕에 올랐다.

"교통의 요지인 이 므깃도를 정복했으니 가나안 수십 개의 도성을 정복할 수 있다!"

므깃도에 도착한 투트모스는 병사들을 독려하며 연합군을 향해 진격했다. 그의 손에는 칼자루를 상아로 만든 '고페시'[13]가 들려 있었다.

므깃도 성은 뾰족한 나무 창으로 만든 외벽 그리고 해자로 요새화 되어 있었다. 연합군은 한 번 용기를 내어 요새 문을 열고 나와 출정했다. 이집트군과 가나안 동맹군은 므깃도 평원에서 만났다. 태양빛 아래에서 태양의 신이 보낸 군대와 엘 신을 추종하는 가나안 연합군대와의 충돌이었다.

이집트 마병들이 앞장서 몰려왔다. 말을 탄 자들은 그 말굽

---

13 이집트어. '앞다리'라는 뜻으로 힉소스족에게서 물려받은 언월도偃月刀.

으로 짓밟으려 말의 앞발을 치켜세우고 달려들었고, 연합군 보병들은 창을 들어 말의 뱃구레를 찌르며 저항한다. 핏물이 땅을 적신다. 그러나 연합군은 금방 이집트군에게 밀려 뒤돌아서야 했다.

그런데 당황한 연합군이 므깃도 성의 성문을 닫아버려 퇴각하는 군사들은 성으로 되돌아올 수 없었다. 가데스 왕도 간신히 성벽 위에서 내려준 밧줄을 타고 성 안으로 피신할 수 있었다.

기원전 1458년 5월 15일 아침. 투트모스는 므깃도 성을 향해 성수를 뿌리며 호로스 신에게 승리를 준 것을 감사했다. 그러나 이집트군은 평원에서 큰 승리를 하고도 므깃도 성을 쉽게 함락시키지 못했다. 패전한 연합군에게서 전리품을 뺏느라 혈안이 되어 성 침공 기회를 놓쳐버린 것이다. 연합군은 성 안으로 들어가 성문을 굳게 닫고 버텼고, 투트모스는 므깃도 성을 수 겹으로 에워쌌다.

그 후 지루한 공방전이 계속되었다. 영리한 투트모스는 뒷문을 열어주어 연합군 일부가 도피하게 했다. 전력을 분산시키기 위한 전술이다. 그는 독수리떼들이 성루에 자주 앉는 것을 보고 성 안에서 굶어죽은 시체들이 늘어나고 있다는 것도 감지한다.

일곱 달이 지났을 때 성문이 열렸다. 가나안 동맹군은 먼저 아이들을 성 밖으로 내어보냈다. 항복의 모습을 갖춘 것이다. 만일 자신들이 반란을 일으키면 인질로 잡힌 그 자식들을 죽여도 된다는 투항의 표시다.

투트모스는 군영으로 돌아와 코브라 모형의 왕관을 쓰고 왕좌에 앉았다. 이 뱀은 이집트 왕조의 수호신으로 상징되는 여신인 부토와 와제트다. 이 코브라 여신은 입에서 불을 내뿜어 어떤 적이라도 단숨에 죽일 수 있다고 믿었다. 보좌 곁에는 마치 왕을 지켜주기라도 하는 듯 잘 길들여진 표범이 엎드려 불붙은 구슬처럼 두 눈을 굴린다.

동맹군 왕들이 모든 보화를 모아 가지고 군영으로 찾아왔다. 종군 기자 제멘은 가데스 왕이 투트모스를 이렇게 찬양했다고 기록했다.

태양신의 아들이여, 그대의 힘을 보았습니다. 다시는 반란을 일으키지 않겠습니다. 우리는 모든 것을 바치겠습니다.

투트모스는 가나안 동맹군에게 항복과 충성 서약을 받은 후, 태양신의 자비를 베풀어 고향으로 돌려보냈다. 그리고 시리아와 가나안 지역 왕들의 아들, 형제들을 볼모로 잡아 반란을 일으키지 못하도록 했다. 이때 투트모스는 므깃도 전투에서 전차 1,000대와 말 200필, 활 502개를 노획했다.

투트모스 3세가 가나안으로 침공했을 때 전방 전초기지 사루헨에서 반란이 일어났다. 파라오 충성파가 승리했지만 이 사건은 그를 급히 이집트로 되돌아갈 수밖에 없었다.

이제 이집트군은 시리아와 가나안의 종주국이 되어 그들을 다스리기 시작한다. 그 지역에 주둔군을 두었고, 감독관을 파견했으며, 가나안 지중해 항구들을 장악하여 이집트인들이 사용하게 만들었다.

그 후 투트모스는 가나안 쪽에서 16번이나 더 전쟁을 일으켰다. 이집트 제국에게 반항하지 말라는 일종의 시위행진이었다. 또 더 많은 공물을 수탈하기 위한 작전이었다.

투트모스는 가나안 북쪽 메소포타미아를 지배하고 있는 미탄니 제국과 수차례 전투를 벌였다. 유프라테스 강에 부교浮橋로 나무 상자를 띄우고 건너가 급습하여 미탄니 왕의 첩과 수백 명의 병사들을 포로로 잡기도 했다.

투트모스 3세의 아들 '아멘호텝 2세'(기원전 1439~1406년)가 아비의 뒤를 이어 왕위에 오른다. 그는 가나안 북부 시리아를 두 번 침공하여 이집트의 무력을 과시했다.[14] 이 전쟁의 빌미는 미탄니 왕이 심복 무사를 보내 가나안 왕들에게 이집트에 반란을 일으키도록 서신을 보낸 것이 발견됐기 때문이다.

두 번째 전투에서 아멘호텝은 가나안 소고 근처에서 싸워 일부 주민들을 추방시키고 9만 명의 포로를 이집트로 끌고 왔다. 이들 중에 3,600명의 하비루들도 있었다. 그속에는 아브라함의 후예들인 히브리인들도 있었을 것이다. 그 후 시리아는 계속 이집트에게 조공을 바쳤고, 이집트 역시 필요할 때는 언제든지 그들의 내정을 간섭했다.

아멘호텝 2세의 아들 '투트모스 4세'(기원전 1406~1398년) 재위기간에 이집트는 번영의 시대를 맞았다. 그는 선왕 정비正妃의 아들로 왕자였을 때부터 멤피스의 군 작전기지에서 근무했었다. 왕위에 오른 투트모스 4세는 무장을 갖추고 시리아와 가나안으로 원정을 떠나 소규모 반란을 진압했다.

그러나 북쪽 소아시아에서 다시 일어난 힛타이트 제국의 위협이 커지고 있음을 감지한 그는 과거 이집트의 적이었던 미탄니 제국과 평화협상을 맺었다. 50년 간의 전쟁을 끝내고 미탄니 공주를 첩으로 맞음으로 결혼동맹을 맺은 것이다. 미탄니 역시

---

14 이집트 문헌에 의하면 아멘호텝 2세는 아비 투트모스 3세와 재위 기간이 겹치는데 섭정 통치를 받은 것 같다.

힛타이트족과 이집트 두 나라와 전쟁을 치를 수 없었기 때문에 협상한 것이다.

이집트의 가나안 간섭과 침공은 계속 됐다. 투트모스 4세의 아들 '아멘호텝 3세'(기원전 1398~1361년)는 가나안을 출정하여 1차 원정에서만 은과 금으로 치장한 전차 60대와 나무로 만든 전차 1,032대 등을 약탈했다.

그때마다 시리아와 가나안 속국들은 이집트에 굴복하고 조공을 바치며 왕조를 이어갔다.

가나안의 군주들은 예전처럼 파라오의 신하에 불과하게 되었다. 가나안은 속국이었고 그들은 이집트 영토 관리자였다. 가나안 군주들은 이집트가 강요하는 많은 조공과 자신들의 안위를 위해 자국 백성들을 착취했다.

가나안에 여러 번 가뭄이 겹쳐왔다. 가나안 농민들은 세금을 내기 위해 가축과 토지를 팔았고, 나중에는 떠돌이가 되고 하비루 생활을 하는 자들도 생겨났다. 그 와중에도 가나안 군주와 귀족들은 그들에게서 토지를 빼앗거나 헐값으로 사들여 재산을 늘려갔다.

이집트의
유일신교 탄생

1. 아켄아톤의 아마르나 혁명

이집트 고古 왕국(기원전 2000경) 때 수도는 나일강 삼각주 '멤피스'('창조신 프타를 섬기는 도시')였다. 그 후 중中 왕국(기원전 1500년경) 때는 남부 테베로 환도했다. 원래 테베는 '아몬'('숨어있는 자') 신을 섬기는 종교도시였는데, 그 후 태양신 레와 결합시켜 국신國神 '아몬 레'를 받드는 최고의 도시가 된다.[1]

힉소스족을 몰아낸 이집트는 나라가 부강해지고 안정되었다. 이집트 18왕조는 200년 가까이 이어지며 가나안과 페니키아, 아프리카 남부, 리비아까지 지배하고 있었다.

이 시기 오랜 평화가 지속되던 이집트 내부에 파라오 외에 다

---

1 이집트를 통일시킨 메네스 왕 때 매의 형상을 한 호로스 신이 처음 국가 신이 되었다. 그 후 태양신 레, 또는 라가, 또 그 후 아몬 신이, 또 그 후 아몬 레 신이 국가 신이 되었다.

른 세력들이 자라난다. 특히 테베 근처 카르낙 신전 대제사장은 그 세력이 막강했다. 그는 이집트군의 모든 승리가 국신의 가호 아래 이루어졌다며 전리품을 요구했다.

"아몬 레 신만이 승리를 가져다 줄 수 있다. 이 신이 앉아 있는 우리 테베 신전으로 모든 보물들을 바쳐야 한다!"

이집트군이 정복한 지역에서 포획한 노예들과 보물들은 거의 모두 신전에 봉헌됐다. 또 누비아에서 채굴한 금도 신전에 바쳐졌다. 신전은 거대한 땅과 많은 일꾼들을 소유하며 풍부한 수입을 거둬들였고, 사제들은 막강한 세력으로 군림한다.[2]

또 관료세력도 파라오의 대항자로 나선다. 그동안 이집트 통치는 왕자들과 왕족들이 관직을 맡았다. 그런데 이집트는 이미 거대해져 있었다. 북쪽으로는 유프라테스 강에서부터 남쪽으로는 누비아까지 그들의 세력 안에 있었다. 그러므로 많은 행정 관료들을 필요로 했는데, 이들을 양성하는 기관이 테베에 있었다. 유력한 가문의 자제들인 이 관료들은 종교 세력과 유착되어 파라오의 자리를 넘봤다.

또 다른 대항 세력은 군부다. 넓은 영토를 지배하기 위해 이집트는 상비군을 거느리게 되었다. 이들은 먼 변방에 독립적으로 진주했다. 직업군인인 이들 또한 막강한 세력이었다. 한때

---

2 기원전 1200년경 이집트 사원들은 적어도 전 국토의 1/8, 전 인구의 1/10을 소유하고 있었다.

절대권력이었던 파라오는 이들 세력 가운데 하나로 존재할 뿐이었다. 파라오는 신의 자리에서 내려와 국가를 상징하는 간판에 불과했다.[3]

그런데 아몬 레 신의 이름으로 전쟁터에 나간 이집트군이 승리를 한 것만은 아니다. 이방 신을 믿는 자들에게 패할 때는 그 능력이 의심받기 시작했다.

"아몬 레 신은 신전과 거기에 딸린 농토들을 관리하느라 바빠 전쟁터에는 안 나가는 모양이지?"

이집트 백성들은 아몬 레 신은 너무 위대하기에 천민인 자신들과는 관련이 없다고 생각하며 오히려 자신들처럼 미약하고 이름없는 신들을 섬겼다.

아멘호텝 3세는 젊을 때는 활기찬 사냥꾼이었으나 말년에 건강이 나빠져 제대로 된 통치를 하지 못했다. 그는 모든 권력을 아들에게 물려주고 테베에서 칩거한다. 종교 유적지가 많은 그곳이 태양신의 은총으로 부활하기 좋은 장소였기 때문이다.

아멘호텝은 파라오가 왕족 혈통을 이어가기 위해 왕가와 결혼했던 전례를 깬 인물이다. 그는 평민출신 여자 티이와 결혼했다. 그리하여 아멘호텝 4세를 낳았는데, 이 아들은 길쭉한 머리

---

3 이집트에서는 어느 시대에나 파라오는 신이었다. 그러나 또 어느 시대에나 파라오는 신들 중에서는 열등한 신이었다.

에 기다란 목과 팔다리, 툭 튀어나온 배 등 외형이 특이했다.[4]

선왕들처럼 아비에게 섭정 통치를 받다가 파라오 자리에 오른 아멘호텝 4세(기원전 1377~1360년)는 어떻게든 견제 세력들을 누르고 권위를 회복해야 했다. 자신만이 신의 유일한 아들인 것을 증명해 보여야 했다. 그는 종교 혁명을 생각한다. 테베 세력에 대한 도전이기도 했다.

종교혁명에는 아멘호텝의 어미 티이 태후가 앞장섰다. 그녀는 언제나 평민출신이라는 것에 열등감이 있었다. 티이가 만난 자는 테베 제사장 세력에 떠밀려 온 사제다.

"태후여, 신 중의 신은 '아톤'('태양의 회전')입니다. 태양판인 그 신은 모든 만물을 비추며 생명을 주고 있습니다."

아톤은 과거로부터 추앙받는 신 중의 하나다. 태양을 숭상하는 자들에 의해 태양 광선을 보내는 태양판 역시 숭배의 대상이었다. 티이는 떠도는 정체불명의 예언자의 말에 따라 아들을 조종한다.

---

4 아톤 신전 벽화로 남아있는 아멘호텝 4세의 나약하고 기괴한 형상은 병든 모습인지 모른다. 아니면 추상적 묘사인지도 모른다. 아무튼 사냥을 좋아했던 아비와 다르게 병약했고 지적이며 예술과 종교를 좋아했던 것은 사실이었던 것 같다.

테베에 이어 버금 세력을 가지고 있던 '온'[5] 최고의 신전인 레 호라크테에 사제들이 모였다. 이 도시는 신 왕국 시대에 들어와 서 왕실 기록을 저장하는 장소가 될 정도로 지식인들이 모인 도 시다.

"아멘호텝 4세는 테베가 아닌 우리에게서 신앙과 지식을 배 운 제왕이요. 그의 종교개혁을 우리가 앞서서 지지해야 옳을 것 이오."

"5왕국 때까지는 우리가 가장 큰 세력을 누렸는데 어느 순간 테베에 그 권한을 빼앗겼소이다. 테베는 우리가 섬기던 태양신 레까지도 가져가 그들의 신 아몬과 합하여 아몬 레라고 부르고 있소. 만일 이번 종교 혁명이 성공한다면 그들 테베 세력은 이 집트에서 밀려나고 아몬 신도 사라질 것이오."

테베와 경쟁하던 또 다른 종교세력 온 제사장들도 아톤 신앙 을 지지한다.

"태양신 레는 떠오르는 젊은 신이고, 아톤은 지는 늙은 황혼 신이 아니오. 그런데 아드님이 신에게 반역하는 범죄를 저지르 고 있소이다."

"내 아들이 미친 모양이다. 어찌 아몬 레 신을 잊을 수 있단

---

5 '기둥의 도시'. 그리스어로 헬리오폴리스로 불리우는 도시로 태양신 레를 숭배하던 이집트 도시. 히브리전승의 요셉 장인 보디베라가 복무하던 신 전이 있는 곳이다.

말인가."

병으로 누워있던 아멘호텝 3세는 테베 세력에 둘러싸여 대제
사장의 말을 듣고 아들을 비판한다.

그러나 이미 실권을 쥐고 있던 아멘호텝 4세는 사회개혁도
진행시킨다. 그는 테베의 사제들에게 부여되던 세금과 징집 면
제를 철폐해버렸다. 그러자 테베 세력들은 더 반발하게 된다.
이때 행정관료 공무원들은 구 종교세력인 테베를 지지했고, 먼
곳에서 근무하여 국제화된 야전군 군부는 왕측에 가담하였다.

아멘호텝 4세는 아몬을 부인하며 아톤 신만이 유일신이라고
선포한다. 그 동안은 아몬이 태양신 레였는데, 그 레가 바로 아
톤이라고 선언한다.

> 그 분이 누구인가? 그 분은 아톤이니, 그는 태양 원반에 있
> 는 자니라. 그가 레요, 그때 그는 동쪽 하늘 지평선에서 떠
> 올랐느라
>
> (아멘호텝 4세의 아톤 찬가 중에서)

아톤은 지금까지 이집트 국신이었던 레와 아몬 신에다가 '하
르 아크티'[6]까지 통합된 존재가 된다. 신은 하나지만, 이 세 신
이 아톤 신 속에 속성으로 남아 있다는 것이다.[7]

---

6 이집트 승리의 신 호루스 신을 의미.

7 한 신에 여러 역할을 하는 다른 속성이 있다는 것은 기독교 교리의 삼위일

아멘호텝 4세는 이집트와 제국 전역에 군대를 파견하여 모든 비문들로부터 신들의 이름 특히 아몬 신의 이름을 없애도록 했다. '아멘호텝'('아몬 신이 만족했다') 4세는 자기 이름을 '아켄아톤'[8]으로 바꾸고 종교 혁명에 박차를 가한다. 이 혁명 역시 권력을 쥐기 위한 방편이었다.

아켄아톤은 수도도 아마르나[9]로 옮기고 자신은 결코 이 도시를 떠나지 않겠다고 맹세했다. 그리고 칙령으로 이집트 백성들에게 아톤 신만을 섬기게 했다.

아켄아톤은 자신의 신은 이집트 신만이 아니라 온 우주의 신이라고 선포한다. 이때는 여러 민족들이 상업을 위해 이집트로 몰려오는 시대였다. 또 이집트가 여러 나라를 정복하여 여러 지역을 지배하고 있었다. 국제어였던 바벨로니아 설형문자 우편

체론과 비슷하다. 페니키아에서는 바알샤멤 신과 멜카르트 신이 이위일체다. 바알샤멤이 겨울 동안에 죽은 자의 세계로 떠나면, 새해에 멜카르트가 온다. 둘은 한 신이지만 두 개의 상반된 얼굴을 가지고 있다. 야웨가 떠난 후 예수가 오고, 예수가 떠난 후 성령이 왔듯이.

8 '아톤 신은 무사하다'. 혹은 '아톤 신을 모시는 사람'.

9 아톤의 지평선. 아켄타톤, 즉 아톤 신의 효력이 미치는 곳이라고도 불린다. 카이로에서 남쪽으로 320km 떨어지고 테베에서 북쪽으로 300km정도 떨어져있는 나일강 동쪽 제방 황량한 들판. 훗날 이곳에서 아켄아톤에게 가나안 도시 왕들이 보낸 400여 통의 편지가 발견되었다.

물들이 이집트와 외국도시를 오가는 시절이었다. 신이 이집트에만 존재한다고 주장할 수 없는 시대이기도 했다.

이미 가나안에도 이집트 신전이 세워지고, 이집트 안에도 바알이나 아스도렛 같은 가나안 신전들이 세워지고 있었다. 이 시대가 요구했던 것은 국제 신이었고, 모든 신들을 다 통합한 유일신이었다. 아켄아톤은 아톤을 이렇게 찬양했다.

> 온 세상의 신은 하나뿐이다. 그가 창조자이시며 또한 생명을 지속시키는 자다. 이집트인뿐만 아니라 외국인도, 동물과 식물에게도 은총을 베푸신다. 가축, 야생동물, 굴 속에 사는 사자, 강물의 물고기, 알 속의 병아리에게까지 태양신 아톤께서는 은혜를 베푸신다. 태양이 져버린 밤은 죽음과도 같으며, 태양이 떠오르면 만물은 기뻐한다.

아켄아톤은 테베 제사장 세력과 그 비대한 신전에 염증을 느끼고 있는 자였다. 그는 아톤 신은 아몬 신과는 다르게 이집트 신전 속에 갇혀진 신이 아니라 태양빛처럼 어디라도 있는 신이라 선포한다. 또 관념적인 아몬 신과는 다르게 아톤 신은 바로, 여기, 현실 현장 속에 있는 신이라고 말한다.

아마르나에서는 종교혁명뿐만 아니라 문화혁명도 일어났다. 전날 테베에서 보여주던 장엄하고 정적이던 모습은 찾아볼 수 없었다. 건물은 무겁고 단단한 모습 대신, 곡선으로 변했고 부드러워졌다. 아몬 신전처럼 큰 건물 대신, 아톤 신전은 햇빛을 받을 수 있는 넓은 공간에 작은 건물들이 세워졌다.

특히 벽화미술은 사실성이 강조되어 그림 속 사람들이 살아 움직이는 듯한 행동과 입의 움직임까지 표현되었다. 관리들의 무덤 벽화 내용도 사후세계에 대한 묘사보다는 당대의 일상생활에 대한 채색 그림들이 많이 그려졌다. 파라오가 식탁에서 고기를 뜯고, 입을 맞추는 등 현실적인 모습도 그려진다. 아켄아톤은 아톤을 위한 많은 시를 지어 문학을 꽃피우기도 했다.

> 그대를 찬양하나이다. 은혜로우신 신, 영원한 왕, 빛의 주님, 광명의 군주……
>
> (아켄아톤의 아톤 찬가 중에서)

아켄아톤이 주장한 신의 개념은 테베 사제들의 주장과는 달랐다. 피라미드를 짓고, 거대한 신전을 짓고, 요란한 제사를 드림으로 신을 기쁘게 하여 부활할 수 있다는 옛 신앙과도 달랐다. 아켄아톤은 '마아트'(이집트어. '정의'. 진리와 정의의 여신이기도 하다)를 내세웠다. 신이 진정 원하는 것은 선善이고 그것을 실행할 때 부활할 수 있다는 신념이었다.[10]

_____

10 이 사상은 훗날 이스라엘 왕조 때 아모스, 이사야, 미가 등 히브리 민족 예언자들이 외쳤던 주장과 일맥상통한다. 그들도 신전에서의 형식적인

이 마아트 사상이 태동된 것은 아켄아톤 때가 아니고 그보다 2세기 전이다. 그전까지 이집트인들은 파라오만이 신이라고 생각했다. 그만이 부활할 수 있다고 생각했다. 그러나 신성 이집트도 힉소스족 등 여러 나라로부터 침략을 받아 패배했고 그들의 지배를 당하며, 파라오도 신이 아니고 인간이라는 생각을 하게 된다. 그뿐만 아니라 다른 인간도 부활할 수 있다고 믿었다.[11] 그리고 큰 피라미드 속에 들어가지 않아도 신이 원하는 진리를 실천하면 부활할 수 있다는 생각을 가지게 됐다. 그러나 이런 생각은 힉소스족을 몰아내고 파라오의 힘이 다시 강해지자 잠재워진 사상이 되어 버렸다. 그 생각을 아켄아톤이 다시 불러일으킨 것이다.

아켄아톤의 종교혁명은 대다수 백성들에게 호응을 받았으나 보수적인 백성들은 테베 신앙을 따라가고 있었다. 이집트에서는 강력한 유일신교가 나타난 적이 없었기 때문에 생소했던 것

경배와 화려한 제물로는 신을 기쁘게 하지 못하니, 오직 정의를 실행하라고 외쳤다.

11 피라미드를 많이 지었던 3왕조 후기부터 이미 파라오만 부활한다는 사상이 희미해져 가기 시작한다. 피라미드 곁에는 왕비의 피라미드와 '마스타바'(귀족들의 무덤)도 세웠다. 또 그것을 만들었던 노동자들도 그 근처에 무덤들을 만들었다. 파라오뿐만 아니라 자신들도 부활할 수 있다고 믿었던 것이다. 당시 피라미드를 짓는 노동은 죽음 뒤의 구원을 약속한 수고였다. 어느 종교든 초자연적인 신의 섭리를 앞장세워 현세의 고통과 계급 갈등을 억누르는 역할을 해왔다.

이다.

반면에 아켄아톤의 추종자 중에서도 그를 신으로 부르고 아톤과 함께 추앙하는 자들이 생겨난다. 그들은 아톤과 아켄아톤을 부자父子관계로 생각했고 같이 신성神性을 가졌다고 생각했다. 그러나 그동안 종교개혁에 힘을 실어줬던 왕비인 노프레테테는 그 사건으로 아켄아톤과 결별한다.

"나는 아톤만이 유일한 신으로 믿고 있어요. 당신은 신이 아니에요."[12]

2. 가나안 혼란과 하비루의 반란

아켄아톤은 보수파 권력과의 단절을 위해 행정 인사에 있어서도 혁명을 일으켰다. 그는 행정관리 중 테베 출신들을 배제시켰고, 셈족 투투라는 자를 총리로 세우는 등 새로운 인재를 등용했다. 이들은 왕에게 충성을 다했다. 그러나 이 새로운 세력들에게는 외교 경험이 없다는 단점이 있었다.

또 불만이 많았던 테베 세력을 비롯한 지배계급들은 사병들

---

12 아마르나에서는 아켄아톤뿐만 아니라 왕비 노프레테테까지 남신과 여신으로 추앙되었던 것 같다(그들에게 기도드리는 모습이 무덤 벽화에서 발견된다). 부부가 이 숭배를 조장했는지, 아니면 측근들이 했는지 모르지만 유일신 신앙과는 다른 모습이다.

을 거느리고 지방 관세를 착취하는 등 중앙 아마르나 정부와 반목을 거듭한다. 관세는 걷히지 않았고 정부 재정은 파탄났다.

그러나 아켄아톤은 이상적인 종교에 집착했다. 그는 정치적인 일에는 무관심하고 오직 종교적인 문제에만 헌신하기 시작한다. 그러자 사실상 이집트 속국이었던 북쪽 가나안에서 문제가 발생했다. 힛타이트족과 하비루들이 반란의 주범이 된다.

그동안 중동의 큰 세력이었던 힛타이트족은 후리 족속의 침략과 왕궁에서 일어난 왕위 찬탈과 모반, 부왕 살해와 형제 살해, 봉건 영주들의 권력추구 등 내란으로 약해졌었다.[13] 그러나 새 왕조가 생겨나 아나톨리아에서 신 힛타이트족 나라를 세워 권위를 다시 회복했다.

이때 메소포타미아 미탄니 제국 투슈라타 왕은 새 힛타이트족 슈필룰리우마(기원전 1375~1335년)에게 침공을 받는다. 힛타이트와 국경을 같이하며, 또 이집트와 동맹국이었던 미탄니는 어느 쪽과 동맹을 삼을지 고역스럽지 않을 수 없었다. 미탄

---

13 중앙 서남아시아 아나톨리아 지역에 살던 인도 아리안계열 힛타이트(터키의 조상)족은 기원전 2000~1700년 소아시아 북시리아 지역으로 이주한다. 그들은 초대 왕 아니타 때 부족국가를 세웠고, 기원전 1700년경 라마르 왕 때는 대국으로 확장된다. 힛타이트 왕 '무르실리스 1세'(기원전 1530년경)는 유프라테스 강을 따라 알렙포 등 바벨로니아 도시국가들을 점령하며 약탈했다. 그러나 무르실리스가 동쪽 후리인들에게 시달리며 내부 왕권 경쟁으로 죽자, 힛타이트는 급격히 쇠퇴했었다.

니 왕실은 이집트 파와 힛타이트 파로 내분에 빠졌다.

투슈라타는 이집트에 구원요청을 했다. 그러나 이집트에서는 아켄아톤의 종교개혁 혼란으로 도울 형편이 못됐다. 그는 혼자 힛타이트 족과 싸워야 했고 왕권과 목숨을 잃었다. 그의 아들 마티와자는 스스로 독립을 포기하고 힛타이트의 봉신이 된다. 이때 동쪽에서는 미탄니의 지배에서 벗어난 앗시리아 왕 앗슈르 우발리트 1세(기원전 1365~1321년)가 세력을 떨치기 시작한다.

이집트의 쇠퇴와 힛타이트의 등장으로 가나안은 삽시간에 혼란에 빠진다. 국제 질서도 혼란해지고 아군도 적군도, 동맹국도 비동맹국도 없는 무주공산이 된다. 아켄아톤은 시리아와 가나안 북부에 수비대를 두고자 시리아 우가리트로 사신을 보냈으나 그 궁에 도착하자마자 이미 그곳에서도 왕좌를 차지하고 있던 힛타이트 출신 왕으로부터 홀대를 받는다.

"이집트에서 우리 지역에 수비대를 파송하겠다고 사신을 보내왔다고? 이집트 놈들은 그렇게 정보가 느리다더냐? 이 가나안은 이제 우리 힛타이트의 땅이다. 사신들에게 적당히 노잣돈을 주어 보내거라. 그리고 다시 그런 요구를 하고 사신을 보내면 국경을 넘자마자 목을 칠 것이라고 전하거라."

중동의 최강자로 군림하던 이집트는 이미 힛타이트 등 외부 세력에 의해 서서히 세력을 잃고 투트모스 3세, 아멘호텝 2세, 투트모스 4세가 다스리던 거대한 아시아, 아프리카 제국에 대한 지배권을 상실하고 있었다. 이집트는 힛타이트인들에게 가나안 북부를 잃었고, 속국이었던 가나안 나머지 국가들도 공물을 바치지 않았다.

몸이 약했던 아켄아톤은 지병에 시달리다가 자리에 눕는다. 그에겐 아들이 없었다. 아켄아톤은 신임하던 동생 '스멘크케레'(기원전 1355~1352년)를 장녀인 메리타톤과 결혼시켜 부마로 삼고 섭정한다.

열정적으로 시작했지만 종교 개혁은 아켄아톤의 개인 영도력에 의해 시작된 것이다. 그가 병들자 테베 세력 등 반대파들이 득세하게 되고 유일신 혁명은 급히 흔들린다. 온에서 급히 아마르나로 달려온 온 태후 티이까지 종교개혁을 중단하고 테베 세력과 손을 잡을 것을 아들 아켄아톤에게 권면할 정도였다.

급기야 파라오 스멘크케레도 형이며 장인인 아켄아톤에게 자신은 테베로 가 그곳 사제들과 화해하고 아몬 레 신을 섬기겠다고 말한다. 세력을 잃은 아켄아톤은 그의 뜻을 말릴 수 없었다.

여전히 가나안에서는 왕이라 불리던 영주들이 농민들의 땅과 노동력을 착취하여 그들만의 부를 누리고 있었다. 영주들은 하비루들을 매수하여 가나안 다른 군주 영토를 침공하기도 했다.

주군의 나라 이집트 혼란을 틈타 또 하나의 혁명의 물결이 가나안에 몰아친다. 이집트와 시리아 바벨론으로 이어지는 중간 기착지요, 객상들의 행로였고 특별한 국가세력이 없었던 가나안이야말로 하비루들이 활동하기 가장 좋은 장소였다. 이들이 힛타이트족과 협력하여 시리아 길리기아에 수도를 두고 무리를 지어 가나안으로 밀려든다. 하비루들은 가나안 도성뿐만 아니라 이집트 초소들도 공격했다. 하비루들 속에는 영주들에게 수탈당하고 떠돌던 가나안 농민, 목동들도 많았다.

힛타이트 슈필룰리우마 왕 또한 하비루와 가나안 제후들이 이집트를 향해 반란을 일으키도록 계속 충동질한다. 이집트 세력을 가나안에서 몰아내려는 의도다.

아직도 가나안 왕들은 대부분 군사적으로 이집트를 의지하고 있었기에 아마르나로 도움을 요청한다. 그들은 파라오에게 서신을 띄웠다. 가나안 소왕국 그발 왕 리보 아디는 외교 언어였던 아카드어를 점토판에 새겨 보냈다.

남부 시리아 왕 압디 아쉬르타와 아들 아지루가 이집트 군주들에게 충성을 맹세했지만 그것은 거짓이었습니다. 그들은 힛타이트족에게 양해를 받고 세력을 확장해가고 있습니다. 그들의 최종 목표는 이집트에 충성하는 시리아 도시국가들을 모두 지배하는 것입니다. 지금 아지루가 인접 도시국가를 정복했고, 거기에 살고 있는 이주한 이집트인들까지 살해했습니다. 파라오여, 저는 지금까지 53차례나 이집트로 편지를 보내 군사 원조를 요청했습니다. 그런데 지금껏 아무 답변도 없습니다. 저도 그들의 침략을 받고 도피할 수밖에 없습니다……

그러나 종교혁명으로 혼란 속에 있었던 이집트는 이들을 도울 수가 없었다. 결국 속국 그발 왕은 힛타이트족으로부터 쫓겨났다.

그 후에도 가나안 도시국가들은 하비루들로부터 침략을 받자 서로서로를 불신하며 파라오를 향해 참소하는 글을 띄운다. 가나안 므깃도 왕 비리디야도 서신을 띄웠다.

태양신이며 나의 만신전이여, 세겜 왕 라바야는 이집트에 충성하는 척하면서도 실제로는 '떠돌이 반 유목민들'(하비루를 가리킴)과 동맹해 가나안 산악지대에서 소유지를 점점 확장해가고 있습니다. 이제 우리 므깃도까지 침공하려 하고 있으니 도와주소서……

살렘[14] 왕 압디 헤파도 자신은 무죄인데 모함에 걸렸다고 파라오에게 하소연하는 서신을 띄운다.

보소서, 나는 대왕의 신실한 종이나이다. 나는 파라오를 배신한 적이 없습니다. 지금 하비루들은 이 나라를 약탈하고 있습니다. 얼마 안 있으면 왕의 이 나라는 없어질 것입니다…… 나는 바다 가운데 있는 한 조각 배와 같사옵니다.

다시 압디 헤파는 이집트를 배신한 다른 가나안 성읍들을 어서 공격해 달라고 보고서를 띄운다.

게셀의 왕 밀리쿠와 다른 도시 국가 왕들이 나를 공격하려고 동맹을 맺었습니다. 저는 파라오께서 풍요한 그들에게 이집트 기병대의 양식을 공급하도록 명령하지 않는지 이유를 알 수 없습니다. 오히려 이집트에 충성하는 저의 백성들은 이집트군에게 약탈당했습니다. 제가 지난번에 이집트로 보낸 조공과 노예가 도착하지 못했을 것입니다. 세겜 왕 라바야와 게셀 왕 밀리쿠가 중도에 매복하고 있었기 때문입니다……

---

14 예루살렘의 옛 지명. 당시 산등성 꼭대기에 약 120m×450m의 성 안에 천 명 정도의 인구가 살았다.

살렘 왕 서신이 이집트에 도착하자, 게셀 왕의 편에 섰던 헤브론의 왕 수왈나타는 파라오에게 다른 내용으로 서신을 띄운다.

살렘 왕 압디 헤파는 거짓말쟁이고 악당입니다. 그들은 이집트에 충성하기를 싫어하여 우리와 이집트 사이를 이간시키고 있습니다……

아마르나 궁전. 침상에 누운 아켄아톤이 거친 숨을 몰아쉴 때, 이집트 봉신인 가나안 도시국가 라기스 신하가 예물을 갖고 찾아와 경배한다.

"나의 신, 나의 태양, 나의 숨결이신 파라오시여, 만세, 만세, 만만세!"

가나안 도시국가들은 신하들까지 제 이득을 위해 이집트의 앞잡이 노릇을 하고 있었다. 라기스 신하도 제 나라 정보를 보고한다.

"우리 라기스에서 반란의 조짐이 있습니다. 파라오께 불충하는 무리들이 늘어나고 있습니다. 제가 그 명단을 가져왔습니다. 친정하시어 토벌하소서!"

그러나 아켄아톤은 다시는 뜨지 못할 눈을 감는다. 궁 창밖으로 아톤 신이 비춰준다는 태양판이 빛나고 있었다. 그는 자신

의 서약대로 아마르나를 떠나지 않고 그곳에서 죽었다.[15]

이집트의 왕위는 아켄아톤 아내 노프레테테의 몸에서 태어
난 투탕카톤('살아있는 아톤 신의 형상'. 기원전 1347~1338년)
에게 넘어갔다. 그러나 그 또한 '투탕카몬'('살아있는 아몬 신의
형상')으로 이름을 바꾸고 테베를 방문하여 아몬 신을 섬겼다.
　그러나 아마르나 일가이며 아몬 레를 섬기는 늙은 사제 아이
의 섭정을 받던 투탕카몬도 어떤 음모에 말려 열여덟 살에 죽는
다.[16] 그 뒤를 이어 사제 아이가 다스렸다.
　이때 투탕카몬의 아내 엔케사너멘은 살아남기 위해 힛타이
트 왕 슈필룰리우마에게 자기 배우자로 아들을 보내달라고 요
청했다.

　　당신의 아들이 많다고 하던데 한 명을 내 남편으로 보내주
　　소서. 내 신하 중에서 남편을 고르고 싶지 않습니다.

15 아켄아톤이나 그의 후계자 스멘크케레는 기원전 1350년경 급히 역사에
　서 사라진 것으로 보아 테베 파들에 의해 암살당했는지도 모른다.
16 투탕카몬은 18세에 죽어 피라미드에 안장되었다. 최근 미라를 분석했는
　데 늑골에서 상처가 발견되었다. 전쟁이나 사냥터에서 입은 중상이었고
　그것은 죽음으로 이어졌을 것이다. 미라에는 마스크가 씌워졌는데, 그
　가면 얼굴은 황금이고, 눈은 아라고나이트 석과 흑요석으로, 눈썹과 속
　눈썹은 청색 유리로 만들었다. 그리고 어린 왕비는 미라 머리맡에 화환
　한 묶음을 놓았다. 이 왕묘 입구에는 '왕의 잠을 방해하는 자에게는 죽음
　의 날개가 펼쳐지리라'는 글귀를 새겨 놓았다.

힛타이트 쪽에서 왕자를 보냈으나 이집트 반 힛타이트파 신하들에 의해 살해당한다. 이 사건으로 이집트는 큰 전쟁에 휘말러 멸망당할 뻔 했으나 힛타이트에서 전염병이 발생하자 그들의 침공은 좌절되었다.

그 후 이집트 북부에서 군총사령관이었던 '호르 엠 헵만'(기원전 1333~1306년)이 왕권을 잡고 아마르나에서 멤피스로 왕국의 수도를 옮겼다. 그는 이단으로 정죄된 아톤 제사를 아예 없애버리고, 그 신을 상징하는 건물 등을 파괴해버렸다. 파라오의 명부에서 아몬 신을 숭배하지 않았던 과거의 파라오들 이름도 다 지워버렸다. 그리고 테베 근처 카르낙에 이집트에서 가장 큰 다주식 건축물을 지어 아몬 신에게 바쳤다.

호르 엠 헵만은 군부를 중용하여 장군 람세스 1세를 총리로 삼고, 유일신 혼란 이후 중단되었던 외국과의 무역을 재개했다. 그는 아마르나 정부 때 만연했던 부정부패를 말살시키는 등 혼란한 국가의 질서를 회복시켜 놓았다.[17]

그 이후 이집트를 통치하던 제사장, 행정 관리, 군대 지휘관

---

17 테베 사관의 기록들은 아멘호텝 3세 이후 호르 엠 헵만을 법적인 왕으로 기록했으며 나머지 아마르나 일족은 이단자로 간주하여 역사 속에서 말살시켰다.

중에서 가장 큰 세력을 지닌 장군들이 파라오에 오르게 된다. 호르 엠 헵만은 아들이 없었고, 매우 친근했던 부하 람세스 1세와 공동 통치를 하다가 그에게 왕권을 물려준다.

'람세스 1세'(기원전 1303~1302년)가 왕위에 오르며 혼란했던 18왕조가 끝나고 19왕조가 들어선다. 이미 세력이 커진 군부가 혈통을 뛰어넘어 왕좌에 오른 것이다.[18]

19왕조는 북방지역 나일 강 삼각주 타니스를 수도로 삼고 왕조를 시작했다. 힉소스족이 수도로 삼고 신전을 지었던 곳인데, 다시 보수하여 도성으로 삼은 것이다. 북방을 수도로 정한 것은 가나안으로 진출하여 세력을 확장하기 위해서다.

람세스 1세도 파라오 왕위에 오를 때는 이미 늙어 있었다. 그는 아들 세티를 앞세워 통치를 시작한다. 람세스 역시 조상들처럼 가나안을 침공하기를 원했다.[19]

그러나 그는 그 야망을 펼쳐 보이기 전에 1년 4개월 동안 제위한 후 죽고, 아들 '세티 1세'(기원전 1302~1290년)가 보좌에 오른다. 그는 아비와 같이 군인 경력을 가진 자다.

---

18 장군 출신 람세스 1세는 힉소스족이 쫓겨가며 이집트에 남겨진 후예들이라는 주장이 있다. 이집트 내에서 힉소스족은 야만족으로 통했기에 그 후예라는 것을 부인하며 숨겼을지 모른다.

19 람세스 1세는 테베에서 아몬 신을 기리는 대신전과 탑들을 세우고, 거대한 신전 연회당을 짓기도 하며 종교에도 관심을 가졌다.

세티는 이집트를 다시 부흥시키려 가나안으로 출정하여 갈릴리 산악지방까지 지배한다. 또 요단 강가에 있는 벧산 성읍을 장악했다. 그는 계속해서 그 근처 하비루들을 쳐부쉈다.

이제 세티는 시나이 반도 북쪽을 가로지르는 대상들의 주둔지에 수비대를 두어 상권을 지배한다. 특히 가나안 해변가를 타고 페니키아를 거쳐 시리아까지 가는 길 등을 방어하기 위해 가드 등 세 곳에 '라비수'(이집트어. '지방 행정관')를 파견했다. 그러나 그도 북시리아와 유프라테스까지는 진격할 수가 없었다. 그곳에는 힛타이트족이 세력을 잡고 있었다.

힛타이트족들이 가나안 북부까지 지배하자, 그곳을 속주로 생각하던 이집트와 충돌이 일어나지 않을 수 없었다. 세티는 다시 가나안 땅으로 출정한다. 그는 후계자에게 전쟁 경험을 일깨워주려 아들 람세스 2세를 데리고 출정한다.

세티는 힛타이트족 왕 무와탈리스(기원전 1306~1282년)가 거느린 3만 명 병사들과의 전투에서 승리하여 시리아 오론테스 강변에 있는 가데스를 장악하고 승전비를 세웠다. 그러나 세티의 집권 말기엔 힛타이트족이 가데스를 다시 탈환하여 그곳을 요새화시키고 오히려 가나안 족속들과 연합하여 이집트 본토까지 노린다.

3부
모세시대

모세의 출생

이집트 종교는 아마르나 유일신 혁명이 실패로 끝난 후 예전으로 복귀했다. 아톤 신은 사라지고 아몬 레, 프타 같은 신들이 부활된다. 특히 태양신 아몬 레는 다시 위대해졌다. 테베의 사제들은 다시 거대한 신전을 본토뿐만 아니라 아시아와 아프리카에도 세웠다.

'아라비스'[1] 입구에는 왕궁 길목마다 세트, 호루스, 네프다이스 등 이집트 여러 신들과 바알, 호론, 아나트 여신 등 가나안 신들까지 섬기는 여러 신전들이 세워졌다. 그 신전들 옆에는 제의와 관계된 창녀와 남창의 집들도 즐비했다. 이 아라비스는 요새화한 변경도시로 성채와 국고성(나라 창고)이 있어 세관 역할을 했고 '비돔'[2]이라고 부르고 있었다.

---

1 당시의 수도로 타니스와 같은 도시.
2 '태양신의 거처'. 고대 이집트어로는 '체쿠에 있는 태양신 아툼의 신전'이

나체로 말 등에 걸터앉아 창을 휘두르고 있는 형상을 한 '아세라'(가나안 전쟁의 여신) 상이 세워져 있는 성 밖에는 일꾼들이 모여 하토르 여신 신전을 세우고 있었다. 이집트 가정家庭 여신인 이 신전은 채석장 노예들을 감독하는 이집트 간역관들을 위해 세워졌다.

이집트 백성들은 대부분이 나일강 주변에 모여 사는 농부들이었고, 파라오와 귀족의 땅에 살면서 의무적으로 토지를 경작했다. 그러나 그들은 노예는 아니었다. 이집트인들은 피라미드를 지을 때나, 신전이나 왕궁을 지을 때도 봉급을 받으며 노동을 수행했다.[3]

공사현장에 '아피리온'(이집트어. 제왕의 가마로 1인승 가마)을 탄 세티 1세가 나타났다. 나무로 만든 틀에 조각을 새기고 '새틴'(이집트어. 무늬를 넣어 짠 옷감)으로 지붕을 덮은 가마다.

세티 곁에는 호위부관, 경호대장, 공사장 감독관 그리고 비돔의 신 에로와 헤로를 받드는 제사장들이 수행하고 있었다. 제사장들은 머리를 박박 밀고 있었는데, 정결한 사역을 하기 위해

다. 체쿠는 히브리어로는 숙곳이고, 이곳에서 모세가 이스라엘 백성을 이끌고 이집트를 탈출한다.

3 그 당시 파피루스 문서를 보면 집에서 출퇴근하며 피라미드를 짓는 노동자들의 삶이 기록되어 있는데, 결코 비극적인 노예생활은 아니었던 것 같다(평민들은 정부 건축 사업에 일 년에 한 달씩 무보수로 일했다는 기록이 남아있다). 그러나 이방에서 끌려와 노예가 된 자들은 달랐을 것이다.

삼일에 한 번씩 온몸의 털을 밀었다. 이들 양 뺨에는 해와 달과 나일강 물결이 문신되어 있었다.

"이 비돔은 '아시아의 입구'[4]가 될 것이다. 이곳에 무기, 곡물 창고를 완성하고 군수기지화 시키면 우리 군대는 가나안으로 올라갈 것이다. 공사를 서둘러라."[5]

세티는 노동자들을 보고 재촉한다. 대부분이 전쟁포로들로 노예였던 이들은 왕과 심복들이 지켜보자 몸놀림을 빨리 했지만 그래도 세티에게는 불만족스러웠다.

"시리아에서 배워온 회반죽과 구운 벽돌로 군수창고를 건축하고 있습니다. 외관도 아름답고 내구성도 강합니다. 곧 완성될 것입니다."

노예들을 관리하는 감역관이 세티 옆에서 공사 진행을 보고한다.

"저 자들은 누구냐?"

가마 안에 비스듬히 누워 있던 세티가 홀을 들어 한 떼의 일꾼 무리를 가리켰다. 얼굴빛이 붉은 것이 셈족인 것은 분명한데, 눈빛이 더 푸르고 머리칼 빛이 짙은 무리가 노동판 한 곁에서 환각 성분이 있는 허브를 씹으며 쉬고 있는 것을 본 것이다.

---

4 이집트인의 어법으로, 가나안을 넘어 아시아를 침공하기 위한 군사전방 기지를 의미함.

5 이즈음 이집트인들이 사용한 언어는 콥트어로 기원전 16세기 이후부터 사용하고 있었다. 이 언어는 이집트의 공식적인 행정용어다.

"저들은 가나안 족속입니다. 우리 고산 땅에서 목축을 하고 있습니다."

모사의 대답을 들은 세티는 눈길을 못 박고 그들을 노려본다. 이집트인들은 가나안 족속을 '수'(이집트어. '유목민')라고 불렀고 통치할 수 없는 우거진 산악지대에서 양이나 염소를 치며, 그곳을 통치하는 이집트군까지 습격하는 야만 족속으로 생각했다.

"하비루들이냐?"

세티는 중동과 이집트 내부에서 몇 세기 동안 강도와 깡패 짓을 일삼고 있는 하비루에 대한 두려움을 갖고 묻는다. 이집트 내에서 떠돌아다니는 하비루는 대부분은 전쟁포로들이었지만 가나안 지방에서 영주들의 과다한 세금 횡포에 쫓겨 온 자들도 있었다. 또 가나안에 몇 년째 흉년과 기근이 심하자 용병 생활을 하기 위해 스스로 찾아온 자들도 있었다. 이집트인들이 생각할 때 반란도 일으킬 수 있는 통제하기 어려운 무리들이었다.

"저들은 하비루들이 아니라, 이름이 비슷한 히브리 족속이요, 노예들입니다. 전해들은 얘기로는, 힉소스 왕조 때 히브리인 요셉이라는 자가 높은 자리에 오르자 그 가족들이 가나안에서 우리나라로 동냥하러 왔다가 이 땅에 머무른 족속의 후예들이라 합니다."

모사가 말할 때 호위부장도 나름대로의 박식한 정보를 갖고 보고한다.

"저 노예들은 힉소스족과 마찬가지로 조상의 고향이 메소포타미아입니다. 따지고 들면 그들과 친족 간일 것입니다. 아크 모세와 카 모세께서 힉소스족을 내쫓았을 때, 저들 조상 히브리인들도 많은 수가 그들을 따라 가나안으로 도망쳤습니다. 저들은 그때 남은 자들입니다. 그런데 어찌나 결속력이 강한지, 군집을 이루는 짐승들처럼 한 놈을 건드리면 다른 놈들이 다 달려들어 제어할 길이 없습니다."

모사와 호위부장은 히브리인들을 '니타 쿠르'[6]라고 불렀다. 이집트인들은 히브리인을 토착민보다 더 낮은 계층에 속한 무리로, 토지가 없어 권리가 없는 떠돌이들처럼 생각하고 있었다.

"그래…… 나도 요셉이란 자에 대해 선왕으로부터 들은 적이 있다. 그 자는 힉소스족이 우리 이집트인을 지배할 때 정책적으로 만들어 놓은 어용 총리였지 않았느냐. 그 더러운 민족의 후예가 저들이냐?"[7]

세티는 심복들의 말을 듣고 보니 그들의 떡 벌어진 어깨도, 날카로운 눈빛도, 함께 어울리는 머리 수數도, 또 모여서 수군

---

6 수메르어. 남자 노예를 가리키는 말로 외국 남자라는 뜻. 고대 중동에서 노예는 원래 전쟁 포로였기에 이렇게 부르기 시작한 것이다.

7 세티가 요셉에 대하여 자세히 알지 못했던 것은 요셉이 이방인 왕조였던 힉소스 왕조의 신하였기 때문이 아니었을까? 히브리전승에 세티를 표현할 때 요셉을 알지 못하는 왕이라고 기록했는데, 그것을 암시하고 있는 기록인지 모른다.

거리는 모습도 예사롭게 보이지 않았다. 이때 제사장이 입을 연다.

"농경을 하는 우리와는 다르게 대부분 목축을 하며 짐승의 똥 속에 사는 불결한 민족입니다. 저들은 우리가 신성시하는 동물을 잡아먹는 부정한 족속입니다. 그래서 우리 이집트인들은 저들이 짐승을 잡는 데 사용한 칼, 쇠고챙이, 그릇에 손을 대지 않습니다.[8] 얼마 전에는 저 족속 중에 성조聖鳥 따오기를 잡아먹은 놈이 있어 목을 잘랐습니다. 심지어 숫양을 그들의 제사에 바쳤다는 얘기도 들었습니다.[9] 이 성스런 땅에서 내어 쫓으소서."

농경민이었고 동물을 성스럽게 여겼던 이집트인의 눈으로 볼 때 히브리인은 분명 불길한 족속이었다.[10] 제사장의 그 말에 감독관이 소스라치게 놀라며 말한다.

"안됩니다, 히브리노예들이 없으면 이 중요한 공사를 완성시킬 수 없습니다. 저들은 힘이 좋고 공짜로 부릴 수 있어 '마스'[11]

---

8 이집트인들은 암소를 대지를 창조한 이시스 여신의 상징으로 여기고 숭배했다. 도살 방법도 종교적 절차가 있었을 것이다.

9 흠이 있는 제물을 신전에 바치는 자는 이집트에서는 사형에 처했다. 이집트인들에게 숫양은 태양신 아몬을 상징했다. 테베에서는 숫양을 희생 제물로 바치지 않았다.

10 고대 중동의 고등 종교는 동식물을 숭배하지는 않았다. 단지 상징물로 삼았을 뿐이다.

11 '역군'. 이집트어 '짊어지다'라는 말에서 온 말로 공사장의 일꾼.

에는 최고입니다."

경호대장이 눈꼬리를 찢으며 한 마디 한다.

"그런 생각은 태평한 생각이오. 이미 히브리인들은 우리 민족에 버금가는 수로 불어났소. 돼지처럼 새끼를 잘 낳아 온 고센 땅을 저들이 지배하고 있소. 보시오, 저 공사장 뒤편에서 놀고 있는 아이들은 다 히브리 자손들이오."

이제 공사장 한 편에서 새끼염소 마른 발가락뼈를 가지고 공기놀이를 하고 있는 아이들도 세티의 눈에는 예사롭게 보이지 않았다. 한참을 생각하다가 그가 지휘봉으로 히브리노예들을 가리키며 명령한다.

"언제 가나안 가데스에서 힛타이트족 군사들이 내려올지 모른다. 저들이 반란을 일으키거나, 또 우리의 적들과 내통해 협공한다면 이 아바리스는 큰 위험에 처하게 될 것이다. 히브리노예들을 이 땅에서 더 불어나지 못하게 하라. 여아는 계집종으로 부릴 수 있으니 살리고, 사내는 태어나는 그 즉시 산파에게 일러 죽여라!"[12]

그날 노역장에 끌려온 자들은 야곱의 후예만은 아니고 다른

---

12 '요세프스'('37~100년경 유대 역사가')의 기록에 의하면 이집트 주술사들에 의해 모세의 탄생이 파라오에게 신탁되었기에 살해 명령이 떨어졌다고 한다(왕이 아기를 죽이라는 명령을 내렸다는 이 아기 살해 설화는 신약의 모세 같은 존재였던 아기 예수 설화에도 나온다. 고대 여러 영웅 설화에서도 아기가 태어날 때 방해꾼이 나타났다).

가나안 종파들도 많았다. 이집트 나일강 주변은 오래전부터 야곱의 후예들뿐만 아니라 여러 민족들이 몰려와 목축을 하고 있었다.[13] 그러나 히브리 족속만이 탄압의 대상이 된다.

"선조 요셉이 총리로 있던 이집트로 갑시다. 그곳은 목축할 풀도 많아 살기 좋다고 들었소."

가나안 남부 광야. 맨몸에 허리부터 무릎까지 천으로 가린 아므람과 머리부터 온몸을 천으로 가린 요게벳이 딸 미리암과 함께 이집트를 향해 걷고 있었다.[14] 어미 양 한 마리가 아므람의 손에 고삐가 잡혀있고, 그 곁에 새끼 양 두 마리가 바짝 붙어 따라온다.

"엄마, 왜 우리는 고향을 떠나야 돼. 마당귀에는 내가 좋아하는 살구나무도 있는데?"

미리암이 물을 때도 요게벳은 대답 없이 아이를 데리고 남편을 좇는다.

---

13 '아나스타시 기록'(기원전 1200년경 이집트에서 쓰여진 나일강 동부 삼각지대 이집트 관리가 쓴 보고서)에 보면 에돔에서 온 유랑민들이 이집트 영토 고셴 땅에 들어가도록 허락해달라는 기록이 남아 있다. 또 파라오들은 여러 번 가나안을 침공하여 그 전투 중에 포로들을 이집트로 잡아 와 노예로 삼았고, 특정한 거주지 안에서 살게 했다.

14 히브리전승에 의하면 아므람과 요게벳('야웨의 영광')은 조카와 고모 사이의 근친이다(출애굽기 6장 30절 참조).

이집트 고센 지방의 움집 '여인의 거처'.[15] 화덕에는 '흰독말 풀'[16]을 넣은 약탕기가 끓고 있다. 두 개의 돌 받침대로 만들어 진 분만대 위에 요게벳이 가랑이를 벌리고 앉아 산고의 고통을 치른다.[17]

기원전 1300년경,[18] 히브리노에 부부 움막에게서 아기울음소리가 터졌다. 산모의 손을 비벼주며 고통을 달래주던 히브리 산파 십브라와 부아가 아이를 받아내며 혀끝을 찬다. 이 여인들은 히브리 산파들의 수장 여인들이었다.

"이를 어쩌나, 사내아이야! 이제 파라오의 저주가 이 생명 위에도 임하겠구만."

"어서 돌아가지. 우리까지 여기 있다가 파라오의 군병들에게 무슨 봉변을 당할지 몰라."

산파들은 탯줄을 자르고 아기를 물에 씻고 소금으로 문지른 다. 그리고 서둘러 배내옷을 입히고 강보에 싸 둔 채 자리를 뜬 다. 문밖에는 아므람과 딸 미리암이 발을 동동대며 서 있다.

---

15 움막 안에 있는 여인들이 사용하는 일종의 거실.

16 자궁을 이완시켜 출산 과정을 촉진시키는 효과를 지닌 약재.

17 고대 사회 여인들은 보통 웅크리거나 무릎을 꿇는 자세로 아이를 낳았 다. 산모의 무게를 지탱하기 위해 작은 걸상이나 돌, 혹은 벽돌을 사용하 여 분만대를 만들었다.

18 모세의 탄생 연도는 불문명하다. 파라오 세티 때, 혹은 람세스 2세 때, 메 르넵타 때 등 현대진보주의 신학자들 간에도 이견이 많다.

부부는 히브리 남자아이는 죽이라는 세티의 칙령이 있었지만 석 달 동안 숨겨 기른다. 그리고 차마 죽일 수 없어 강보에 싼 아이를 '역청'(나무 진으로 만든 일종의 방수제)을 바른 갈대 궤짝에 뉘어 나일강에 띄웠다.[19]

---

19 고대 근동에서는 적자嫡子임을 시험하기 위해 강물에 던져 내버려 두는 풍습이 있었다. 즉 살아남는 아이는 적자로 인정하고 죽는 아이는 사생아로 버림받는 풍습이다. 모세가 버려진 이유는 파라오의 명령에 의해서라지만 또 다른 비밀이 숨겨져 있을지도 모른다. 인도의 고대설화 '마하브하라타 서사시'의 내용 중 쿤티 왕의 딸 이야기에 보면, 공주는 부왕과 왕비가 두려워 자신의 실수로 낳은 아이를 유모와 상의하여 버드나무 바구니에 담아 강물에 던졌다는 전승도 있다. 히브리전승에 의하면 모세의 어미 요게벳과 아비 아모람은 고모와 조카 사이 근친상간으로 그를 낳았다. 이 족보는 순수 혈통을 중요시하는 이스라엘인 관점에서 의도적으로 기록했을 수도 있다. 아니면 율법에는 근친상간을 정죄한 것을 보면 모세가 버려진 비밀이 그것과 상관있을지 모른다.

이집트에서의
왕자생활

대부분의 이집트인들은 빅토리아 호수와 에디오피아 고지에서 발원하여 흐르는 나일강 기슭 옆에서 살았다. 이 강 하류는 검은 개흙으로 덮여 있어서 '케메르'(이집트어. '검은 땅')라고 불렀다. 강의 범람으로 토사가 밀려와 땅이 기름지어 곡물을 가꾸기에 최적의 장소다. 오늘은 홍수 기간이 아니라 탁류도 그치고 나일강은 맑은 제 몸을 유유히 푼다.

''예오르'[1]의 악어에게 내 동생의 생명을 맡길 수 없어, 흑흑! 흑흑!'

열두 살 난 '미리암'[2]이 울며불며 강물을 따라온다. 넘실거리는 물결에 갈대상자는 흔들리고, 바라보는 소녀의 가슴은 더 출렁거렸다. 미리암이 강에 뛰어들어 물결을 헤엄쳐가며 갈대상

---

1 '하수'. 큰 강이란 뜻으로 히브리인들이 부르는 나일강에 대한 일반적인 명칭.

2 '바다의 별 또는 바라던 자식'. 그리스 말로는 마리아와 동일하다.

자를 민다. 미리암은 악어 출몰지대를 피해 파라오의 궁이 있는 강변 쪽으로 상자를 인도한다.

강변에는 뜸부기, 물닭, 검둥오리 등이 날아다니고, 뚱뚱한 몸체에 풍부한 가슴을 드러낸 나일강 여신 하피의 석상이 곳곳에 세워져 있다. 갈대 무성한 강둑에는 백수련이 피어 있고 그 곁에서 금실과 면으로 짠 코르셋을 입은 이집트 시녀들이 노래를 부른다.

"신에게 제물을 드리니
사람의 얼굴이 밝아지며
신들이 즐거워한다."

(이집트의 고대 민요. 나일 강 여신 하피에게 드리는 노래)

하피 신으로부터 무병장수를 얻기 위해 강가에서 목욕을 하고 있던 세티 1세의 딸 '시베'[3] 공주가 떠내려 오는 갈대상자를 보고 눈이 반짝였다.[4]

"저 갈대 상자는 무엇이냐? 하피께서 내게 보내신 선물이 들

---

3 이집트어. '별'. 모세의 양모는 세티 1세의 딸이었을 것으로 추정하는 것이 현대신학의 주류이다. 그러나 이 인물의 이름은 필자의 가공이다.

4 고대 신화에서도 신성한 강물에 목욕을 하면 신의 은총을 받을 수 있다는 설화가 많다. 석가모니의 어미 마야부인도 마나사로바 호수에서 목욕을 하고 그를 낳았다.

어 있을 줄 모르니 건져와 보아라.”

시녀가 가져온 갈대상자 속을 들여다 본 시베의 얼굴이 환해
진다.

“오, 아이가 들어 있지 않느냐. 붉은 잇몸 좀 보아라. 내 손가
락을 빨지 않느냐, 몹시도 배가 고픈 모양이다.”

“공주님, 염소털로 짠 강보를 보니 히브리인이 분명해요. 파
라오께서 그들 아이는 다 죽이라는 칙령을 내리셨는데, 그래서
누군가가 버린 모양이에요.”

“그래도 ‘소백’(이집트 악어의 신)님의 숲을 지나 내게로 온
것을 보면 ‘오시리스’(이집트인의 생명과 죽음의 신)의 은총을
받고 있는 아이가 분명하다. 내가 왕궁에서 기르리라. 우리 어
머니도 나를 낳다 돌아가셨는데, 아마도 이렇게 나를 안고 계셨
겠지. 그런데 이 히브리 아이에게 누가 젖을 먹일꼬.”

갈풀에 숨어 지켜보던 미리암이 물길질을 하며 다가와 얼굴
을 내민다.

“눈부신 공주님, 제가 젖이 퉁퉁 불은 여자를 알고 있어요!”

동생을 살리고자 했던 미리암의 계획이 성공한 것인가? 아들
을 물 위에 띄워 아이를 죽이라는 파라오의 명령에 순종하면서
도, 또 목욕하는 이집트 여인들의 눈에 띄게 하여 동정심을 유
발하여 살리려는 부모의 재치였을까? 아니면 모세를 구하려는

신의 섭리였을까?

아이는 궁 유모로 들어온 친모 요게벳 품에 다시 안겼다. 또 양어머니 시베 공주의 보호 속에 궁에서 자라며 '모세'라 불리운다.[5]

검은 젖꼭지를 물려 모세를 키운 여인은 친모 요게벳이다. 유모로 위장한 요게벳은 파라오 궁 시베의 방에서 모세의 기저귀를 갈아주며 애지중지 기른다. 그리고 그물 침대에 뉘어 그네를 태워주면서 전승되어오는 남편 조상 아브라함과 이삭과 야곱 얘기를 들려준다. 아기는 친모가 들려주는 히브리 목동들이 불렀다는 '우물파기 노래'와 나일강에서 불어오는 바람 소리를 들으며 잠이 든다.

세상에 모든 빛을 모아 빛내고 있는 듯한 보석으로 치장된 이

---

5 이집트 파라오 궁에서 모세는 '라'('태양신') 모세우스(태어나다)라고 불리어졌을 가능성도 있다. 이 이름의 뜻은 '태양신에게서 낳다'이다. 모세우스 즉 모세는 흔한 이집트 식 이름으로 파라오 중에도 힉소스족을 몰아낸 카 모세, 아크 모세 등이 있었다. 또 이집트어 '모스'는 '아이'라는 뜻인데 그 말의 변형이라고 보는 견해도 있다. 투트 신의 아이라는 뜻을 가진 파라오 투트모스 등이 그런 이름이다. 이집트어 모세는 '건져 올리다'라는 뜻이다. 그러나 이 이집트 식 이름은 히브리인들의 발음을 따라 '모세'로 변형되었다. 모세의 뜻은 미화되어 '물에서 건져 내는 자', 즉 구원자란 뜻으로 해석되었다. 훗날 바다에서 이스라엘 민족을 건져낸 설화를 연관시킨 것이다(고대 바벨론에서도 신 마르둑이 누군가를 구원했을 때 그를 찬양하기를 '마르둑이 후부르 강물에서 건져내었다'라고 기록했다. 이 강은 저승 세계의 문 옆으로 흐르는 강이다).

집트 궁. 파라오 세티 왕좌 곁에는 장녀 시베 공주가 앉아 있다. 그녀 곁에는 세 살 난 모세가 이집트 풍의 바닥까지 끌리는 의상을 입고 서 있다. 아이 손에는 '투트'(이집트의 아기 수호신) 형상 인형이 꼭 쥐어져 있다.

"그렇게 그 아이가 예쁘니?"

한 손으로 모세의 손을 잡고 다른 손으로 그의 머리를 쓰다듬어 주고 있는 시베를 보며 세티가 웃는다.

"영혼이 이슬처럼 맑은 이 아이를 키워 마술사로 만들겠어요. 그리고 별빛처럼 총명한 이 아이에게 법을 가르쳐 법률가로도 만들겠어요."

"너무 편애하지 마라. 조카들이 시샘하겠구나."

이집트는 왕위 계승권을 장자가 가지고 있었다. 그러나 장녀 시베 공주는 여자였다. 일찍이 이집트 역사에 큰 영웅이었던 핫셉수트 여왕 같은 여자 파라오가 없었던 것은 아니다. 그러나 시베는 병약하여 시집도 가지 못한 처지였다. 그런 까닭에 장녀의 권한이 있음에도 왕위를 아들이나 남편에게 물려줄 수도 없었다. 그렇지만 장녀인 시베 공주가 양자 모세를 파라오로 앉힐 야망이 없는 것은 아니었다. 시베 공주의 내심을 세티의 아들들은 이미 읽고 있었다. 그리고 그들 왕자들 간에도 이미 왕위 다툼이 일어나고 있었다.[6]

---

6 신 왕국 시대의 이집트 왕들은 왕비 한 명과 그보다 낮은 많은 아내를 거느

시베 공주가 아비와 얘기를 나눌 때, 모세가 그녀의 손길을 떠나 세티에게로 다가갔다. 그리고 보좌 곁 탁자에 놓인 왕관을 들어 제 머리에 썼다. 곁에서 바라보던 마술사들이 놀라 숨을 멈춘다. 세티의 눈꼬리가 올라갔다.

'젖내도 가시지 않은 저 놈이 내 왕권을 노리는 것이 아니냐. 내가 이렇게 쩡쩡 히 살아있는데, 고얀 놈!'

모세를 바라보는 세티의 눈길이 깊어진다. 그가 내관을 향해 소리쳤다.

"어서 가서 두 개의 접시를 가져오라. 한 접시에는 황금을 담고, 다른 접시에는 핀 숯을 담아라!"

아비의 명령을 듣고 시베가 놀라 손으로 입술을 가릴 때, 내관이 급히 접시들을 가져왔다. 세티의 두 번째 명령이 떨어졌다.

"저 아이에게 좋아하는 것을 집게 하라!"

모세가 아장아장 걸어가더니 접시 위에 놓인 한쪽 끝이 붉게 달아오른 핀 숯을 잡아 입으로 가져갔다.

"으앙, 엄마!"

모세가 자지러지게 울며 돌아서서 시베에게로 뛰어왔다. 아이의 입술은 부어 있었다. 세티가 빙그레 웃는다.

렸다. 본처의 장자가 왕위 우선권을 가졌지만, 다른 왕자들도 왕이 될 수 있었다. 격변 때에는 다른 친척이나 전혀 혈연관계가 없는 자가 왕위 계승을 하기도 했다.

'어린 놈이 내 왕권을 노리는 것은 아닌 모양이다. 그럼 그렇지!'[7]

모세가 열다섯 살이 되었을 때, 요게벳은 그의 출생의 비밀을 알려준다. 그리고 조상들에 관한 많은 얘기를 들려준다.

"왕자님, 그대의 생부는 가나안에 살던 히브리 레위 족속 아므람이에요. 아비의 족속은 이 이집트뿐만 아니라, 아직도 가나안 땅에 떠돌며 살고 있어요."

요게벳은 모세에게 사명도 일러주었다.

"왕자님은 아브라함과 이삭과 야곱의 후예요, 히브리인의 아드님이십니다. 지금도 히브리노예들은 공사판 채찍 아래에서 수없이 죽어가고 있어요. 왕자님은 히브리 족속을 이끌고 가나안으로 가셔서 나라를 건국해야 될 것이오……."

요게벳은 자유분방하고 강렬한 독립심을 갖고 있던 유목민 히브리 족속의 의식을 심어주며 아들을 키운다. 그녀의 가슴 속에는 이집트 노예에서 해방되고 싶은 열망이 솟구치고 있었다.

"다음 왕권은 시베 공주의 양자인 모세 왕자님의 자리입니다. 귀한 몸을 잘 보존하소서!"

---

7 신뢰하기 어려우나 탈무드에 소개되고 있는 어릴 적 모세의 행적이다. 그 후 모세는 혀를 다쳐 일생동안 입이 둔한 자가 되었다고 한다(출애굽기 4장 10절 참조).

매일 왕자궁에서 벌어지는 만찬 자리다. 식탁에는 나일강에서 잡은 물고기가 소금에 절이고, 햇빛에 말리고, 또 회로 떠서 놓여졌다. 메추라기, 비둘기구이도 꼬치에 꿰여 있다. 모세 곁에서 신하들이 술을 권한다. 장녀의 양자였기에 모세도 파라오 자리에 오를 수 있는 자격이 있었다. 만취한 신하가 관棺을 들고 술좌석을 돌며 소리친다.[8]

"이 관을 보시며 술자리를 즐기시오. 우리는 죽으면 이런 모습이 아니오!"

모세도 술잔을 치켜들고 소리친다.

"그대의 말이 옳다. 내일이면 관 속에 들어갈 몸, 오늘 술잔 속에 들어가 보자!"

십 년에 한 번 핀다는 이집트 선인장이 두 번의 꽃을 피웠다. 모세는 캅(이집트의 고등교육기관)에서 신성 문자를 배웠다. 또 시베 공주가 붙여준 스승들로부터 종교, 법률, 병법 등을 과외로 배웠다. 그는 이집트 왕조에서 대대로 내려오는 비밀스러운 종교적 주문, 의술적 처방 등을 배우는 특권을 누린다.

"가난한 자의 것을 훔치는 것, 불구자를 속이는 것, 과부의 밭을 침입하는 것은 신의 뜻을 거스르는 것이다······ 말을 할 때

---

8 관을 들고 손님들 사이를 도는 것은 이집트인들의 연회에서 흔히 있는 관례라고 기원전 5세기경 그리스 역사가 헤로도토스는 기록에 남겼다.

잠시 멈춰 서서 깊이 생각하는 것은 신들이 기뻐하는 자질이다."

칸에서는 선생이 교과서인 '아멘 엠 오펫의 지혜서'를 가지고 모세를 가르친다. 모세가 푸른 구슬 같은 눈동자를 굴리며 선생의 얘기를 듣는다. 그도 몰랐으리라. 이 모든 교육이 이스라엘 백성을 이끌고 나라를 세우며, 십계명과 율법을 만드는데 큰 도움이 될 것이라는 것을.[9]

벽돌을 쌓아 정사각형 모형으로 만든 비둘기 집이 세워져 있는 궁 뒷 골목.[10] 사내가 사제와 밀담을 나눈다.

"정말 저승 가서 좋은 영토로 들어가는 비법이 적힌 '사자의 책'[11]이 맞소?"

"의심하지 마시오. 사제들 중에도 이 비방을 알고 있는 자는 몇 명 되지 않소. 약속한 딸이나 내 첩으로 바치시오."

이때 저만치서 지켜보던 검은 쇠가죽을 걸친 아론이 얼굴 근

---

9 어떤 학자들은 이때 모세가 이집트의 수사학, 문학 및 필사법을 배워 히브리전승 오경을 저술했다고 본다.

10 이집트인들은 고기와 퇴비를 얻을 목적으로 고대로부터 비둘기를 사육했다.

11 이집트인들은 영생을 꿈꾸며 그곳 세계로 가는 방법을 적은 지도를 발명해 파피루스에 적어 미라 곁에 놓아두었다. 죽은 자는 이것을 보고 영생의 영토라는 갈대밭으로 가게 된다. 그 파피루스에는 그들이 영생으로 가는 길목에서 만날 괴물들을 물리치는 주문들도 적혀 있다.

육이 흔들리도록 웃어댄다.

"어찌 딸을 팔아 산 종이 한 장 가지고 네 영혼이 좋은 영토로 들어갈 수 있단 말이냐?"

그 웃음소리를 듣고 사제 곁에 섰던 사병이 칼을 빼들고 다가선다. 칼이 아론을 향해 치켜들 때, 뒤에서 급한 음성이 들렸다.

"저 자의 말이 틀린 말이 아니지 않느냐?"

사병이 고개를 돌렸을 때 왕자옷을 입은 모세가 서 있었다.[12] 사제와 사내와 사병이 그를 보고 줄행랑을 친다. 모세가 다가와 아론과 대면한다.

"그대의 검은 옷을 보니 사제 같은데 어느 종파요?"

"모세 왕자님이 아니십니까? 병든 노예들에게 양식도 보내준다는 자비스러운 그 이름을 여러 번 들었습니다! 저는 힉소스족의 후예로, 고센 땅의 검은 황소를 숭배하는 종파의 사제입니다."[13]

아론은 아켄아톤이 국신으로 선포했던 유일신 아톤을 믿는다 하여 이단으로 몰려 시장 거리를 떠돌며 야인 생활을 하고

---

12 히브리전승에서는 모세가 아론을 만난 장소가 가나안 광야였다. 그러나 아론은 이집트의 사제였을 가능성이 있다. 아론(고상함)이라는 말은 어원상 이집트어이다.

13 이집트 11번째 주였던 고센 땅에서는 일부 종파가 검은 황소를 섬겼다. 황소는 다산과 힘의 상징이었다.

있었다.[14] 모세는 그로부터 비밀리에 유일신 사상을 배운다. 아켄아톤에 의해 만들어진 이 사상은 이단으로 정죄되었지만, 이집트 종교가에서는 은밀히 내려오는 종교적 신념이요, 사상이었다.

"신은 한 분이고, 아톤입니다. 아켄아톤께서는 이 아톤 신에게 여러 찬양의 시를 바쳤습니다. 이 파피루스의 기록들을 보십시오. 그 분이 아톤 신에게 올린 바로 그 시입니다."

아론은 낡은 파피루스를 펼쳐 보여준다.

온 세상에 신은 하나뿐으로서, 그는 창조자이며, 생명을 지속시키는 자이다. 또한 그는 이집트인들과 외국인들, 그리고 동물과 식물에게 은총을 베풀어 주신다.

"그런데 이집트인들은 유일신 아톤을 믿지 않고 아직까지 다신교에 빠져 있습니다. 아켄아톤께서 돌아가시자 그 후 아톤 신도 잊혀졌습니다. 그러나 아톤 신은 지금도 홀로이 태양 판을 들어 빛을 보내시며 이 우주의 통치자로 존재하십니다."

---

14 히브리전승은 모세를 맏아들이라고 강력하게 시사하고 있다(출애굽기 2장 1-2절 참조). 또 다른 기록에는 훗날 갑자기 나타난 아론이 그의 형이라고 전하기도 한다. 아론은 모세와 3살 차이였다. 아기는 태어나면 죽이라는 파라오의 명령이 있던 시절이었는데, 모세는 강물에 버려지고, 아론은 그대로 자라난 것이 의심스럽다(아비나 형이라는 표현은 중동에서 대변자, 대리자로 표현되기도 했다).

모세는 이집트에서 자라나며 정령사상을 많이 보았다. 정령이 설정泄精한 것이 우주라는 신앙이 있을 정도로 유치하기 그지없는 다신 신앙이다.[15] 그리고 그는 나일강과 여러 새나 포유류를 섬기는 제의들을 보면서 이집트 종교에 환멸을 느꼈다. 그런 모세에게 아켄아톤의 유일신은 매력적인 종교였다. 아론의 이론과 달변은 그의 마음을 휘어잡는다.

"이집트는 조상 때부터 거대한 피라미드를 짓느라 나라가 피폐됐습니다. 지금도 노동자와 노예들을 동원하여 테베의 사제들은 신전을 짓고 있습니다. 귀족들과 서민들까지도 큰 무덤을 만들고 미라가 되기만 하면 좋은 내세로 간다고 믿고 있습니다. 그리고 사제들이 그려 파는 사후의 서만 있으면 천국으로 인도된다고 믿고 있습니다. 그러나 어떤 피라미드도, 신전도, 또 주술이나 주문도 인간을 구원하지 못합니다. 신이 원하는 '마하트'('정의')를 실천해야 합니다. 아켄아톤께서도 말씀하셨습니다. 태양신 아톤 신은 어느 피라미드 안에도, 신전 안에도 가둬놓을 수 없고, 온 우주와 모든 백성의 머리 위에 빛날 뿐이라고······."

"나도 내 민족 히브리 족속이 이집트 감독관들의 채찍에 등

---

15 이집트 신화에서 보면, 짝이 없었던 이집트 창조 신은 자신의 정액으로부터 자신을 만들었다. 우주를 신이 만들었다면, 신 자신은 누가 만들었느냐 하는 논리의 모순을 스스로 해결하기 위해 원시종교에서 만들어 낸 설화이다.

가죽이 벗겨져가며 신전을 짓는 것을 보고 마음이 찢어진 적이 한두 번이 아니오."

"왕자님, 유일신 아톤을 높이시어 아켄아톤이 이루려고 했던 미완의 종교혁명을 완성하소서. 이 이집트에는 저를 따르며 유일신 아톤을 섬기는 족속이 있습니다.[16] 그들도 왕자님에게 힘이 되어줄 것입니다."

그 후에도 모세는 아론과 아톤 제사장들과 비밀리에 만나 유일신 신앙을 전수받았다. 그들이 한 말들은 모세의 마음을 거세게 흔든다.

"파라오는 신이 아닙니다. 그도 침궁에 돌아다니는 모기 한 마리를 잡으려고 밤새 잠을 설치는 인간일 뿐입니다. 세상을 다스리는 것은 파라오가 아니라 신입니다. 신은 태양처럼 하늘에 한 분밖에 없습니다. 그리고 모든 인간은 신 앞에 평등합니다. 태양신께서도 모든 자에게 똑같이 빛을 내려주고 있지 않습니까?"

모세가 파라오 궁 밀실에서 아톤 신봉자들에게 유일신 사상을 배운 후 궁을 나서고 있었다. 다른 마술사로부터 주술을 배우고 나서던 람세스 왕자가 그를 보고 시종에게 묻는다.

---

16 이집트에서 아론과 함께 유일신을 섬기고 송아지 토템을 가지고 있던 지파는 레위지파였을지도 모른다(레위지파는 훗날 가나안에 입성하여 아론과 함께 금송아지 형상을 만들어 섬겼다).

"큰 누나의 양자 모세가 아니냐? 그런데 저놈과 함께 나서던 제사장 복장의 사내들은 얼굴이 낯선데 대체 누구냐?"

"테베와 이 고센 땅을 다니며 신의 얘기를 들려주는 떠돌이 술사들입니다. 모세 왕자께서 저들과 자주 어울리는 것 같습니다."

"모세가 어찌 왕자냐? 큰 누나의 몸종에 불과한 놈이다. 앞으로는 내 앞에서 저놈을 왕자라 부르지 마라."

심한 매부리코에 장발의 람세스는 모세를 눈여겨보고 있었다. 그는 궁에서 살며 시베 공주가 데리고 다니는 모세를 지켜볼 수 있었다. 어린 시절 모세는 친구이기도 했다. 궁 뜰에서 골풀을 뭉쳐서 만든 공을 차기도 했고, 어미 왕비의 칭찬을 받으려 아비 세티의 총애를 받는 후궁의 담에 소똥을 같이 묻혀놓기도 했다. 그러나 이제 여러 왕자들과 왕권을 다투고 있는 까닭에 그 선상에 있는 모든 자들은 적이 되었다. 모세 또한 장녀인 시베 공주의 양자다. 혹시라도 자신이 물려받을 왕권의 도전자가 아닌가 하는 불안감도 있었다. 더군다나 모세가 히브리인이라는 소문이 돌자 그가 궁에 들어와 이집트 왕족처럼 생활하는 것까지 못마땅하게 여겼다.

'풍문에 들으니 모세에게 히브리노예의 피가 흐른다는 얘기가 있던데, 큰누나께서는 제 자식처럼 생각하니 어쩌면 좋은가.

큰누나의 눈길이 놈을 따라다니고 있으니, 제거할 수 없구나.'

이미 람세스는 황태자로 임명받고 아비 세티에게 전쟁터에서 전술까지 익혀 소소한 전투에서 승리까지 거둔 터였다. 그에게는 여러 세력들이 접근하여 측근이 되었다. 람세스가 모세에게 경계심을 가지고 있을 때, 모사가 그의 마음을 읽고 귀에 속삭인다.

"왕자님의 명대로 모세를 파리처럼 따라다니다가 한 가지 비밀을 알아냈습니다. 그 히브리 놈은 역시 염소 똥 냄새나는 피를 버릴 수 없었나 봅니다. 노역장에서 자기 동족이 매를 맞자, 우리 이집트인 감독관을 쳐죽여서 변소 뒤편 모래 속에 파묻었습니다. 제 나름대로는 노예들의 노동환경을 개선하려고 했다가 다툼이 벌어진 것 같습니다."

"호, 그래…… 그게 정말이냐? 그걸 왜 이제야 말하느냐, 내가 아버지께 이 사실을 보고하고 놈을 반드시 죽이리라!"

세티가 앉아있는 왕좌 뒤에는 '마스케'('술을 맡은 관원')가 왼손에는 술잔을 들고, 오른손에는 종려나무 잎사귀로 만든 부채를 들고 서 있다. 왼쪽 어깨에는 왕의 입술을 닦기 위한 긴 냅킨을 두르고 있다.

세티 앞에 군관이 무릎 꿇고 보고를 한다. 요사이 화제인 트로이 전쟁과, 해양민족들에 대한 이야기였다.

"트로이[17] 전쟁이 끝난 후 패잔병들이 지중해 섬들로 망명하고 있습니다. 그들은 해적이 되어 지중해를 항해하는 배들을 괴롭히고 있습니다. 그중 몇몇 장군들은 심복들을 모아 우리 이집트 해변까지 올라와 어지럽히고 있습니다. 어떤 조치를 취해야만……."

이때 파라오 궁으로 뛰어 온 람세스가 세티에게 말한다.

"큰누나 양아들 모세에게 더러운 히브리 유목민의 피가 흐르는 것이 분명합니다. 히브리인 사내아이들은 다 죽이라는 아버님의 명령을 어기고 큰누나가 히브리 아이를 살려 키운 것이 소문이 아니라 사실인듯 합니다."

람세스의 말을 들으면서도 세티는 왕좌에 앉아 술빛을 보며 술잔만 기울일 뿐 별 말이 없다. 그도 소문을 이미 들어 알고 있었다. 그러나 큰딸 시베 공주를 생각하여 덮어두려 했다. 그 모

---

17 초기 그리스 사람들과 서ᅟᅥᆨ 아나톨리아(소아시아)의 트로이인 사이에서 일어난 전설적인 전쟁. 그 시기는 모세와 동시대인 기원전 12세기 또는 기원전 13세기경으로 추측되는데, 그 전쟁사 일부분은 현대 역사학에서도 사실로 판명되어 가고 있다. 하인리히 슐리이만 등 고고학자들에 의해 그 시대 트로이 유물들이 발견되었다. 트로이 전쟁은 전설적인 미케네 왕 아가멤논이 그리스 연합군을 지휘하여 소아시아 서북 연안의 트로이를 공략한 전쟁이다. 그리스 신화에 따르면 이 전쟁의 원인은 헤라, 아테네, 아프로디테 등 세 여신이 서로 자신의 미모를 인정받기 위한 경쟁심에 있었다. 미의 경연에서 승리한 아프로디테는 자기의 아름다움을 판정해 준 트로이 왕자 파리스에게 약속한 대로 스파르타 왕 메넬라오스의 왕비 헬렌을 주었다. 그 결과 스파르타 왕의 동생 아가멤논이 군사령관이 되어 트로이를 공격했다는 것이다.

습을 보고 람세스가 이번에는 모세의 얘기를 과장해서 보고하
자 세티의 얼굴색이 변한다.

"모세 그 놈이 노역을 하고 있는 히브리인 노예들을 선동하
고 있다는 보고입니다. 감독관을 죽여 암매장했다는 믿을 만한
보고도 있었습니다. 놈이 하비루들과 제 민족을 모아 반란을 일
으킨다면, 정말 몇 십년 전부터 아버지께서 염려하시던 일이 벌
어질지도 모릅니다."

"무엇이? 어서 그 놈을 잡아와라. 내가 직접 놈의 목줄을 따
리라. 그리고 이 사실을 누나에게는 비밀로 하여라."

"그래도 어차피 누나도 알 일이 아닙니까? 혹시 누나 곁에는
모세 놈을 부추기는 세력이 있을지 모르니 그것도 철저히 조사
하여 그들을 국문하소서."

람세스는 모세보다도 그를 키운 누나와 그 세력들을 두려워
했다. 이집트 왕조사에서 자주 일어나는 궁중 반란을 더 두려워
했다.

"모세야, 람세스의 말을 듣고 아버지께서 널 추포하여 죽이
라는 명령을 내리셨다. 파라오의 칙령은 곧 신의 명령이다. 누
구도 돌이킬 수 없다. 어서 몸을 피하거라. 이것은 중동의 지도
와 내가 모은 보석이다. 네가 피신하는데 도움이 될 것이다. 네
앞길에 태양신의 보호가 있기를……."

체포 정보를 입수한 시베 공주가 모세를 궁에서 탈출시키려한다. 모세가 시베 공주를 가슴에 끌어안는다.

"어머니는 나를 나일강에서와 파라오의 궁에서 두 번 살려주시는군요. 이제 이 인장반지를 받으소서."

모세는 언젠가 시베가 끼워준 이집트왕자를 상징하는 터키석 반지를 빼어 건네준다. 그녀가 모세의 손가락에 남은 반지흔적을 보며 눈시울을 붉힌다.

"궁을 떠나도 너는 내 아들이다. 그리고 타지로 나갈 때는 반드시 이집트 풍 의상을 입거라. 네가 이집트 귀족옷을 입고 있으면 감히 아무도 해칠 자가 없을 것이다."

시베가 다시 모세의 손가락에 반지를 끼워주며 당부한다.

"너를 미워하는 자는 람세스 황태자이니 그가 파라오 자리에서 물러날 때까지 이 땅에 돌아와서는 안 된다."

글썽이는 눈빛의 시베에게 모세는 마지막 한 말을 남기고 파라오의 궁을 떠난다.

"어머니도 이미 알고 계셨듯이 저에게는 히브리인의 피가 흐르고 있습니다. 다시 이 땅으로 돌아올 때는 고통 받는 내 동포를 구하러 올 것입니다."[18]

---

18 모세가 이집트에서 작별했어야 될 사람이 친모와 양모뿐만 아니었을 것이다. 히브리전승이 말하는 이때 모세의 나이는 마흔 살이었다. 분명히 가정을 이루었을 것이다. 그런데 히브리전승은 이 사실을 침묵하고 있다. 신화적 인물을 얘기할 때 자주 있는 어법으로, 가정은 그렇게 중요하

모세는 세티의 칼을 피해 파라오의 궁을 떠나 시나이 반도 메마른 미개지로 도피한다. 듬성듬성 풀이 자라고 강풍이 불어올 때마다 모랫더미가 날아다니는 황야로 발길을 재촉한다. 그가 절룩이며 걷다가 눈을 들어 먼 동쪽을 바라본다. 눈앞에 멀리 부연 신기루가 보인다.

모세는 걷고 또 걸어 이집트 군인들이 찾아 나서기 어려운 독사와 전갈과 이민족이 들끓는 곳으로 도망친다.

람세스는 모세가 광야로 도망쳤다는 얘기를 듣고 추격대를 조직하여 쫓는다.

'훗날 모세는 반란자의 수괴가 될지 모른다. 수많은 히브리인들이 우리 이집트에서 노예생활을 하고 있는데, 그놈이 돌아와 그들의 수장이 되어 반란을 일으키면 어찌할까?'

그는 오늘의 일보다 미래의 불길한 예감을 느끼며 말을 몰아 모세를 쫓았다. 몇 개의 사구를 넘었다. 추적대의 군마는 모래수렁에 빠져 아무리 채찍을 때려도 움직이려 하지 않았다. 람세스는 얼굴에 박히듯 달려드는 모래바람을 손으로 막으며 광야 쪽을 바라본다. 그러나 모세는 사막에 발자국조차 남기지 않고

게 여기지 않고 설명하지 않는다. 신비감이 줄어들기 때문이다(기독교 보수주의 해석은 모세의 개인 관점이 아니라 야웨의 구원사적 관점에서 저술했기에 모세 가족을 생략했다고 주장하기도 한다).

도망갔다. 그를 도와준 것은 신이었을까? 아니면 모래 위에 나 있는 발자국을 지워주었던 사막의 바람이었을까?[19]

---

19 이집트 아나스타시에서 발견된 파피루스에는 이집트와 가나안 시나이 반도 사이에서 교역이 이루어졌고, 람세스 2세의 국고성 건설 작업에 하비루들이 종사했으며, 2명의 노예가 시나이 광야로 도망친 사건도 기록하고 있다. 모세를 떠올리는 광경이기도 하다. 어떤 학자들은 이 기록에서 모세의 비밀을 유추하기도 한다. 이 노예들 같은 잡족들이 이집트에서 미디안 광야로 도망하여 그곳 시나이 산 근처에서 부족 신인 야웨를 만났으며, 가나안으로 도망하여 자신들의 탈출을 극화시켰고 야웨 신을 퍼뜨렸다고 주장한다.

모세의 신神 야웨

모세가 한 달을 걸어 찾아간 곳은 '호렙'('황량한') 산맥이 뻗쳐 있고 '시나이 산[1]'이 솟은 미디안 산지다.[2] 인간에게는 출입을 허락한 것 같지 않은 높은 암벽산, 이곳 역시 이집트 제국이 다스리는 곳이었지만 먼 변방이다.

모세는 길가에 세워놓은 뱀 신상들과 지게표에 새겨진 뱀 형상 등을 보며 이 지역이 뱀을 숭상하는 곳이라는 것을 안다.[3] 그

---

1 '가시나무 숲'. 시나이 반도 부근 산맥 명칭.

2 시나이는 이 지역 유목민들이 섬겼던 달의 신인 신(Sin)의 이름을 따서 명칭 되었을 것이다. 현재의 '예벨(아랍어. 산) 무사(아랍어. 모세)'라고 알려져 있다. 운해雲海가 치맛자락처럼 산봉우리를 가리고 있는 7, 363피트의 봉우리다. 해가 뜰 때는 산맥들이 금빛으로 물들고, 그 위로는 푸른 하늘이 바다처럼 출렁거린다. 숨이 멎을 것 같은 이 경이감에 신이 살고 있는 장소처럼 보인다. 고대 역사가 요세푸스도 이렇게 표현했다. '그 산은 신께서 거하신다는 풍문 때문에 두려움의 대상이 되었으며 감히 접근할 수도 없었다'

3 터부는 혈연, 지연으로 이어진 주변 지역이 공통으로 갖고 있는 것이 특징이다. 최근 발견된 뱀 형상의 유물들을 볼 때 이집트 북부에서 가나안에

는 물을 얻기 위해 우물을 찾았다. 우물가에는 서늘한 저녁을 맞이하여 자매들이 물을 긷고 있었다. 가축들에게 물을 먹이기 위해 몰려온 동네 목동들이 농을 건다.

"너희 집안에는 남자도 없느냐? 어찌 여자들만 물을 길러 왔느냐?"

"우리에게 입맞춤을 해주면 우물 뚜껑을 열어줄 것이다!"

모세가 다가가 목동들을 노려본다. 목동들은 이집트 고관 옷을 입고 있는 그에게 위압감을 느끼고 스스로 물러난다.

모세는 자매의 아비 집으로 초청되었다. 염소가죽으로 만든 장막 속에는 뱀 형상이 벽에 그려져 있다. 자매의 아비는 미디안 족장이며 제사장인 '르우엘'⁴이었다. 그가 모세의 인장반지 등 차림새를 세세히 살펴보다가 다가가 입을 맞추고 품에 안는다.

"어서 오시오. 그 먼 광야를 넘어왔다면 신의 은총을 받은 것이오. 그리고 모든 손님은 신이 보내준 사람이지요. '신의 음료'(술)를 드시지요!"

이르기까지 터부는 뱀이었던 것 같다.

4 신의 친구. 이 명칭은 족속을 말하는 것일지도 모른다. 어쩌면 겐 족속의 제사장 호칭이었는지도 모른다. 탁월, 유명을 뜻하는 '이드로'라고도 불림. 여러 족속들이 그들의 방언으로 다르게 불렀기 때문에 생긴 두 이름인지도 모른다(진보주의 문서설을 주장하는 학자들은 오경은 여러 사람이 쓴 작품이라 이름이 다르다고 보기도 한다).

르우엘은 선홍색을 띤 술을 토기 잔에 따라준다. 잔이 비면 계속해서 채워주었다. 모세는 광야로 쫓겨 온 사연을 말하며 체류를 허락받고자 했다. 그는 이집트 고센 지방에서 친모와 히브리노예들을 보며 살았기에 이집트어와 '가나안어'(히브리어는 가나안어의 방언이다)가 가능했다.

"내 아비는 이 가나안 히브리 족속이요. 이곳에서 거주하게 해주시오. 나는 이 땅의 신을 섬길 것이오."

르우엘 족속은 훗날 '호밥'(르우엘의 아들이며 모세의 처남)의 후손이라고 일컬어지는데, 미디안 족속 중에서도 겐 지파에 속한다. 이 주민들은 반유목민들로 시리아와 아라비아 사막 등을 떠돌아다니며 확정된 경계가 없이 사는 자들이다. 이들은 철 채광과 제련 기술에 뛰어난 자들로 근처 가나안과 에돔 족속에게 그 기술을 전수하고 있었다.[5]

모세는 르우엘의 딸 '십보라'('작은 새')와 혼례를 맺고, 아내

---

5 기원전 3000년경 운석철이 발견되었고, 그 제련술은 소아시아 힛타이트 쪽에서 발명되었다. 그 후 이 철은 중동에 서서히 퍼진다. 히브리전승에 의하면 겐 사람들은 철기를 처음 다루었던 가인의 후예라고 전해진다(이들 겐 족속은 힛타이트 왕국의 멸망 후 그곳에서 이주해 온 철 세공인 집단이라는 설도 있다). 이 족속이 살던 서북 아라비아 아카바만 지역은 동 광석 생산량이 많았다. 이들은 이집트에서 배워온 기술로 채굴과 금속 가공을 했을 것이다.

를 얻은 대가로 처갓집에서 봉사하며 생활한다.[6]

"사위, 양떼를 몰고 시나이 산 근처는 가지 말게. 그곳은 신의 산으로 '엘 샤다이'[7]께서 임재하시는 곳이네. 혹시라도 가까이 갔다가 '신이 던지는 창'('번개를 일컬음')을 맞고 죽을지도 모르네. 우리도 멀리 떨어진 곳에서 단을 쌓고 제사를 드린다네. 혹시라도 산에 오를 일이 있으면 그곳은 신의 집이기 때문에 집을 들어갈 때처럼 신을 벗고 올라간다네."[8]

해가 떴다. 온 광야가 금빛으로 물든다. 르우엘은 양을 몰고 나가는 모세에게 몇 번이나 시나이 산의 금기를 말한다. 산은

---

6 고대 중동에는 모계 혼인 제도로 남자가 여자의 집에 거주하는 '비나' 결혼과 더 원시적인 형태로 가끔씩 남자가 여자를 찾아가는 '모타' 결혼이 있었다. 모세는 비나 결혼을 한 것이다. 그러나 이 당시도 보편적 결혼은 가부장적 혼례였던 것 같다. 신부를 약탈하거나 사 와서 결혼하는 것이 보편적이었다.

7 '산신山神'. 즉 '엘'('신'), '샤다이'('산')란 뜻이다. 고대인에게 산이란 우주처럼 생각되던 큰 존재였기에 신이란 이름을 붙인 것이다. 또 산은 신성한 물의 근원이었고, 신들의 모임 장소라고 믿었기에 신이라 호칭된 것이다. 아카드어 '샤두'('산')에서 히브리어 '샤다이'('산')가 나왔는지, 아카드어 '샤다우'('산에 거주하는 자')에서 역시 히브리어 샤다이가 나왔을 것이다. 한국어 성서 번역에서는 엘 샤다이는 의역주의자들에 의해 '전능하신 신'으로 총 48회나 번역됐다(창세기 49장 25절, 민수기 24장 4절, 16절 등 참고). 그러나 이 번역은 어원과 전혀 관계없는 오류이다. 아니 일부러 오역했다. 차마 야웨 신을 산신령이라고 번역할 수 없었기 때문이다.

8 고대 중동 우르, 나가쉬, 닙프르 등에서는 의복에 부정한 것이 붙어있을까하여 나체로 제사를 드리는 관례가 있었다. 신을 벗는 행위 역시 같은 의미이다.

가나안인들에게 숭배의 대상이다. 해마다 비가 충분히 내리기를 바라는 농부들은 비구름이 모여드는 높은 산들을 폭풍의 신에게 기원하는 가장 적합한 장소로 여겼다.[9]

가나안 최고신은 '엘'(가나안인들이 임금이요, 아비요, 황소로 불렀다)이다. 이 신이 있기 전 메소포타미아 아카드에 '일'(iL)이라는 자비와 복지와 출산의 신이 있었다. 그 신이 사라지고 새로 생겨난 신이 엘 신이다.

엘은 우가리트 만신전에서 칠십 신들의 아버지였다. 엘의 아내는 아세라로 만신전의 모신母神이다. 그리고 그 엘 밑에는 '바알'(가나안의 다산신) 같은 신들이 있었다.

'저곳에 엘 샤다이 산신이 산다고 했다. 그 신이 저녁이면 구름에 불을 질렀구나. 아, 어떤 신인가 만나보고 싶다. 그 신의 눈은 몇 개일까? 그 눈에서 불길이 일어나고 있을까? 정말 그 신은 빛의 창을 들고 있을까?'

---

9 신과 천사는 특별한 샘물 곁, 신령한 모형을 한 바위 근처, 상수리 수풀 같은 신성한 나무 근처, 명산 등에 초월적으로 나타난다는 고대 중동 설화는 수없이 많다. 중동인들은 우가리트 북쪽 산을 신이 산다는 '바알 차폰'(헬라 시대에는 제우스 카시오 성소로 불리었다)이라고 불렀다. 높은 산들은 그 밑 부분이 구름으로 감춰졌기에 멀리서 보면 산이 공중에 떠 있는 것처럼 보이는 것을 신비롭게 여기고 신이 사는 산으로 여겼을 것이다(모세는 산 위에서 야웨 신에게 십계명을 받았고, 훗날 왕정시대 예언자 엘리야는 산 위에서 바알 예언자들을 야웨 신의 도움으로 주살한다. 야웨 신은 엘 샤다이 즉 산의 신이다).

모세는 미디안 광야에서 양떼를 몰고 오다가 불타는 황혼을 보고 장인이 말한 엘 샤다이를 생각하며 신의 산 근처로 다가갔다. 산기슭 경사진 땅을 걸어, 깎아 세운 듯한 돌 언덕을 올라 산봉우리에 도착했다. 인간이 살 수 없는 황량한 산이다. 보이는 것도 들리는 것도 없는 침묵의 공간이었다.

어느 순간 산꼭대기에서 부는 센 바람은 모세의 머리칼을 잡아 흔들어댄다. 더 높이 머물고 있는 구름은 황혼 불에 활활 타오른다. 히브리전승에 의하면 그는 산꼭대기 불타는 '떨기나무'[10] 옆에서 한 신을 만나 그 이름을 물었다고 한다.[11]

"예흐웨 아쉐르 예흐웨('나는 스스로 있는 자')요, 야웨다!"[12]

그 신은 자기의 이름이 '야웨'[13]라고 일러주었고, 자신이 모세

---

10 꽃도 열매도 없는 가시나무나 측백나무과의 일종. 이집트 고대 문서 호루스 본문을 보면 에드푸 신전에서 신이 떨기나무에 붙은 불꽃으로 나타난다. 히브리전승에서 이스라엘 신 야웨가 등장할 때는 어떤 형태로든 불이 나타난다. 또 야웨 신을 찬양할 때 '내 주는 나의 빛'이라는 구절이 자주 등장한다. 이것은 기원전 7세기 근동에서 생겨난 불을 숭상하는 조로아스터교의 영향이라고 진보주의 학자들은 본다. 히브리전승이 쓰여질 때 유대인들은 그들의 황제들이 숭상한 불의 신 아후라 마즈다를 야웨와 연관시켜 생각했다는 것이다.

11 고대 중동에서는 신의 이름을 부르면 큰 능력이 발휘된다고 믿었다. 그래서 누구나 능력 있는 신의 이름을 알기 원했다. 이집트 신화에도 이시스 여신이 주신主神에게 이름을 말해달라고 요청하기도 한다.

12 기원전 24세기경, 이집트 파라오 메르네레와 페피 2세의 피라미드 안 벽면 아톤 신 찬양가에도 '나는 스스로 존재하게 된 위대한 신이다'라는 글귀가 있다. 야웨의 대답과 비슷하다.

13 야웨를 우가리트어로 어근을 찾아보면 hawa로 '떨어지다'의 뜻으로 '번

조상들의 씨족 신이라 말하며 사명을 주었다고 한다.[14]

스스로 있는 자란 자신이 존재의 원인이 되기에 아무 것에도 얽매이지 않아 자유롭고, 오히려 모든 것의 원인이기 때문에 모든 것을 있게 할 수 있다는 의미다. 스스로 있으면서 모든 것을 있게 하니 창조주라는 것이다.

나는 너희 조상 아브라함의 신, 이삭의 신, 야곱의 신, 야웨라. 내가 정녕 너와 함께 하리라.[15] 네가 백성을 이집트에서 인도하여 낸 후에 이 산에서 나를 섬기게 하리라.[16]

개', '바람불다'의 뜻으로 이해될 수 있다. 즉 야웨는 산 꼭대기 폭풍의 신이었음을 가리킨다. 원래 야웨는 초기 히브리어 사본에서는 모음이 없었기에 자음 (YHWH)으로 나타난다. 이 단음문자는 읽을 길이 막막했으나 훗날 주님을 가리키는 아도니(Adoni)의 모음을 추가하여 야웨로 불려지게 된 것이다(히브리어로는 예호바였으나 독일 학자들이 야웨라고 음역했다). 히브리전승에는 야웨의 이름이 '야'(yāh), '야후'(yāhu), '요'(yô) 등으로 나타나기도 하는데 그것이 원래의 이름인지도 모른다. 또 이것이 야웨의 축소형일지도 모를 일이다. 아니면 우가리트어 'Jw'('엘의 아들') 가 그 원형일지도 모른다.

14 히브리전승은 이때 야웨 신은 모세의 지팡이를 뱀으로 변하게도 했고 다시 지팡이로 바꿔놓았다고 한다. 또 모세의 손에 문둥병이 걸리게도 하고 회복도 시켜주며 초자연적 능력을 보여줬다고 한다.

15 발견된 기원전 2000년경 앗시리아 문헌에도 신들에 대해 언급할 때 너희 조상의 신이라고 했다.

16 모세는 이집트에 있을 때도 노동판에서 동족이 고난 받는 것을 보고 감독을 살해할 정도로 히브리인이라는 정체성이 분명했던 것 같다. 또 히브리인들을 노예에서 독립시키겠다는 의식이 있었던 것 같다. 신에게 받았다는 이 사명은 그의 내면의 깨달음인지 모른다. 물론 기독교 전통적인 해석은 신의 부르심이라고 해석한다.

모세가 거친 광야 험준한 산에서 만난 신은 인격을 가진 유일

신이었다. 가시덤불 불 속에 존재하며 접근할 수 없는 절대 타

자였다. 기후가 온후하고 산과 숲이 무성한 동북아 일대에서 동

양인들이 만났다는 자연 속 깨달음인 비인격 신과는 다른 모습

이다. 야웨 신은 미디안 광야 외딴 산에 살고 있었다.[17]

그 후 모세는 겐 족속 관례대로 시나이 산 아래에서 그들 방

식으로 엘 샤다이 야웨를 위한 제사를 드렸다.[18]

---

17 어쩌면 야웨는 모세가 목동 생활을 했던 가나안 시나이 산 근처, 겐 족속
이 믿고 두렵게 여기던 부족신은 아니었을까? 겐 족속 거주지였던 시나
이 산 근처에서 발견된 신전은 히브리전승에 묘사된 모세의 광야 성막과
유사하다. 이 신전에서는 훗날 모세가 만들어 섬겼던 구리로 만든 뱀과
비슷한 마물魔物도 발견되었다. 이 '야웨'란 명칭은 누비아 아마라 웨스
트 지방에 있는 파라오 람세스 2세 신전에도 나타나는데, 다른 다섯 개의
에돔 지명 중 하나로 기록되어 있다. 시나이 산도 에돔 영토 근처의 산
이다. 그렇다면 '야웨'란 말은 모세가 목축을 하던 에돔의 한 지역이거나
그 지역 신의 이름인지도 모른다.

18 고대 중동 소아시아, 시리아 지방에서도 산들은 신성시되고 숭배되었다.
계약을 체결할 때 그 산이 증인이 되도록 간구도 했으며 그 앞에 제물을
바치기도 했다. 앗시리아에서도 산들이 신성시되었다. 왕들은 산 위에
비석을 세웠으며, 산들과 신들을 연결시켜 자신들이 산에서 자랐고 그
위를 걸어다닌다고 묘사했다. 산은 힘과 강함을 나타내고 있기에 바벨론
최고 신 엔릴도 종종 높은 산이라고 불리었다. 힉소스족이 신을 부를 때
도 산을 뜻하는 할 'har'이라고 불렀다. 고대 중동인들도 '아슈르 샤드 니
셰슈'(아카드어, '아슈르 신은 자기 백성들의 산이다'), '추리엘'('신은 나
의 산이다'), '프다추르'('산은 구원했다') 등으로 산을 신으로 동일시하
여 부르곤 했다.

네모지게 깎아놓은 큰 바위 앞. 제사장 르우엘과 이집트 왕조 출신으로 부족인들에게도 인기가 높았던 모세를 비롯한 겐족속이 둘러섰다. 맞은편에는 신의 보좌로 상징되는 높은 바위 자리도 만들어져 있다. 르우엘이 양을 잡아 그 피의 반은 제단에 뿌리고, 나머지 반은 사람들에게 뿌렸다.[19] 그리고 그 고기는 일부를 태웠고, 나머지는 부족들과 같이 나누어 먹었다.

---

19 더 원시신앙에서는 피를 나누어 먹는 것이 제의의 한 순서였을 것이다. 현대에도 아프리카 원시 신앙 제의에서 그런 방식이 발견된다.

람세스 2세 등극과
힛타이트족과의 교전

'라임셋'[1]에서는 세티 1세가 죽어 따오기가 되어 날아갔고, 람세스 2세(기원전 1290~1224년)의 대관식이 벌어진다. 궁 뜰에는 왕자·통역관·시종·장관·모사·사절·환관·문지기·감독관·세리·필경사·점쟁이 등이 참여하여 자리를 차지하고 있었다.

대관식이 끝난 후 가두행렬이 시작됐다. 람세스가 첫 번째 행한 공식 행사는 테베 카르낙 아몬 신전을 방문하는 일이다.[2] 제사장들은 이집트 신의 형상을 태운 모형 배를 만들어 어깨에 이고 행진하고, 그 앞에는 분홍색 카페트가 깔린 길로 '람세

---

1 '람세스의 신전'. 수도였던 아비누스를 그렇게 불렀다. 람세스가 등극하여 붙인 이름이다.
2 이 행사는 '오페트'라고 불리우고 아몬 레 신을 찬양하는 종교 대축제였다. 나일강이 범람하여 농토를 기름지게 하는 것을 보은하는 행사이다. 술과 성적으로 자유로워지는 축제였다.

스'('태양신 라의 아들')가 왕홀과 '권장'[3]을 양손에 쥐고 행진한다.

행렬은 나일강 앞에서 멈췄다. 람세스는 강물 앞에서 양손을 올려 태양신 라를 경배한다. 머리에 하솔(이집트의 여신. 매로 상징됨)의 깃털을 꽂은 아내 네페르타리(이집트어. 가장 아름다운 여인)와 수많은 왕비, 후궁들이 그 광경을 바라보고 있다. 람세스가 권장을 들고 포효한다.

"나는 태양신의 아들로서 태양빛이 비치는 모든 곳을 지배할 것이다!"

람세스는 나일강에서 배를 타고 테베로 내려가 아몬 신전 앞에 경배했다. 그리고 아비의 죽음으로 중단되었던 대 신전 건설 작업을 재개했고, 테베의 최고 사제를 임명하기도 했다. 람세스는 이집트 전 지역, 전 세력을 휘어잡고 있었다.

이미 선왕 세티는 왕세자 람세스에게 군과 정치를 섭정할 수 있는 특별한 지위를 부여했으며 왕의 것에 비할 수 있는 궁전과 궁녀들을 마련해 주었다. 그리고 불과 열 살 때부터 전투 때마다 데리고 다녔기 때문에 람세스는 왕으로서의 통치 경험과 전쟁 경험을 갖추고 있었다.

라임셋은 군사적 요충지로 전차 부대와 보병 부대가 상주하

---

3 왕의 권위를 상징하는 의전용 지팡이.

며 '외국 나라를 향한 전선戰線'이라고 불렸다. 람세스는 가나안과 시리아까지 침공할 수 있는 전초기지였던 이곳을 역시 아비처럼 요새화시킨다.

"태고부터 우리의 속국이었던 가나안을 힛타이트족이 지배하고 있다. 가나안족은 그들에게 가축이며 곡물, 올리브기름, 꿀 등을 공물로 바치고 있다. 만일 내가 가나안을 다시 정복하여 공물을 받아오지 않는다면, 그곳에도 태양빛을 비추고 계신 태양신께서 화내실 것이다."

왕이 된 지 4년째 되던 해, 람세스는 군대를 이끌고 북쪽 가나안으로 가고자 했다. 중앙아시아 아나톨리아에 있는 힛타이트의 세력을 제압하려는 뜻이다. 이들 족속은 아켄아톤 시절 종교 혁명으로 혼란한 틈을 타 그때부터 이집트 제국의 일부였던 시리아 북부 지방을 지배했다. 또 가나안까지 내려와 공물을 받아가고, 그곳 이집트 초소들을 습격하기도 했다.

람세스의 첫 번째 원정은 시리아 북부를 정벌하고, 남부의 가나안 반역적인 군주들을 진압하여 아시아 진출을 위한 발판을 마련하기 위한 것이다. 그는 첫 출정하여 가나안 비블로스 근처 알칼브 강에서 멈추었으며 그곳을 시리아 공격 중간기지로 삼았다. 람세스는 이때 포로가 된 적들의 손, 발을 잘랐고, 성기까지 잘라와 승리의 신 호로스 신전에 비치해 놓는 등 난폭한 정복자의 모습을 보였다.

그 다음해부터 본격적인 원정이 시작된다. 기원전 1285년, 람세스는 가나안 북부 가데스에 있는 힛타이트족 요새를 치러 출정한다. 이집트군은 시리아 문 앞에까지 와 두 군대로 나누었다. 먼저 특수 기동부대를 선발로 보내 힛타이트 항구들을 점령했다. 그리고 후에 후진 부대와 가데스에서 합류하도록 했다.

오론테스 강쪽으로 계속 진군한 람세스의 후진 주력부대는 4개 사단 5,000여 명의 전차부대와 보병부대로 이루어졌다. 람세스 부대는 가데스 바로 앞 평원에 도착했다. 그들은 이미 항구를 점령했다는 소식을 전한 선발대와의 합류를 기다리며 군영을 설치하고 주위 정세를 살핀다.

"파라오여, 힛타이트족 패잔병들을 잡았습니다. 손가락 다섯 개를 자르며 문초를 해 힛타이트족들이 알렙포에 있다는 정보를 얻어냈습니다. 이곳 가데스에는 소수 보병 병력만 주둔하고 있다고 합니다."

"알렙포는 가데스에서 먼 동쪽이 아니냐. 그러면 우리가 먼저 가데스의 초소들을 치자."

정보 장교의 판단을 믿은 람세스는 후발대가 도착하기 전 가데스 침공을 시작한다.

람세스는 전차를 앞장세워 가데스 평원으로 병사들을 밀고 나갔다. 그 군대가 언덕 앞에 섰을 때다.

"근처에 새 소리가 나지 않는 것이 아무래도 저 언덕 너머가 수상합니다. 다시 정탐꾼을 보내소서."

모사가 고개를 갸우뚱거리며 람세스에게 건의하고 있을 때, 뿌연 먼지가 일더니 언덕을 넘어 힛타이트 전차부대가 몰려온다. 힛타이트 주력부대들은 가데스 성읍 뒤편에 매복하고 있었다.

힛타이트군은 삼만 명의 병력으로 공격해 왔다. 두 명씩 전차에 타고 있는 이집트 군에 비해 그들은 3명씩 탄 2,500대의 전차부대였다. 마부와 창을 가진 병사 두 명에 비해 궁수까지 거느린 세 명의 전차는 접근하기도 전부터 위력을 떨쳤다.[4] 전차와 전차가 마주했을 때, 힛타이트쪽에서 화살이 새떼처럼 날아왔다. 기습을 당한 이집트 선두부대는 무질서하게 흩어졌다. 힛타이트 전차는 종횡무진 이집트 군영을 어지럽혔고 람세스와 그가 직접 이끄는 전차부대는 적군에 완전히 포위당했다.

"람세스는 여기까지 왔으니 목을 내놓고 가라!"

힛타이트 쪽에서는 무와탈리스 왕이 친정하여 대군을 몰고

---

4 힛타이트의 전차는 크고 견고한 바퀴를 앞으로 당겨 매달아 차체를 효율적으로 만들었다. 그 빠른 속력은 기습하는데 용이했다.

달려왔다. 람세스를 보고 소리치는 손에도 힛타이트 신 '하사밀리스'가 선사했다는 지팡이가 들려있었다. 그들 병사들도 힛타이트 태풍의 신인 '테', 모신母神 '한나한나' 등의 형상이 새긴 목걸이 또는 팔찌를 차고 있다. 힛타이트족 역시 하비루들을 용병으로 채용하여 앞장세우고 이집트군과 대결한다.

이때 양측 모두 지중해 해안가와 섬들에 산재되어 살고 있던 해양민족들을 용병으로 삼아 전투에 참여시키고 있었다.[5] 힛타이트 제사장이 적들을 향해 주문을 외운다. 적의 전사들을 거세시켜 여인으로 만들어 달라는 주문이다.

"이쉬타르 여신이여, 적들로부터 남성다움, 용맹, 건강, 칼, 도끼, 활 등을 빼앗으소서. 저들 손에 물레 가락과 저울을 들려주시고, 여인의 옷을 입혀 주소서!"(힛타이트족 전승의 노래에서)

힛타이트의 전차는 차체도 견고했다. 이 전차들이 달려들어 부딪치자 이집트 전차는 산산이 부서져 버린다. 전차 밖으로 떨어진 병사들은 곧 달려온 마병의 창에 찔려 죽는다. 람세스는 전차 위에서 반월도를 들고 싸우다가 날아온 화살을 맞고 호로

---

5 이집트쪽에서 고용한 해양민족은 사르디나족이였고, 힛타이트쪽에서 고용한 해양민족 용병들은 다누나와 루카족, 시켈족, 트로이 전쟁 후 구브로 섬에 정착한 테우크리안족 등이다. 이 용병들은 지중해 주변 전설대로 자신들이 제우스와 인간 사이에 태어난 헤라클라스의 후예라고 자랑하고 있었다.

스 신이 새겨진 투구가 벗겨졌다. 시체 위에 시체가 쌓이기 시작했다. 그러자 양쪽 전차들은 길이 막혀 옴짝달싹 못했다. 전차에서 내려온 람세스가 힛타이트 보병들에게 쫓긴다.

그는 전투 막바지에 후진 기동부대가 나타나 합류했기 때문에 위기를 모면할 수 있었다. 그러나 이집트 군대는 황급히 남쪽 시리아 다마스커스까지 후퇴했다.

분명 가데스를 함락하지 못했다는 점에서 이집트의 패배였다. 힛타이트족 역시 많은 피해를 입었다. 얼마 후 양쪽 군은 모두 전투를 계속할 수 없는 상태가 되어 휴전을 맺었고, 이집트군은 가나안 광야에 핏자국만 선연히 남기고 고향으로 돌아왔다.[6]

가데스 함락 실패는 대외적인 이집트의 지위에 타격을 주어, 남 시리아와 북부 가나안의 몇몇 속국들이 반란을 일으켰다. 또 힛타이트족의 사주에 의해 가나안 남부 성읍 아스글론 등이 이집트 초소들을 공격하는 등 폭동을 일으켰다. 람세스는 힛타이트에 다시 도전하기 전에 본국 북쪽 변경을 강화해야 했다.

그 후에도 힛타이트 왕 무와탈리스의 후계자인 아들들은 가

---

6 이집트 비문들은 가데스 전투를 람세스의 승리로 기록했으나 사실상 패배였다. 가데스 전투 후 무와탈리스는 본국 힛타이트 도성 하투사로 돌아가 제왕이라는 호칭을 얻었다.

나안에 남겨놓은 이집트 초소들을 계속 공격했다. 제위 8년 째, 람세스는 힛타이트족들과 수차례 전투를 벌이며 시리아를 잠시 지배할 수 있었다. 이때 전투는 힛타이트의 급습을 받아 전쟁 장비를 빼앗기면서도 승리한 영웅적 투쟁이었다.

그러나 람세스는 이집트로부터 멀리 떨어져 있는 시리아를 힛타이트 공격을 막아내며 오래 차지하고 있기 어렵다는 것을 알았다. 또 힛타이트도 지중해 해양민족들로부터 계속 침입을 받고 나라의 존망이 위협받고 있었다.[7] 게다가 동쪽에서 일어나고 있는 앗시리아의 위협까지 받고 있었기에 양측은 협상을 택한다.

기원전 1279년, 람세스는 무와탈리스 아들들을 내쫓고 왕이 된 무와탈리스의 동생 핫투실리스 3세와 평화조약을 맺었다. 이때 교전 이유가 됐던 시리아는 이집트와 힛타이트족이 양분하여 통치하기도 했다.

일단 전쟁이 끝나자 양국은 우호관계를 맺고 정규적으로 외교 서신을 교환했다. 기원전 1245년, 람세스는 힛타이트 왕의 맏딸과 또 나중에는 둘째 딸과도 결혼한다. 이때 파라오 람세스

---

7 힛타이트족에게 위협을 주었던 해양민족은 블레셋을 비롯하여 훗날 그리스와 로마의 종족이 되는 아케아족, 다르단족, 무시아족, 사르디나족 등이었다(힛타이트의 멸망은 해양민족의 침입과 도성 하투사 안에서 왕족 간의 다툼이 원인이다).

2세와 힛타이트 왕 핫투실리스 간의 조약 내용은 이러했다.

> 태양의 아들 람세스와 힛타이트는 좋은 형제애와 평화
> 를 영원히 확립했다. '태양신'('이집트의 최고 신')과 '태풍
> 신'('힛타이트의 신')이 이를 보증한다……
>
> (테베 아몬 신전과
> 람세스 피라미드 벽돌에 새겨진 글에서)

람세스는 힛타이트족과 화해한 후 여유를 얻어 가나안 전방
에돔, 모아브, 네게브를 정벌하기 위해 원정을 했다. 또 나일강
삼각주를 계속 침입하여 거기에 정착하려는 리비아[8]인들과 큰
싸움을 벌였다.

이 상황에서 계속 세력을 키우고 있던 나라는 앗시리아다.
북쪽 티그리스 강변 도시 앗슈르, 칼라, 니느웨, 두르 샤루킨 등
이 번성하며 그 도시들의 주인이었던 앗시리아가 강해진다. 그
들은 서서히 신흥 제국으로 발전하며 중동을 노린다.[9]

---

8 '바다중심'. 이집트 서편 아프리카 북부 사막지대.

9 앗시리아가 강해진 이유 중의 하나는 힛타이트족으로부터 이어받은 철기
문명이었다. 기원전 13세기 핫투실리스 3세가 앗시리아 왕에게 보낸 서신
이 발견되었는데, 철기무기를 보내준다는 내용이었다.

히브리노예들
이집트에서 추방
혹은 탈출

1. 이집트로 돌아온 모세

기원전 1246년 라임셋('피 라메세'라고도 부름) 궁전. 성 벽에는 선전 문구가 쓰여 있었다.

람세스는 아시아 사람들을 물리쳐 평안케 했다. 원하는 사람은 누구나 승리의 영웅 람세스의 집인 이곳, 생명과 번영의 요람에 겸손히 들어올 수 있다.
(가나안 벳산에서 발견된
기원전 1281년경으로 추정되는 석판)

람세스 2세는 라임셋을 계속 건설한다. 이 도시는 정원, 과수원, 폭포 등이 있었고 사방에는 각각 주신主神들도 있어 서쪽에는 아몬 신, 남쪽에는 세트 신, 북쪽에는 왕실을 지켜주는 코브라 형상 여신 부토, 동쪽에는 시리아의 여신 아스타르테 신전을

세웠다.[1]

람세스는 홀과 권장을 들고 공사장에 나와 있었다. 그는 무릎 꿇고 지시를 기다리고 있는 감독에게 명령한다.

"노예들은 숨쉴 시간도 주어서는 안 된다. 다른 못된 생각을 할 것이다."

람세스는 몇 년 전 힛타이트족과 가데스에서 싸워 참패했을 때, 노예들까지 이집트 안에서 폭동을 일으켰던 기억이 있어 호되게 다룬다.

라임셋은 야곱의 후예들이 정주하던 고센 땅에 있었다. 공사터에서 일하는 노동자들 중에는 이집트 하층민과 다른 이방 족속들 외에 히브리인들도 거주하고 있었다.

공사판은 연못에서 물을 길어오는 자, 괭이로 진흙을 반죽하는 자, 반죽된 진흙을 나르는 자, 또 그것으로 벽돌을 만드는 자들로 웅성거렸다. 나귀며 노새가 일꾼들 양식을 실어오고, 수백 리 떨어진 나일강 중류 에스완에서부터 화강암을 실어오는 우마차도 힘겹게 바퀴를 굴려대며 다가온다. 에스완은 핑크빛 화

---

1 라임셋 입구에는 거대한 화강암으로 만든 탑문과 붉은 석회암에 양각된 여신 '하솔'의 신상, 적색 화강암으로 된 람세스 2세의 비석, 달신을 상징하는 신성한 짐승 '비비'의 석상과 그밖에도 많은 기념물과 조각상들을 이곳저곳에 세워져 있었다. 사실상 람세스의 기념도시였다. 람세스는 이외에 또 다른 도시 '온'('헬리오폴리스'), '비버셋'('그리스어로는 부다스티스, 고양이 머리를 제물로 바치는 파쉬트 신을 섬기는 곳') 등에 여러 궁전을 세우고 이집트를 이끌어 가고 있었다.

강암 채석장이 있어서 예로부터 파라오들이 오벨리스크나 신전 조각을 위해 개척한 곳이다.

"파라오가 이번에는 지푸라기를 주지 않고 벽돌을 빚으라는 거야. 들판에 나가 밀 그루터기를 주워 만들라는 거지.[2] 그것도 단시간에 많은 것을 만들라니, 이것은 우리 히브리 남자들을 다 죽이려는 처사가 아니겠어? 이제 집에 돌아가도 아내하고 잠자리 할 힘도 없고 후사도 못 볼 지경이야."

"아들을 낳으면 뭐하나? 선왕 파라오부터 히브리 아들들은 죽이라는 칙령이 내리지 아니했던가! 우리 히브리인들을 멸절시키려는 노골적인 음모야."

히브리 노동자들은 피라미드 곁 '배 정박장'[3] 곁에서 신전을 만들며 한숨을 토해댔다. 히브리인들은 태생부터가 유목민이요, 떠돌이들이다. 농사 때문에 한 지역에서 머무는 것도 성격에 안 맞았던 이들은 등짐을 지고 노동판에서 노예로서 세월을 보내는 것이 견디기 어려웠다.

"아, 일할 때 일하고 놀 때 놀아봤으면…… 평생 일만 했으니!"

---

2 벽돌 제조는 진흙과 점토에 잘게 썬 밀짚 혹은 곡초 그루터기를 섞어 틀에 넣어 말린 다음 빼내는 방법이다.

3 사막에 이것을 만든 까닭은 사자死者가 하늘을 여행할 때 타고 갈 배의 모형이 이곳에 있었기 때문이다.

이집트에서의 히브리 민족은 가나안에서 알았던 신들을 섬겼다. 토템도 열두 지파마다 달랐다. 그리고 또 수백년 정착하며 이집트 신앙을 가진 자도 부지기수였다.[4]

사막의 밤은 추웠다. 먼 사구에서는 사막 올빼미 울음이 들려온다. 노동에 지친 히브리인들은 불을 피워 마늘을 구워 먹고, 다른 한 쪽 화톳불가에서는 막 잡은 사막 거북이를 뒤집어 가며 굽는다. 이때 등짐을 지다가 돌아온 노동자가 불가에 앉으며 한 마디 툭 던진다.

"자네, 모세란 자에 대해서 들어 봤는가?"

"모세가 누구야, 새로운 감독관인가?"

한 쪽에서 강아지풀 귀이개로 귀를 쑤시던 히브리인이 끼어든다.

"나도 빵 나르는 계집종에게 모세에 대해서 들은 적이 있어. 갈대 바구니에 담겨져 나일강에 버려졌는데, 악어의 입 속에서 신이 건져낸 자라지. 우리 히브리의 피가 흐르면서도 파라오의 왕궁에서 자랐고, 신의 계시를 받아 우리를 해방하려고 이곳에

---

4 야곱의 후예로 알려진 이 히브리인들은 아비는 같았지만 어미들은 자매와 첩들로 달랐던 까닭에 서로 간에 반목이 있었을 것이다. 레아 부족(레아의 아들들인 르우벤, 시므온, 레위, 유다, 잇사갈, 스불론) 지파로, 라헬의 부족(라헬 아들 요셉의 아들들인 에브라임, 므낫세와 그의 동생 베냐민) 지파로, 또 첩 빌하와 실바 지파로 이미 이집트에서부터 나뉘어져 있었을지도 모른다. 이들은 이집트에서 400년 동안 생활하며 다양한 이집트 신을 섬겼을 가능성이 크다.

왔다고 하더구만."

이곳저곳 화톳불가에 앉아 있던 히브리노예들이 모여든다.

"아니, 우리 히브리인에게도 신이 선택한 그런 영웅이 있었단 말인가?"

"그는 산꼭대기에서 불타는 떨기나무를 보았는데, 나무는 타지 않더라는 거야. 그런데 그때 그곳에서 신의 말씀이 들렸고, 신께서 우리 히브리인들을 이집트에서 이끌고 나오라는 계시를 내리더라는 거야……."

"황혼이 짙어지면 온 산이 불 붙는 것처럼 보이지 않나. 그도 황혼을 본 것이 아니겠어?"

"아니야, 모세란 자는 얼굴로 달려드는 불의 열기를 느꼈고, 나무가 바삭바삭 타는 소리도 들었는데 떨기나무는 멀쩡했다지 않는가."

"그럼 그도 유프라테스 강가에 갈대 바구니 속에 담겨 띄워졌다가 이쉬타르 여신의 은총으로 살아나 '아카드'[5]를 세운 사르곤 같은 제왕이란 말이지?"

"그가 사르곤 같은 자라면 '바다에서 바다까지'[6] 우리 히브리 나라를 세우고 '삼목숲과 은산銀山'[7]을 정복할지도 모르지."

---

5 사르곤이 바벨로니아에 세운 제국.

6 사르곤이 넓혔던 영토. 페르시아만에서 지중해까지.

7 사르곤이 정복한 곳으로 전설로만 남아있는 지형.

히브리노예들에게는 '라스 삼라 토서판'[8]에 쓰인 것 같은 영웅담이 전래되고 있었다. 특히 '사르곤 전설'[9]은 그들에게 언제나 인기 있는 이야깃거리였다.

사르곤이 썼다는 그 비문에는 어미가 여사제이고(히브리전승대로라면 모세 어미 역시 사제 족속이었던 레위인이었다), 역청을 바른 갈대 바구니에 담겨져 강에 띄워지고, 강의 여신에게 구원받았다는 내용이 모세의 전승과 거의 일치한다(모세는 태양신의 화신인 파라오의 딸에게 구원받았다).

"오늘은 햇불을 켜고 밤일까지 시키는구만. 육신을 들고 걸

---

8 고대 시리아어인 우가리트어로 기원전 15세기에 쓰여진 서사시. 가나안의 신들과 신화적인 통치자들의 모험을 다루고 있다.

9 아카드어로 쓰여진 기원전 3000년대 배경의 서사시. 그 비문에는 이렇게 쓰여져 있었다. ─나는 위력 있는 아카드의 왕 사르곤이다. 나의 모친은 여사제였고, 부친은 모른다. 내 부친의 형제는 산속에 살고 있다. 나의 고향은 유프라테스 강변 이즈피라스이다. 그녀는 나를 남몰래 해산하여 갈대 바구니에 넣고 역청을 발라 강가에 버렸으나 강은 나를 가라앉히지 않았다. 강은 나를 띄워서 강 관리자 여신 아키에게 실어갔다⋯⋯ 아키는 나를 자기 아들로 삼아 길렀다─ 힛타이트 설화 '두 도시의 이야기'에서도 카네쉬의 여왕이 한 해에 아들 30명을 낳아 틈새를 메운 바구니에 그들을 넣어 강 하류로 보냈다는 이야기가 있다. 로마의 설립자 로물루스와 레무스에 관한 출산 설화에서도 보면, 아기가 태베르 강물에 띄워졌고 늑대로 변한 여신에게 구원을 받아 왕이 되었다. 히말라야 길기트 왕국 왕 트라크한의 설화에도 그가 어린 시절 상자 속에 은밀히 넣어져 강물에 띄워졌다가 건져지고 왕이 되는 이야기가 남아 있다(아비가 내기를 하다가 처남들을 죽인 살인자였기에 어미가 그의 아들을 바라보는 것이 고통스러워 물 속에 내버린 것이다).

어가기도 힘들어."

"나도 지쳐 말할 힘조차 없네. 내 원은 빨리 죽는 것밖에 없어. 그러나저러나 모세라는 자의 소식을 들은 자는 없나? 그자는 지금 무얼하고 있다고 하나?"

"시나이 산에서 불꽃 가운데 모세를 부른 신은 지금 그를 따라서 이집트에 와 있다고 하더구만."

공사장 고통이 심해질수록 히브리노예들은 모세의 이름을 신음처럼 흘려댔다. 그리고 그의 탄생과 신을 만난 기적 같은 이야기를 신앙처럼 받아들인다.[10]

모세는 공사장을 돌아다니며 히브리 장로들을 만난다. 곁에는 아론이 있었는데 옛 스승이기도 했던 그를 이집트에 와서 다시 만난 것이다. 또 공사판을 벗어나 따르는 여러 명의 히브리 노예들도 있었다.

이집트에서 검은 황소를 섬겼던 아론의 지파와 그의 제자들도 모세의 편에 서서 모세가 받았다는 신탁을 노동자들에게 전한다. 모세는 이집트를 떠나던 날 양모 시베 공주로부터 받은 보석을 팔아 용병을 사서 거느렸다.

---

10 고대 이집트와 바벨로니아에서 그리고 다른 지역에는 자기 민족에게 구원과 평화를 가져올 왕이 기적적으로 탄생하고 신에 의해 양육된다는 신화가 많다(우가리트 문서에서도 전설적인 가나안의 왕 케레트가 아세라 여신에 의해 양육되고 불멸의 생명을 이어받는다는 신화가 있다).

"히브리인은 노예가 아니오. 우리는 이집트의 학정으로부터 해방되어야 하오. 나는 가나안 시나이 산에서 계시를 받았소. 가나안은 젖이 퉁퉁 불은 산양이 뛰놀고 돌과 나무 틈틈 벌집이 터져 넘쳐 꿀이 흐르는 땅이오.[11] 그곳으로 인도하여 자유를 찾아주고 나라를 세워 주겠소."

모세는 가나안을 젖과 꿀이 흐르는 성지라고 소개하며 신이 그 땅을 히브리인들에게 주었다고 설파했다. 아론도 달변으로 거든다.[12]

"이분은 시나이 산에서 신을 만났고, 큰 능력을 받은 신의 사람이오. 이분을 따라 신이 예지한 곳으로 가면 우리는 압제자가 없는 나라를 세울 수 있을 것입니다."

모세의 말은 노예생활에 허덕이며 민족 존망을 염려하던 히브리 장로들에게 어둠속 빛이었다. 그들은 귀를 세운다.

---

11 고대 중동인에게 있어서 젖과 꿀은 낙원의 상징이었다. 꿀은 불멸의 매개체이며, 젖의 강은 황금시대를 상징하는 말로 신화적으로 전해져오고 있었다. 우가리트 문서 '바알과 모트'의 이야기를 보면 그 땅의 비옥한 골짜기에 꿀이 흐른다는 묘사가 있다(꿀을 대추야자로 해석하고, 꿀이 넘친다는 뜻을 건과류가 많다는 뜻으로 해석하는 학자도 있다).

12 히브리전승은 모세가 말에 능숙하지 않아 형 아론을 야웨가 보내주었다고 전하고 있다. 이 말은 오랫동안(히브리전승에 의하면 40년) 이집트 궁을 떠나 미디안인과 생활했던 모세가 이집트어에 어색했기에 이집트 언어에 능숙한 아론과 함께 동행했다는 것을 의미하는 것은 아닐까? 또 모세는 오랫동안 이집트를 떠나와 히브리 노예들을 설득할 수 없었지만, 아론은 그곳에서 생활했기에 노예들 속을 파고들어 설득할 수 있지 않았을까?

"그대가 산정에서 만난 신의 이름은 무엇이오?"

"야웨요, 스스로 있는 자시오!"

"야웨? 귀밑머리가 희어질 때까지 그런 신의 이름은 처음 들어봤소. 그 신은 가나안 어느 족속 신이오?"

모세와 아론의 설득에도 반대하는 장로들이 있었다. 이미 수백 년 동안 이집트 생활을 하면서 정착한 그들이었기에 위험한 가나안 이주를 반대했다.

"내가 알기로는 가나안은 날카로운 돌파편이나 뒹굴고, 그 사이에 독사가 들끓으며 뱀알이 흩어진 땅이오.[13] 우리 조상도 그곳에 살다가 이 기름진 나일강 땅으로 오지 않았소? 우리를 현혹하지 마시오. 당신은 우리를 이용하여 왕이 되려는 것이 아니오?"

그러나 대부분의 히브리 장로들은 야웨 신이 노예생활로부터 해방시켜 준다는 그 말을 믿고 모세를 따른다. 이들은 모세가 지도자로서 능력을 증명해 보이길 원했다.

"이집트 법에 노예들의 수장은 파라오를 만날 권한이 있소. 그대는 파라오의 궁에서 자란 이집트 왕자라고 들었소. 궁을 찾

---

13 후기 히브리인들은 가나안을 '암타부르 하에레츠'('세상의 중앙, 그 땅의 높은 곳')라고 부르며 세상 중앙으로 가장 아름답고 비옥한 지대로 여겼다. 그러나 가나안 땅은 평지보다 산지가 많고 가파른 고원도 많다. 또 사하라의 북쪽 끝단에 위치해 있어 습기 머금은 온풍과 건조한 열풍이 불어오는 등 험한 지역이다.

아가 파라오와 대면하여 우리 히브리인들을 노예의 사슬에서 벗겨달라고 담판을 지으시오."

"그렇소, 그대는 여러 능력을 가졌다고 들었소. 그대가 파라오의 마술사들과 겨루어 이긴다면 우리는 당신을 믿고 따르겠소."

모세와 장로들이 만나는 광경을 이집트 정부 세작들뿐만 아니라, 반정부주의자들도 눈여겨보고 있었다. 쫓겨간 이집트 왕자가 반란을 일으키려 돌아왔는가하여 주시한다. 또 모세가 가나안 땅으로 데려갈 히브리인들을 모으고 있다는 소문이 돌자 그가 시누헤[14] 같은 자가 아니냐는 풍문이 돌기도 했다.

---

14 파라오 아메넴헤스 1세 때 '하렘'(파라오 첩들의 방) 관리자 '시누헤 이야기'의 주인공. 기원전 1908년 리비아 원정 도중 왕의 암살 소식을 듣고 시누헤 자신도 살해 위협을 느껴 북부 가나안으로 도망친다. 그는 그곳에서 가축을 치는 유목민을 만났다. 추장의 딸 넨시가 물과 우유로 시누헤를 대접한다. 그때 그 추장이 맏딸을 주어 살게 했다. 그리고 장인이 물었을 때 시누헤는 자기가 가고자 하는 목적지를 '야-아'라고 했다. 그곳은 술이 물보다 많은 곳이고, 무화과·포도·꿀·감람유·보리·호밀이 풍부한 곳이며, 가축들을 치기에 좋은 곳이라고 소개한다. 시누헤는 그후 부족 통치자가 되어 주변 나라를 공격하고, 그 야-아 땅을 찾아 점령하게 된다. 그리고 이집트에서 새로운 왕이 등장하자 귀국하게 된다. 이야기는 이집트인들에게 민담으로 남아 있었는데, 그 여정이 모세와 비슷한 면이 있었다.

2. 람세스와 대면한 모세

식탁에 앉은 람세스에게 '떡을 관리하는 시종'[15]이 요리 그릇을 내려놓으며 한 이름을 흘린다. 파라오 측근들은 신임을 받으려 서로 중요한 정보를 보고하려고 경쟁하고 있었다.

"모세를 기억하십니까?"

"전날 우리 동족을 죽이고 도망갔던 시베 공주의 양아들이 아니냐?"

람세스가 입에 들어 있던 거위 간 요리를 그릇에 토해놓으며 물었다.

"그가 돌아와 히브리노예들에게 나라를 세워주겠다고 선동한다고 들었습니다."

"모세라…… 사막의 불뱀에게나 물려 죽은 줄 알았는데 아직도 살아있다니. 그리고 겁도 없이 내 땅으로 제발로 들어왔다니……."

"더 기가 막힌 얘기로는 그 자가 파라오를 만나 뵈러 궁으로 올 것이라는 풍문이 있습니다. 또 히브리노예들은 그 자를 자신들을 해방시킬 지도자로 생각하고 있다고 들었습니다."

"그놈이 날 만나러 온다고? 그래, 그때 잡아 목을 치면 될 것

---

15 독살이 심했던 이집트 왕조에서 파라오에게 최고의 신임을 받는 직책이었다.

이 아니냐? 놈은 감독관 한 명을 죽이고 내가 무서워 광야로 도망친 자이다."

람세스는 웃음만 터뜨리며 모세에 대해 별 관심을 갖지 않았다. 그는 이집트 해변가까지 몰려오는 해양 민족들과 서쪽 리비아 민족들의 침략에 온 관심을 쏟고 있었다. 두 세력은 벌써부터 이집트를 크게 위협하고 있었다. 해변 성읍들은 그들의 배가 몰려와 농사를 포기할 정도다.

"모세가 궁의 뜰을 밟았다는 보고입니다. 왕의 허락도 없이 출입했으니 두 다리를 자르소서."

"나는 천만 번 그러고 싶은데…… 그놈은 여기 오기 전에 양모 시베 누님부터 만나고 왔더구나. 시베 누님의 궁에서 놈을 건드리지 말라고 수차례 상궁이 다녀갔다. 임종을 앞둔 시베 누님께서 놈을 살려달라고 눈물겨운 읍소문도 보내셨다. 일단 그놈이 하는 말부터 들어 보자."[16]

람세스는 모세가 궁에 도착했다는 내관의 말을 듣고 기다린다. 그는 광야에서 여러 초능력을 받았다는 모세에 대해 호기심

16 이때 히브리전승은 모세 나이를 80세라고 전한다. 고대 중동인들은 40년을 한 세대로 보는 경향이 있다. 페니키아인과 카르타고인도 40년을 한 세대로 보아 시대 계산을 했다. 히브리전승 저자도 모세의 일생을 3세대로 나눴다. 이집트 왕자생활 40년, 광야 목동생활 40년, 이집트탈출 후 가나안 진입 전까지 40년. 히브리전승의 수는 신뢰할 수 없다. 저자의 의도대로 집필한 고의성이 짙다. 이때 모세의 나이는 더 젊었을 것이다.

도 있었다. 대신들과 자리를 같이한 마술사들도 똑같은 눈빛이
다.

모세와 아론이 람세스 궁 앞에 나타난다. 이들은 양을 치던
지팡이를 들고 있었는데 겐족의 상징인 뱀 형상이 손잡이에 달
려있다. 또 모세와 아론은 긴 수염을 기르고 있었다. 그러나 이
들에게 길을 비켜주고 있는 신하들은 모두가 수염을 깎고 있었
다. 시종이 모세와 아론을 보며 눈을 흘긴다.

"저 목동이 히브리노예들이 열광하는 모세란 자냐? 또 곁에
따라붙은 놈은 아론이라는 형이 아니냐. 어찌 저들은 파라오를
만나러 온다면서 무례하게 수염을 길렀단 말인가."[17]

그러나 시종은 턱에 가짜 수염을 붙이고 있었다. 이것 또한
이집트의 관습이다. 가짜 수염 모양과 크기는 지위에 따라 달랐
다.

"네놈들이 누구관대 양 똥 묻은 지팡이를 들고 파라오의 궁
바닥을 밟으려 하느냐?"

왕궁 현관 안에 들어오자 내관이 출입을 막았으나, 람세스는
홀을 들어 모세를 가까이 부른다.

"네가 시베 공주가 밤낮 그리던 그 히브리노예렷다!"

람세스가 권좌에서 모세를 내려다본다. 전에 궁에서 보던 곱

---

17 수염을 깎지 않고 왕을 만나는 것은 이집트에서는 금하는 일이다. 이집
트인들은 상중喪中 외에는 수염을 깎는 풍습이 있다.

상한 모습이 아니다. 얼굴은 수없이 바람을 맞은 바위처럼 거칠어졌으나 눈은 더 깊어졌고 영롱해졌다. 마치 어떤 신이 그 주변을 지켜주는 듯 위엄마저 갖추고 있었다.

이집트 궁에서 지낼 때 람세스와 모세는 친구였다. 이집트 궁 안에 있는 학교에서 신성문자를 배우고, 마술사들에게 주술과 주문을 배우기도 했다. 파라오 세티 1세가 어린 시절부터 경험을 쌓아주기 위해 함께 전쟁터를 데리고 다닐 때는 람세스가 전리품을 가져와 모세에게 선물하기도 했다. 모세는 그때 람세스에게 기르던 생쥐를 선물하기도 했다. 그런데 람세스는 신의 자리인 파라오의 왕좌에 앉아 있었다. 또 모세는 목동이요, 예언자가 되어 나타났다.

람세스와 잠시 눈길이 마주치던 모세가 몸을 낮춰 가슴에 손을 얹고 이집트풍으로 인사를 한다. 람세스는 아까부터 모세의 손가락에 낀 이집트 왕자를 상징하는 인장반지를 눈여겨본다. 그가 이마를 찌푸리며 입술을 연다.

"너는 우리 종족을 죽인 반역자가 아니냐? 나는 신의 이름으로 관용을 베풀어 너를 더 쫓지 않고 살려주었다. 그러면 광야에서 양이나 치고 자숙하고 있을 일이지, 이 성스러운 곳에 웬일이냐?"

모세도 람세스와 눈길을 마주치며 자신의 말을 분명히 한다.

"히브리인의 신 야웨께서 '내 백성을 보내라. 그들이 광야에서 나를 섬길 것이라' 하셨소."

모세의 말에 궁 공기가 삽시간에 가라앉았다. 신하들 모두가 눈을 들어 람세스를 바라본다. 한참 인중을 실룩이던 람세스가 시립해 있는 신하들을 바라보며 웃음을 터뜨린다.

"으하하하, 너희들도 들었느냐? 저 목동 놈이 하는 소리를. 내가 잘못들은 것은 아니지?"

한참을 웃던 람세스가 다시 모세를 노려보며 엄한 목소리로 말한다.

"네가 내게 명령하는 것이더냐, 야웨가 누구냐? 히브리노예들은 하피 신의 은총으로 이 땅의 풍요로운 양식을 먹고 수없이 늘어났다. 내가 네 말을 듣고 내 소유의 노예들을 보내겠느냐? 너는 이집트의 은총을 받아 궁에서 자라났거늘 반역 행위를 하느냐? 어찌하여 노예들이 노동을 못하게 부추기느냐? 썩 물러가 양이나 치거라!"

람세스의 귀에는 '야웨'란 이름은 처음 듣는 신이었다. 그는 이집트의 태양신 '라'나 생명의 신 '오시리스', 나일강의 수호신 '크눔과 하피'보다 열등한 신으로 생각했기에 코웃음을 친다.

히브리전승에는 파라오가 인간 신이었기에 히브리 신 야웨도 그와 맞설 수 있도록 모세를 '나탄 엘로힘'('신이 되게 하다') 하여 파라오 궁을 압박했다고 한다. 이때 아론은 람세스 앞에서 지팡이가 뱀으로 변하는 기적을 일으켰다고 히브리전승은 전한

다.[18]

모세와 아론이 궁에서 소동을 일으키고 돌아갔다. 신하들이 떨고 있는 람세스에게 말한다.

"히브리 목동의 술수에 넘어가지 마소서. 뱀에게 최면을 걸어 지팡이처럼 뻣뻣하게 하는 마술은 우리 술사들도 할 수 있습니다. 아론이란 자는 우리 이집트 사제 출신으로 그 요술을 우리 이집트에서 배운 자입니다."

얼마 후 8월, 상류에서 밀려온 탁류로 나일강이 범람한다. 미세한 유기체들로 강물은 피처럼 검붉게 변한다.[19] 그러자 고기

---

18 아론은 가지고 온 지팡이를 변하게 하여 뱀을 만들었다고 한다. 파라오의 왕관에는 와제트 신을 상징하는 코브라 장식이 부착되어 있다. 아론은 그것을 놀리려 코브라를 만들었을 것이다. 그때 그것을 지켜보던 이집트 마술사들과 현자들도 지팡이로 뱀을 만드는 요술을 부렸다고 한다. 이때 아론의 뱀이 이집트 마술사들의 뱀을 잡아먹었다고 전해진다. 아론의 뱀이 마술사들의 뱀을 삼켰다는 것은 이스라엘이 이집트를 이기고 승리한다는 것을 상징한다(이집트 문헌에도 상 이집트가 하 이집트를 정복한다고 말할 때 하나의 왕관이 다른 왕관을 삼키는 것으로 묘사되었다).

19 히브리전승은 이때 나일강뿐만 아니라 이집트의 모든 강, 호수, 우물이나 부엌의 물그릇 속 물까지 피로 변했다고 전한다. 역시 이집트 마술사들도 이 이적과 또 몇가지 이적을 행했다고 한다(보수적인 기독교 해석으로는 모세가 일으킨 기적은 야웨 신이 인도했고, 똑같은 기적이라도 이집트 술사들이 일으킨 기적은 사술이고 악마가 인도했다고 해석한다). 모세보다 몇 세기 전에 쓰인 이집트 고대 문서 '이푸웰에게 주는 경고'를 보면 나일강이 피로 변하여 마실 수 없게 되었다는 비슷한 사건이 예시되어 있다.

들이 숨을 쉬기 위해 풀섶으로 몰려들고 개구리들도 기어 나와 죽어나자빠졌다. 죽은 개구리 사체 위에 독충들이 끓고, 가축과 인간들에게 전염병이 퍼지기 시작한다. 또 각다귀, 모기, 이, 진드기 등 해충이 들끓기 시작했다.

이 모든 재앙이 우연이 아니라고 생각한 람세스는 모세를 궁으로 불러 타협안을 제시한다. 다신교에 빠져있던 그는 지방신이라고 여겼던 야웨에 대하여 두려움을 느꼈다.

"너와 히브리인들이 이집트에서 너희 신에게 제사를 드리는 것을 허용한다. 네 신에게 나를 위해서도 복을 빌어다오."

종교의 자유를 허용한다는 말이다. 그러나 곁에 서 있는 아론의 눈짓을 받고 모세는 타협을 완곡히 거부한다.

"라임셋 성 안에서 야웨께 제사를 드리면 이집트인들이 우리를 돌로 쳐죽일 것입니다. 사흘 길 쯤 광야로 들어가서 제사를 드리게 허용해 주소서."

"알았다, 그러나 광야 멀리는 가지 말라. 그리고 너희 신에게 제사를 드린 후 바로 노역장으로 돌아오거라."

모세가 궁에서 물러나갔을 때다. 소식을 듣고 늙은 막료가 람세스에게 달려와 말한다.

"사흘 길은 가까운 거리가 아닙니다. 그들은 멀리 도망치려 하는 것입니다. 광야로 나가면 이민족도 있고, 지형도 가팔라 우리 전차가 쫓아도 추적하기가 쉽지 않을 것입니다. 부디 모세와 모사꾼 아론이란 자의 계교에 빠지지 마소서."

람세스가 무릎을 친다.

"하마터면 내가 모세란 놈에게 속을 뻔했다. 내가 한 명령을 거두리라!"

히브리전승에 의하면 얼마 후 우박이 내려 나일강변 들판 농사를 망쳐놓았고, 또 메뚜기[20]가 떼지어 나타나 우박을 맞고도 살아남은 밀과 보리를 먹어 치웠다. 그 메뚜기들이 궁까지도 날아들자 람세스는 또 두려움에 빠진다. 술사들은 그의 마음을 진정시키려 말한다.

"우박과 메뚜기 재앙은 해마다 있는 것이 아닙니까? 기온변화가 심할 때 우박이 내리고, 남쪽 아프리카에서 알에서 깨어난 메뚜기가 먹이를 찾으러 우리 이집트 들판으로 몰려오는 것은 어제 오늘 일이 아니지 않습니까? 올해는 그 우박이 조금 컸고, 메뚜기 수가 좀 더 많을 뿐입니다."

---

20 풀무치와 같은 이동형 메뚜기는 때에 따라 밀도가 높아지면서 무서운 피해를 준다. 그 원인은 확실히 밝혀져 있지 않지만 초생草生의 피폐와 건조가 중요한 원인으로 추측된다. 메뚜기는 날개가 길고 폭식성이며 신경질적이어서 작은 자극에도 예민하게 반응한다(메뚜기의 피해는 아프리카와 근동에 극심했고 고대인들은 신의 저주로 연결시켰던 것 같다. 시리아의 '세피레 조약 목록'에는 메뚜기 떼의 7년간 저주가 예언되어 있다).

어느 날인가는 해가 어두워졌다. 해마다 봄날이면 며칠 동안 사막으로부터 남풍이 불어와 모래폭풍을 일으켜 해를 가리는 깜깜한 암흑 현상이다. 그런데 사방이 칠흑으로 변하는 등 다른 해보다 그 정도가 더했다.[21]

"야웨 신이 사막 먼지를 일으켜 태양신 아몬 레를 공격하고 있습니다."

제사장의 말을 듣고 더 큰 두려움에 빠진 람세스가 다시 모세를 부른다.

이미 여러 가지 흉조가 있자 람세스 궁의 공기는 공포에 질려 있었다. 궁으로 들어서는 모세와 아론의 발걸음은 당당했다. 그들을 바라보는 술사와 시종들 눈빛이 졸아 붙는다.

"네가 지난번에 원한대로 광야 사흘길에서 너희 신을 섬기는 것을 허락한다. 그러나 너희는 광야로 갈 때 아이들은 데리고 나가되 소와 양떼는 데리고 가지 말아라!"

람세스의 말은 속심을 담고 있었다. 장정들이 식구들을 데리고 나가 광야에서 제사를 드렸을 때, 그들에게 가축 같은 양식이 없으면 되돌아 올 것은 뻔한 일이다. 모세가 람세스의 속을 읽고 거부한다.

"우리는 가축도 데려가 광야에서 야웨를 섬길 것입니다."

---

21 캄신이라고 부르는 이집트 먼지 폭풍을 의미한다. 태양을 가렸다는 것은 태양신 아멘 레 신을 조롱하는 행위다.

모세의 말은 다시 돌아오지 않을 것이라는 뜻을 내포하고 있었다. 람세스 또한 그 속뜻을 읽고 크게 화를 낸다.

"냉큼 물러가거라. 네가 내 누이의 양자라고 하지만, 만일 내 얼굴을 다시 보는 날은 네가 죽는 날로 알거라!"

모세 역시 얼굴에 붉은 빛을 띠고 한 마디 내뱉으며 궁을 떠나간다.

"당신 말대로 내가 다시는 당신의 얼굴을 보지 않을 것입니다!"

모세와 아론이 궁에서 파라오의 마술사들과 요술로 겨루어 승리했고, 말 싸움에서도 이겼다는 풍문을 듣고 히브리인들은 더욱 동요한다.

"연장을 들지 않겠다. 내 등에 돌을 지지 않겠다. 나도 새로운 신 야웨를 섬기겠다."

"우리는 노예가 아니다. 우리는 자유인이다. 노역을 시키려면 합당한 임금을 다오."

노동 현장은 농성장으로 바뀐다. 히브리인들뿐만 아니라 다른 노역자들도 농성에 참여한다.

히브리노예들에게 반란의 기미가 보이자 람세스는 더 힘든 노동을 시키며 여전히 노예로 묶어 놓으려 한다.

"채찍을 휘둘러 히브리노예들의 등짝을 더 벗겨놓아라. 아직 여유가 있으니 딴 생각하는 것이 아니냐. 뼈까지 드러나도록 매우 치거라."

히브리노예들의 탄식 소리도 더 커졌다. 그들은 모세가 전해준 야웨를 부르기 시작한다.

"야웨여, 우리를 구원하소서. 이 압제에서 우리를 살려주소서!"

"야웨께서 더 이상 파라오의 악정을 보고만 있지 않을 것이오. 오늘 밤에 야웨께서 죽음의 천사를 보낼 것이오. 히브리인들이라면 모두 양 새끼를 잡아 그 피를 문설주에 바르고, 그 고기는 불에 구워 먹고……."

모세가 히브리 장로들에게 명령한 이 규례는 악귀를 쫓기 위해 문에 피를 바르는 셈족의 절기 의식이다. 문설주에 어린 양의 피를 바른 것은 파괴자(귀신)가 그 피를 자기의 몫으로 받고 그냥 그 집을 지나친다는 생각이 있었기 때문이다. 중동에 널리 퍼져 있는 이 의식을 야웨의 이름으로 행하라고 모세는 명령한 것이다. 훗날 이 의식은 히브리인 최고의 축제인 유월절(과월절)로 지켜진다.[22]

---

22 셈족은 피를 생명의 근원이라 생각했다. 피는 영적인 힘을 가진 액체요, 생명을 살리는 마법의 힘을 가지고 있다고 생각했다. 또 모든 사람이 각기 다른 피를 가지고 있다고 생각했다. 그리하여 피 채 먹는 것을 금하고

히브리전승에 의하면 어린양을 잡아 그 피를 문지방에 바른 히브리인 집은 죽음의 사자가 지나갔고, 이집트의 모든 집은 사람이나 가축이나 첫 번째 난 것은 다 죽였다고 전한다.[23] 초태생은 근동 사람들이 생각할 때 신의 것이었다.[24] 이때 람세스의 장자까지 죽는 일이 벌어진다. 궁은 울음바다가 되어버린다.[25]

"내 사자獅子야, 내 화살아, 내 피야, 내 몸아, 내 영혼아, 흐흐

성스럽게 생각하기도 했다. 이 피의 사상은 신약시대와 중세기까지 이어 져 예수의 피는 구원의 매체가 되기도 했다.

23 히브리전승에 의하면 이때 야웨는 '멸망시키는 자', 즉 흑암과 죽음의 천 사를 이집트에 보냈다고 한다. 메소포타미아에서도 이와 같은 죽음의 신 이 있다. 화성火星신이요, 매달 28일을 제삿날로 섬기고 있는 지옥, 죽음, 공포의 신 '네르갈'('커다란 성읍의 주인')이 이 역할을 했으며, 밤에 돌 아다니며 닫힌 문도 열고 역병, 재난을 주었다. 바벨론에서도 아기와 여 자들을 공격하는 마귀 라마쉬투를 쫓는 주문이 있다.

24 고대 근동에서 초태생 가축은 신의 것으로 생각하여 신전에 바치는 풍습 이 있었다. 훗날 모세의 율법에도 처음 난 것은 바쳐야 했다. 사람도 바 쳐야 했는데 인신제사가 금지된 이스라엘에서는 장자 대신 레위지파 사 람들을 일생동안 신전에서 헌신하게 하였다.

25 이집트에서는 파라오가 인간 신이었다. 그의 장자를 죽였다는 것은 신성 모독이다. 람세스에게는 총애했던 네페르타리 왕비와 또 다른 왕비 '이 시노프레'('람세스를 계승한 메르넵타를 비롯해 4명의 아들을 낳았다'), 메리타문, 힛타이트 공주 마트네프루레가 있었다. 공식적인 왕비들 이외 에도 관습에 따라 그는 많은 궁녀들을 거느리고 있었으며 130여 명의 자 녀들로 이루어진 대가족을 자랑스럽게 생각했다. 이 람세스의 아들들은 그 아버지보다 먼저 죽은 자들이 많았다. 후에 파라오 자리에 오른 그의 후계자도 60세가 훨씬 넘은 열세 번째 아들 메르넵타다.

흐!"(고대 중동에서 자식이 죽었을 때 울부짖는 호곡)

이때 모세가 이집트에서 일으켰다는 열 가지 재앙의 기적들은 야웨가 이집트 신보다 우월하다는 전승이다.[26]

이즈음 라임셋 거리에 풍문이 돌기 시작한다. 모세를 따르는 무리 중에는 문둥이도 많다는 것이다. 천형의 병으로 이집트 안에서도 멸시받던 문둥이들은 나일강 유역 근처에서 격리되어 생활했는데 모세가 전한 신세계를 꿈꾸고 따라나섰다는 것이다.[27]

이집트 촌락에서도 알 수 없는 전염병이 돌았다. 움막에서는 곡소리가 들리고 나일강변에서는 아이의 시체를 묻은 허술한

---

26 야웨가 이집트인이 섬기는 나일강의 신 하피를 피로 물들였고, 파리의 모양을 가진 코프리 신, 황소 가축 신인 아피스와 하솔 신, 개구리 머리를 한 해카(출산의 신이기도 하다)를 우롱했다는 것이다. 또 의술의 신인 메이스 여신에게 독종을, 공중의 신 이시스에게는 우박을, 곡물 신 세트 신에게 메뚜기를, 땅의 신 겝에게 해충을 야웨가 보냈다는 것이다. 또 이집트의 장자를 죽임으로 생명과 죽음의 신 오시리스를 야웨 신이 압도하여 조롱했다는 전승이다.

27 고대 유대인 역사가 요세푸스의 기록에 의하면 기원전 268년 이집트 사학자 마네토는 온(헬리오폴리스) 제사장이었던 오사르시프가 이집트 신을 배반하고 문둥병 걸린 앗시리아 출신 노예들을 데리고 예루살렘으로 갔다고 기록했다. 그는 이 오사르시프를 모세와 동일시했다(요세푸스는 마네토의 기록이 허무맹랑하다고 평가절하했다. 요세푸스는 유대인이었고 마네토는 반 유대주의자였다. 시각이 전혀 다르다). 훗날 그리스 및 로마의 저술가들인 체레몬디오도루스, 시클루스, 타키루스 등도 전염병 때문에 히브리인들이 추방당했다고 역사에 남겼다.

무덤이 수없이 생겨났다. 이번에는 이집트인들 사이에서도 히브리노예들을 추방하라는 원성이 자자했다. 백성들은 궁전으로 몰려와 농성을 한다.

"파라오여, 어서 불결한 족속을 내보내소서. 그들이 여기 머무르면 더 무서운 일들이 벌어질까 두렵습니다. 어서 추방시키소서."

이집트 마술사인 '얌브레'(이집트어. '지혜로운 자')가 아침부터 람세스 궁에 나와 은잔을 들고 점을 친다.[28] 그가 물과 기름이 담긴 은잔 수면을 보고 점괘를 말한다.

"은잔의 기름이 마녀의 머리카락 형상을 하고 있습니다. 불량한 자들 때문에 신이 노하고 있다는 증거입니다. 어린 양은 아몬 신전에 바치는 거룩한 짐승이 아닙니까? 그런데 히브리 놈들은 그 새끼 양을 구워먹고 있습니다. 또 우리가 숭상하는 새들도 마음대로 잡아먹고 있습니다. 히브리민족은 저주를 불러들이는 불결한 족속입니다, 쫓아내소서!"

또 다른 마술사인 얀네(이집트어. '조롱')도 곁에서 고개를 끄덕이며 말한다.

"요사이 라임셋에서 가축들의 유산이 잦고, 닭들과 말들도

---

28 근동의 주술이다. 요셉도 은잔을 들고 점을 쳤다. 레카노 점이라고 부른다.

우리 밖으로 뛰쳐나오는 등 이상한 행동을 보인다는 풍문도 있었습니다. 뱀이 마을에 출몰하여 거리에서 나자빠져 죽기도 하며, 개들이 이상스런 울음을 운다는 풍문도 있습니다. 들리는 얘기로는 히브리인 사이에 문둥병까지 번지고 있다는 소문도 있습니다. 하피 신도 그들이 나일강에서 목욕하는 것을 원치 않을 것입니다. 더러운 히브리 족속을 내어 쫓으소서. 쫓아내도 이 땅을 떠나는 자들은 반동분자 소수일 것입니다."[29]

시위대장까지 동조하고 나섰다.

"지금 히브리노예들은 반란 직전입니다. 모세란 자를 신의 대리인으로 여기고 있습니다. 노역판의 다른 이방인들까지 동조하고 있습니다."

호위대장도 나선다.

"어서 보내소서. 그들이 퍼트린 전염병이 우리 이집트인 어린아이들에게까지 몰려오고 있습니다. 우리 이집트인들까지도 민란을 일으킬까 두렵습니다."

이미 자식까지 잃은 람세스가 어렵게 입을 연다.

"'풀무의 재'[30]를 뿌려라. 그리고 모세에게 통보해 냄새나는

---

29 이집트 마술사 얀네와 얌브레는 훗날 유대 랍비들의 외경에 악마의 부하들로, 때로는 에디오피아의 왕위를 빼앗는 마술사로 전해졌다. 그러나 이들의 이름은 그리스어 요한의 변형인 것 같다. 그리고 얀네와 얌브레는 비슷한 발음과 같이 동일인물 같다. 이들의 설화는 후대에 첨가된 것 같은 냄새가 진하다.

30 이집트인들이 부정을 막기 위해 악의 신 튀폰에게 바치는 희생의 제물.

제 족속들을 데리고 이 성스런 땅을 떠나게 하라. 그러나 그들이 이 땅을 들어올 때 배고픈 거렁뱅이로 들어왔으니 맨 몸으로 나가게 하라."[31]

"어서 서두르시오. 파라오의 마음이 아홉 번이나 바뀌었소. 이제 당신들은 노예로 있던 이 이집트를 내일이면 떠나게 될 것이오."

모세의 명령을 듣고 히브리 족속은 서둘러 노동판을 떠난다. 떠나는 날, 라임셋 거리에 나온 사람들은 히브리노예들만이 아니다. 히브리인과 결혼 등으로 관계를 맺었던 혼혈족들도 따라나왔다.[32] 그리고 히브리인들과 같이 노예 생활을 하던 다른 이민족들도 신세계의 어떤 희망을 가지고 따라나섰다.

라임셋은 잡족雜族들이 용병과 노예로 팔려 와 노동과 부역

---

31 히브리전승에 의하면 야웨 신이 맏아들을 죽이는 등 이집트에 열 가지 재앙을 내려 압박하자, 파라오가 하는 수 없이 히브리민족을 노예에서 해방시켰다는 기록을 남겼다. 그러나 그 전승의 또 한 편의 기록대로 세티 1세는 히브리 족속이 아들을 낳으면 죽이라고 칙령을 내릴 정도로 히브리노예 번성에 위협을 느꼈다. 그러기에 람세스는 그들의 이주를 용인했는지도 모른다.

32 히브리인 조상들이 이민족과의 결혼을 금기시한 태도나, 반면 이집트인들도 히브리 목동들을 멸시하는 태도 등으로 이 수는 많지 않았을 것이다.

을 하는 곳이다. 이 도성은 '다히'³³와 이집트 사이에 있는 연결 지점이다. 이곳은 동부 사막에 위치하면서 지중해로 나가는 선박들을 위한 항구도 있다. 또 선박들은 남항해서 나일 강을 타고 이집트 내부와 아프리카 내륙 다른 나라로 가기도 했다. 그러기에 황인종, 백인종, 흑인종, 흑인종 중에도 피부빛깔이 다른 여러 인종, 족속들이 모여 살았다.

이곳에서 노동, 용병, 약탈 생활을 하던 하비루들도 모세가 나라를 세운다는 말에 기대를 걸고 따라 나갔다. 그리고 힉소스 후예들 중 하류생활을 하던 농민과 유목민들도 따라 나섰다. 또 이집트 정통종교에서 이단으로 정죄된 이집트 제사장들과 후예들도 모세가 만든 새로운 종교를 따라 나섰다. 검은 황소를 토템으로 섬기던 아론의 종교지파도 따라나섰다.

"그동안 노동한 품삯을 내라. 우리 가족은 이 이집트를 떠날 것이다."

"이 떼강도들아, 노예들에게 무슨 품삯을 주란 말이냐?"

"우리는 노예가 아니었고 지금도 노예가 아니다. 우리는 단지 이집트 땅을 가뭄에서 살려낸 요셉의 후예이고 자유인이다. 어서 임금을 다오."

히브리인들은 자신들이 부리던 주인으로부터 대가를 받아냈

---

³³ 시리아와 가나안의 해안 지방을 일컫는 말.

다. 품삯을 주지 않으면 칼을 들이밀고 금품과 가축들을 빼앗았다.

"이놈들아! 내 마누라 속옷 속 패물까지 늑탈하느냐!"

"우리 조상들이 그동안 수백 년 동안 수고했던 품삯을 가지고 가는 것이다. 제물이 아니면 목을 내놓아라!"

그날 밤 히브리인들은 이곳저곳으로 떼 지어 다니며 이집트 본토민들의 재산을 수탈했다. 노예들의 반란이었다. 그러나 자국인을 보호해야 될 이집트군은 히브리인들이 저주와 전염병을 가지고 있다 하여 그들과 접촉하는 것을 무서워했다.

히브리 족속이 라임셋에서 나와 '믹돌'('탑, 망대'. 이집트 동북단 성읍)에 집결했다. 빨리 나오느라고 발효시킬 시간이 없어 누룩을 넣지 않은 떡반죽 뭉치만 천에 싸서 어깨에 지고 나왔다.[34]

한 젊은이가 몇 명의 부하들을 데리고 와 모세 앞에 무릎을 꿇는다. 그의 곁에 에브라임지파 촌장인 아비 '눈'[35]이 부족인들을 데리고 서 있었다.

"여호수아라고 합니다. 히브리인이면서도 그 동안 이집트인

---

34 원래 히브리인들은 조상 아브라함 때에는 누룩을 넣지 않은 빵을 먹었다. 밀은 7000년경에 재배되었지만 빵의 발명은 3000년 전이다. 그 후 누룩은 이집트에서 만들어져 가나안으로 퍼졌다.

35 '생선'. '예지에 빛난 자'. 어부인 이 자의 직업을 의미하는지도 모른다.

에게 붙어서 용병 생활도 해봤고, 군영에서 탈출하여 하비루 생활도 해봤습니다. 저를 곁에 두어 개처럼 사용해 주소서."

여호수아 역시 모세의 이름을 듣고 히브리인들을 해방시키기 위해 몰려온 민족주의자 중 한 명이다. 그날 이후 그는 군사 경험이 있는 자였기에 모세의 부관이요, 사환이 된다.

라임셋 수호신 아피스를 위한 제의가 벌어졌다. 아피스는 프타 신의 현시요, 오시리스가 부활한 신으로 믿기도 했다. 이 신의 형상이기도 했던 황소가 제사장에 의해 도살된다. 수천 마리 중에 뽑힌 성우聖牛다. 제사장은 칼을 들어 소의 목젖을 딴다. 소는 미라로 만들어져 석관에 보관될 것이다.[36] 제단 앞에서는 왕좌를 세워놓고 람세스가 앉아 제의를 지켜본다. 이때 빠른 걸음으로 몰려온 부호들이 엎드려 읍소한다.

"히브리노예들이 양떼처럼 모세를 따라 떠나고 있습니다. 이제 노예들이 없으면 누가 신전 짓는 노동을 할 것이며, 농사와 목축은 누구에게 맡기시렵니까?"

"이 땅에 아직 남아 있는 히브리인들도 채비를 차리고 그들을 좇을 태세입니다. 어서 무슨 방책을 마련해 주소서."

람세스는 큰 무리가 모세를 따라갈 줄 전혀 생각하지 못했

---

36 성우는 이마에 흰 마름모 반점을 가진 검은 소였다. 발굴된 가장 큰 아피스 묘는 길이가 약 330m의 터널 속에 65톤에 달하는 화강암 혹은 석회암 관으로 되어 있었다.

다. 불만불평분자 수십, 수백 명 정도가 따라갈 줄 알았다. 그는 자신의 결정이 너무 성급했던 것을 알고 개탄한다.

"내가 모세와 헛바닥 잘 놀리는 아론에게 속았다. 어서 추격하여 노예들을 사로잡아 오너라! 빠른 말과 전차를 동원하여 그들을 추적하라. 무기고를 열어 전차 600승과 기병들을 출동시켜라."

히브리 족속은 라암셋에서 가나안을 향해 서둘러 출발했다. 장정들과 늙은 부모, 아내, 자식 그리고 가축들이 함께 하는 대이동이다. 침상에 뉘여서 날라야 하는 노인, 젖먹이에게 젖을 빨리며 걷는 아낙, 그 곁에 칭얼거리며 쫓아오는 아이들…… 라암셋 초입은 인산인해를 이룬다.

"어서 걸으시오. 파라오의 마음이 바뀌어 그의 병사들이 전차라도 몰고 올지 모르오."

"우리 아버지는 고령이오. 재촉하지 마시오. 가다가 돌아가시겠소."

"우리 염소가 지금 새끼를 낳으려고 하오. 탯줄이나 끊고 갑시다."

모세의 심복들이 재촉했지만 백성들의 걸음걸이가 느릴 수밖에 없었다. 백성들은 한낮에는 불타는 태양아래 오랜 시간 걸을 수 없었다. 그늘 아래 행구를 내려놓고 쉬다가 아침이나 초

저녁, 구름이 태양을 가릴 때 다시 일어나 걸었다.

또 밤에는 사막의 추위와 야수와 싸워야 했다. 화톳불을 피워놓고 백성들은 식구들끼리 의지하여 옹기종기 잠이 든다. 멀리 야수의 울음소리가 들렸지만 불꽃을 보고 다가오지 않았다.

백성들이 걷고 걸어 갈대가 무성한 호숫가에 당도해 있었다. 이집트군이 따라붙으려 마병과 전차를 동원했다는 소식을 들은 피난민들은 말굽소리와 바퀴소리라도 들리는지 도주하면서도 여기저기서 흐느낀다.[37]

---

37 그때 히브리전승에 의하면 야웨 신은 이집트에서 도망가는 히브리인들을 뜨거운 태양의 열기와 일사병으로부터 가리기 위해 구름으로 보호했다고 한다(고대 중동 신화 중 힛타이트 족속 왕 무르실리스의 기록을 보면 힛타이트 족속의 신 하사밀리스가 적들로부터 백성을 구름으로 가렸다는 전승이 있는데 이 구름기둥을 닮아 있다). 또 야웨 신은 밤이면 구름기둥을 불기둥으로 변하게 하여 그것으로 백성들 앞뒤를 호위하며 인도했다고 한다(가나안 광야의 밤은 몹시 춥고 야수들의 출범이 많았다. 당시 가나안 여행자들은 불을 피워 따스하게 하고, 또 사나운 짐승을 쫓기도 했다. 그 일들이 신화화된 것이 아닐까). 히브리전승대로라면 야웨는 불과 구름기둥으로 히브리 족속을 인도했는데, 낮에는 연기가 눈에 보이고 밤에는 연기로 가려져 있던 내부의 불꽃이 밝게 빛났다는 표현 같다. 또 히브리전승대로라면 추적해오는 이집트 말들과 전차들을 야웨가 불과 구름기둥 가운데 어지럽게 하여 전차 바퀴를 파괴시켰다고 기록했다(이 이미지는 고대 신화에서 흔한 표현이다. 그리스 신화 일리아드에도 제우스가 번개를 보내 말들을 넘어뜨리고 전차를 부숴버렸다. 메소포타미아 전쟁의 신 네르갈과 가나안 신 바알도 빛과 불로 전투장에서 싸웠다).

칠흑 같은 밤, 달도 별도 얼굴을 가렸다. 호숫가 일대에는 우거진 갈대밭이 끝없이 펼쳐졌고 큰 바람이 불 때마다 갈대들은 물결처럼 일렁인다. 다시 그 바람은 여울목 물을 갈라놓았고 그 물결은 검은 산처럼 높이 쌓였다.

"저쪽이다, 어서 따라 붙어라!"

이집트 전차들은 어둠 속에서 히브리인을 쫓아 갈대숲으로 뛰어든다. 전차에서는 활을 쏴댔고 어둠 쪽에서는 비명소리가 들끓었다. 이때 바람에 빠져나갔던 조수潮水가 다시 밀려왔다. 선두에 섰던 마차 바퀴가 진흙탕 속에 빠져 들어간다. 뒤따르던 마차들도 뒤엉켰고, 당황한 마부가 말 등에 상처가 나도록 채찍을 휘둘러댄다. 그러자 전마傳馬는 용을 쓰고 바퀴가 벗겨져나가며 전차는 부서져 버린다.

"아, 늦었다. 이를 어찌할꼬!"

조수는 계속 몰려들었고, 마차는 물결에 침몰되어 간다. 마차에 탔던 병사들이 뛰어 내려 탈출을 시도한다. 그러나 검은 벽 같은 어둠과 이미 뒤덮은 물결 속에서 허우적거린다.

히브리인들을 쫓던 추적대가 돌아왔다. 추적대 수장은 이미 죽고, 살아남은 부장들이 라임셋 궁 람세스에게 보고를 하는데 제각기 다른 소리다.

"명령대로 히브리노예들을 추적했습니다. 그런데 일부 장군

들은 저들이 재물까지 가지고 도망한다는 풍문을 듣고 그것을
빼앗기 위해 성급히 따라갔습니다. 그렇게 히브리노예들을 가
볍게 보고 쫓다가 갈대 습지대에서 저들의 화공에 말려 몰살해
버렸습니다. 멀리서 불기둥과 연기 기둥이 치솟는 것을 보고 철
수할 수밖에 없었습니다.”

“후진에 있던 제가 부하에게 보고 받은 얘기로는, 갈대호수
로 숨어드는 히브리노예들을 전차로 따라잡으려고 하는 그 순
간, 호숫가에서 큰 역풍이 불었다고 합니다. 그 바람이 그치자,
물러갔던 물이 거세게 다시 흘러 여울가까지 들어갔던 전차바
퀴를 고립시켰다고 합니다. 그곳 호숫가에서 가끔 있는 일인데,
장군들이 그 지리를 모르고 성급히 쫓다가 당한 모양입니다.”

그들의 말을 종합해 들은 모사가 람세스에게 말한다.

“히브리노예들이 갈대바다를 넘어 가나안쪽으로 도망갔는
데, 바란 광야에서 사라진 것 같습니다. 갈대바다에서 그렇게
무서운 바람은 처음 봤다고 합니다. 어떤 신이 그들을 돕고 있
었습니다.”

“갈대바다를 건너 바란 땅으로 갔다고? 그 너머는 황량한 땅
이 아니더냐. 이제 히브리노예들은 사막에 갇혔다. 그들은 다시
돌아올 것이다. 조상 때부터 히브리 민족은 거지 족속이다. 그
노예들은 이미 이 나일강의 풍요에 젖어 수백 년 이상을 지내왔
다. 그들은 육축과 부드러운 밀과 채소 그리고 생선도 실컷 먹

었다. 이곳이 그리워 다시 돌아올 것이다."[38]

히브리인들이 물이 갈라지자 마른 땅을 밟고 건너왔다고 하
는 바다는 '얌 쑤프'인데 '골풀의 바다'('red sea', 즉 홍해가 아
닌 'reed sea' 갈대바다이다)로 해석된다. 히브리인들은 당시 홍
해를 부를 때 '얌 미츠라임'('이집트 바다')라는 말을 사용했다.
그러나 히브리전승 저자들은 그 홍해가 아니라 얌('바다') 쑤프
('갈대'), 즉 '갈대바다'라고 기록했다.[39]

홍해는 훗날 그리스 사람들이 바다 밑에 비치는 '붉은 산호
군집'(붉은 프랑크톤이라는 견해도 있다)을 보고 '헤에뤼드라
달랏사'(그리스어. '붉은 바다')라고 부른 데서 유래되었다. 성
경에서 갈대바다가 홍해바다로 번역된 것은 오류다.[40]

히브리민족이 가나안 출발지로 삼았던 고센 지역은 발라, 팀

---

38 람세스의 말은 틀린 말이 아니었다. 히브리 민족은 황야 막막한 곳에 들
어서자마자 이집트를 그리워했다. 그들은 이집트 노예시절에 섬겼던 '아
피스'('황금 송아지 신')를 선호했으며, 나일강 강가에서 먹었던 고기와
빵과 물을 그리워했다.

39 갈대바다라는 뜻은 갈대가 많이 자라는 진펄지대라는 뜻을 내포하고 있
는지 모른다.

40 기원전 3세기 중엽, 히브리어 구약 성경을 이집트 알렉산드리아에서 그
리스어로 번역했던 70인역 저자들이 갈대바다를 그리스어 '헤에뤼드라
달랏사', 즉 홍해라고 번역하는 오류를 범했다. 그들은 갈대바다를 바다
로 생각했고, 서쪽 가나안과 이집트 사이에 바다가 홍해밖에 없음으로
으레 그렇게 짐작하여 쉽게 번역한 것이다.

사 등 크고 작은 여러 민물 호수들이 많았다.[41] 히브리인들은 전차로 추적하는 이집트군을 피해 수백 킬로미터 떨어진 그 먼 홍해까지 도달하지 못했을 것이다. 그 사건은 고센 라임셋 근처 민물 호수가에서 일어났을 것이다. 갈대바다의 위치는 그들이 살던 고센의 멘잘레 호수 하구였을지도 모른다.

히브리인들은 해양 민족이 아니기 때문에 호수의 물과 바다 물을 구별하는 어휘가 없었다. 히브리인들이 흔히 넓은 민물 호수를 바다로 부르는 경향이 있어 어떤 호수를 그렇게 갈대바다라고 불렀을 것이다.[42]

파피루스는 이집트 전역에 걸쳐 자생하고 특히 나일강 삼각주 늪지대와 호수에서 흔히 자라난다.[43] 이 '쑤프'[44]가 우거진 곳은 언제나 진흙과 물로 차 있다. 히브리인들을 쫓아오던 파라오의 군대는 전차부대다. 그들 전차의 바퀴는 이 진흙창에 빠져

---

41 이집트 고대전승에서도 라임셋 도시 부근에도 두 호수가 있었다고 전해져 온다. 호루스 연못과 파피루스 호수다. 그 파피루스 물줄기는 얌 쑤프를 상기시킨다.

42 신약시대에도 갈릴리 민물호수를 이스라엘인들은 갈릴리 바다라 불렀다.

43 신학자 존 브라이트는 출애굽 사건이 갈대가 우거진 아바리스 동쪽 멘잘레 호수의 하구에서 일어난 것으로 보았다.

44 '갈대, 골풀, 부들, 사초'. 강가의 얕은 물속에 자라는 모든 갈대를 지칭.

추격을 포기했을 것이다.[45]

그런데 이집트에서 탈출한 야곱 후예들은 장정만 60만 명을 헤아렸다 한다. 히브리전승이 옳다면 이집트로 내려온 야곱의 직계 가솔들은 70여 명이었다. 그런데 그 기간 동안 늘어난 인구가 장정만 60만 명이다. 필경 그 식구까지 합하면 200~300만 명은 족히 될 텐데 그렇게 불어났다는 것은 생물학적으로 불가능하다. 이 숫자는 훗날 왕정 이스라엘 당시의 인구보다 많다. 400여 년 후 가나안 전체를 지배했던 솔로몬 당시 이스라엘 인구는 고고학적으로나 역사학적으로 40~80만 사이로 본다.

문자대로 70명이 이집트에서 430여 년 동안을 살았다는 전

---

45 히브리전승에는 신이 바다를 갈라 이스라엘 백성을 건너게 하고, 또 그 물길을 닫아 이집트군을 수장시켰다고 기록했다.

바다가 갈라진다는 것은 어느 민족에게나 있는 흔한 신화 소재 중 하나다. 특히 육지와 가까운 섬마을에는 한 번쯤 있는 전설이다. 인도의 고대 종교 리그 베다 전승에 보면 5,000년 전 라마신이 부족을 이끌고 약속의 지역으로 인도했다. 라마신은 사막에서 샘물이 솟게 했고, 만나 종류의 양식을 얻게 했으며 '소마(생명수)'로 전염병을 치료했다. 백성들은 결국 썰물 때 바다의 마른 땅을 통과해 실론(스리랑카) 섬에 도착했다. 그리고 그 약속의 땅을 정복한 후, 그곳의 왕을 불태워 죽였다.

신이 물을 가지고 기적을 일으켰다는 전승도 고대 중동에서 여러 형태로 전승되어 왔다. 이집트에도 아멘호텝 2세가 출병했을 때 '라샤프(아카드어. 고대 중동의 귀신)'의 힘을 빌려 강물 위로 걸어갔다는 전승이 남아 있다. 또 앗시리아 왕 산헤립 전승 기록에도 다음과 같이 시적으로 나와 있다.

나의 발바닥으로 이집트의 모든 '하수(나일강)'를 말렸노라.

제 하에 신학자 루카스A. Lucas의 통계에 의하면 오늘날 의학 등 환경이 좋아진 이집트에서 인구증가율은 10,363명에 불과하다. 더군다나 히브리전승에 의하면 파라오에 의해 히브리의 사내아이들은 낳자마자 다 죽이라는 명령이 내려졌다. 나일강에 아이들을 버려야만 했던 역사도 이 기간 속에 포함되어 있어 그러한 핍박 속에 그만한 수로 불어났다는 것은 더욱 불가능하다.

가나안 광야에
도착한 히브리노예들

모세는 히브리 족속을 이끌고 가나안으로 들어섰다. 먼 옛날 조상 데라와 아브라함과 이삭과 야곱이 그랬던 것처럼 가축을 몰고 광야길로 나선 것이다. 물이 있고 목초가 많은 곳에 가축들을 풀 것이고, 주인 없는 땅에는 잠시 장막을 치고 머무를 것이다. 그러나 모세는 그 광야길을 질러가기에는 너무 많은 백성들을 데리고 있었다.[1]

---

1 기독교 보수주의 해석은 이집트를 탈출한 시기를 히브리전승 직해에 의하여 (출애굽기 12장 40절), 기원전 1700년경으로 해석해왔다. 힉소스족이 이집트를 침공했던 때였는데, 이때 셈족인 야곱 후예들도 그 힉소스족의 한 무리라고 본 견해다. 또 다른 히브리전승 열왕기상 6장 1절을 문자적으로 받아들여 기원전 1466년경으로 해석했다(솔로몬 재위 966+이집트에서 나온 지 480년=기원전 1446). 그리하여 이집트와 관련된 여러 역사적 사실과 결부시키려는 시도가 있었다. 당시 모세를 구해준 공주가 핫셉수트 여왕이라는 주장 등이다(이 견해는 그 당시 파라오인 투트모스 3세 때 수도는 남부 테베였고, 모세 때 히브리 노예들이 노역했던 나일강 삼각주에 큰 공사를 벌인 적이 없을뿐더러, 그 당시 모세가 만났다던 에돔, 암몬, 모압 나라들은 존재하지 않는 것으로 보아 현대신학에서는 지지를 잃고 있다. 이 반론은 유니온 신학교 고고학 발굴과 고고학자 빈센트의 주장이기

"가나안 광야는 이집트와 같이 힘들게 나일강 물을 퍼 올려 농사 짓는 땅이 아니요, 야웨께서 때를 맞춰 '이른 비'[2]와 '늦은 비'[3]를 내려주실 것이다. 그러면 우리의 양떼는 불어나 그곳 초장을 지배할 것이고, 구릉지대에는 보리, 밀, 호밀 등이 덮일 것이다."

모세는 외쳤고, 히브리 족속은 믿고 따르며 가나안쪽으로 몰려간다.

히브리민족은 갈대바다를 넘어 수르 광야에게 사흘 길을 걸어 '마라'('쓰다', '괴로움') 광야에 도착했다. 그들은 이곳에 최초의 장막을 친다. 사막에서 흔히 보는 물 색이 검고 물맛이 먹기에 알맞지 않는 곳이다. 히브리전승에 의하면 이 마라는 물이 써서 모세가 야웨의 지시대로 한 나무를 던지니 단물로 바뀌었다고 전해져 온다.[4]

도 하다). 반면 히브리전승 본문 자체가 그 당시 히브리노예들이 이집트에서 만들었던 도성 라임셋(람세스의 신전)을 말하고 있다. 이 기록이 꾸미지 않았다면 라임셋은 기원전 1200년경 후반에 설립된 것이다(크리스티앙 자크의 소설 람세스나 영화 십계 등에도 모세와 람세스 2세가 주인공이다). 이밖에도 람세스 2세의 아들 메르넵타의 비문 등을 근거로 그때를 출애굽 연도로 잡아 기원전 1280년경으로 추정하는 것이 현대신학에서 가장 지지를 받고 있다.

2 '가을 비'. 10월부터 11월까지 내림.

3 '봄비'. 3월부터 4월까지 내림.

4 마라는 비르마라라는 부르는 오아시스로 볼 수 있는데 그곳의 물은 광

모세의 백성들은 가나안을 향해 열두 우물과 육십 주의 종려나무가 있는 엘림 광야, 모래가 많은 신 광야 등으로 이동한다.[5] 그러나 히브리 족속은 물이 없는 지대를 지나가야 했고 불만불평을 터트린다. 이때 히브리전승에 의하면 야웨 신은 이 히브리인들에게 사막과 바위에서 물을 솟아나게 했다고 한다.[6]

이집트 출발 때 준비해 온 양식이 한 달 만에 다 떨어지자, 히브리전승에 의하면 신은 아침이면 하늘에서 '만나'[7]를 내려주었다. 그러나 히브리인들은 신의 명령대로 하루에 한 오멜(2리터)씩 주워 모았지만 꿀맛이 나는 이 만나에 싫증을 느꼈다. 그들

물질이 많이 함유되어 있어 소금기가 많다. 신학자 플리니는 소금기를 중화시킬 수 있는 일종의 보리가 그 근처에 있었다고 한다. 중화제를 찾은 것은 미디안 광야에서 떠돌며 오랫동안 양치기를 했던 모세의 지혜였을지 모른다.

5 12와 60은 고대 중동인의 완전 수다. 부족함이 없다는 의미일 것이다.

6 아마도 그 땅의 주인이었던 유목민들은 히브리민족이 먹지 못하도록 샘물을 막아 놓았을 것이다. 유목민들은 솟아나는 샘물을 알고 있었는데, 적들이 침공하면 그것부터 메우고 감췄던 관례가 있었다. 그것을 모세가 지팡이로 열어 놓은 것이 아닐까. 또 퇴적암은 표면 바로 밑에 물이 고일 수 있는 바위 구멍이 많다고 한다. 시리아 남부 사막 지대는 다공성多孔性 바위가 많다. 어떤 바위는 흔들면 물이 나오기도 한다. 모세의 지팡이는 그 바위를 쳤을지도 모를 일이다. 물론 이런 유목민의 풍습이 신화화됐다는 표현이 옳을 것이다.

7 아침에 광야 땅바닥에 이슬처럼 떨어진 깟씨 같고 진주모양 같은 흰 그것을 보고, 히브리인들이 물었던 '이것이 무엇이냐'라는 뜻의 야후라는 말에서 파생됨.

은 이집트에서 먹던 생선·참외·수박·부추·'바찰'('이집트 양파')·마늘 그리고 고기도 그리워했다. 그러자 야웨가 메추라기도 떨어뜨려 주어 육식을 삼게 했다고 전해진다. 이때 주운 메추라기는 적게 주운 자가 이틀 동안 10 '호멜'[8]이었다고 전하는데, 신화인 것을 암시하는 엄청난 양이다.

가나안 '카이츠'(여름, 수확철)에는 시나이 반도 고유산물 타마리스크라는 나무의 잎은 그 나무 기생곤충인 깍지진디에 찔리면 수액을 낸다.[9] 밤사이에 흘러나오는 물방울 같은 이 단 진액이 땅에 떨어져 말라 고추씨같이 된다.

이것은 해뜨기 전에 보면 서리같이 희게 보이는데, 해가 뜨면 즉시 녹아 버리든지, 개미와 같은 작은 벌레들이 먹어버린다. 햇빛이 밝으면 녹아 없어져버렸다는 전승의 만나와 이것은 모양부터 비슷하다.[10]

이집트 메추라기는 3, 4월에 다가오는 더위를 피하여 아프리

---

8 한 호멜은 한 마리의 나귀가 운반하는 양이다. 약 227 *l* , 12말.

9 혹은 수액을 먹은 그 곤충들의 분비물일지 모른다.

10 이 만나는 지금도 베두윈족들이 꿀과 버터와 같이 빵에 싸 함께 먹기도 한다(어떤 사람은 남부 시나이 광야에 흔했던, 떡을 달게 만드는데 사용한 함마다라는 식물의 달짝지근한 액체라고 주장하기도 한다. 어쩌면 이 만나는 광야인들이 먹었던 사막 식물의 모든 씨를 의미하고 있는지도 모른다).

카 수단에서 북유럽으로 이동하는 꿩과의 철새로 종종 시나이 반도 지역을 통과하기도 한다. 이 새는 지중해 쪽보다는 도중에 쉴 수 있는 육지를 건너는 것을 좋아하여 가나안의 남과 북을 왕래한다. 시나이 반도 땅에 앉을 때는 너무 빽빽하게 앉은 나머지 겹쳐서 등에 앉기도 한다. 바다로 착륙하여 쉴만한 곳을 찾는 메추라기는 작은 배를 가라앉힐 정도로 많았다고 한다.

특히 이 새는 비대하게 살이 오른 시기에 이동하는데, 바람을 타고 날다가 역풍에 걸리면 땅에 떨어지기도 한다.

히브리전승은 히브리인들이 이동하며 40년 동안 신이 하늘에서 내린 이 만나와 메추라기만 먹었다고 기록하고 있다. 그러나 히브리인들은 이집트 고센 땅에 살 때 농사도 짓고 유목을 했다. 그들은 가축을 몰고, 식량과 농기구도 갖고 탈출했다. 빈털터리의 이동이 아니라 반유목민의 이동이었다.

히브리 이주민들은 광야에서 이집트에서 끌고 나온 가축들의 고기와 젖을 먹었을 것이다. 양, 염소는 풀만 있으면 3, 4개월 간 물 없이 살 수 있는 가축이다. 유목민들도 가축과 풀과 물만 있으면 번성할 수 있다. 고기는 먹고, 털은 옷이 되며, 가죽은 장막이 된다. 분뇨는 연료가 된다.

광야의 가젤이나 사슴 등도 사냥했을 것이며, 배가 고프면 사막의 도마뱀, 전갈도 구워먹었을 것이다. 그리고 주변 적들과의 싸움 속에서 전리품도 취했을 것이며, 식량도 빼앗아 양식으로 삼았을 것이다.

히브리 이주민들은 광야를 떠돌았을 뿐 아니라, 후에는 큰 오아시스가 있는 가데스 바네아 지역에 38년 동안 정착했다. 그곳을 성스런 땅으로 여기고 제단도 쌓고, 행정 사법도 집행했다. 가데스 바네아는 확실히 농사를 지을 수 있는 농토이기도 했다.

이스라엘 백성들이 가나안 광야에 나와 겪었다던 만나, 메추라기, 생수 등 여러 초자연적인 현상들까지 모든 기적들은 자연 현상과 닮아있다. 고대인들이 자연 현상을 이해하지 못하고 모두 신의 개입으로 해석하려는 경향과 시각을 이스라엘인들도 갖고 있었던 것이 아닐까?[11]

히브리 족속이 갈대바다를 지나 미디안 광야로 나오자 장인 르우엘과 처남 '호밥'('이 이름은 르우엘의 다른 이름이라는 전승도 있다')과 아내 십보라와 광야 목동시절 얻은 아들 '게르

---

11 19세기 중반 고등 성서비평가인 신학자 스트라우스, 어니스트 르낭 등은 기적과 다른 기록들을 포함해 성경의 모든 기사를 액면 그대로 받아들이지 않았고, 이적은 일어날 수 없다는 자연주의 전제 위에서 자신들의 이론을 세워 나갔다. 그들은 기적에 대한 기사는 그것이 성경 저자들이 사람들을 속이기 위해 고의로 날조한 것은 아닐지라도 원시적 사고 형태를 지닌 미신적 인간들에 의해 주장된 것이고, 따라서 거짓임에 틀림없다고 생각했다. 이런 미신적 주장은 성경의 권위, 심지어 기적을 언급하지 않은 부분까지도 손상시킬 것이라 생각했다.

솜'('체류자'), '엘리에셀'('신은 나의 도움이시다')과 겐 족속이 마중 나왔다.

모세 처가식구들은 이미 영웅이 되어 수많은 백성들을 몰고 온 그를 맞이한다. 모세는 장인 앞에 엎드려 절하며 친지들을 만난다. 그가 히브리민족을 이끌고 갈대바다를 건너온 일을 말했을 때 르우엘은 야웨를 찬양한다.

"야웨는 다른 모든 신들보다 더 크신 신이시다!"

르우엘은 가나안 제사장으로 야웨를 숭배하면서도 단일신론자[12]였다. 그는 시나이 산에서 모세와 히브리인들과 함께 자신의 겐 족속이 믿던 엘 샤다이, 즉 산의 신 야웨 신에게 번제물과 희생제물을 드렸다. 그리고 음식을 나누며 큰 잔치를 벌였다.

이때 히브리인들은 모세의 처갓집 겐 족속과 집단적으로 합류한다. 이 이민족은 혼례 등으로 히브리인들과 동화된다.[13]

---

12 다신론에서 진보한 사상으로 모든 신을 인정하면서도 특별한 신은 더 절대성을 부여하는 신앙. 유일신으로 가는 전 단계의 신앙이다.

13 히브리인들은 피와 순결을, 또 단일민족임을 중요시 여겼다. 아브라함, 이삭, 야곱 등 그들의 직계 선조는 같은 혈족의 아내를 얻어 순수혈통으로 이어졌다고 히브리전승에서 자랑하고 있다. 반면 아라비아 이방 족속의 시조가 되었던 이삭의 형 이스마엘은 첩의 아들이요, 이집트 여인과 결혼했고, 에돔의 조상이 되었던 야곱의 형 에서는 사냥을 하며 떠돌아다니다가 만난 힛타이트 족속 딸을 아내로 삼았다고 기록했다. 그러나 히브리인들은 과거 씨족장 아브라함 때부터 첩을 통해 여러 족속들과 혼인 관계를 맺었고, 가나안 진입 때는 겐 족속을 받아들임으로 사실 단일민족이 아니다.

모세는 이집트에서 나온 지 3개월 만에 히브리 족속을 이끌고 미디안족 영토 안에 있는 호렙 산맥 시나이 산 앞에 집결시켰다.[14] 호렙 광야에서 바위틈을 뒤지며 뱀을 잡던 미디안 땅꾼이 그 무리를 보고 놀라자빠진다. 땅꾼은 뱀을 숭상하는 지역인 호렙 산맥에 지천으로 많은 뱀들을 잡아 이집트의 마술사들에게 파는 자였다.[15]

'저들이 누구냐, 어디로 가고 있느냐? 마치 짐승 떼가 초원을 찾아 이동하는 것 같구나.'

시나이 산 근처에는 이집트인들이 채굴하다가 남기고 간 터키석 광산이 있었다. 그 광산 곁에는 광산 인부들을 위해 터키석과 구리의 수호신인 여신 하토르의 신전이 있었다. 히브리인들은 신전 문 앞에 새겨 있는 암소 형상의 하토르 여신을 보며 걷는다.

가시나무숲이 우거진 시나이 산에 도착한 모세가 히브리 족속을 향해 소리친다.

---

14 히브리전승에서처럼 2백만 이상의 백성들이 시나이 산 앞에 모일 수 없었을 것이다.
15 이집트 창조신인 아톤을 코브라 모형으로 만들어 숭배한 유물이 발견되었다(이집트 카이로 국립 박물관 소장).

"야웨께서는 시나이 산으로 백성들을 모으라고 명령하셨다. 그리고 그 산에서 야웨를 섬길 것이라고 말씀하셨다. 이곳이 내가 말한 '엘 샤다이'('산의 신') 야웨께서 계신 곳이다. 바로 야웨께서 우리들을 이곳으로 인도하셨다. 이제 우리는 야웨 신을 섬길 것이다."

"오, 여기가 불타는 가시나무 사이에서 당신이 신과 얘기한 그 장소입니까?"

히브리인들은 이집트 노예생활에서 벗어나 자유의 땅 광활한 시나이 광야에 도착한 감격에 빠진다. 이때 모세는 야웨와 히브리인 사이에 서서 언약을 맺게 한다.

"야웨 신이 말씀하셨소. '만일 내 말을 듣고 내 계약을 지키면 너희는 열국 중에서 내 소유가 되겠고, 너희가 제사장 나라가 되리라!'"[16]

모세는 아론에게 백성들을 맡기고, 여호수아만을 데리고 신탁을 받기 위해 시나이 산에 오른다. 히브리전승에는 7일째 되던 날 그는 홀로 산꼭대기에서 야웨 신을 만난다. 그리고 40일 동안 그 신과 함께 있은 후 야웨가 직접 새겼다는 십계명이 새

16 지도자가 신의 대리자로 서서 신과 인간 사이, 또 인간과 인간 사이를 중재하는 것은 고대 중동 여러 문서에 남아있다. 마리문서에도 마리 왕 지므리 림이 종족들 간에 분쟁을 종식시키고 화해협정을 맺기 위해 나귀새끼를 희생제물로 바치고 신 하닷 앞에서 조약을 체결하는 내용이 있다.

겨진 돌판을 받고 또 율법을 듣고 산에서 내려왔다.

그러나 모세를 기다리던 백성들은 그가 신을 만나 죽었다고 생각했는지 더 이상 기다리지 않았다. 그리고 아론의 주도로 이집트에서 가지고 나온 금 장식물들을 모아 녹여 황금 송아지를 만들어 섬긴다.

이들은 가나안 제의처럼 술에 취하고 춤을 추고 성 행위를 하며 황금 송아지를 숭배했다. 이집트에서 믿었던 황소 형상을 한 아피스를 그리워했던 것이다.[17] 히브리인들은 금송아지를 이집트 땅에서 자신들을 인도해낸 신이라고 부르고 있었다.[18]

"이 아피스 신께서 우리를 인도하셨다!"

야웨 신과 히브리인들과 맺은 언약은 파기됐고, 율법은 선포되기 전에 이미 깨져버렸다. 시나이 산에서 내려온 모세는 분노하여 돌판을 내던졌으며, 나무 형상에 금을 입힌 그 금송아지를 태워 재를 만든 후 히브리인들에게 마시게 했다. 그는 진지 앞

---

17 아론은 금송아지 형상을 만들었으나 그것은 이집트에서 이스라엘 사람들을 이끌어 낸 야웨 신의 위력을 이스라엘 백성에게 상기시켜 주려고 했는지도 모른다. 히브리전승에 나오는 예언자 발람도 야웨 신의 위력을 황소의 위력에 비유했다.

18 이 금송아지 숭배는 아론이 주도적으로 실행한 것으로 보아 그가 아피스를 섬기는 이집트 제사장이었을 가능성은 높다. 이집트에서 금송아지는 풍작 신이었다. 히브리인들이 노예생활을 하던 이집트 고센 땅에도 검은 황소를 섬기는 족속이 있었다.

에서 소리쳤다.

"누구든지 야웨 편에 선 자는 내게로 나오라!"

이때 레위 지파 사람들이 먼저 그에게 몰려왔다. 모세와 같은 지파였던 그들이 먼저 따른 것이다. 모세가 명령을 내린다.

"너희는 각각 허리에 칼을 차고, 진지 이 문에서 저 문까지 왕래하며 우상을 섬긴 형제를, 친구를, 이웃을 죽여라!"

히브리전승에는 그때 레위인들이 금송아지를 섬겼던 삼천 명을 죽였다고 한다. 이때 주모자였던 아론은 신 앞에 아무 해를 받지 않은 것이 이상한 일이다.

모세는 다시 시나이 산에 올라가 야웨로부터 얻은 다른 돌판을 들고 내려왔다. 이 돌판은 십계명의 초시가 된다. 히브리전승에 의하면 신을 만난 그의 얼굴은 광채가 나 수건으로 가리고 서야 백성들과 얘기를 할 수 있었다고 한다.[19]

모세는 히브리인들과 야웨 신과의 재 언약을 맺게 했다. 단

---

19 히브리전승을 히브리어로 그대로 직역하면 모세의 얼굴에 광채가 난 것이 아니라 뿔이 돋았다라는 표현이 옳다. 아마 고대 영웅들의 형체를 그릴 때 힘의 상징인 뿔을 얼굴에 그려 넣는 그런 신화적 표현일 것이다(훗날 미켈란젤로도 뿔이 난 모세를 조각하기도 했다). 또 아니면 아카드 신화 문서에서 보는 신들의 머리나 관에서 발산되는 빛의 일종으로 신적 영광을 가리키는 '멜람무'이거나, 수메르 신화 문서에서 보여지는 여신 이난나의 형상 중에 주위 모든 사람을 위협하는 그녀의 밝게 불타오르는 모습일 것이다. 함무라비 대왕의 아들 삼수일루나가 얼굴에 광채가 나는 엔릴 신의 사신을 영접했다는 기록이 있다.

이 쌓이고 주위에 열두 기둥이 세워졌다. 선택된 청년들은 소를 죽여 화목제로 드렸다. 그 피의 반은 용기에 담아 제단에 뿌렸다.[20]

그리고 모세는 전날 밤새 기록한 율법을 백성들에게 선포했다. 신이 신탁을 준 율법의 내용은 상당히 많은 분량이다. 히브리전승대로라면 출애굽기, 레위기, 민수기, 신명기 등이었다. 전승대로라면 모세는 상당한 기억력이 필요했을 것이다.

모세는 히브리인들이 신이 선택한 민족임을 선포하고 그들에게 '할례'('남자의 성기 우멍거지를 제거하는 것')를 실행한다. 이 의식은 깨뜨린 날카로운 돌칼로 했는데, 사람의 손을 거치지 않은 자연물이 순수성을 갖는다고 보았기 때문이다. 아니면 할례의식이 철이 없던 석기시대부터의 전통이었기 때문에 돌칼을 사용했는지도 모른다.[21]

---

20 모세가 그렇게 야웨 신과 히브리인 사이에서 언약을 맺게 할 때 시나이 산 기슭에서는 연기와 불길과 천둥이 일어났다고 히브리전승은 전한다. 불과 연기는 신의 임재를 상징하는 고대 신화의 상징물이다(불은 벼락이 쳐서 일어나는 경우가 많았는데 고대인들이 바라볼 때 그 불은 신의 모습이었을 것이다).

21 이 할례는 셈족과 이집트 등 고대 중동에서 오래 전부터 행해졌다(이집트 종교에서 생겨나서 페니키아, 가나안, 아라비아로 소개된 듯 하다). 셈족들은 다신에게 인간을 바치는 의식이 있었다. 그때 인간 제물 대신 그 대용물로 생식의 상징인 남성 표피를 바침으로 희생 제물로 삼았다. 미디안 족속 역시 이 할례를 행했다. 모세는 미디안 족속 장인 르우엘에게 이 할례를 배웠을 것이다.

모세의 법

1. 십계명과 율법

히브리전승에 의하면 모세는 백성을 다스리기 위해 시나이 산에서 야웨 신으로부터 법을 받았다고 한다. 신이 직접 돌비에 열 가지 '미츠와'('계명', '제정하다', '명령하다'란 뜻에서 유래)를 기록하였다고 한다.

제 일은, 너는 나 외에는 다른 신을 두지 말라. 제 이는, 너를 위하여 새긴 우상을 만들지 말라. 제 삼은, 너는 네 신 야웨의 이름을 망령되게 부르지 말라. 제 사는, 안식일을 기억하여 거룩하게 지켜라. 제 오는, 네 부모를 공경하라. 제육은, 살인하지 말라. 제 칠은, 간음하지 말라. 제 팔은, 도둑질하지 말라. 제 구는, 내 이웃에 대하여 거짓증거하지 말라. 제 십은, 내 이웃의 집을 탐내지 말라.[1]

---

1 이 십계명은 각 계명에 따른 부칙도 있으나 그것들은 후대에 첨가된 내용일 것이다. 그 내용 중에 신에게 반역하면 3, 4대 후손이 저주를 받고, 순종하면 천대까지 복을 받는다는 내용도 있다. 이것은 떠돌이 유목 생활에

모세는 이 열 가지 계명 외에 세세한 다른 법도 야웨에게 받았다고 전승되어져 온다. '율법'[2]이다. 모세의 율법은 제사법, 우상숭배 금지법, 선민으로서 가려야 될 음식법, 지켜야 될 절기법 등이다. 그 외에도 인간과 인간 사이의 관계를 규정한 도덕법인 가정사에 관한 법, 성 도덕 법과 또 사회규범인 재판법, '총회'(히브리에서 열리는 지파 행사)에 관한 법, 전쟁에 관한 법, 농사법 등도 있다.[3]

그런데 이 모세의 십계명을 현대 신학에서는 수메르 문명의

서 생겨난 강한 공동체 의식이 반영된 결과이다. 훗날 히브리전승에 보면 한 개인이 잘못했을 때 다른 공동체가 다같이 저주를 받는 일이 자주 발생하는데 같은 까닭이다.

2 율법은 '토라'라고 부르며 '손가락으로 가리키다'에서 유래. 삶의 방향을 의미한다. 꼭 지켜야 될 신의 명령을 의미함. 모세가 신탁을 받아썼다는 창세기, 출애굽기, 레위기, 민수기, 신명기를 의미하기도 함(전통 유대교에서는 토라를 정리하여 '~하지 말라'는 금령이 365개. '~해라'하는 명령이 248개가 있다). 고대 중동에서는 책 제목을 붙일 때 그 책의 첫마디에 나오는 두 세 개의 낱말을 따서 붙였다. 히브리전승도 마찬가지다. 유대인들은 창세기의 첫 글자 브레시트('태초에')가 제목이 되었다. 한글 성경은 그 히브리전승을 그리스어로 번역하는 과정에서 따로 제목을 정해 창세기라고 명명되어진 것이다. 출애굽기나 레위기 등 다른 성서의 제목도 같은 과정을 겪었다.

3 ······하지 말라는 절대 규범인 십계명과, 바벨론과 앗시리아, 힛타이트 법률처럼 만약 ······하면 ······하리라는 조건부 법률로 이루어진 다른 히브리 율법은 민법을 가볍게 다루고 종교법에 무게를 두고 있다.

산물로 보기도 한다. 수메르의 '슈루파크Shuruppak의 지혜서'[4]의 가르침은 구약성경 십계명의 5~10조항의 원형과 비슷하다. '도둑질, 살인, 간음, 헛된 맹서, 말다툼, 거짓 증거 등을 하지 말라'는 내용을 담고 있는데 그 계명의 내용과 순서까지 비슷하다.

또 십계명은 이집트 '사후死後의 서書'와도 비슷하다. 이 책 속에는 최후의 심판자인 오시리스 신 앞에 가서 심판을 받을 때 그 신이 물어보는 문제들이 나와 있다. 42개가 넘는 그 문제들은 모세의 십계명을 닮아 있다.

이웃 아내를 간음하였느냐? 도적질 하였느냐? 거짓말 하였느냐? 등등

또 바벨로니아 신년 제전에서도 사용했던 '슈르푸의 문집'[5]을 보면 왕이 자기 무죄성을 말하며 모세의 십계명 같은 도덕성을 말하기도 했다.

모세는 이미 이집트 왕자 시절 왕실 교육을 통해 이집트 및 주변 나라의 역사, 종교, 법률, 규범, 관습, 문물을 배웠던 자

---

4 수메르 왕 슈루파크가 아들에게 가르쳐주는 형식의 지혜문학서. 기원전 2500년 경에 작성.

5 바벨로니아를 한때 지배했던 카사이트 왕조가 기원전 16~12세기에 집대성한 종교 제의 기록.

다. 모세가 이집트의 아톤 종교에서 유일신을 배워 '나 외에 다른 신을 네게 두지 말라' 등 십계명의 종교에 관한 네 계명을 썼다면, 나머지 여섯 계명은 수메르 지혜 문학, 이집트 사후의 서, 바벨로니아 도덕 전승 등 고대 중동 기록에서 영향을 받았다는 것이다. 그리고 인간 내면에 존재하고 있는 신앙심과 도덕성이 그 십계명의 토대가 되었다는 것이다. 그러나 보다 현대 신학에서 지지받는 학설은 십계명은 모세의 저작이 아니라는 것이다.[6]

6 벨하우젠, 모빙켈, 알트, 멘덴할 등 현대 구약 해석학자들은 대부분 십계명을 모세 때가 아니라 그의 사후 천여 년 후 저작으로 본다. 기원전 8세기 이후 예언자들의 고상한 윤리적, 영적 영향을 받고 바벨론 포로 기간(기원전 587~530년경)에 작성된 문서라는 것이다. 그때 지은 다른 히브리전승의 한 부분으로 본 것이다. 오경이 모세의 저작이 아니라는 것은 중세 때부터 제기되어 왔다. 알렉산드리아의 발렌티누스, 이탈리아의 톨레미, 스페인의 이븐 하잠 등 여러 신학자들이 의문을 제기했다. 또 2세기경 저술가 켈수스나 420년경 신학자 제롬 등에 의해 의심받기 시작했다. 17세기에 들어와서는 많은 학자들이 모세 저작설을 공개적으로 의심하기 시작했다. 스피노자는 이 견해를 피력했다가 추방당하기도 했다(스피노자는 오경은 모세가 아니라 후대의 사람이 기록했다는 것은 정오의 태양보다 더 분명하다고 말했다). 그 후 장 아스트룩, 아이히호른, 겟데스 등의 연구에 의해 문서설이 성립되었다. 창세기에는 원어로 보면 신의 이름이 여러 가지로 표현되었기에 그 이름 따라서 저자가 다른 것으로 본다. '엘로힘'('신들'. 한글 번역에서는 신이라고 번역됐음)이라고 썼던 문서(일명 E문서)는 기원전 850년경에 남유다에서 편집되고, 야웨라고 썼던 문서(일명 J문서)는 북이스라엘에서 750년경에 편집된다. 이 두 문서는 EJ문서로 합해져 창세기의 한 부분을 이루었다. D문서는 기원전 621년경 남유다 요시야 왕의 종교개혁 때 기록된 성서의 일부분으로 지금의 신명기(Deuteronomy) 사상과 비슷하다고 하여 생긴 이름이다. P문서는 기원전 444년경 바벨론 포로 이후 제사장(Priestly)들에 의해 쓰여진 성경이라 하여 생긴 이름이다. 하여튼 현대신학 문서비평에서는 창세기의 경우 1천여 년에 걸쳐 만들어

히브리전승대로라면 십계명은 시나이 산에서, 모압에서 두 번 신이 준 것으로 기록되어 있다. 그런데 그 내용 중 우상 숭배에 관한 철저한 배격사상은 가나안에 들어가 왕정이 시작되고 예언자들의 시대가 도래하면서 크게 부각된 주제라는 점과 집, 전답, 가축들을 탐내지 말라는 계명은 농경 사회를 배경으로 하고 있어 유랑생활을 하던 모세 때 어울리지 않는 점을 들어 진보주의 신학자들은 광야에서 받지 않은 것으로 생각한다.

또 두 십계명 간에도 차이가 있다. 시나이 산에서 받은 십계명은 탐내지 말아야 할 것 중 여성의 위치가 집 다음이고, 모압에서 받은 십계명은 여성이 앞선다. 이는 여권女權이 신장된 것을 알 수 있다.

그러면 십계명 외에 모세의 나머지 세세한 율법은 어디서 온 것일까? 그것은 고대 중동지방에 널리 퍼져있던 결혼, 형벌, 입양, 다툼 해결 등 관습 법제들과 유사하다.

히브리인의 선조 아브라함도 앗시리아와 바벨론인들이 지켜

진 산물로 본다. 문서설이 가설인 것이 사실이지만 현대신학자 중 문서설을 전적으로 부인한 자는 극히 소수다(문서설 지지자는 그라프, 퀸엔, 벨하우젠 등 거의 모든 현대 신학자들이고, 모세 저작설 지지자는 헹스텐버그, 카일 등이며, 에발트는 창세기 단일 저작설을 주장했다가 후에 문서설을 지지했다).

오던 중동의 법인 '누지법'[7]을 따르고 있었다. 아브라함이 아들이 없을 때는 종 엘리에셀을 양자로 삼아 대를 이으려 했고, 아내 사라도 몸종 하갈을 그에게 주어 후손을 이으려 하였다. 또 주인의 자식을 낳은 노예는 팔 수 없어 하갈이 오만해져도 괴롭히기만 할 뿐 사라는 그녀를 팔 수 없었다. 모두 누지법을 따랐던 것이다.[8]

이 누지법이 아니더라도 고대 중동 메소포타미아는 모세의 율법보다 먼저 된 법이 존재하고 있었다. '우르 남무 법전',[9] '에

---

7 티그리스 강 동쪽 누지에서 발견된 문서. 기원전 18세기 가나안을 지배하던 후리아 족의 문서에 나타난 법률서. 축첩제도의 성격, 입양법, 상속법 등이 기록되어 있다.

8 야곱 때도 아내 중 레아와 라헬은 조모 사라처럼 몸종 빌하와 실바를 남편에게 주어 더 많은 후손들을 얻고자 했는데 이 모든 것이 누지법을 따른 것이다. 야곱도 외삼촌의 딸들을 아내로 얻은 후 노역을 해주었다. 누지법에서도 노예가 아내를 얻기 위해서는 일정한 기간 동안 일을 해주어야 했다. 또 형 에서에게 야곱이 팥죽을 주어 장자권을 산 것도 이 누지법에 적용시킨 것이다. 전해오는 한 누지법에는 형이 동생에게 양 세 마리를 받고 장자권을 물려준 기록이 있다. 또 야곱이 처가에서 나올 때 그의 처 라헬이 아비 라반의 드라빔('가정 수호신')을 가지고 나온 적이 있다. 그때 라반이 무척 화를 내며 쫓아와 찾았다. 이것 또한 누지법에 의하면 드라빔을 넘겨주는 것은 합법적으로 장인이 사위에게 재산을 넘겨주는 행위가 되기 때문이었다.

9 수메르에서 발견된 기원전 2050년경 법전.

쉬눈나 법전',[10] '이쉬타르 법전'[11] 등 수메르, 아카드, 아모리인들도 법률을 갖고 있었다. 그 후 함무라비 왕은 이 모든 것들을 종합 수정하여 성문 법전 '함무라비 법전'[12]을 편찬하였다.

이 시기 중동에는 이 함무라비 법전뿐만 아니라 힛타이트와 앗시리아의 법전들이 편찬되었다. 그러나 함무라비의 법은 먼저 있었던 수메르의 법보다 조직적이고 후에 있었던 힛타이트나 앗시리아 법보다 더욱 정교했다. 함무라비(기원전 1728~1686년)는 이 법을 제정하면서 그가 믿는 '샤마슈'(바벨론의 재판과 정의의 신)에게 받았다고 비문에 조각해 놓았다.[13]

정의를 나라 안에 빛내고, 강자가 약자를 학대하지 않도록, 악한 자를 멸망시키기 위하여 나는 이 법전을 샤마슈에게 받았다. 그리고 나의 신 마르둑의 정의를 실천하기 위해 이것을 선포한다.

---

10 메소포타미아 한 고대 도시. 아모리 왕 빌랄라마의 것으로 기원전 1925년경 법전.

11 기원전 1860년경 아카드 법전.

12 아카드어로 기원전 1700년경에 쓰여진 함무라비 왕의 법률.

13 다른 고대 법전들도 법을 신에게 받았다는 주장은 똑같다. 우르-남무 법전은 그것을 기록한 자가 여신 닌선에게서 났다고 하고, 달신 난나와 태양신 우투를 찬양하며, 하늘 신 안과 바람 신 엔릴의 권세를 말하고 있다. 그리고 에쉬눈나 법전은 티쉬팍 신 앞에 가서 맹세할 것을 이야기한다.

히브리인들은 신흥 유일신 야웨교를 만들어 원시 자연 종교에 가까웠던 바벨론보다 종교면으로는 앞섰으나, 법률면에서는 성문법이 없었다. 모세는 그의 시대보다 500년이나 앞섰던 이 함무라비 법전 외에 다른 고대 중동 법률들을 배경으로 새로운 법률인 율법을 만들었다고 현대 신학자들은 주장한다.

모세의 율법이 고대 중동의 법들로부터 전혀 영향을 받지 않았다고 생각하기에는 비슷한 점이 너무 많다.

> 만일 어느 황소가 항상 뿔로 받는 것을 알고 당국자가 그 소유자에게 그 사실을 알렸음에도 불구하고, 그 황소의 뿔을 자르지 않아 사람을 받아 죽게 했을 경우에는 황소의 소유자는 은 1마나의 3분의 2를 지불해야 한다.
>
> — 에쉬눈나 법전 54조에서 인용

> 만일 어느 사람의 황소가 뿔로 받는 버릇이 있어 주인에게 뿔의 주의를 알렸음에도 불구하고, 그가 뿔을 짧게 자르지 않아 황소가 귀족을 받아 죽게 했을 경우, 주인은 은 2분의 1마나를 줘야 한다.
>
> — 함무라비 법전 251조에서 인용

> 만일 그 황소가 본래 받는 버릇이 있어 그 임자에게 주의를 주었는데도 잘 지키지 않아 남자든 여자든 사람을 받아 죽었을 경우에는 황소만 돌로 쳐 죽일 것이 아니라 그 임자도 죽여야 한다.

또 모세의 율법은 무엇보다도 함무라비 법과 유사하다.

만일 한 사람이 자유인 아들의 눈을 상하였으면 그들은 그의 눈을 상하게 할 것이요, 만일 한 사람이 다른 사람의 뼈를 상했으면 그들의 뼈를 상하게 할 것이다.

- 함무라비 법전

만일 사람이 그 이웃을 상하였으면 그 행한 대로 그에게 행할지니 상함을 상함으로, 눈은 눈으로, 이는 이로 갚을지니라.

- 모세의 율법. 출애굽기 21장 24절

모세는 이미 이집트에서부터 40여 년 동안 궁궐 생활을 하면서 법률을 배웠고, 또 미디안 광야에서 40년 동안 그곳 제사장이요, 장인인 르우엘 밑에서 생활하면서 가나안 법률을 익혔다. 그는 중동의 모든 법률을 접할 수 있는 유리한 경험을 가졌다. 더욱 그 자신이 깨달은 신앙의 덕목을 첨가시켜 새로운 법률을 만들었을 것이다.

모세는 이미 여러 종교를 체험하고 유일신교를 만든 자다. 모세는 그런 경험으로 법률도 만들어 공포할 수 있었을 것이다. 40일이 가까운 기간을 시내산 꼭대기에 머물러 신의 계시를 받아 율법을 완성했다고 하는 히브리전승의 그 기간은 자료와 경험으로 율법을 완성시킨 시간인지도 모른다.

히브리전승 다른 내용처럼 율법(모세의 법)은 입으로 전해 내려온 법이다. 수세기를 거치는 동안 표현이 많이 수정되고, 원시적인 초기 조항도 보다 발전된 사회에 잘 부합되는 법률로 바뀌었을 것이다.

그런데 신에게 받았다는 히브리전승 모세의 법이 모두 과학적인 것만은 아니다. 예를 들어 간통 의심을 받는 부인은 제사장 앞에 와 의심을 푸는 법률이 있다. 그때 여인에게 신전 바닥 먼지를 탄 물을 마시게 했는데 간음한 여인은 넓적다리가 떨어져나가 죽고, 정결한 여인은 살아난다는 법률도 있었다(민수기 5장 16~22절 참고). 물론 심리적으로 간음한 여인을 압박하는 면도 있었으나 이러한 법은 비과학적이라 할 수 있다.

함무라비 법전 132조에도 정조가 의심되는 여자를 성스러운 강물에 던지면 정결한 여자는 신의 은총으로 살아남는다고 기록하고 있다. 또 고대 중동에서는 시죄법試罪法으로 칼라바르콩을 우려 만든 독극물을 마시게 하여 진실 여부를 시험했다. 이 식물의 독성 피소스티그마인은 천천히 마시면 흡수되어 죽고, 단번에 마시면 토해버리는 특징이 있다(죄가 있는 자는 켕기는 마음에 서서히 마셔 죽게 되고, 무죄한 자는 단번에 마셔 살게 만드는 심리적인 이유도 있을 것이다). 또 되새김질하는 짐승을 율법에 열거하고 있는데 여기에 토끼가 포함되어 있다 (레위기 11장 6절 참고). 물론 토끼는 되새김질을 못하지만 주둥이 움직임이 그렇게 보인 것이다.

모세의 법에는 안식일에 대한 법이 있다. 신이 6일 동안 창조의 일을 하고 7일째 쉬었다는 히브리전승대로, 인간도 6일 동안 일을 하고 '금요일 해질녘부터 토요일 해질녘까지'[14] 하루를 쉬어야 한다는 노동법이었다.[15]

바벨로니아 신화에도 신이 인간 창조 후 피곤하여 쉬었다는 기록이 있다. 이 안식일은 바벨로니아에서 기원했다. 수메르 아카드어로 7은 원래 '키샤투'('전체')이다.[16] 이날에는 왕, 사제 등이 공적인 일을 일체하지 않았다.

---

14 수메르인들도 하루는 일몰에서 다음날 일몰까지이다. 반면 이집트인은 새벽부터 다음 날 새벽까지를 하루로 계산한다.

15 히브리인들의 안식일은 단지 쉬는 날이었다. 신에게 예배드리는 날은 매주 안식일이 아니라 1년에 3번이었다. 안식일에 일을 쉬라고 했는데 그 일은 히브리어로 아보다(가벼운 일)로 메라카(노동)와 구별된다. 아무 일도 하지 않는 완전한 안식을 의미한다. 기독교에서 안식일을 지킨다는 뜻이 예배드린다는 것과 동일시한 것은 예수의 부활 후 사도들의 습관을 유추해서 만든 듯하다.

16 고대인들이 7을 완전수로 선택한 이유는 천체 때문이다. 그들의 시야로 관찰할 수 있는 빛나는 별은 해와 달, 금성, 화성, 목성, 토성이었다(천왕성, 해왕성은 망원경 없이 관찰이 어려웠고 명왕성은 1930년에야 알려졌다).

바벨로니아는 50일을 기준으로 한 달력을 가지고 있었다. 7일 1주로 여겼고, 7의 7 배수가 지나면 하루를 축제로 삼고 50일을 기본이 되는 날로 생각했다.[17] 그 축제날 하루를 '아차라'('추가일')라고 불렀다. 또 바벨로니아에서는 보름날을 '싸바투'라고 불렀는데 그 말 어원에서 '샤바트'(히브리어. '안식일')가 나왔을 것이다(메소포타미아에서도 7일, 14일, 19일, 21일, 28일은 불길하기 때문에 물고기나 부추 먹는 것을 금했다. 이날의 성관계, 출산 등을 부적절하게 생각했다).

"와, 토끼가 뛰어간다. 잡아라!"

아들이 가시덤불 사이로 달아나는 토끼를 보고 소리치자 목동 아비가 다가와 눈을 가린다.

"저 짐승은 야웨께서 식용을 금지한 것이다. 아들아, 바라보는 것도 불경스럽다."

저편 광야 계곡에서는 목동들이 화톳불을 피워놓고 물매를 던져 잡은 물까마귀와 바위 틈에서 잡은 전갈을 굽고 있다. 이때 레위지파 제사장들이 뛰어와 목동들을 포박한다.

---

17 이스라엘 율법에도 개인의 토지 소유를 49년으로 제한했고, 50년째 되는 해 습득한 토지를 돌려주도록 했다. 이 법은 '희년(은혜의 해)' 제도이다. 당시 유대인들의 평균 수명이 50년 남짓이었음을 감안하면 토지 세습을 막아 토지의 사유화로 인한 부의 세습을 막기 위한 것이었던 것 같다. 또 이때는 포로 된 자와 노예도 사슬에서 풀어주어야 했다.

"야웨께서 식용을 허락하신 곤충은 메뚜기, 베짱이, 귀뚜라미, 팥중이뿐이다. 전갈을 먹는 너희들과 같이 지낼 수 없다. 더군다나 물까마귀도 구워먹었으니 너희들과 상에 앉아 빵 바구니 속에 같이 손을 넣을 수 없다."

다른 족속들에게는 흔히 먹는 사냥거리였지만 목동들은 태장을 수십 대나 맞고 무리에서 쫓겨났다. 추방자들은 히브리 회중에 다시 들어올 수 없고 가나안을 떠돌며 하비루 생활을 할 수밖에 없었다.

"너희들은 조상 대대로 이집트에서 쉬지 않고 노예 생활을 했으니 안식일에는 야웨의 율법대로 모든 노동을 하지 말라. 야웨가 주신 명령이니라. 그날에 어떤 일이라도 하는 자는 죽임을 당할 것이다!"

금요일 황혼이 펄럭거리며 서쪽으로 넘어가자 제사장이 나팔을 불어댄다. 들판에서 일하던 노예가 괭이를 놓고 집안에 들어가 송진유로 호롱불을 지핀다. 아내도 벌써 돌아와 호밀죽을 끓이고 있다.

그 다음날 아침. 노예 가족들은 들판에 나와 들꽃 사이를 뛰놀며 저녁 황혼이 찾아올 때까지 소풍을 즐겼다.

이날은 사냥꾼의 활시위가 쉬니 따오기가 마음대로 인간이 사는 마을 위로 날아다니고, 사슴, 노루도 마을 가까운 들판을 뛰어다닌다.

다시 찾아온 안식일, 움집 침실. 억새로 짠 자리에 누워 부부가 속삭인다. 사냥을 나갔던 사내가 새벽에 돌아왔지만 빵 구울 번철을 달굴 연료가 없었다.

"열병이 심해서 땔감을 못했어요. 불 지필 건초도 떨어졌어요."

"염려 마, 내가 금방 나무를 해 올게."

"큰일 날 소리 하지 마오. 오늘은 안식일이에요. 어떤 일을 하는 것도 신께서 금지한 날이에요."

"근처에서 흩어져있는 가시나무 삭정이 몇 개 주워 올게. 어둠이 짙을 때 나가면 신도 모를 거야. 아니, 아시더라도 눈을 감아 주시겠지!"

그러나 사내는 삭정이를 줍다가 이웃들에게 걸려 모세 앞에 끌려갔다. 모세와 레위 족속은 처음에는 어떻게 사내를 처리할까 고심하며 가두어두었다. 그때 히브리전승은 야웨가 모세에게 한 계시를 주었다고 한다. 그 사람을 반드시 죽이되 온 백성들이 진 밖으로 끌고 가 돌로 치라는 신탁이었다(민수기 15장 32-36절 참고).[18]

---

18 민수기를 포함한 오경이 모세 사후 800년, 바벨론 포로 기간 동안에 쓰여지고 편집된 것을 감안하면 이렇게 엄격한 안식일 준수는 그 당시 극렬한 유대주의자들이 의도하여 삽입한 설화인지 모른다.

전쟁의 신 야웨

1. 가나안 진출 진로

모세의 백성들은 시나이 산 근처에서 13개월 동안 체류했다. 모세는 그들에게 노예 해방을 갖다 준 야웨 신만을 섬길 것을 가르치고 또 명령했다. 이때 모세는 좁고 협착한 시나이 산 근처에서 히브리민족을 정착시킬 수 없음을 알았다. 그는 미디안 겐 족속을 떠나기로 작정한다.

모세는 시나이 산에서 가나안을 향해 출발한다. 끝없는 사막과 이글거리는 태양, 아라비아에서 불어오는 더운 바람과 모래, 화로에게 캐낸 것 같은 자갈, 또 밤에 찾아오는 뼈가 시린 냉기…… 시나이 반도를 남북으로 가르는 길을 걸어 백성들은 이집트에서 나온 지 2년 만에 모압 평지 가데스 바네아에 도착한다.

모압 평원은 사해 동편에 위치한 완만한 굴곡이 있는 고원 지대다. 서쪽 사해로 향한 가파른 경사진 땅은 건조했고 바위투성이의 봉우리들과 날카로운 돌조각들이 널려있는 황량하고 쓸쓸한 불모지다. 그러나 남쪽으로는 협소하지만 기름진 평지가 있었다.

이곳은 '호레프'('겨울'. '넘치다, 범람하다'에서 파생)에 비가 내리고 나면 식물이 자랐으며, 사막 가운데 숲과 시원한 물이 있어 유목민들이 휴식하기에 최적지였다. 선조 아브라함도 이 근방까지 와서 체류한 적이 있던 곳이다. 모세의 백성들은 이곳에 운집하여 몰고 온 가축들을 사육할 수 있었다.

모세의 백성들은 성소를 중심으로 지파별로 진을 쳤다. 유다지파는 동쪽에, 장자지파인 르우벤지파는 남쪽에, 첩의 아들들인 단은 북쪽에, 라헬의 아들로부터 나온 지파인 요셉의 아들 에브라임지파는 서쪽에…….

모세의 백성들은 군대를 이뤄 본격적인 군사행동은 하지 않고, 점진적으로 이주하며 인구가 희박한 가나안 남부를 점유했다. 그러나 가나안 본토에서 성벽과 요새를 쌓고 정착한 지 오래된 가나안 원주민들과 페니키아의 두로·시돈 또 이제 막 나라를 세운 암몬, 모압, 에돔 그리고 블레셋 등 지중해 연안 주민들과는 숙명적으로 대치하지 않을 수 없었다.

가데스 바네아 근처 굿고다, 욧바다 같은 지역에서 떠돌던 모세와 백성들은 모압 평지 세일산 근처에 있는 가나안 거류민들과 첫 전투를 벌인다. 그러나 모세의 지시도 없이 백성들의 일부만 참여해 성급히 치른 '호르마'[1] 전투에서 참패한다. 가나안 아랏 왕에게 북상진로를 봉쇄당한 것이었다. 히브리인들이 가나안 정복이 결코 녹록치 않은 일임을 절실히 깨닫는 순간이었다. 북진하던 그들은 다시 가데스 바네아로 돌아가지 않을 수 없었다.

히브리인들은 잠시 사해 남쪽 아카바만까지 진군한 적도 있었으나 다시 돌아와 오아시스 가데스 바네아에서 세월을 보낸다. 광야 생활 수십 년 동안 인구도 점점 많아지고 강해진다. 이제 떠돌이 유목민 무리가 아니라 전투 요원까지 거느린 세력이 된다.

모세는 다시 백성들을 모으고 가나안 진입을 시도한다. 그는 전날 호르마에서 서둘러 침공했다가 실패한 경험을 삼아 요단 동편으로 각 지파에서 선출된 날렵한 열두 명의 염탐꾼들을 보냈다.

히브리전승에 의하면 이 염탐꾼들은 '에스골'[2]에서 포도, 석류, 무화과 등을 가져왔는데, 얼마나 탐스러웠던지 포도 가지를

---

1 '금지', '멸망'. 유다 남쪽 시나이 반도 구릉지대.
2 '포도송이'. 요단 동편 가나안 남방 비옥한 골짜기.

두 사람이 멜 정도였다고 한다.[3]

그 열두 사람 중에 유다지파와 에브라임지파 사람 갈렙과 여호수아의 보고는 또 다른 지파 사람들의 보고 내용과 달랐다. 그 두 사람은 가나안 침공을 찬성하고 나섰지만, 나머지 열 지파 염탐꾼들은 가나안 땅에 사는 '아낙'[4] 자손 등을 두려워하여 침공을 반대하고 나섰다.

모세는 신이 준 땅인 가나안 침공을 반대하고 나선 열 지파를 불신앙으로 몰고, 그 땅을 정복하는 길이 신의 뜻이라고 선포한다.

"어서 가자! 만일 가나안 쪽으로 전진하지 않는 자가 있다면 야웨의 재앙을 받게 될 것이다."

가나안으로 진입하는 길잡이는 겐 족속이 맡았다. 이들은 유목 생활과 철기 세공품들을 팔러 다녔기에 광야 지리에 밝은 자들이다. 장인 르우엘은 세 가지 길을 모세에게 제시한다.

---

3 그 후 히브리 족속이 가나안에 진입했어도 이런 거대한 포도 가지가 있다는 얘기는 없다. 오히려 가나안 농토는 이집트보다 척박한 땅이다. 이 전승은 중동의 낙원설화에 영향을 받은 신화 기록일 것이다. 낙원은 언제나 풍요의 상징이었기 때문이다(아니면 염탐꾼들이 모세, 아론이나 어떤 지파의 지시대로 가나안 침공을 유도하기 위해 허위보고를 했을 가능성이 있다).

4 목이 긴 사람. 설화에 의하면 가나안 서남쪽 고지에 살던 아나킴 거인족의 조상.

"먼저 서쪽 해변길, 즉 블레셋이 거주하는 지중해 연안길이 있다. 이집트인들이 '호루스 길'이라고도 부르는 가나안을 거쳐 시리아로 가는 길이다. 이 도로는 북부 시리아의 무역 때문에 대상과 수많은 양떼가 통행하므로 그들의 안보를 위해 이집트인들이 요새화시킨 곳이다. 또 동쪽 길로는 요단 고원지대로 향하는 '왕의 대로'[5]가 있다. 그리고 직진 길로는 내륙 깊숙이 뚫린 브엘세바, 예루살렘, 하솔을 연결하는 에브랏 길이 있다."

처남 호밥이 그 길 중에서 왕의 대로를 권한다.

"해안 길은 이집트 초소뿐 아니라 사나운 블레셋 군대가 진치고 있으니 피해야 하오. 그 길에는 우물과 군수 창고, 마굿간 등을 갖춘 이집트 요새와 야영지가 건설되었고 검문, 검색이 심하오.[6] 가장 빠른 직진으로 가는 내륙길 또한 사나운 아모리, 아

---

5 비아마리스(그리스어. 해변길)는 이집트와 페르시아만 항구 에시온게벨에서 에돔과 모압, 암몬, 길르앗, 바산을 거쳐 동북편 시리아 다마스커스까지 이르는 길이다. 이미 기원전 2000년 전부터 국제적인 대상로였다(왕의 대로란 창세기 14장 1-17절에 나오는 왕들의 전쟁 설화로 생긴 지명이다).

6 이 지중해 해변을 따라 가나안으로 가는 길은 불과 일주일이면 당도하는 거리였다. 히브리전승은 이 이유를 히브리인들이 블레셋 등 강한 부족과 전쟁을 치르게 될 때 이집트에서 나온 것을 후회하여 돌아갈 것을 알고 그 길을 피했다고 전해져 온다. 당시 블레셋은 그들이 멸망시킨 힛타이트인들부터 전차 제조방법을 배워 이 병기를 가지고 있었다. 히브리인들은 전차를 소유하지 못했다. 그래서 히브리인들은 블레셋인과 승산 없는 싸움을 피했을 것이다. 더 빠른 직진 길 역시 강한 적들 때문에 피했을 것이다. 그 길에는 이집트인이 만들어 놓은 이집트식 궁전과 곡식 창고와 우물, 육중한 성벽으로 둘러싸인 요새들도 있었다.

말렉 등 가나안 족속들의 제방 지대 등 방어진이 많소. 또한 지난번 공격에 실패한 호르마 지역이니 피해야 하오. 그 대신 객상들이 이용하는 세 번째 길인 왕의 대로를 택하시오. 서쪽 해변길과 직진 길과 비교하면 6~8배 먼 거리지만 이 우회길은 숲으로 우거진 산언덕들이 있으며, 깊은 계곡과 높은 산들이 교차하는 지형이라서 어느 한편에서 쉽게 대규모 공격을 할 수 없는 지대요. 그리고 무엇보다도 그 길은 큰 족속들이 없고, 성을 가진 민족들도 없소. 누굴 만나 전투를 벌여도 쉬운 상대가 될 것이오."

"그렇게 그 길이 험하다면 어떻게 큰 인구가 이동할 수 있겠소?"

"그렇지 않소. 시나이 산을 돌아가는 세 번째 길은 먼 전날 이집트인들이 그들 나라에는 없는 터키석을 채굴하기 위해 시나이 산 근처까지 도로를 닦아 놓았소. 큰 인구가 이동할 수 있을 것이오."

모세의 무리는 왕의 대로를 택하게 된다.[7] 요단 동편에는 한

---

7 다른 학설은 북상설로 최단거리인 북쪽으로 직진하여 가나안으로 진군했다는 주장도 있다. 남부 시나이 산을 경유하는 험난한 길보다 북쪽 평탄한 길을 택했다는 것이다. 즉 시르보니 호수를 지나 가데스 바네아에서 가나안으로 입성했다는 것이다. 시르보니(발다빌 호수)는 바람에 여울물이 갈라지는 등 갈대바다를 연상시키는 자연현상이 특이한 곳이다. 이 설은 이스라엘 학자들이 주장하고 있다.

결같이 작은 나라들로, 히브리전승에 의하면 선조 아브라함까지 올라가면 기원과 혈통도 히브리와 별다른 차이가 없는 민족들이 살고 있었다. 동쪽 최남부에는 에돔족이 '세일 계곡'[8]과 '아라바'('사해') 계곡을 차지하고 있었다. 조금 더 북쪽으로 올라가면 사해 동쪽으로 모압 왕국이, 그 위로는 암몬 왕국이 차지하고 있었다. 이들은 신흥 부족국가였다. 또 그들의 북쪽 지역은 아모리[9] 족속 중 한 부족인 시혼 왕이 장악하고 있었고, 그에 의해 모압의 영토는 수탈되고 있었다. 또 다른 아모리 왕인 옥은 그 근처 아르묵 강 원류에 자리 잡고 있었다.

더 올라가면 요단강 북서쪽 접경지대에는 시리아인의 왕국인 다마스커스, 소바, 벧르홉, 나하라임 등의 도시국가 연맹과 하맛 왕국이 자리 잡고 있었다.

히브리전승이 전하는 족보에 의하면 '암몬'('내 아버지의 아들')과 '모압'('아버지로 인해 얻은 자')은 아브라함의 조카 롯의 자손들이며, 에돔은 아브라함의 손자 야곱의 쌍둥이 형의 후예이기도 하다.[10] 그리고 시리아 사람 라반은 야곱의 외삼촌인 동

---

8 에돔 족속이 살던 가나안 남쪽 지역 산악 전체를 가리킴.

9 아모리 족속은 가나안 본토민 중 가장 수가 많은 족속이었다. 이 족속은 기원전 3000년경부터 세력을 떨쳐 시리아와 가나안 전역을 석권했으며 그 후 주류는 바벨로니아까지 진출해 메소포타미아를 지배했었다. 아모리족은 가나안 주민과 동일어로 쓰일 만큼 가나안 땅의 주인이었다.

10 그것은 히브리들의 설화일 뿐 에돔, 모압, 암몬인들은 기원전 14세기 후반 이집트와 앗시리아가 허약해질 때 광야로부터 남쪽으로 몰려온 아

시에 그의 장인이기도 하다.

　히브리인들이 대규모로 몰려온다는 소문만으로도 요단 동편
지역들은 기가 질려 있었다. 히브리전승에도 보면 모압 왕 발락
과 장로들이 복채를 주고 메소포타미아 점술가 '발람'[11]을 초청
했다. 히브리인들을 저주하기 위해서다. 이때 발람에게 도움을
요청한 얘기에서도 그들의 공포심을 느낄 수 있다.

　이제 이 무리는 소가 밭의 풀을 뜯음같이 우리의 사면에
　있는 모든 것을 다 뜯어 먹을 것이다…… 저희들은 우리보
　다 강하니 청컨대 와서 나를 위하여 저들을 저주하라. 내
　가 쳐서 이겨 이 땅에서 몰아내게 하라

라비아 베두윈족의 후예일 것이다. 그때 이 지역 원주민들은 아무런 정
착 문명을 갖고 있지 못했는데 그 '베두윈'(아라비아어 바디아에서 나온
말로 사막을 의미)족은 이들을 정복 또는 동화시키며 나라를 세웠을 것
이다. 그들의 이름에도 원시 아라비아어가 섞여 있다. 에돔은 남쪽 지역
에 동광이 있어 동철 무기도 만들었고 어느 정도 국방력도 갖추고 있었
다. 모압은 초원지대라서 풍요로운 목축 생활을 누렸던 것 같다. 암몬은
히브리전승에 늦게 등장하는 걸로 보아 나라 건국이 에돔과 모압에 비해
늦었던 것 같다.

11 '백성의 주인'. 브올의 아들 발람이라는 이 자의 이름이 적힌 석고 조각을
　1967년 프랜켄이 이끄는 네덜란드의 고고학 원정대가 요단 데일 알라라
　는 지점에서 발견했다. 그런데 이 유물은 기원전 850년의 문서였고 발람
　역시 그 시대 사람이었다. 진보주 신학자들은 당시 명성 있던 이 발람
　의 이야기가 히브리전승 여호수아가 훗날에 기록되면서 그 속에 편입되
　었다고 본다.

(히브리전승, 발락과 발람의 대화 중에서)

에돔은 히브리 민족과 대결할 수 있는 힘을 갖지 못했다. 모압 역시 이방 마술사 발람까지 동원하여 저주케 했으나 그는 오히려 히브리 족속의 위세에 눌려 그들을 축복하고 모압을 저주하는 기도만 올렸을 뿐이다.[12] 암몬 역시 굴복하기는 마찬가지다. 그들 세 나라는 처음에는 히브리 족속의 통과를 거부하다가 왕의 대로로만 걸어가도록 허락한다.

이때 모세는 야웨의 뜻이라며 조상 아브라함의 근친인 에돔과 모압, 암몬 족속과는 다툼을 피해 그들의 영토를 통과만 했지만, 다른 족속은 진멸하며 가나안 내륙으로 향하고자 한다.

그런데 에돔 땅을 우회하면서 전진하려 할 때 히브리인들 간에 불만이 터지기 시작한다. 지도력에 대한 도전과 열악한 환경에 대한 짜증이었다.

"가나안 땅이 바로 눈앞에 있는데 왜 우리가 이렇게 먼 길을 돌아서 가야 하는가."

"모세가 이집트에서 꾀어내어 우리를 이 광야에서 죽게 하는도다. 보아라, 이곳에는 물도 적고 양식도 부족하다. 이집트에

---

12 히브리전승은 야웨 신이 신탁을 내려 발람으로 히브리민족을 오히려 축복하도록 했다고 한다.

는 보리며 호밀이며, 채소며 생선이며 얼마나 풍요로웠던고. 영락없이 여기서 뱀, 전갈이나 구워먹다가 죽어야 할 처지다."

히브리인들이 지나가고 있는 에돔 지역은 뱀이 많은 지역이었다. 이사람 저사람이 뱀 이빨에 물려 쓰러졌다. 독한 뱀은 샌들을 이빨로 뚫고 물어댔다. 이때 뱀을 토템으로 섬기고 있던 모세 장인 르우엘이 말한다.

"사위, 뱀들이 이렇게 우리에게 달려드는 까닭은, 이 히브리 민족이 뱀을 섬기지 않기 때문이오. 뱀 형상을 만들어 저들이 경배하도록 높이 들어야 할 것이오."

르우엘은 솜씨 좋은 청동제련 솜씨로 똬리 튼 청동 뱀을 만들었고, 모세는 그것을 장대에 걸어 높이 쳐들고 소리친다.

"이 뱀을 본 자는 몸에 독사의 독이 스며도 살리라!"[13]

---

13 히브리전승에 의하면 야웨가 불뱀을 보내 불만세력들을 마구 물었다고 한다. 이때 야웨의 계시를 받은 모세가 청동으로 구리 형상을 만들어 장대에 걸었고, 그것을 본 자들은 뱀에 물린 자라도 다 치유받았다고 한다. 그리고 그 청동뱀을 성소에 간직했다고 한다. 원래 가나안 남부에는 뿔뱀, 흑사, 회초리뱀, 왕관뱀 등 수없는 종류의 뱀이 들끓는 곳이다. 그리고 히브리 초기 전승에도 이 뱀은 에덴에 나타나 인간을 꾀이는 나쁜 역할을 하는 악령이었다. 그런데 이 형상을 모세가 만들었다는 것은 의심할 수 있다. 반대로 그가 겐 족속과 만남으로 그 토템을 받아들였을 가능성이 있다. 가나안인들은 이 뱀을 숭상했는데 뻳산, 뻳세메스, 게셀, 하솔 등에서 뱀을 섬겼던 흔적들이 나타나고 있다(가나안 남부 딤나 지역에는 이집트인이 세운 하토르 신전이 있었다. 그곳에서 1.2m 길이의 구리 뱀 형상이 발견되었다). 또 니느웨에서 히브리인 이름이 새겨진 놋대접이 출토되었는데 그 문양에 막대기와 날개 달린 뱀이 묘사되어 있었다. 모세의 지팡이에 걸린 뱀이 연상된다(그럼에도 불구하고 모세의 뱀

2. 성전(聖戰) 시작

모세의 백성들은 이집트를 나오면서 청동기와 약간의 철기 무기까지 가지고 나왔다. 또한 가데스 바네아에 머물면서 모세의 장인 겐 족속으로부터 야금술까지 전수받아 철기를 제련할 수 있었다.

그런데 모세가 가나안으로 가는 도중 백성들에게 힘주어 명령했던 것은 히브리인들과 이방인들과의 분리였다. 이방인들과 교류하지 말며, 그들의 '나사크'(주조된 금속 신상)를 파괴하며, 생명도 진멸시킬 것을 명령한다.

"야웨의 뜻이다. 그들을 진멸하라. 그들과 어떤 언약도 말 것이요, 그들을 불쌍히 여기지도 말 것이며……."

"움직이는 모든 것은 칼로 치고 불로 살라 잔멸시켜라!"
여호수아가 모세의 말을 듣고 복명함으로 법이 된다.
'적들이지만 젖내 나는 아이들도 많이 있을 것인데 어찌 그런 일을 할 수 있을까?'

이야기는 신화성이 짙다. 훗날 앗시리아 왕 에살핫돈 연보에도 날아다니는 뱀 때문에 그의 원정군이 역병에 걸렸다는 기록을 남겼다). 현대에도 병을 낫게 한다는 뜻에서 약국의 표시로 이 놋뱀 디자인이 사용된다.

명령을 받은 히브리인들은 당황했다. 이것은 고대 중동 역사에도 드문 일이었다. 아라비아 유목민들이 성전聖戰[14]으로 여기고 신의 이름으로 모든 적들을 잔멸시키는 풍습을 이어받은 것이다.

유목민들의 전쟁은 거의가 가난한 생활 때문에 시작되고, 대상은 가축과 그것을 먹일 우물이다. 그런데 복수를 할 때는 가축을 강탈하고 인명을 해칠 뿐 아니라, 가지고 갈 수 없는 우물까지도 메워 그 지역 수원까지 고갈시켜 초토화시키는 방식을 취했다. 아라비아 유목민 아모리인의 후예 히브리인들도 이 전쟁 방법을 사용한다.

"우리 조상 아브라함이 독자 이삭을 바쳤을 때 야웨 신은 우리에게 약속했다. 아브라함의 후예들은 그 대적大敵의 성문을 차지하게 될 것이라고. 가나안의 모든 성을 차지하는 것이 신의 뜻이다!"

야웨 신이 명령한 거룩한 전쟁이 시작된다. 히브리인들은 호르마 전투 패전 후, 모세를 중심으로 다시 뭉친다. 이들은 '르비딤'('평야'. 시나이산 북쪽 20km지점)에서 아모리 분파 '아말

14 성전은 아라비아어 '헤렘'에서 파생했으며 살육을 뜻한다. 그러나 이 말은 성스러운 전쟁을 일컫는 말로 변하여 히브리인들은 '파괴를 통하여 신에게 봉헌함'으로 해석했다. 한 영토 안에 두 종교가 만나면 반드시 싸움이 벌어진 것이 인류의 역사였다. 그리고 상대편을 향해 전쟁하는 것을 성전이라고 일컫는 것도 같은 종교 양상이다. 현대에도 헌팅턴의 말처럼 '문명충돌론'은 벌어지고 있다.

렉'[15]인들과 마주친다. 촌락을 습격한 히브리인들의 칼날은 민들레꽃을 만지며 놀던 아이들에게도 휘둘러댔다. 장정들은 온몸을 피로 적시고 돌아왔다.[16]

"저들은 어디서 온 족속이냐?"

"이집트 고센 땅에서 목축생활과 노예생활을 하다가 풀려 나온 떼강도들입니다. 가데스 바네아에서 세력을 키우더니 우리 영토까지 몰려오고 있습니다."

---

15 골짜기에 거주하는 자. 전사, 머리를 부수는 백성이란 뜻을 지니고 있다. 히브리전승에 의하면 이삭의 손자요, 에서의 아들인 엘리바스와 그의 첩 딤나 사이의 후손이라고 기록된 족속이다. 이처럼 히브리인들은 모든 중동 나라가 자신들 후손에서 이어졌다고 주장하여 그들이 근본이라는 사상을 가지고 있었다.

16 기독교 전통 윤리는 신은 선하고 그 속성을 성경을 통해 나타냈다고 말한다. 또 기독교 도덕은 합리적이거나 상식적인 인간 생각이 기준이 아니라 신의 계시에 근거해야 함을 강조한다. 그리하여 기독교인들은 히브리 전승 내용을 윤리, 도덕행위의 표준으로 생각하는 경향이 있다. 또 도덕적 행위와 기독교적 행위를 동의어로 이해하기도 한다. 그러나 구약 내용 역시 고대 야만의 역사를 거쳐온 유물이다. 아들을 조각내어 태워 죽이는 제물로 바치기 위해 산으로 끌고 가는 아브라함이나(창세기 22장), 천사를 보호하기 위해 처녀 딸들의 정조를 소돔과 고모라인들의 처분에 맡기는 그의 조카 롯이나(창세기 19장 8절), 가나안땅을 침공하여 아이들까지 잔멸시켰던 히브리인들의 태도는 종교적 신념과 관계없이 현대 도덕으로는 지지받기 어려울 것이다. 히브리인들이 야웨 종교를 지키기 위해 이교도들을 말살했다는 가나안 침공 과정 전승은 훗날 중세기 종교재판까지 영향을 미쳤다. 그때도 신앙을 지킨다는 명분으로 남녀노소를 단두대나 화형대에 세워 수없이 처형했다.

"아, 또 거렁뱅이 유목민들이 우리의 속을 썩이는구나!"

남부 가나안의 주인이었던 아말렉 족속은 유목민족으로 '하윌라'[17]에서부터 이집트 앞 술 지방까지 분포되어 살고 있었다. 턱수염을 늘어뜨리고 본네트[18]를 쓴 '아각'(아말렉 왕직의 총칭)은 모사들과 함께 히브리 족속 일거수일투족을 전령을 통해 보고 받는다. 가나안 정착인들도 오래 전부터 떠돌이 유목민들에게 시달리고 있었다. 역시 이번에도 히브리인들을 유목민들의 침입으로 생각한다.

떠돌이 유목민들은 산림이 우거진 산악지대 같은 곳에 부족 단위로 살다가 가나안 도시 근처로 몰려오곤 했다. 가뭄으로 인하여 식량이나 풀이 부족할 때마다 유목민들의 침공은 더 심했다. 그들은 정착민들의 여인들을 생포하여 아내로 삼기도 했다. 가나안인들은 이들이 목초지를 찾아 철따라 유입하는 것은 막지 않는 반면에, 도시 근처에 정착하려 할 때면 격렬하고 맹렬하게 대항했다.

"저들은 이미 우리 객상들이 사용하는 왕의 대로를 점거하고 있습니다. 항복하지 않는 자는 남녀노소 가리지 않고 죽이라는 저들 수장의 명령이 떨어졌다고 들었습니다. 저들은 야웨 신의 이름으로 우리 가나안인들을 다 멸절시키고, 이 땅을 차지할 목

---

17 '사막의 거친 땅'. 아라비아 지방 예멘.
18 턱 밑에서 끈을 매게 되어 있는 챙이 없는 모자.

적을 가진 것 같습니다. 저들은 야수요, 심장도 없는 자들이요, 영혼도 없는 잔혹한 자들입니다."

"야웨, 그 신은 '아세라'(가나안의 잔혹한 전쟁 여신)의 아들이냐?"

가나안인들은 서로 같은 신도 섬겼고, 지역마다 다른 신도 섬기고 있었다.[19] 그렇지만 그 신들 때문에 다투지는 않았다. 그러나 그들 귀에 들리는 야웨 신은 어느 신도 인정하지 않는 오만하고 불손하며 거만한 유일신이었다. 그리고 무자비한 난폭자요, 학살자였다. 아각이 야웨의 이름을 입에 담으며 입술을 부르르 떨어댄다.

"히브리노예들을 지금 치자. 저들은 전열이 정비되지 않았을 것이다!"

모세의 백성을 공격한 쪽은 아말렉 족속이다. 아라비아와 이집트를 잇는 대상통로를 지키기 위해 그들의 영토로 다가오는 히브리인들을 선제공격한 것이다. 상비군이 없었던 아말렉은 목동과 객상들을 병사로 삼아 때리고 도망가는 수법으로 히브

---

19 가나안 우가리트 만신전의 최고 신 엘 또한 인자한 신이고, 그의 아들 바알은 풍요의 신이었다. 모든 민족의 국신國神은 선을 추구하고 있다(우주의 원활한 운행을 근거로 고대 인간들도 정의란 질서를 생각했던 것 같다). 인간의 심성 속에는 선을 추구하는 본능이 있기에 인류가 보편적으로 받들었던 최고의 신은 언제나 선신일 수밖에 없었다. 어느 시대 악신을 숭배한 적도 있었으나 그런 신들은 인간 내면 속에 정착하지 못하고 사라져 갔다.

리인의 후미를 쳤다.

"야웨께서 아말렉과 더불어 대대로 싸울 것이라고 맹세하셨다!"

기습을 받은 모세는 야웨에게 받은 신탁이라며 외쳤다. 야웨는 아말렉과 영원히 원수가 되겠다는 선언이다.[20]

히브리인들은 무장 여호수아의 뒤를 따라 전쟁터에 나간다. 히브리 족속은 각 지파마다 다른 형상과 색깔을 한 깃발을 들고 있다. 갈색, 붉은색, 오렌지색, 청색 깃발들이 나부꼈다. 또 레아에 속한 지파들은 암소 형상을, 라헬에 속한 지파들은 암양의 형상을 새긴 깃발을 들었다. 이것은 이집트 시절 본받은 것이다. 이집트에서 군대의 각 사단 이름은 신의 이름을 본 따 명명되고, 그 신의 형상을 지니고 있었다.

사막바람을 타고 피 냄새가 퍼진다. 기어 나온 사막 개미들이 넘쳐나는 핏물에 빠져 허우적거린다. 아말렉 군사들의 진영

---

20 이 선언은 수백 년이 흐른 뒤 예언자 사무엘 때에도 그가 아말렉 족속을 진멸시키고자 했던 이유가 되었다. 또 그 후 수백 년이 흘러 페르시아 시대 때도 유대인 에스더 황후와 그의 삼촌 모르드개는 아말렉 아각 후예 하만을 장대에 매달아 죽인다. 그리고 그 날을 기념하여 히브리에서는 현재에도 부림절이라는 축제를 벌이고 있다. 그러면 야웨 신은 왜 히브리를 사랑했고 아말렉을 미워했을까? 히브리전승은 이렇게 말하고 있다 (참조. 창세기 25장 23절, 말라기 1장 2-3절). '내가 야곱을 사랑하였고, 에서를 미워했노라'. 이미 어미 뱃속에서부터 사랑할 자와 미워할 자를 구별했다는 얘기다.

이 무너지자 히브리 족속은 그들의 마을로 들어가 마음대로 파괴하기 시작한다. 이곳저곳에서 비명이 울려 퍼진다. 부모를 잃은 아이가 성읍 거리에 나와 헤매다가 히브리 족속의 칼을 맞고 그 머리가 떨어져 뒹군다.[21]

모세는 아말렉과의 전쟁에서 이기고, 그 르비딤 광야에 돌단을 쌓아 '야웨 닛시'[22]라고 명명했다. 히브리인들이 여호수아의 구령을 듣고 맞고함을 질러댄다.

"자비하시고 인자하신 야웨께서 악한 민족은 몰아내시고, 우리 히브리인들에게 승리를 주셨다. 야웨를 찬양하라, 야웨, 닛시!"

"야웨, 닛시!"

"야웨, 닛시!"

전투에서 승리를 거둔 히브리인들은 모든 승리가 야웨 신의 개입으로 이루어졌으며, 무엇보다도 선조 아브라함에게 언약한 약속의 땅 가나안을 후손인 자신들에게 선사하는 징표로 받아

---

21 히브리전승에 의하면 이때 모세는 여호수아에게 군대를 주어 아말렉 군대를 맞아 싸우게 하고, 그 자신은 산에 올라가 양손을 올려 기도를 올렸다고 한다. 손을 드는 것은 신에게 도움을 요청하는 행위였다. 그때 손이 올라가면 히브리군이 이기고, 내려오면 아말렉군이 이겼다고 한다. 피곤한 그가 손이 내려오자 아론과 미리암의 남편 훌이 양쪽에서 손을 잡아주어 그 전쟁을 승리로 이끌었다고 전해져온다.

22 '야웨는 나의 깃발'. 의역하면 '야웨는 나의 승리'란 뜻이다.

들였다.

모세는 '아르논'[23] 골짜기를 건넜다. 히브리 백성은 아모리인 초소들과 마주쳐야 했다. 모세는 아모리 왕과 장로들에게 사신을 보내고 서신을 건넨다.

"우리는 그동안 에돔, 모압 족속이 살던 땅을 통과하면서도 분쟁이나 사건 없이 지내왔소이다. 우리가 머물고자 하는 곳은 이 요단 동편이 아니고 서편 가나안이오. 길을 내어 주시오. 이것은 야웨의 종 모세가 아모리 왕 '시혼'('청소하다')에게 드리는 서신이오."

> 우리로 당신의 땅을 통과하게 하소서. 우리가 그대들의 밭이든지 포도원이든지 들어가지 아니하며, 우물물도 마음대로 마시지 아니하며, 왕의 대로로만 통과하리다.

그러나 아모리 족속은 이미 모압을 침입하여 영토를 넓히고 있었다. 모압의 땅이었던 '헤스본'[24]을 수도로 삼고, 또 아로엘과 아르논 등 모압 영토를 차지하고 있었는데 모세가 말한 왕의

---

23 '요란한 시냇물'. 아라비아 산에서 발원하여 사해로 들어가는 모압과 암몬 국경의 지대.
24 '중요한 곳'. 요단강 하류 동쪽 25km지점. 고지대로 곡식이 많이 나는 군사 요충지. 아모리 왕 시혼의 성읍이라고도 불림.

대로에 이 도시들이 위치하고 있었다. 시혼은 히브리 족속과 교섭을 결렬시킨다.

"노예들의 두목 모세에게 아모리 왕, 이 시혼의 말을 이르거라. 너희들은 이집트에서 노예생활을 하다 기어 나와 우리 아모리 영토 가데스 바네아에서 지금까지 수십 년을 머물러 살았다. 너희들의 가축은 우리들의 초목을 갉아먹고 또 우물을 차지했다. 그런데 이제 우리 영토 중심을 지나가겠다고 하니 어느 누가 자국 수도를 적들이 짓밟기를 바라겠느냐? 요단 동북으로 가길 원한다면 우리 영토 변방을 멀리 돌아서 피해가거라. 풀 한 포기라도 밟는 날에는 선전포고로 알겠다."

아모리 족속 역시 유목생활을 했고, 히브리 족속과 단독으로 싸울 만큼 수가 많지 않았다. 그럼에도 시혼은 그들의 자국 영토 통과를 허락할 수 없었다. 그들이 볼 때도 히브리인들은 침략자였다.

아모리 족속도 무력을 동원하여 극력 저지한다. 그러자 모세의 군대는 시혼의 군대를 밀어붙여 '야하스'(요단 동쪽 비옥한 초지가 있는 성읍)에서 승전한다. 그리고 밀고 올라가 시혼 왕이 다스리던 수도 헤스본까지 점령하고 백성과 가축과 재물을 탈취한다.

히브리 군대는 얍복강을 넘어 더 올라가 바산 왕 '옥'('긴 목을 가진')이 다스리고 있는 아모리 도성들도 침범한다. 상비군이 없었던 바산에서는 왕자들이 농민, 목동들을 데리고 전쟁터에 나왔으나 노예출신 히브리인들의 대승리였다. 히브리전승은 이렇게 전한다.

바산 왕 옥과 아들들과 백성들을 다 쳐서 한 사람도 남기지 아니하고 그 땅을 점령하였더라.

진군하던 히브리인들이 '싯딤'[25]에 머물렀을 때다. 사내들이 그 근처 미디안 촌락들을 돌아다니며 그곳 모압 여자들과 연애를 했다. 그들은 애인들에게 받은 미디안의 작은 신상들을 가슴에 품고 진영으로 돌아왔다. 몇몇은 모압인들이 주관하는 제사잔치에 참여하기도 했다.

이 소문을 들은 모세는 크게 화낸다. 야웨의 유일신 신앙이 그곳 '바알브올'[26] 신앙에 오염될 것을 염려한 것이다.[27]

"우리는 아말렉, 아모리 족속 군대와 싸워 이겼지만, 이곳 미

---

25 '아카시아 나무'. 히브리 족속이 요단강을 건너기 전에 마지막으로 체류한 곳으로 사해 동북쪽 모압 평원에 위치.

26 브올 산에서 섬긴 모압 땅의 지방신.

27 히브리전승에는 이때 다른 신을 섬김으로 야웨의 징벌로 전염병이 번졌다고 한다.

디안 족속 여인들에게는 졌구나. 어서 야웨를 배신한 그자들을 내 앞에 끌고 와라!"

모세는 모압 여인들과 음행[28]한 히브리 족장들을 목매달아 죽였다. 이때 아론의 손자 비느하스는 연애했던 족장 시므리와 모압 여인 고스비의 배를 창으로 꿰뚫어서 죽인다.[29]

그러나 모세 자신은 이미 가나안 이교도 제사장 딸 십보라를 아내로 삼았고 또 이집트에서 나올 당시 히브리인들을 따라왔던 '에디오피아'('구스') 여인을 첩으로 맞았다. 히브리전승은 그의 누이와 형이 그 사실을 비방하자 야웨가 저주하여 누이 미리암이 문둥병에 걸렸다고 전해져 온다.[30]

"우리의 아들들을 유혹한 미디안 족속을 다 진멸하라. 이것

---

28 타민족 유부녀와 히브리인 유부남과의 연애사건이었을 것이다. 어쩌면 연애사건이 아니라 이민족 신을 섬긴 사건인지도 모른다. 히브리인들은 '노크리야'('이방 여자')를 음녀淫女, 또는 매춘부 등과 동일시하여 불렀다(이족과의 결혼 반대는 고대 수메르 시대 때부터 있었다. 수메르 신화 '마르투의 결혼'에서 보면 베두윈 사람들은 생고기를 먹고 장사를 지내지 않는 야만인으로 결혼해서는 안 될 집단으로 묘사했다).

29 히브리전승에는 이 공로로 야웨는 비느하스의 가문에서만 대제사장이 세습되는 축복을 주었다고 한다. 그리고 신의 저주가 풀려 전염병도 그쳤다고 한다.

30 아마도 아론보다 더 적극적으로 비방에 앞장섰던 미리암만 징계를 받은 모양이다. 그러나 전날 시나이 산 아래서 금송아지를 만들었을 때도 아론은 징벌을 받지 않았다. 어쩌면 아론 후에 제사장들이 편집한 히브리 전승이기에 아론을 처벌 대상에서 제외시켰는지도 모른다.

이 야웨의 뜻이다!"

모세는 바알브올을 섬기게 된 원인이 미디안 족속에게 있다며 복수할 것을 야웨의 이름으로 선포한다. 그는 열두 지파에서 천 명씩 만 이천 명을 동원하여 그곳 미디안 족속 진멸을 시도한다.

모세는 미디안 '티라'('촌락'. 유목민들이 천막을 치고 거주하던 마을)를 불사르고 가축과 재물들을 탈취했다.[31] 모세는 미디안 족속 중 처녀들 외에는 남녀노소 남겨두지 않고 다 몰살시킨다. 여자 포로는 옷을 벗기고, 머리를 밀고,[32] 손톱을 베어 1개월 동안 고향 부모를 위해 곡을 하게 한 후 아내나 첩으로 삼았다. 처녀들은 '갈지 않은 밭'이었으므로 혼인시켜 이스라엘 지파의 일원으로 만들었다.

모세는 유목민들과의 싸움에서 승리했다. 아모리, 아말렉은 아직 나라를 이루지 못하고 소수부족으로 산재되어 있었기 때

---

31 이때 히브리전승에 전하는 탈취물들은 양이 675,000, 소 72,000, 나귀 61,000마리였으며 포로가 32,000명이었다. 모세는 탈취물중 1/2은 싸운 군인들에게, 나머지는 백성에게 분배했다. 그리고 백성 분배 중 1/50은 성막을 지키는 신의 일꾼인 레위인들에게, 군인 분배 중 1/500은 대제사장인 아론의 아들 엘르아셀에게 분배했다. 성전을 치른 후 전리품 분배였다.

32 메소포타미아에서도 공개적인 굴욕을 주기 위해 머리의 반을 미는 벌을 주었다.

문에 제압하기 쉬웠다. 그러나 성을 가지고 있는 가나안 도시국가 본토민들과는 접근조차 할 수 없었다. 그는 모사 역할을 하고 있던 처남 호밥의 말을 듣고 승리를 거두고도 가데스 바네아로 돌아왔다.

"가나안 본토민들이 우리 소식을 듣고 연합하고 있습니다. 그리고 그들은 파라오에게 사신을 띄워 군대를 보내달라고 요청하고 있습니다. 만일 이집트군이라도 몰려오면 우리는 한 사람도 살아남지 못할 것입니다."

말년의 파라오 람세스 2세는 어느 나라를 침공하여 영토를 넓히기보다는 자국 내에 신전을 짓고 평화롭게 살기를 원했다.[33] 그는 집권 초반 때는 힛타이트족과 평화협정을 맺고 가나안에 어느 정도 영향력을 발휘했다. 그런데 철기를 사용하는 해상 민족이 다시 큰 무리를 지어 이집트의 삼각주 지대에까지 침입해 들어온다. 에게해 섬과 소아시아에서 온 해양민족이 본격적인 공격을 시도한 것이다. 이들은 북쪽 아나톨리아와 동맹을

---

33 이미 람세스는 소안에만 큰 신전 4개와 작은 신전 여러 개를 세웠다. 또 아비 세티 1세가 짓다가 중단한 테베의 다주식多柱式 대집회장을 완성했고, 그 근처 룩소르에 아버지를 기리는 신전 건립을 계속했다. 람세스는 누비아(지금의 수단) 아부심벨에도 여섯 개의 신전을 지었는데, 그 중 자그마한 신전 두 개는 서로 마주보게 지어 사랑의 여신과 어릴 적 죽은 아내 네페르타리를 위해 바쳤다(22m의 람세스 형상 등이 새겨진 아부심벨 유적은 근처의 누비아족에게 두려움을 주기 위해 만들었다).

맺고 가나안 북부 힛타이트족까지도 침공했다.

람세스는 계속 침입해 오는 해양민족들과 서쪽 리비아군을 방어하느라 가나안의 주도권을 차차 잃어버린다. 또 노환으로 침상에서 일어나지 못했다. 잔귀가 먹은 귓전에 내관이 다가와 보고한다.

"파라오여, 전멸된 줄 알았더니 히브리 족속이 살아남아 가나안 광야에 장막을 치고 있습니다. 오히려 모세가 하비루들까지 모아 아모리 족속, 아말렉 족속을 누르고 모압 평지에 나라를 세우려 한다는 풍문이 있습니다. 어서 출정하시어 응징하소서!"

다른 신하가 와 더 다급한 목소리로 소식을 전한다.

"해양민족이 또 우리 해변가에 나타났습니다. 전차를 배에서 내리고 있습니다. 어서 그들을 응징하소서. 그렇지 않으면 이 궁까지 쳐들어올지도 모릅니다."

그 두 보고를 받고 람세스는 한 가지밖에 결정을 내릴 수 없었다.

"어서 모든 군사를 동원하여 해양민족들을 우리 땅에서 몰아내거라. 그리고 난 후 우리에게 우호적인 가나안 페니키아와 또 다른 가나안 소국 등과 동맹을 맺고 히브리인들을 진멸시킬 것이다."

람세스는 그때까지 모세의 백성들을 한낱 노예들의 탈출로 보았고, 그렇게 위협적인 세력으로 느끼지 않았다.

속국 가나안 쪽에서는 계속 사신과 서신을 이집트로 보낸다. 이때 가나안은 이미 동쪽지방에서 몰려온 모압, 암몬, 에돔 족속이 요단 동편 고원지대를 점령하고 작은 나라를 세우고 있었다. 또한 광야에서 몰려온 히브리 족속도 가나안 내륙으로 침공하고 있었다. 가나안 원주민들로서는 존망의 위기에 놓여있었다.

파라오여, 히브리노예들이 우리 농토를 점유하고 있습니다. 그들을 정벌하여 주소서……

이때도 이집트 군부들은 가나안 파병을 반대한다.

"지금 정체도 알 수 없는 해양족들이 우리 동맹국 힛타이트까지 몰아붙이고, 이제 우리 땅으로 몰려오고 있지 않습니까. 그들을 물리치는 것도 어려운데 어찌 그 먼 곳까지 군대를 파병할 수 있습니까?"

"그 해적들은 철로 만든 연장으로 대들고 있습니다. 우리 주석 칼이 그들의 칼과 부딪치면 휘어져버려 힘을 발휘할 수 없습니다. 이 난적을 두고 어찌 우리가 그들을 도울 수 있겠습니까?"

람세스는 군벌의 소리를 들으며 주저한다. 그러나 그 시간에
도 가나안에서는 점토 서신이 당도해 있었다.

태양신의 아들이여, 히브리인들이 우리 성으로 난입하여
어린 아이까지 주살하고 있습니다. 만일 우리를 도와주지
않으신다면 우리도 이집트에 조공을 바치지 않겠습니다.

이제 가나안 소국들도 무력한 이집트에게 조공을 거부하고
나선 것이다. 내관이 서신을 귓전에 읽어주고 있었지만 람세스
는 침상에 누워 움직임도 없었다.

이집트 19왕조 세 번째 왕으로 올라 역사상 두 번째로 긴 67
년간 왕좌에 앉았던 람세스가 숨을 거두고 있었다. 그는 생명을
뱉어내고 영면에 빠져든다.

람세스는 왕자 시절부터 여러 적들을 제압한 군인이다. 힛타
이트 등 적들이 난무하던 혼란한 시대에 왕좌에 올랐으나 재위
당시 국가의 번영을 이룬 무장, 행정가, 건축가였으며 백성들에
게 평판이 좋은 왕이다.[34] 그러나 명성 중 일부는 자랑하기 좋아
하는 성격 때문으로 다른 선조 파라오의 업적까지도 자신의 것
으로 돌린 점도 있었다.

---

34 훗날 그를 모범적인 왕의 모형으로 보고 이름을 본 따 람세스 이름을 가
   진 아홉 명의 이집트 왕들이 나타난다. 이집트 백성들도 람세스를 '세세'
   라는 애칭으로 부르며 칭송했다.

3. 메르넵타의 가나안 침공

람세스 2세가 죽고 '메르넵타'(기원전 1224~1214년)가 왕위를 계승했다. 람세스의 아들들은 아버지보다 먼저 죽은 자도 많았고, 60이 넘은 메르넵타는 람세스의 열세 번째 아들이다. 그러나 아비 람세스의 통치 막바지에 접어들면서 이집트 국력은 약화되어 있었다.

이때 서쪽 오아시스 쪽에서는 사막 완충지대를 뚫고 리비아인들이 침공한다. 아직까지 해양민족들은 이집트 우방인 힛타이트를 계속 침공하고 있었다. 지중해에 배를 띄워 그들에게 곡식을 수출했던 이집트로서는 난처한 일이었다.

메르넵타 통치 5년, 해양 족속들이 대규모 선박단까지 조직하여 이집트 해안가로 몰려왔다. 그는 이집트 군함과 어선들까지 총동원하여 결전을 벌였고, 근해 서쪽 경계에서 격퇴시켰다. 셈족 힉소스족에게 지배를 받은 경험이 있던 이집트인들은 해양 족속들에게까지 그 수치를 당하지 않기 위해 독하게 싸웠다.

그런데 이 해양민족이 이번에는 리비아인과 동맹을 맺고 이

집트 주요도시 멤피스와 헬리오폴리스 공격을 계획한다.[35] 이집
트와 해양 족속 동맹군의 충돌은 나일강 삼각주 끝 서부지역에
서 일어났다. 이때 메르넵타는 궁수를 앞장세웠다. 그리고 보병
과 전차부대는 후진에 은닉시켜 놓았다.

그날 이집트 궁수들은 배에서 내려 육지로 몰려오는 해양 족
속 동맹국들을 여섯 시간 동안 집중공격 했다. 그리고 우왕좌왕
도망치는 그들을 보병과 전차부대를 동원하여 섬멸했다.

그 후 메르넵타는 가나안 쪽으로 눈을 돌린다. 보고만 있을
수 없는 여러 상황들이 속국 영토에서 벌어진 것이다.

"해양민족과 리비아가 침공해 혼란한 틈을 타 가나안 몇몇
족속들이 우리 이집트를 얕잡아보고 있다. 그들은 우리 초소 병
사들을 내쫓고 조공을 거부했다. 내가 친정하여 그들을 엄하게
가르치리라!"

메르넵타가 대군을 몰고 가나안으로 들어왔다. 예전 조상들
이 누렸던 명성을 찾기 위해서다. 그는 대군을 이끌고 가나안
서쪽으로 북상하여 에스글론, 게셀 등 성읍들을 침공한다. 그들
은 대부분 싸움도 하기 전에 항복하고 조공을 바칠 것을 약속했
다. 자신감이 붙은 메르넵타가 모사를 향해 묻는다.

---

35 이집트 문헌에는 메르넵타 꿈 속에서 멤피스의 수호신 프타가 이 소식을
알려주었다고 적었다.

"이번에 혼내줄 가나안 족속은 누구냐? 정복할 부족이 없으면 내가 이 먼 곳까지 와서 심심하지 않느냐?"

"이번에 혼낼 놈들은 우리 영토를 떠났던 히브리노예들입니다. 저들이 머무는 땅은 모압 구릉지역입니다. 저들은 필경 가나안 땅에 나라를 세울 것입니다. 또 가나안에 있는 우리 초소들을 겁 없이 습격할 것입니다."

지금껏 이집트는 속국 정책의 일환으로 다스리기 용이하도록 가나안 백성들이 큰 나라를 만들지 못하게 방해했었다.

"히브리인들이라? 아버지 람세스께서는 그들이 우리 땅에서 나갈 때 곧 돌아온다고 하였는데 가나안에서 자리를 잡고 있구나. 내가 출격하여 저들을 진멸시켜 버리리라!"

그러나 모사의 말을 들은 메르넵타는 히브리인들을 치기 위해 대군을 동원하지 못했다.

"지금 우리 본토 서쪽에서는 리비아군의 침입이 거세지고 있습니다. 또 언제 세력을 회복한 블레셋 같은 해양민족들이 우리 해변가를 침범할 줄 모릅니다. 더 걱정되는 것은 그 리비아와 해양민족이 동맹을 맺고 우리를 위협하고 있다는 것입니다. 히브리인들은 작은 족속입니다. 대군까지 동원하여 저들과 대결을 벌일 여유가 없습니다. 한 장군에게 소수의 병력을 주어 한 번쯤 혼내는 것으로 끝나게 하소서. 그것만으로도 그 노예민족들은 우리 이집트를 두려워할 것입니다."

메르넵타는 심복에게 분견대 병력을 주어 히브리 족속을 제압하라는 명령을 내린다.

"주인 나라인 이집트에게 노예인 히브리 족속이 복종하도록 큰 겁을 주고 돌아오너라!"

이집트 장군이 이끄는 군대가 가데스 바네아 평원에서 모세의 백성들과 마주쳤다. 이때 모세의 백성들은 농사도 짓고 목축도 하며 머물고 있었다. 이집트인들이 볼 때 그들은 잠시 초원에 정착한 유목민들이었다. 이집트 장군이 전차들을 몰아 급습하여 히브리 백성들을 짓밟았다. 그리고 가축들을 탈취하고 처녀들을 포로로 잡았다. 이집트 장군은 그 소소한 전과를 거두고 군사를 물린다.[36]

"돌아가자, 파라오의 명령도 겁만 주라는 것이었다. 본국도 해양민족과 리비아군에게 위태롭다."

메르넵타는 승리의 시를 남겼다. 그는 리비아 해양민족뿐만 아니라 반란을 일으킨 가나안까지도 정벌했음을 자랑하고 있

---

36 히브리전승은 사사기를 통해 여러 민족들의 침입을 받고 이스라엘이 양, 소, 나귀와 먹을 것들을 다 빼앗겼다고 상황을 기록하고 있다. 그때 하솔왕 시스라라는 자가 철전차 900승을 가지고 이스라엘 족속을 침입한 기록이 있다. 시스'라'에서 그 '라'는 이집트 태양신이다. 이자가 메르넵타의 심복인지도 모른다(이자의 이름이 해양민족 블레셋 족속 언어라는 주장도 있다).

다. 그는 선조 아멘호텝 3세의 석주를 도용하여 그 뒷면에 자신의 시를 새겼으며 또 카르낙에 있는 아몬 신전에도 그 복사품을 새겨 놓았다.

'왕자들'(메르넵타가 정복한 성주들)이 엎드려 평화를 간구했다. 아홉 활 중에서 아무도 고개를 드는 자가 없다. 리비아는 황폐되었고, 힛타이트는 평정되었다. 가나안은 모든 악을 저질렀기에 약탈당했다. 에스글론은 유린당했으며, 게셀은 장악되었다. 아노암은 마치 존재하지 않았던 것처럼 되어 버렸으며, 이스라엘은 '황폐해졌고'[37] 백성들은 멸망했다. 호리아 족속의 많은 땅은 이집트를 위한 과부가 되었다(기원전 1219년, 가나안을 출정했던 메르넵타의 비문. 테베 본인의 무덤 속에 세움. 28행의 시).[38]

메르넵타는 그렇게 자랑하고 있었지만 사실 그는 중동을 제압하거나 가나안을 정복한 것이 아니다. 그가 항복을 받았다고 하는 나라들은 가나안 서쪽 블레셋 성읍에 불과한 나라들이다. 이스라엘 역시 블레셋 지역 변방으로 본 것 같다. 메르넵타는

---

37 이 표현을 직역하면 씨(농산물)를 없애버렸다는 뜻이다. 들판의 곡식을 불살라 버렸다는 내용 같다.
38 이때 전승비 마지막 어록에 단 한 절 이스라엘이란 말이 새겨진다. 이집트 문헌에 처음 이스라엘이란 이름이 등장한 순간이다. 이 이스라엘은 모세가 데리고 온 히브리인이 아니라 원래부터 가나안에 자리 잡고 있던 다른 히브리인들이라고 주장하는 이견이 있다.

왕위 말년에 누비아 반란까지 진압했으나, 리비아와 해양 족속의 침입 때문에 그 이상 가나안 정벌을 성공시키지 못했다.[39]

히브리인들은 요단 동편 남부에서 40년 동안을 지체하며 요단 서편 가나안에 들어가지 못했다. 히브리전승은 그 이유가 히브리 민족이 야웨 신과 모세를 원망했기 때문이라고 전한다.[40]

그러나 걸어가도 하루 이틀이면 당도할 수 있는 가나안 내륙으로 가는 길을 그런 이유들로 40년이나 지체했다는 것은 설득력이 없다. 그들은 문명화된 가나안 본토 성을 침공할 힘을 갖고 있지 못했던 것 같다. 급히 이집트에서 탈출했던 민간인들은 정예화된 군대와 전차를 거느리고 있던 그들이 두려울 수밖에 없었을 것이다. 또 히브리인들은 파라오 메르넵타가 보낸 군대

---

39 어떤 학자들은 이 메르넵타의 비문 내용이 출애굽 당시 파라오의 모세 백성 공격으로 이해하기도 한다. 그러나 메르넵타 재위 5년에 새긴 누비아 아마다 신전에서 발견된 비문 내용을 보면 그를 게셀(블레셋 영토이다) 정복자, 리비아 약탈자라고 기록했다. 이것을 볼 때 메르넵타의 테베 비문도 출애굽 사건이 아닌 단순한 블레셋 영토 침공을 말하는 것 같다.

40 히브리전승에서 전하는 그들이 불만을 나타냈을 때는 이때였다. 갈대바다에서 이집트군이 추격해 올 때, 마라와 르비딤, 가데스에서 식수 때문에, 신 광야에서 양식 때문에, 시나이 산에서 모세가 계명을 받아 늦게 내려왔기 때문에, '다베라'('불사르다')에서 모세에 대한 악한 욕으로, '기브롯핫다아'('탐욕의 무덤')에서 고기가 먹고 싶어서, 가데스에서 요단강을 수탐하고 온 정탐꾼들의 보고를 듣고 시험에 들었기 때문에, 레위 지파 중 모세와 아론의 권위를 부인했던 고라 자손의 반역 때문에, 가나안을 향하면서 에돔 길로 우회하여 돌아갔기 때문 등이다.

의 침공을 받아 큰 피해를 입었을 것이다. 이 사실은 또한 히브리인들이 가나안을 빨리 정복하지 못했던 이유였을 것이다. 훗날 여호수아 때도 히브리인들이 차지한 영토는 전차부대가 없던 가나안 중앙 산악지대뿐이다.

또 히브리 족속은 가데스 바네아 모압 평야를 정착지로 생각했을 것이다. 역시 그곳도 가나안 땅이다. 그들은 가나안 족속과 다른 이방 족속들을 두려워하여 비교적 정착민이 적었던 그 터에 안주했을 것이다.

히브리인들은 가나안을 향해 행진한 것이 아니라 그 땅 앞에서 자리를 잡고 살았을 것이다. 모세 백성들은 아모리 족속과 호르마에서 참패한 후에도 다시 돌아와 이곳에서 정착했다. 북진하여 시혼 왕과 옥 왕이 통치하는 아모리 족속을 치고도 다시 이곳으로 돌아오곤 했다.

이 땅은 유목민으로서 목축을 하기에 적합한 초원 지대다. 충분히 농사도 지을 수 있었다. 이곳에는 엘 쿠데이랏, 케데이스, 코세이메라고 불리우는 샘이 있고 그 중 엘 쿠데이랏은 일 년 내내 물이 흘러넘친다.

"모세가 처음 약속했을 때는 며칠이면 젖과 꿀이 흐르는 땅을 찾아준다고 약속하지 않았더냐. 그런데 수십 년이 흐르고도 우리는 척박한 땅에 살아야 하느냐. 노예생활을 했지만 밀과 보리와 호밀이 뒤덮였던 나일강변이 그립다."

"모세는 사기극을 벌인 것이다. 이곳이 이집트보다 더 풍요롭다고 우리를 유혹하지 않았느냐. 뱀, 전갈만 득실거리고, 씨를 뿌려도 결실도 없는 이 자갈밭 황야를 어찌 신이 준 영지라고 하였느냐."

이집트 나일강 주변에서의 풍요로운 생활이 척박한 광야에서의 생활과 비교되며 많은 백성들이 분개했다. 어떤 이유였든 가나안 진입이 늦어져 그 분위기는 더 심해졌다.

모세의 지도력에 대한 도전도 있었다. 형이나 누나까지도 '신이 너에게만 말하더냐' 하며 예언자직에 대하여 도전한다. 또 고종사촌인 고라 등 친척들도, 같은 지파 다단과 아비람 같은 자들도 모세가 젖과 꿀이 흐르는 땅을 얻는데 실패했고, 왕이 되려고 한다고 질타했다.[41]

모세의 누이 미리암은 아라비아 사막의 서쪽, 사해와 아카바만 사이에 위치한 신 광야에서 죽는다. 그 후 5개월 후인 이집트에서 나온 지 40년이 지난 후 첫 달, 아론도 죽어 모압 국경

---

41 히브리전승의 비판과는 다르게 다단과 아비람의 모세에 대한 공격은 다른 면으로 해석할 수 있다. 떠돌이 유목민들로 민주사회를 이루었던 히브리인들에게 왕권이나 다름없는 권력을 가졌던 모세의 모습은 결코 용납할 수 없었기에 저항했는지 모른다.

에돔 경계 지역 사암으로 된 한 쌍의 봉우리 '모세라'('징계의 곳'. 모세롯이라고도 불림)에서 장사되었다. 모세는 아론이 죽기 얼마 전 그의 아들 엘리에셀을 데리고 산꼭대기에 올라가 대제사장의 옷을 아비 대신 입혀 주었다.

모세는 가나안 땅을 바라보며 마지막 인구조사를 한다. 그리고 그들의 수효대로 은 반 세겔씩 속전贖錢을 받았다. 이것은 성막과 관리인을 위해 쓰여졌지만, 질병으로부터 신에게 보호받기 위한 명분이었다.[42]

히브리전승에 의하면 이때 이집트에서 나올 때 인구가 장정만 60만 3천 5백 50명이었는데 39년이 지난 후 그 인구가 1850명 줄어들어 60만 1173명이라고 전해져 온다.

히브리전승에서 인구가 준 이유는 금송아지 우상을 만들고, 모세에게 반항하는 등 불순종함으로 저주를 받아 그렇게 되었다고 전하고 있다. 특히 시므온 지파가 많이 줄었는데 그 족장

---

42 고대 근동에서도 기원전 2500년경의 에블라 토판에서 보면 정부가 세금 징수와 군역 모집의 수단으로 인구 조사를 했던 것을 볼 수 있다. 마리 문서에도 계수함을 당하지 않기 위해 산으로 도망갔다는 것이 나와 있고, 그 당시 키푸림이라 하여 전염병을 막기 위해 신께 바치는 세금이 있다는 기록이 있다. 모세 때도 같은 이유로 조사를 했고, 조사를 받지 않을 때 신의 노여움으로 재앙이 임한다는 위협으로 이 조사는 실시되었을 것이다.

이 모압 여자와 관계를 맺어 그 지파가 더욱 저주를 받았다고 한다.

그렇지만 잦은 전쟁, 이집트 나일강 시절보다 부족한 식량과 물, 뜨거운 불볕으로 인한 열사병과 전염병, 그리고 전갈, 독거미, 독사 등 사막생활에 적응하지 못해 사망자가 출생자보다 더 많았던 까닭일 것이다. 그리고 이집트로 다시 돌아간 자나 또 다른 지역으로 이동한 자들이 있을지도 모른다.

이때 이집트에서 나온 20세 이상 60만 장정 중 오직 염탐을 하고 와 긍정적인 보고를 했던 여호수아와 갈렙만이 가나안에 들어갔다고 히브리전승은 전한다. 1세대는 광야 생활 40년 동안 그 수십만 명 중 2명만 남고 모두가 죽었다는 얘기인데, 이것은 신에게 순종한 자만이 가나안에 들어갈 수 있다는 히브리인들의 신화다.

모세 또한 '므리바'[43]로 가는 도중 혈기를 부려 그 죄로 서쪽 가나안에 들어가지 못했다고 전해져 온다. 백성이 생수를 달라고 원망했을 때, 야웨가 바위를 향해 생수를 내라고 말하라고 했는데, 그 말만 하지 않고 지팡이로 바위를 내려친 죄였다.

기원전 1205년경. 가나안 요단 서쪽 침입을 앞에 놓고, 모세

---

43 '다툼'. 가데스 바네아 부근의 땅.

는 사해 동쪽의 모압 평지 '비스가'(느보의 다른 명칭) 산에서 임종한다. 120세다.[44] 히브리전승에 의하면 이 수명은 홍수 이후 신이 정한 인간의 최고의 수명이라고 일컬어진다. 모세의 죽음을 본 자는 없고 그는 느보산 꼭대기에서 잠적했다고 전해져온다. 그는 이미 히브리 백성들에게 신 같은 존재였다. 신이 시체가 있을 리 없다.[45]

---

44 한 세대를 40년으로 잡는 히브리인 인식대로 영웅 모세가 3세대나 살았다는 저자의 허구적인 기록일 것이다(수메르 설화인 에마르 촌락에서 나온 문서에서 보면 신들이 인간에게 부여한 최대의 수명은 120년이라고 기록되어 있다).

45 추종자들이 우상화시킬 염려가 있어 신이 모세의 시체를 감췄다는 기독교 보수적 해석도 있다. 신약 전승 유다서 1장 9절은 모세의 시체를 놓고 천사장 미카엘과 마귀가 서로 차지하려고 다투었다고 하고, 외경 유딧서 9장 역시 모세의 시체를 놓고 벌어진 논쟁을 언급했다. 다른 고대 문서 '모세의 승천서'에서는 모세가 승천했고, 반면 '모세의 언약서'에서는 모세가 자연사했음을 알려준다.

4부
여호수아시대

요단강 도강

이집트는 파라오 메르넵타가 죽은 후 왕족 세력들 간에 왕위 계승을 놓고 혼란에 빠지고, 사제들까지 그 다툼에 끼어들어 국력은 급속하게 몰락한다. 약 20년 간 세 명의 파라오들이 등극했으나 제국의 이름만을 유지시켰을 뿐이다.

이집트는 또 한 번의 격변을 맞는다. 이집트 궁에서 신하로 있던 시리아인 이루수(기원전 1202~1197년)가 반란을 일으켜 파라오의 자리에 앉은 것이다. 이것은 외부의 침공이 아니었고 내부의 반란이었지만 이루수가 시리아인이었다는 것을 보면 이집트 왕국이 얼마나 혼란했다는 것을 알 수 있다. 힉소스족이 파라오에 오른 후 다시 아시아 셈족 시리아인이 파라오에 오른 것이다.

이루수는 이집트 신을 섬기지 않았다. 그리고 이집트인들로부터 무거운 세금을 징수했다. 이집트 본토민들의 반발이 드셀 수밖에 없었다. 한 세대 후에 이때 상황을 이집트 사관은 이렇게 기록했다.

그 후…… 텅 빈 시대로 들어서게 되었다. 시리아인 이루수가 스스로 군주가 되었다. 그는 이집트 신들을 죽은 존재처럼 생각했으며, 신전에 제물도 바치지 않았다.

이 시기 이집트는 거의 한 세기 동안 무정부상태가 되어 버렸다. 이집트는 여호수아 군대가 속국 가나안으로 침투할 수 있는 상황을 그들 스스로가 만든 것이다.

히브리 족속은 서부 가나안 내륙 문명 성읍들을 그리워했다. 이미 히브리인들 얼마는 그 요단강 서쪽으로 이주를 하고 있었다. 전날 호르마에서 성급한 첫 번째 내륙 침공은 실패했었지만, 이제 모든 판단을 할 때 가나안 내륙으로의 침략이 가능한 상황이었다.

"모세는 망설이다가 수십 년을 보냈습니다. 우리는 가족 수도 많아졌습니다. 이제 우리 족속은 이곳 모압 평지에서만 머물기에는 너무 커져 있습니다. 어서 가나안 본토로 출격하소서."

각 지파 수장들은 모세의 뒤를 이어 지도자에 오른 여호수아에게 가나안 침공을 재촉한다. 반대하는 자들도 목소리를 낸다.

"모세 때 우리가 점령한 지역은 모두 산악지대고 소부족들 영토뿐이오. 그러나 우리가 들어갈 서쪽은 평지이고 그곳에 사는 민족들은 전차를 가지고 있소. 우리 보병으로는 어려운 싸움이 될 것이오. 그리고 페니키아 같은 곳은 오래 전부터 왕조를 세운 지대요. 더군다나 서쪽 지중해로 몰려드는 해양민족 블레셋인들은 날카로운 철기로 무장하고 있소. 그들을 제압하기는 매우 힘들 것이오."

"요단 서편은 성문을 청동으로 입혀 화전火戰까지 대비하고 있습니다. 또 그곳은 '곽'('성을 지키기 위해 성 바깥에 구축한 낮은 성벽')과 외벽으로 둘러싸여 있다고 들었습니다."

그러나 또 다른 토지가 절대적으로 필요했던 히브리 족속은 다른 영토를 정복하기 위해 전승되어 오는 야웨와 아브라함 간의 언약을 앞세워 침략전쟁을 시작한다. 여호수아가 외친다.

"야웨께서 우리 조상 아브라함과 더불어 언약을 세우셨다. '내가 이 땅을 이집트 강에서부터 유프라테스 강까지 네 자손에게 주노라' 하셨다······ 이제 신의 약속을 믿고 우리는 전진만 하면 된다."

서부 가나안 도성국가들은 산림이 무성한 산과 언덕 사이 평지에 자리 잡고 있었다. 또 왕가와 왕궁이 있었으며, 성채를 본

거지로 삼고 있었다.[1] 큰 도성은 북부 세겜이 중심이었고, 남부는 예루살렘, 서부는 페니키아 시돈, 두로, 비블로스 등이었고 그 밖에 수십 개의 도성들이 산재되어 있었다. 이들은 불과 수 킬로미터 거리를 두고 성을 중심으로 주변 영토를 나라로 삼았다. 신하들은 성주들을 왕으로 호칭했지만 사실은 이집트 파라오에 의해 승인된 '하자누트'(이집트어. '도성 관리자')였다.[2]

모세의 후계자요, 아말렉 전투에서 전공을 세운 무관출신 여호수아는 이스라엘 회중 전체가 보는 가운데 아론의 아들이며 대제사장인 엘리아살에게 모세의 후임자로 임명받는다. 이제 여호수아에게 백성을 다스리는 권한이 이양됐고, 그에게 가나안 정복의 사명이 맡겨졌다.

여호수아는 모세의 '메사레'('시종'. 하인보다는 공식적, 종교

1 이때 가나안 도시 국가 중 살렘 도성은 100×400미터였고, 가장 큰 하솔도 1,100×650미터에 불과했다. 가나안 주민들은 대부분 성 안이 아니라 농촌에 산재해서 살았다.

2 여호수아가 가나안에 침공하고자 할 당시에는 아브라함 시대 전 가나안에 살던 민족들은 멸망당하거나, 다른 족속에 흡수당했거나, 산발적으로 소수만이 남았고 새로운 족속들이 그들의 땅을 지배하고 있었다. 이들은 힛타이트 족속(소아시아에서 가나안으로 이주해 온 자들의 후손. 레바논에서부터 유프라테스에 이르는 지역에 거주)·히위 족속(예루살렘 북쪽에 위치한 기브온의 거주민들. 가나안 북부 산간 지대와 기브온 부근에 거주)·여부스 족속(예루살렘과 그 주변의 산간 지대에 거주)·기르가스 족속(요단 서편 지역에 거주)·브리스 족속(가나안 변두리나 산간 지역 등에 산발적으로 거주) 등이었다.

적 임무 대행자이다)로 그를 보필했었다. 히브리전승에 의하면 그는 모세가 시나이 산에 올라가 십계명을 받을 때도 같이 올라 갈 수 있는 유일한 특권을 가진 자였다. 이것은 일찍부터 모세 가 그를 후계자로 삼고 훈련시켰다는 얘기도 된다.

여호수아는 누구보다도 가나안으로 들어가는 것을 갈망하던 자다. 그는 모세가 가나안을 염탐하도록 보낸 세작 노릇을 할 때도 다른 자들과는 다르게 '여분네'('야웨께서 돌이키셨다')의 아들 '갈렙'('개')과 함께 가나안은 무척이나 풍요한 땅이라고 백성들을 선동했고 침공을 지지했던 자다.

여호수아는 40년 동안 가나안 진입을 망설이던 모세와는 달랐다. 그는 주저함 없이 방황을 끝내고 가나안을 침공한다. 자유와 땅에 굶주린 노예들의 가나안 침략이다.

이집트 용병 출신인 여호수아는 히브리인들을 군사로 훈련을 시킨다. 항오를 짓게 하고, 병기 다루는 법을 가르친다. 이스라엘에서도 군사라 일컬어지는 자들이 생겨나는 순간이다.

여호수아는 모세 시대 때 가나안 족속에게 패했던 가데스 부근 호르마를 정복하는 등 무기로 길을 내며 가나안 내륙으로 진입하고자 한다. 히브리인들은 여호수아의 지도 아래 단결한다. 그 역시 야웨의 이름으로 히브리 백성을 이끈다.

"두려워 말라, 놀라지도 말고 마음을 강하게 하고 담대히 하라. 야웨께서는 모든 대적들과 싸워 주시리라!"

'아벨 싯딤'(요단강 동쪽 느보산 북쪽 성읍)에 도착한 여호수아 군대는 본격적으로 가나안 내륙 침공 계획을 세운다. 여호수아는 먼저 요단강 서쪽 성들의 정세를 탐지하기 위해 '살몬'('그늘') 등 두 명의 정탐꾼을 요단강 너머로 파견했다.

이때 여리고 등 가나안 서부 도시국가들은 왕들과 귀족들로 세습되는 봉건정치를 하고 있었는데, 중산 계급은 없고 하층민들이 주류를 이루고 있었다. 도시국가들은 이집트 등 강대국에게 조공을 바쳐야 했고, 하층민들은 그 도시국가 왕과 귀족들에게 무거운 세금을 바쳐야 했다. 또 도시국가들 간에도 빈번한 싸움이 있어 가나안 경제는 파탄 지경이었다.

가나안에서 오래 전부터 반 봉건 투쟁을 벌여온 하비루들은 제후들과 대결을 벌이고 있었다. 이들은 도성을 침공하여 귀족들을 살해하기도 했다. 하비루들은 도시 국가들에 비해 무기와 병력에서 열세였으나 교묘한 유격전과 급습으로 그들을 괴롭혔다. 성 안 하류층들을 충동하여 도성의 통치자들을 살해하도록 교사하고 선동하기도 했다.

여리고 성과
아이 성 전투

여리고 성읍은 왕궁과 파수대가 있고 거리에는 민가들이 줄 지어져 있었다. 그러나 철기 등 선진 문명을 가지고 있으면서도 다른 가나안 도시처럼 작은 성읍국가요, 큰 군사력을 갖지 못했다. 또 여리고는 유다 남부 성읍 엔게디와 함께 가나안에서 향수의 집결지로 객상들이 들끓는 곳이다.

"소금이 금값이니 웬일이오?"

"나하고 거래하기 싫으면 그만 두시오. 내륙으로 더 들어가면 소금 한 되에 호밀 다섯 되는 받을 수 있소."

"소금값이 비쌀 뿐더러 암염[1]이라서 불순물이 많아 그렇소. 물에 한 번만 우려먹어도 맛을 잃을 것 같소."

가나안 동서의 길목인 여리고 시장은 장사치들로 소란했다. 그런데 아직도 이집트는 가나안 일대 전략적 요충지에 자국 병사를 파견하여 수비대를 배치하고 있었다. 그러나 혼란한 본국

___
1 바다였던 곳을 채굴하여 얻은 암석같이 단단하게 된 염분.

에서 보급품을 보내지 않았기에 이집트 병사들은 시장을 기웃
대며 지방에서 올라온 상인을 붙잡고 강취한다.

"어서 인두세를 내거라. 네놈이 가지고 온 유향 한 근은 우리
몫이다."

"당신들 동료가 조금 전 저 푸줏간 거리 모퉁이에서 통행세
를 받더니 또 내라는 것이오?"

이즈음 여리고 시장 사람들은 갑자기 출몰한 히브리인들에
대하여 확인되지 않은 공포심을 가지고 있었다. 올리브, 포도,
대추야자며 과일들을 쌓아놓은 좌판 뒤 장사치들이 수군거린
다.

"히브리노예들이 가나안 거류민들을 몰살시키고 있다는 얘
기가 사실인가? 그들은 이집트를 이겼고, 또 갈대바다를 열고
왔다던데. 그 소문을 듣고 다들 피난을 가서 시장이 이렇게 한
가한 모양이야."

"누가 이 성의 주인이 되면 어떤가? 칼 잡고 세력 가진 놈들
은 모두가 강도들이 아닌가. 오히려 그들은 하비루처럼 계급도
없고 평등하게 산다고 하던데, 이 여리고 성도 그들의 나라가
되면 더 좋겠어."

"너희들은 적들의 동정과 군대의 규모를 수집해 오거라. 또
방어시설과 식량과 물 공급 등을 철저히 살펴보고 와라. 여리고

로 진입할 때는 노예 신분에서 탈출했다거나 탈영병이라고 위장하거라."

여호수아가 보낸 세작들은 이미 가데스 바네아에서 살면서 가나안 방언에 능통한 자들이다. 이들은 요단강을 헤엄쳐 건너 여리고로 향해 걷는다.

"여리고 성읍은 대낮에도 여인들이 난질를 일삼고, 사내들끼리도 비역질을 하는 곳이라고 하지? 그들은 숭배하는 달신 앞에서 짐승이 홀레 붙듯 신전 창녀들과 그 짓을 한다지?"

"성에 침투하면 먼저 창기의 집에 머물자. 이방 객상들은 분명 그곳을 들락거릴 것이니, 우리도 의심받지 않았을 것이다. 또 창녀집은 풍문의 집결지이니 정보를 얻기 쉬울 것이다."

성벽을 대고 흙벽돌로 지은 단층집들이 줄지어 있는 유곽 마당에는 객상들이 부리는 말과 나귀들이 매어 있다. 염탐꾼들은 소금 담은 부대를 등에 이고 객상으로 변장해 들어간다. 그들은 창녀 라합의 도움으로 그곳에 칩거하며 성을 탐지한다.[2]

"우리 여리고 사람들은 야웨 신이 당신들을 이집트에서 나올 때부터 바다를 가르고 인도한 것을 알고 있습니다. 이 여리고

---

2 이 창녀는 훗날 염탐꾼 살몬과 결혼하였는데, 제 나라를 배신하여 간첩행위를 했다. 자기 나라 체제에 대한 불만적 행위였는지, 적의 세력에 제압된 겁먹은 행위였는지, 아니면 살몬에 대한 연모였는지, 개종하여 야웨 신을 믿었는지 염탐꾼들을 숨겨 살려 준다.

땅은 신이 당신들에게 주신 땅입니다."

창녀 라합의 고백처럼 여리고인들은 이미 전의를 상실하고 있었다. 여리고는 사해 지역에 풍부한 소금, 유황, 역청들을 파는 객상들이 많았다. 그 객상들과 유목민들이 전해준, 또 히브리인들이 밀려오면서 같이 밀려온 풍문 때문이다.

또 하층민들은 왕과 귀족들의 착취로 불만이 팽배해져 있었다. 히브리인들의 침공을 또 한 부류의 하비루들의 반란으로 보고 그들에게 호의적이었던 천민들은 큰 저항의식도 없었다.

"여리고는 병사의 수도 백성의 수도 우리보다 훨씬 적었습니다. 그리고 우리가 이집트에서 나올 때 갈대바다를 마르게 하고, 아모리 왕 시혼과 옥의 백성들을 전멸시킨 것을 듣고 공포에 질려 있습니다."

여리고에서 돌아온 염탐꾼들이 보고를 올린다. 그러자 여호수아는 자신감에 넘쳤다. 모세는 '요단강'[3] 동편에서 머물렀지만, 그는 이 강을 넘어 가나안이라고 호칭되던 요단 서편 침략을 시도한다.

"자, 건너자. 지금이 적기이다. 신이 우리에게 약속한 젖과

---

3 '내려가는 강'. 이 강은 직선거리 105km지만 곡선거리는 302km로 구불거리는 사행천蛇行川이다. 이 강은 가나안 북쪽 헤르몬산에서 시작되어 갈릴리 호수를 통과하여 남쪽의 사해에서 끝난다. 이 강은 가나안을 남북으로 이어주며 또한 동서로 나누는 경계선이다.

꿀이 흐르는 땅으로 들어가자!"

맨 먼저 제사장들이 어깨에 멘 언약궤가 앞선다. 야웨 신의 고향은 가나안 남부 시나이 산이다. 이제 그를 데리고 가나안 서부로 들어간다. 야웨가 앉은 가마가 언약궤다. 이 궤는 히브리 열두 지파 신앙을 모으는 역할도 하고 있었기에 앞장세운 것이다.

그 뒤를 여호수아가 따른다. 모세는 지팡이를 들고 갈대바다를 건넜지만 여호수아는 칼을 들고 요단강을 건넌다. 뱀처럼 휘어진 이 강은 소나기를 만나 급류가 흐를 때는 꺾어지는 모퉁이 강 한쪽 높은 경사지에서 흙덩이가 쏟아져 내린다. 그러면 금세 물길은 얼마 동안 그 흙반죽에 막혀 여울물로 바뀌어 천천히 흐른다. 이때를 노려 군 전략가 여호수아는 백성들을 이끌고 강을 넘는다.[4] 또 공기를 넣은 가죽부대, 통나무배, 나룻배로 건넜고, 힘 좋은 자는 헤엄쳐서 건너기도 했다.[5]

---

[4] 레바논 맞은편 산맥의 눈이 녹아 종종 요단강에 홍수가 난다. 범람하는 물로 인해 낭떠러지 밑부분이 깎이거나 지진으로 인해 사태가 일어나고 요단강 물 흐름이 이따금 방해를 받는다. 가장 최근에는 1927년에 이런 일이 일어났다고 한다. 그때 이틀 동안 요단강 물이 막혔다고 한다. 이런 자연적 현상이 신화화되어 존재하다가 여호수아 설화와 결합되었는지 모른다.

[5] 모세가 갈대바다를 열고 이집트에서 탈출했듯이, 역시 히브리전승에는 야웨 신이 요단강 물이 넘칠 시기에 '아담'('붉은 흙이 있는 장소'. 요단 동편 모압 땅)에서 그 흐름을 멈추게 했다고 한다. 여호수아 백성은 그 마른 땅을 밟고 강을 건넜다고 전해져 온다. 강이 갈라졌다는 것은 가나안 침입

여호수아는 강 서편으로 넘어온 후 '길갈'('돌로 두른 장소')
에 군영을 설치한다. 군수품 전달이 용이한 가나안 무역도로의
중심인 이곳을 가나안 침공 기지로 삼는다.

길갈은 고대부터 돌을 숭배하는 가나안인들이 살고 있는 곳
이다. 이곳저곳에 높고 낮은 돌 제단이 즐비했다. 히브리전승에
는 여호수아가 이곳에 히브리 지파를 상징하는 열두 개의 돌무
더기를 쌓아 놓고 요단강을 갈라준 야웨 신의 기적을 기념하게
했다.[6] 이 돌은 요단 강바닥에서 가져온 돌이라고 전해진다.

"전날 야곱의 아들들이 강간을 당한 동생의 복수를 위해 하
몰 족속을 멸절시키려 할 때, 하몰 족속으로 하여금 할례를 행
하게 하고 상처가 아물지 않은 틈을 타 침공한 것을 모르는가?
언제 어디서 적이 나타날지 모르는데 어찌 지금 할례를 행한단
말인가?"

"야웨의 명령이다. 그 분의 명령이 곧 작전이다. 그 명령을
따르면 우리는 승리할 수 있다!"

여호수아는 할례 의식을 집행했다. 모세 때는 어린 아이들은
할례를 받지 않았는데, 그들이 장성하여 실행한 것이다. 앞으로

역시 신의 역사라는 것을 강조한 히브리인들의 전승 신화일 것이다.
6 선조 아브라함도 가나안에 들어와 그 지역 성소인 상수리나무 아래서 제
사를 드린 것처럼 그 또한 그 지역 제사 풍습을 따른 것이다.

있을 가나안인들과의 전쟁을 위해 운명공동체 의식을 심어준 것이다.

"저항하는 가나안 족속을 멸절시켜라. 숨 쉬는 모든 것들을 다 죽이고, 이 땅을 차지하라. 이것은 야웨의 계시다!"

여호수아 또한 모세와 같이 가나안 성읍은 철저히 파괴하고 인명을 진멸하라고 명령한다.[7] 이 말살정책은 가나안 땅은 신이 허락한 영토임으로 빼앗아서라도 차지하는 것이 신의 뜻이라고 생각했던 믿음에서였다. 이 학살은 '케뎀'[8]이라고 불리우는 것으로 신에게 바치는 또 하나의 순종이요, 제사였다.[9]

"여리고를 함락시켜라, 야웨의 뜻이다! 그분께서 말씀하셨다. 저 성을 우리에게 주셨다고!"

여호수아 군의 침공은 시작되었다. 대추야자 나무가 우거진

---

7 빼앗으려는 땅에 사는 사람들은 모두 전멸시키려 했고, 멀리 떨어진 지역에 사는 사람들에게는 항복을 요구했다. 후자의 사람들이 거절하면 남자들은 죽이고 여자들은 납치하여 노예로 삼았다(18세기 워싱턴과 제퍼슨을 비롯한 계몽운동가들도 노예를 소유했다. 노예 해방은 1920년 미국에서, 1928년 영국에서 비로소 실시되었다. 기독교 국가의 시민인 이들은 성경을 도덕 지침서로 생각하고 노예 제도를 부끄럽게 생각하지 않았다).

8 '모든 것을 진멸하고 파괴함이 신의 뜻이다'라는 뜻이다.

9 로마 교황 이노센트에 의해 반포된 칙령으로 기독교도들은 1252년부터 1542년까지 300여 년 동안 이교도들을 투옥, 재산몰수, 산 채로 화형시켰다. 중세 그리스도교 수도사들도 약 1000년 동안 이교도의 문화적 업적을 잿더미로 만들어 서구 문명을 1천 년 이상 퇴보시켰다. 그들 모두 거룩한 전쟁을 치르고 있다고 믿었다.

오아시스[10] 한 편에 자리 잡은 여리고. 먼저 성읍 주변에 있는 촌락 백성들이 히브리인들의 칼날에 살해당했다. 마른풀로 엮어 만든 움막들도 불타 불티로 날아갔다.

한 농가 움막을 둘러싸고 히브리인들이 불을 질렀을 때 그 속에는 새카맣게 탄 아낙의 시신이 발견되었다. 아낙은 품에 아들을 꼭 안고 있었는데 어찌나 깊이 안았는지 아기는 숨을 쉬고 있었다. 히브리인들이 다가가 그 아기 가슴에 칼을 박는다.

여리고 성읍을 제외한 주변 촌락들은 거세게 저항하지 않았다. 이들도 이미 성읍 봉건 제후들에게 착취당하는 계급이요, 현정권의 불만 세력이었기 때문이다. 그러나 이들이 먼저 침략군의 먹이가 된 것이다.

고대 중동의 전쟁 방식은 성을 에워싸고 공격해 함락시키면 끝났다. 성 안에는 왕과 지도자가 살고, 성 밖에는 천민들이 살고 있었기에 성만 제압하면 나머지 백성들은 따라왔기 때문이다.

히브리인들은 며칠째 여리고 성읍을 돌며 침묵으로 위협한다. 성벽 중에서 가장 취약한 곳이 어딘가를 정탐하기 위해서였고, 공포를 주는 포위작전이다. 먼저 성 안의 개들이 무엇을 감지했는지 하루 종일 슬피 짖어댄다.

---

10 끊임없이 맑은 물이 솟는 엘리사 샘가를 말한다.

"도대체 히브리노예들의 수가 얼마냐? 저 도적놈들을 헤아릴 수가 없구나."

여리고 성주는 망루에 올라 히브리인들을 보며 망연자실한다. 이미 성 안에서는 군주에게 불만이 많았던 하류층들로부터 반란이 일어난다. 벌써부터 있었던 하비루들과의 연합으로 이루어진 반 봉건주의적 반란이다. 반란자들에 의해 성읍 곳곳 공공기물들이 불에 타올라 하늘은 불씨가 날아다녔다.

"이쪽으로 오시오. 이곳은 음습하여 여리고 수비대가 유일하게 방어막을 설치하지 않은 것이오. 내가 성읍 안으로 들어가는 길을 알려 줄 터이니 점령되더라도 우리 친족들은 해치지 않는다고 그대들 신의 이름으로 약조하시오."

히브리인 유격대를 창녀 라합의 오라비가 인도하여 성읍 안쪽으로 끌어들인다. 얼마 전 염탐을 했던 살몬이 동행하며 작전을 같이한다.

"염려 마시오. 우리 수장 여호수아께서도 보증한 약속이오. 어서 길만 터주시오."

여기저기서 혀가 빠지는 듯한 비명이 들렸다. 유격대들이 성읍 안으로 들어가 칼바람을 일으키며 혼란을 가중시키고 있을 그즈음, 히브리 대군이 몰려온다. 창녀 라합의 친척들과 반란자들이 성문을 열어 준 것이다.

"도대체 저 사나운 족속은 어디서 온 귀신의 후예들이냐?[11] 저들은 침공하면 어미젖을 빨고 있는 아이까지 죽인다고 하는데 우리는 끝장났다, 흑흑흑!"

"아, 어느 신의 아들들이기에 저처럼 사납단 말이냐? 우리 도성 한가운데 저들이 휘두른 칼날에 피와 기름이 강처럼 흐르고 있다."

가나안은 임자 없는 땅이 아니다. 사막에 가시나무 덤불만 굴러다니고, 사막여우가 전갈을 쫓는 야생 지대만은 아니다. 식인종이 들끓는 야만의 땅도 아니었다. '기럇 세벨'[12]이 있을 정도로 문명의 땅이다.

여리고 성 안도 농부·목동·사냥꾼 등뿐 아니라 도수장의 도살자·빵 제조업자·대장장이·금속세공자·도공·마차 제조업자·선생·예술가·종교인 등 수없는 직업인들이 활동하는 문명 지대다.[13]

성루 이곳저곳에서는 백성들의 흐느낌소리만 들려온다. 여

---

11 고대 중동에는 각 도시마다 그곳에 기거하는 신이 있다고 믿었다. 그리하여 그곳을 침공하는 것은 그 지역 신을 노엽게 하는 일로 보았다. 그래서 영토 전쟁을 피했다. 그런데 히브리인들의 침공은 무차별적이고 무자비한 공격이었다.

12 '문서의 도시'. 도서관이 있었음을 의미. 헤브론 남서쪽 17.6km위치.

13 여리고는 발굴 결과 최초의 마을 형성은 탄소동위원소 연대 측정법으로 ±7800년에서 ±9216 사이로 추정되며 2천 명 정도의 주거 단지였다. 약 50㎢였다. 돌 기초석 위에 흙벽돌로 집을 짓는 형식이었다.

리고 백성들은 모든 저항을 포기하고 가족들을 데리고 줄줄이 항복한다. 아낙이 히브리인의 손아귀에 잡혀 푸른 눈동자로 자비를 구한다. 칼을 쥔 히브리인이 여인의 눈에 칼을 박으며 소리친다.

"내 신에게 물어보니 너를 살려주면 안 된다고 말씀하시는구나!"

그날 여호수아 군대는 여리고 성을 철저하게 유린하고 인명을 진멸시켰다. 병사들은 하루 종일 신음 소리를 찾아 미처 죽지 않은 자들을 창으로 찔러 죽였다. 히브리전승은 이렇게 전하고 있다.

성중에 있는 것을 다 멸하되, 남녀노소와 소와 양과 나귀를 칼날로 잔멸시켰다.

히브리인들은 만지는 것 자체가 부정하다고 하여 치우지 않은 시체는 산을 이루었다. 여호수아는 여리고 성읍 폐쇄를 명령한다.

"우물을 메워라. 밭에는 소금을 뿌리라. 다시는 이 성읍에 개미 한 마리 살지 못하게 하라!"

히브리 군대가 지나간 후, 움직이는 것은 아무것도 없고 사막

으로부터 몰아쳐오는 먼지만이 여리고 도성을 차지하게 된다.[14]

　가나안 북서쪽 산지의 중앙부를 내려다 볼 수 있는 여리고 성은 평원과 여울들과 도로들을 장악할 수 있는 작전상 요충지다. 여호수아는 이 성을 중심으로 가나안을 정복해나가기 시작한다.

　히브리인들은 여리고 성을 정복한 후 근처에 거주하던 또 다른 겐 족속을 만나게 된다. 모세의 장인 르우엘과 다른 종파였던 이들 또한 철기제련에 뛰어난 자들이다. 여호수아 군대가 여리고 성을 함락시키자 자연스럽게 히브리 족속과 합류된다.

　겐 족속은 아라바 골짜기 서쪽 비탈에 있는 아라비아 남쪽에,

----

14 히브리전승에 의하면 그때 히브리 백성들은 여리고 성을 야웨의 언약궤와 제사장들을 앞장세워 돌기만 했다고 한다. 그리고 칠 일째 되던 날 '하초츠라'('나팔'. 좁고 긴 악기, 일종의 트럼펫)를 불고 함성을 질러대니 성이 무너졌다고 전하고 있다(중세기 십자군의 예루살렘 공격 때도 성을 돌며 그대로 모방했다. 21세기에도 2백만 명의 고함소리에 성이 무너졌다는 전승을 문자대로 직해하여, 고대 성벽을 놓고 음파를 쏘아 시험까지 한 적도 있다). 그러나 히브리전승에는 백성들 모두가 돌았다고 전하고 있지만, 수백만의 수가 작은 성을 돈다는 것은 불가능한 일이고, 돌았다면 지파 대표들만이 돌았을 것이다. 그리고 여리고 성을 돌았을 때 성이 무너졌다는 것은 아마도 그 성은 포위하고 시위하는 히브리인들을 보고 성 내부에서 반란이 일어난 것을 말하는 것이리라. 이미 여리고 성은 히브리 민족이 밀려오자 창녀까지도 마음이 돌아설 정도로 하층민으로부터 반란이 일어나고 있었다. 이렇듯 심한 봉건제도 체제 아래 가나안이 놓여 있었음으로 착취당하던 하층민들은 오히려 여호수아 군대를 해방군으로 생각했고, 정작 싸운 자들은 왕과 소수의 군인들이었을 것이다.

또 한 분류는 여리고 근처에, 또 이곳저곳에 살았다. 모세가 아라바 남쪽 겐 족속에게 배웠다면, 여호수아는 여리고 근처 이 겐 족속에게 채광과 정교한 제련 기술을 배운다.

철기 무기를 만들고 더 강해진 히브리인들의 가나안 침공은 계속된다. 여호수아가 '키돈'[15]을 들어 다른 아모리인의 소유 아이 성을 가리키자 그 단창에 반사되는 햇빛을 보고 히브리군이 몰려간다.

그러나 여호수아 군대는 여리고 성을 정복했으면서도 더 작은 성이었던 '아이'[16] 성 침공은 사상자를 내고 실패한다.[17] 이때 여호수아는 패배의 이유를 다른 곳에서 찾았다.

"승리를 가져다주신 야웨께서는 여리고 성의 모든 전리품을 바치라 하셨다. 그런데 누군가가 전리품을 훔쳐간 자가 있다. 야웨께서 그 자 때문에 우리를 패배시킨 것이다."[18]

---

15 '단창'. 군대 지도자가 사용하는 호신용 무기로 신호를 보내는데도 사용.

16 벧엘의 다른 말일 수도 있다.

17 이때 패전하여 죽은 히브리 병사가 36명이었다. 이 수는 히브리전승에서 흔히 군사 수가 수십 수만이라는 전쟁 기록과는 대조된다. 어쩌면 이 수야말로 가감하지 않고 신화되지 않은 정확한 기록일 것이다(히브리전승에 이 정도의 피해도 완패라고 기록했다). 진보적인 신학자들은 아이 성의 인구가 천 여 명이 안 되는 것으로 본다.

18 고대 중동에서는 전투의 패배는 신을 잘못 섬긴 결과라고 생각했다. 기원전 8세기경의 모압 메사 비석에도 그모스 신을 잘못 섬겼기에 자신들이 40년 동안 종살이를 했다는 기록이 있다.

신에게 바친다는 말은, 성전聖傳이 일어나 전리품을 취했을 때 일단 산 것이면 율법에 따라 죽여야 하고, 땅이면 제사장의 소유가 되어야 하며, 만일 그것이 가치 있는 재산이면 야웨의 창고에 넣어야 한다는 말이다.[19]

히브리전승에 의하면 여호수아는 신의 이름으로 제비를 뽑아 한 범인을 가려내는데 아간이다. 그는 여리고 성 전리품 중에 '시날'[20] 산 외투 한 벌과 은, 금 등을 탐내어 자기 장막 안에 감춰뒀다고 고백했다고 한다. 아간과 가족들은 즉시 돌팔매를 맞고 그 시신들은 불살라졌다.[21]

"이제 신께서 화를 푸셨다. 신께서는 다시 우리와 함께 하실 것이다. 승리는 우리 것이다!"

---

19 이 성전聖戰 전리품 처리는 고대 메소포타미아 마리 문서에서도 발견된다. 아카드인들도 성전에서 취한 전리품은 사적으로 이용하지 못하게 했다. 또 후대 이슬람 '지하드'('거룩한 전쟁')에서도 발견된다. 그들도 개종시키기 위해 유목민들을 정복하여 살해했으며, 인두세나 토지세를 부과시켰다.

20 바벨론 지역을 히브리 사람들이 부르는 말(수메르와 동일시하기도 한다). 시날 산 외투는 유대인 랍비 전승에는 분홍색 옷으로 나와 있다. 아간이 감춘 다른 보물은 3kg의 은과 0.7kg의 금괴였는데 노동자가 일생 동안 벌어야 하는 양이다.

21 아비의 죄를 물어 식구들까지 죽인 것을 보면 그 범죄에 가족까지 동참했던 것 같다. 율법에도 연좌제가 금지되어 있다. 아니면 십계명의 부칙처럼 야웨에게 순종하지 않는 자는 3, 4대에 저주를 내린다는 기록에 입각하여 처형했는지도 모를 일이다.

죄인을 처형한 여호수아 군대는 다시 사기가 올랐다. 여호수아는 복병 삼만 명을 투입하여 아이 성을 침공하여 철저히 유린한다. 히브리전승은 이렇게 전하고 있다.

그 날에 아이 사람의 전부가 죽었으니 남녀가 일만이천이라[22]

여호수아 군대는 아이 왕을 나무에 매달아 죽였다. 여호수아는 인명은 진멸시켰으나 신탁의 이름으로 가축과 전리품은 히브리 백성 몫으로 챙겼다. 그리고 이 싸움을 기념하기 위해 '에발산'[23]에 다듬지 아니한 새 돌로 단을 쌓았다. 그리고 이곳에서 번제와 화목제를 드렸는데, 모세가 시나이 산에서 야웨 신과 백성 사이에 맺은 언약을 상기시키게 하기 위함이었다.

그 후에도 여호수아 군대는 가나안 성들을 점령했을 때 인명은 살생했지만 물건들이나 우물 그리고 과실수 등은 해치지 않았다. 야웨가 준 전리품이라고 생각했던 것이다. 모세는 승리의

---

22 히브리전승대로라면 민간인이 포함된 만이천 명으로는 이삼백만 히브리 족속의 침공을 받고 버틸 수 없었을 것이다. 그러나 이 성 안 백성의 수도 많이 과장된 것이다. 현대 고고학 증거는, 당시 기원전 14세기쯤에는 가나안에 성읍을 가진 도시가 20개 정도 있었고 그 성읍 사람들을 다 합쳐서 25,000정도로 추정한다. 그리고 대부분 백성들은 성 밖에 살았고, 가나안 전체 인구는 이십만 정도로 추산한다.

23 골짜기를 사이에 두고 그리심산과 마주보고 있는 산.

대가를 율법에 이렇게 말한 적이 있다. 도적의 논리와 다를 것
이 없다.

야웨께서 네가 채우지 아니한 아름다운 물건이 가득한 집
을 얻게 하시며, 네가 파지 아니한 우물을 얻게 하시며, 네
가 심지 아니한 포도원과 감람나무를 얻게 하사 너로 배불
리 먹게 하실 것이다.

가나안 족속 살해

"전진하라, 야웨께서 밟는 땅마다 우리에게 주신다고 하셨다. 어서 가나안 땅을 차지하자. 이것이 야웨의 뜻이다!"

여호수아의 고함은 더욱 커진다. 그가 창으로 가리키는 성마다 히브리인들은 몰려가 성문을 파괴시켰다. 이제 히브리인들의 고함소리만 듣고도 성문을 열고 나와 항복한 가나안 소국들도 많았다.

거대한 무리가 파도처럼 밀려오고 있다는 소문을 듣고, 가나안 내륙 소국의 왕들도 여러 차례 염탐꾼들을 보내 여호수아의 이주민들을 주시한다. 염탐꾼이 제 나라 왕에게 보고한다.

"그들은 유목민들입니다. 이집트에서 많은 가축을 몰고 왔고 가데스 바네아에서 머물면서 그 가축 수를 늘린 모양입니다. 초지를 찾아 이동 중인 것 같으니 우리 영토를 지나 또 어디론가 흘러갈 것입니다. 충돌하지 말고 달래서 보내소서."

그때까지 여전히 가나안 농경민들은 히브리인들을 단지 흘러가는 떠돌이 유목민들로 보는 자도 많았다. 영토가 없는 유목민들은 우르(이집트어. '지도자')를 중심으로 초지를 찾아 남의 나라 국경을 예사로 넘나들었다. 그리고 도로를 점령하고 강도짓도 했으며 그 수가 많아 주둔하는 군사들을 살해하기도 했다. 먼저 이동해 온 모압, 암몬, 에돔 족속이 그들이었으며 가나안 외곽에 터전을 잡고 살고 있었다. 히브리인들 역시 그런 부류로 본 것이다.

가나안 왕들이 히브리인들을 주시하고 있을 때, 시간이 흐르면서 정탐꾼의 보고는 달라졌다.

"히브리인들이 조상인 요셉이란 자의 미라 관을 들고 몰려오고 있습니다.[1] 그들은 이 가나안 땅이 고향이고 야웨 신이 점지해 준 땅이라고 주장하고 있습니다. 그들은 여리고와 아이 성 등 밟은 땅마다 초토화시키고 있습니다."

이미 가나안인들은 농경 신 바알을 섬기고 있었기에 야웨 신을 믿을 수 없었고, 히브리 족속을 신의 아들들로 받아들여 영토를 내어줄 수 없었다. 가나안 왕은 크게 반발한다.

"야웨가 도대체 어떤 신이냐? 바알의 아들이냐, 손자냐, 부인

---

1 고대 중동인들에게 왕의 시체나 왕의 무덤 또는 왕의 물건 등은 숭배의 대상이었고 그것을 두려워했다.

이냐? 그들은 이집트에서 빌어먹던 노예들이고, 하비루들로 떠돌이 깡패들일 뿐이다."

가나안 사람들은 히브리인의 이동을 하비루 족속의 침공이라고 보는 자도 많았다. 또 모세를 한때 이집트를 지배하던 힉소스족의 후예로 보는 자들이 많았다. 그가 반란을 일으켜 노예들을 이끌고 나라를 세우기 위해 가나안으로 도주했다고 본 것이다. 그리고 여호수아 역시 이집트에서 노예를 부리던 감독관으로 보고 노예들을 부추겨 반란을 일으켰다고 생각했다. 가나안 왕의 말을 듣고 있던 책사들도 풍문으로 들은 바를 말하며 거든다.

"저들은 이집트에서 탈출한 것이 아니라, 파라오가 민란을 두려워하여 추방시켜 버린 쓰레기들입니다. 저들은 우리 가나안쪽으로 염탐꾼들과 세작들을 앞서 보내 바다를 가르고 왔다는 등 온갖 거짓 풍문을 퍼트리며 사기를 저하시키고 있습니다."

가나안 무관들 역시 히브리 족속과의 결사항쟁을 건의한다.

"저놈들을 이끌고 온 모세의 후계자 여호수아 또한 이집트에서 허술한 병법을 익혀 우리를 괴롭히고 있습니다. 저들에게는 관용이 없습니다. 우리가 살아남는 길은 이기는 길뿐입니다."

여호수아 군대는 '립나'[2]를 쳐 성읍 백성들을 진멸시켰다. 이즈음 가나안 족속들은 그들 간에 자중지란이 일어났고, 기브온 족속은 이미 여호수아 군대에게 항복한다.

히브리전승에 의하면, 가나안 족속이라면 다 전멸시킨다는 전략을 알고 있던 기브온 족속은 살아남기 위해 술수를 부렸다고 한다. 먼데서 온 유랑민들로 위장하고 자신들이 가나안 사람이 아니라고 말하며 야웨의 이름으로 히브리인들과 평화협정을 맺었다는 것이다. 여호수아는 나중에 그 사실을 알았지만, 야웨의 이름으로 맹세를 했기 때문에 번복할 수 없어 기브온 족속과 화해했다. 가나안 족속은 다 진멸시키라는 율법이 있음에도 불구하고, 어떤 이유로든 타협해야 했던 이방 족속이 많았을 것이다. 그것을 합리화시키기 위해 꾸민 설화였을 것이다.

여호수아는 그 '기브온'('언덕'. 가나안 중부지역 성읍) 거민들을 신전 장막에서 일하는 노예로 삼았다. 이교도를 신전 노예로 삼으므로, 야웨 신이 가나안 신보다 더 위대한 것을 증명한 것이다.[3]

히브리인들은 가나안 내륙 깊숙이 침략을 계속한다. 여호수

---

2 '흰색'. 내륙 평지에 있던 가나안 성읍.

3 고대 중동에서 타민족을 포로로 잡아 자국의 신에게 봉사하도록 하는 것은 흔한 일이었다. 훗날 앗시리아 왕 산헤립(기원전 705~681년)도 전투 중 포로를 잡아 자신의 신 자바바에게 봉사하게 했다. 이 신전 노예를 느디님이라고 한다.

아 군대는 아모리 족속의 성읍을 침공한다.

"바알 귀신을 믿는 아모리인들을 이 가나안에서 몰아내라. 이 땅은 야웨 땅이다!"

가나안 여부스 족속이 지배하고 있던 남부 도성 살렘 왕 '아도니세벡'('의의 주'. 살렘 왕의 공식 칭호) 또한 히브리 군사를 두려워했다. 그는 모사 회의를 소집하고 있었다.

"여리고 성도, 아이 성도 무참하게 함락 당했다. 그 성에 살던 거민들은 모두가 진멸당했다. 히브리노예 놈들보다 그들과 같이 난동을 피우고 있는 하비루 강도 놈들이 더 두렵다. 또 우리 이웃인 기브온 족속은 항복을 하고 그들의 편이 되었다. 이 일을 어쩌면 좋을꼬."

"우선 먼저 배신한 그 기브온 족속부터 쳐야 할 것입니다. 어서 다른 아모리 족속 왕들에게 출정을 요청하십시오!"

여부스 족속은 기브온 거민들을 치기 위해 군대를 모은다.[4] 그러면서도 아도니세벡은 이집트 왕 파라오에게도 여러 차례 서신을 띄운다.

당신의 종이 고하나이다. 이 종이 나의 주 발아래 일곱 번

---

4 히브리전승에 의하면 군대를 보내준 가나안 성읍들은 헤브론 왕 호함, 야르뭇 왕 비람, 라기스 왕 야비아, 에글론 왕 드빌이다.

씩 두 번 엎드려 절하나이다. 왕이시여, 당신의 종의 말에 귀를 기울이사 군대를 보내주소서. 만일 왕의 군대가 도착하지 않으면 왕께서는 공물을 받으시는 모든 가나안 영토를 노예 족속에게 잃게 되실 것이옵니다……

이미 항복한 기브온 족속은 가나안 아모리 왕들의 보복이 두려워 여호수아에게 도움을 요청한다. 이에 호응하여 히브리 군대는 여부스 족속 살렘 왕 아도니세벡의 지휘 아래 군사 동맹을 맺고 있던 아모리 다섯 왕들과 싸운다. 먼저 '야비아'('신이여, 빛나소서')왕이 통치하는 '라기스'[5]를 침공한다.

"전령의 보고에 의하면 라기스마저 히브리노예들에게 침공당하고 있다. 그곳이 함락되면 이번에는 우리가 당할 차례다."

"어서 이집트로 서신을 띄우소서. 그리고 우리도 나가 라기스를 도와 히브리놈들과 생사를 걸고 싸워야 할 것입니다."

'게셀'(라기스 북방 30km 지점 성읍) 왕 호람은 여호수아 군의 라기스 침공을 보고 겁에 질려 있었다. 그는 얼마나 다급했는지 이집트인들이 좋아하는 신성문자인 상형문자로 쓰지 않고, 빨리 쓸 수 있는 아카드어 흘림체인 신관문자로 점토판에 새겨 파라오에게 상황을 알린다.

---

5 가나안 남부 고대도시. 예루살렘 남서쪽 45km지점.

내 주 되시며 태양이신 왕이시여, 당신의 땅을 살펴주소서! 저들 족속이 우리를 심하게 위협하고 있나이다. 오늘도 한 백성이 그들의 도끼에 사지가 찍혀 죽은 딸의 머리를 들고 복수해 달라고 찾아왔나이다.

그러나 서신이 이집트에 당도하기 전, 라기스를 함락시킨 히브리인들이 게셀로 몰려온다. 여호수아 군대는 라기스로 도우러 가던 게셀 왕 호람의 군대를 쳐부쉈다.

그리고 그 다음 날 '에그론'[6]을 쳐서 성읍 사람들을 잔멸시켰다. 이제 여호수아 군대는 살렘 쪽으로 몰려간다.

히브리인들이 살렘 성을 에워싸기 시작했다. '여부스'[7]족속이 살던 살렘 역시 공포에 질려있었다. 모사가 한 가지 계책을 낸다.

"히브리인들의 구전에는 먼 과거 그들의 조상 아브라함이 전리품의 십분의 일을 우리 왕 멜기세덱에게 바쳤고, 우리 왕께서는 우리의 신 '엘 엘리온'('지극히 높으신 신')의 이름으로 그에게 복을 빌어주었다고 합니다. 그렇다면 히브리인과 우리는 인연이 있습니다. 그들과 화해를 하여 이 난관을 넘겨야 할 것입니다."

---

6 '송아지의 고향'. 유다 남서부 평지에 있던 아모리의 성읍.
7 '평강의 집'. 요단 서편에 살던 가나안 일곱 족속 중 하나.

다급했던 살렘 왕은 모사의 말을 옳게 여겨 그를 사신으로 삼아 여호수아에게 보냈다.

그러나 살렘 사신을 맞이하고, 그가 말하는 조상 아브라함과 멜기세덱의 인연을 듣고도 히브리 모사들은 살렘 침공을 강력하게 주장했다.

"지난번에 간교한 기브온 족속에게 속아 야웨의 이름으로 평화협정을 맺어 그들을 진멸시키지 못한 것은 얼마나 통탄할 일입니까? 이방인들과 타협은 있을 수 없습니다."

"살렘은 가나안의 중앙에 있습니다. 만약 함락시키지 못한다면 우리는 가나안 전체를 다 정복하여도 남북으로 분단될 것입니다."

그 주장은 과거에 있었던 어떤 인연보다도 더 힘을 발휘했고, 여호수아는 살렘 침공을 시작한다.

히브리인의 뜻을 감지한 여부스 족속도 자신들의 생명을 그냥 주지 않았다. 그들은 남녀노소가 성곽에 올라 활을 쏘고 돌을 던지며 싸운다. 여호수아 군대는 여부스 족속이 거주하고 있던 살렘 성 근처 민가에 불을 놓아 훼파하고 유린했으나 성 함락에는 실패했다. 언덕과 골짜기로 이루어진 난공불락의 요새였기 때문이다.

이제 선봉에 서서 가나안 족속과 싸우기를 원하는 히브리 지파와 수장들도 많았다. 보다 좋은 영토를 먼저 차지하기 위해서다. 앞장선 지파는 유다지파다. 이 지파는 백성들 수가 가장 많았다. 이들은 가나안 브리스 족속을 멸망시키고, 베섹 왕 '아도니베섹'('베섹의 영주')을 쳐 도망가는 그를 잡아 수족의 엄지가락을 끊어버렸다.[8]

"'헤브론'[9] 산지를 내게 주소서. 나는 전날 모세의 명령을 받고 정탐꾼으로 활약한 공이 있는 자요."

유다지파인 갈렙도 앞장섰다. 그는 여호수아와 함께 가나안을 먼저 정탐한 자로 무관이다.

유다지파는 갈렙[10]의 주도하에 '드빌'[11]을 쳐 성읍 모든 사람들을 진멸시킨다. 갈렙의 아우 '옷니엘'('신은 힘이시다')은 이곳을 함락시켰으므로 그 상급으로 갈렙의 딸이요, 조카인 '악사'를 아내로 맞이했다. 갈렙 역시 헤브론을 정복하고 그곳을

---

8 전쟁 포로들의 손발을 자르는 일은 고대 중동 지방의 관습이었다. 이 형벌을 당한 포로들은 무기를 사용할 수 없었는데, 굴욕과 수치를 의미했다.

9 '동맹 혹은 연합'. 예루살렘 남방 26km지점 산악지대.

10 갈렙은 에돔 출신 그나스족이다. 후에 유다 헤브론을 보상으로 받았기에 유다지파로 불려진다. 갈렙은 모세가 이집트에서 백성들 데리고 가나안 광야로 왔을 때 히브리 족속과 합류한 이방 족속 중 한 명이었을 것이다.

11 헤브론 남서쪽으로 약 18km지점 전략 요충지 성읍. '기럇 세벨, 즉 책들의 성읍'이라고도 불림.

상급으로 받았다. 성주가 된 것이다.[12]

---

12 히브리전승에 의하면 히브리 군대는 이곳 헤브론에서 거인족이었던 아
   낙 자손 장군들 '세새'('태양'), '아히만'('운명의 신의 형제'), '달매'('가래
   로 땅을 일구는 사람') 등을 죽였고, 군사와 주민 4만 명을 살해했다.

가나안 정착

1. 영토 분배

이집트 파라오 궁에서는 매일 군사회의가 벌어진다. 보좌에
는 시리아인 이루수가 앉아 있고, 심복 시리아인들도 시종 자리
를 차지하고 있다.

"가나안 소국들이 계속 전령을 보내오고 있습니다. 히브리인
들이 그들의 성과 촌락을 사납게 유린하고 있다는 보고입니다.
가나안은 우리의 영토나 다름없습니다. 종속국을 잃는 것은 곧
조공을 잃는 것입니다. 히브리인들은 노예 생활을 해서 강인하
고, 수도 많은 까닭에 우리가 도와주지 않으면 그들의 성은 함
락될 것입니다."

이집트 군부들은 가나안 파병을 적극 주장한다. 그러나 시리
아 출신 시종들은 다른 소리를 낸다.

"아직 왕권도 굳건히 세워지지 못했는데 어찌 대군을 그 멀
리로 파견할 수 있단 말이오?"

"그렇소, 우리는 이미 가나안에서 종주권을 잃어버린 지 오래됐소. 지금 찾는 것은 불가능한 일이오. 오히려 지금은 궁 내부에서 우리 왕을 몰아내려는 이집트 왕족들과 사제들을 경계하여야 될 것이오."

이루수는 이집트인들로부터 파라오로 인정받지 못하고 있었다. 그는 자신의 권좌를 지키기에도 어려운 지경의 날들을 보내고 있었기에 그 순간 망설인다.

이집트가 가나안 쪽에서 등을 돌리고 있을 때, 여호수아는 여러 가나안 족속들과 대결하며 물리친다. 히브리인들이 죽인 가나안 왕들만 해도 모세, 여호수아 시절 요단 동편에서 시혼과 옥, 두 왕이었고, 서편에서 서른한 명이다.

그러나 가나안인들이 생각할 때 모세도, 여호수아의 영웅적 행위도, 히브리인들의 침입도 아무런 명분이 없었다. 가나안 족속이 믿던 바알[1]은 오히려 농경으로 정착하고 있던 가나안 민족에게 평화의 상징이었지만, 침입하는 반유목민 히브리 신 야웨는 전쟁을 일으키는 사나운 신이었다.

그러나 히브리인들이 바라볼 때 그 전쟁은 성전聖戰이었다. 우상숭배로 오염된 가나안 땅의 모든 움직이는 것들을 다 죽여

---

1 '주인'. '소유주'라는 뜻으로, 가나안 원주민의 각종 농경신들 가운데 풍요와 다산의 최고신.

새로운 영지領地로 만드는 거룩한 싸움이다. 그들에게 전쟁이란 신의 심판 도구라는 신념이 있었다.[2]

히브리 족속은 토착민들과의 싸움에서 수없는 피를 흘리며 신이 약속했다는 젖과 꿀이 흐른다는 땅에 당도한다. 이제 전승되어 내려오던 야웨 신과 히브리 조상의 족장들, 즉 아브라함과 이삭과 야곱과 모세에게 주었던 가나안 입성의 언약이 일부분 이루어진 것이다.

가나안 땅을 정복한 히브리 자손들은 지파별로 땅을 분배한다. 넓이는 인구 비례에 따랐으나 위치만은 제비를 뽑아 신의 뜻으로 받아들인다.[3]

그러나 여호수아는 정복하지 못한 지역뿐만 아니라 이미 나라 형태를 갖췄던 암몬, 모압, 에돔 등이 있던 요단 동편까지도

2 여호수아와 동 시대 북쪽 앗시리아에서도 이 성전이라는 이름으로 전쟁이 벌어진다. 그들은 천둥과 번개의 신인 앗슈르 신이 잔혹한 전쟁을 원하고 있다고 생각했다. 앗시리아군은 도시를 불태웠고, 반항하는 자가 어린아이라도 목을 잘랐고, 그 행위들을 신 앞에 의롭게 여겼다.

3 지파의 영역은 여호수아 때 지정되었으나 그 후 수없는 변동이 있었다. 남쪽 유다지파는 근처 갈렙, 겐, 그니스 족속을 통폐합시켰고 그 후에도 계속 영토를 키워갔다. 반면에 시므온지파는 가나안 중앙에서 밀려나 유다지파에 예속되었고, 르우벤지파도 요단 동쪽 갓지파에 밀려났다(그러나 히브리전승에 기록된 지파영역은 여호수아 때 기록된 것이 아니고 아마도 700년 후 남유다 요시아 왕 때 꾸며 기록한 것으로 현대 학계에서는 지지하고 있다).

미리 히브리 지파에게 배분시켰다. 그는 멀지 않아 가나안 전체를 야웨 신이 히브리인들에게 줄 것을 믿었다.[4]

영토 분배 후에도 여호수아 군대는 다시 가나안 북부로 그 침략 방향을 바꿨다. 이곳에는 '하솔'[5] 왕 '야빈'(하솔 왕의 공식적인 칭호)이 소식을 듣고 항오를 짓고 있었다. 그 또한 히브리 군사를 혼자 막을 수 없어 가나안 북부 도시들로 전령을 보냈고, 정복되지 않은 북부 가나안 족속들은 군대를 보내 적극 협력하고 있었다.[6]

하솔 군대는 산악지대 가나안인들과는 다르게 전차부대를 거느리고 있었다. 야웨 군대도 두려워했다는 전차 부대는 이집트를 지배했던 힉소스족이 후퇴하며 가나안 족들에게 남겨 놓은 산물이다.

보병뿐인 여호수아 군대는 그 기세에 눌려 그들과 직접 대결

---

4 이 분배는 야웨의 이름으로 행해졌기에 히브리인들은 신의 뜻으로 여겼다. 그래서 21세기 현재까지 이스라엘인들이 이 지역을 빼앗기 위해 중동인이라고 불리우는 이 영토의 원주민들과 다투는 계기가 되었다.

5 '울타리'. 요새화 된 성읍이란 뜻.

6 마돈 왕 요밥, 시므론 왕 악삽, 북방 산지와 '아라바'('사막의 들'. 갈릴리 바다로부터 남쪽 요단 골짜기와 사해를 포함하여 아카바만까지 이어지는 대계곡)와 '돌'(유다 산악 지대와 서부 해안선 사이에 있는 지역), 아모리인, 힛타이트인, 브리스인, 여부스인 히위 사람들이 야빈에게 군대를 보내주었다.

할 수 없었다. 이때 예언자이며 여걸인 드보라와 장군 바락이 나섰다.[7] 이때 가나안 정복 주체는 겐 족속 등 협조적인 이방 족속까지 참여한 히브리 지파 연맹체였다.

이스라엘 지파끼리도 결코 협조적이었던 것만은 아니었다.[8] 드보라와 바락이 앞장 선 연합군대는 '메롬'[9]을 침공해 물가에서 하솔 왕 야빈이 소집한 북방 가나안 연합군을 기습 공격한다. 하솔과의 전투는 진흙탕에서 벌어졌고 바퀴가 빠져 무용지물이 된 전차들을 제압할 수 있었다.

승리한 여호수아 군대는 가나안 연합군의 전차를 불사르고 그 말들의 뒷발 힘줄을 끊었다.[10] 히브리 족속은 말과 마차를 부릴 수 있는 기술이 없었기 때문이다.

히브리전승은 이때 하늘에서 큰 덩어리의 우박이 내렸고, 또

---

7 이때부터 드보라 등 전쟁 영웅들인 사사들이 나타난다. 여호수아 말기는 사사시대 초기에 해당된다.

8 히브리전승 드보라의 노래에 의하면, 스불론, 납달리, 잇사갈지파는 전투에 적극 참여했지만, 이미 영토를 분배받은 이후인지라 아셀과 단지파는 너무 멀어 참여하지 못했다. 반면 유다와 시므온, 레위지파는 그 전투 기록에 남아있지도 않다(여호수아는 애초부터 신을 대면했다는 모세에 비하면 카리스마가 떨어지는 인물이었다. 그의 지도력에 어떤 허점이 있었는지도 모른다).

9 '높은 곳의 물'. 갈릴리 호수 북쪽 15km지점.

10 말 뒷발의 힘줄을 끊는 것은 복사뼈 마디에 있는 뒤 근족 건을 자르는 것을 포함한다. 적군이 계속해서 말을 사용하지 못하게 하기 위함이다.

태양이 하루 동안 더 하늘에 머물러 주어 도망 가는 아모리 족
속을 이틀 동안 추적하여 진멸시켰다고 한다.[11] 그때 여호수아
는 시를 지어 찬양했다고 한다.

태양아, 너는 기브온 위에 '머물라'(히브리어 '섯, 조용히 하
라'는 의성어 '줌'이란 말에서 나온 말로 정확한 뜻은 '입 다물
라'라고 해석해야 한다) 달아, 너도 아얄론 골짜기에 그리할지
어다.

---

11 태양이나 지구의 축이 변했거나 두 행성이 공전, 자전을 멈췄다는 얘기
다. 그러나 중동이나 세계 어떤 역사에도 그런 엄청난 천체변화의 기록
은 없다. 이것은 단지 승리를 준 신을 찬양하기 위한 여호수아의 승전 시
였는데, 후 세대 작가가 뒷문장을 달고 역사적인 사건으로 받아들여 산
문화시킨 신화일 것이다. 히브리전승에서도 이때 외에 다른 곳에서는 이
사건은 언급되지 않았다. 가나안에서 만일 해가 중천에서 이틀 동안 머
물렀으면 병사들은 일사병으로 더 고통을 당했을 것이다. 신학자 E. W.
Maunder는 해가 서둘러 내려오지 않았다는 이 표현을 해석하기를, 히
브리 군대가 하루 오후에 할 수 있었던 것보다 훨씬 더 많은 일을 했다는
의미라는 주장을 했다(신이 태양을 하늘에 붙잡아 놓았다는 신화는 고대
의 흔한 소재였다. 기원전 1000년경 메소포타미아의 한 애가에도 하늘
이 울리고, 땅이 흔들리며, 태양이 지평선에 누워있고, 달은 하늘에 멈춰
있으며, 악한 폭풍우가 땅을 휩쓸고 간다고 신의 심판을 묘사했다. 그리
스 헤라 여신이 전투에서 그리스인에게 유리하게 하기 위해서 태양이 지
는 것을 앞당기는 설화도 남아있다. 켈트족 신화나 뉴질랜드, 아메리칸
인디언 신화에도 비슷한 설화가 남아있다. 인도의 리그 베다에도 인드라
신이 다른 신과 싸울 때 태양의 수레바퀴를 끌어당겨 일몰을 지연시키는
장면이 남아있다).

히브리 군대는 또 다른 아모리 성읍들을 파괴했고, 도망 가 막게다 굴에 숨어 있던 아모리 다섯 왕들을 죽여 그 시체를 저녁까지 나무에 매달았다. 그리고 다시 그 시체를 동굴에 넣어 큰 돌로 막아 놓았다. 히브리전승은 이렇게 기록을 남겼다.

여호수아가 아모리 다섯 왕을 잡아 나무에 매달았다……
여호수아가 온 땅에 곧 산지와 남방과 평지와 경사지와 그 모든 왕을 쳐서 한 명도 남기지 아니했다. 무릇 호흡이 있는 자는 진멸하였으니, 이스라엘의 신 야웨의 명령하신 것과 같았더라.

여호수아 군대는 북부에서는 하솔 이외에 다른 성들은 불사르지 않았는데 전리품으로 성을 얻기 위해 파괴시키지 않았다. 그곳 산성은 지대가 높아 가나안인들의 전차가 침범할 수 없었기에 남겨두어 본거지로 삼은 것이다.

그 후 히브리인들은 가나안의 전차부대와 수비대에 밀린 관계로 정면충돌을 피했고 유격작전을 펴야 했다. 자연적 지형을 이용하여 겨울 큰 비가 내리는 습지에서 전차부대를 무력화시키기도 했으며, 밤중에 급습했으며, 여인을 이용해 침실에서 적장을 암살하기도 했다. 그러나 훗날까지도 평지는 가나안 군주

들이 차지했고, 산악지대만 여호수아 군대가 차지했다.[12]

히브리인들은 가나안 서쪽 블레셋인들의 성읍도 쳤지만 함락에는 실패했다. 유다 지파는 그들을 침공하여 가사와 에스글론과 에그론 성읍 주변 산악지대는 훼파시켰지만 평원에 사는 자들에게는 패배했다. 역시 그들은 철전차를 가지고 있었기 때문이다.

이 외에도 여호수아 군대는 가나안 북쪽 레바논 평야, 시리아와 또 페니키아, 갈릴리 동북쪽 지역 그술 등은 정복하지 못했다. 지중해 해상 교류와 메소포타미아와 접했던 영향으로 문명이 최고조로 발달했던 그곳들은 국력이 강했기에 침공 시도조차 못했다.

2. 가나안 토착민들과의 갈등

가나안을 정복한 유목민 히브리 민족은 한 영토 안에서 그 지역 농경민들과 갈등을 겪게 된다. 히브리인은 정복자였기에 우월감이 있었고, 피지배자 가나안인들은 열등감이 있었다. 반면

---

12 이것은 동시대 하비루들과 가나안 군주들 간의 싸움에서도 비슷한 결과였다. 아마르나 문서에서도 가나안 군주들이 파라오에게 보낸 서신 중, '내 주 대왕이요, 귀를 기울이소서. 산악지대에는 내 적(하비루)이 있나이다'라는 글귀가 있다.

에 농경문화에 앞섰던 가나안인들은 우월감이 있었고, 히브리인들은 열등감이 있었다.

농부들이 쟁기가 걸머진 나귀로 호밀밭을 갈고 있다. 양을 몰고 다가온 히브리인들과 말싸움이 벌어진다.

"가축을 치려면 남부 광야로 내려갈 일이지, 이 북부까지 침범해 와 웬 목축이오?"

"우리도 올해부터는 호밀 농사를 지을 것이다."

"그러려면 양똥 냄새나는 그 지팡이부터 버리고, 쟁기 부리는 법이나 배우시오. 그리고 내일은 바알 축제가 있는 날이오. 가나안 신은 피 있는 짐승은 제물로 받지 않소. 어차피 이곳에 정착했으니 참여하여 바알 신께 곡물을 드리시오."

"야웨 신을 섬기는 성민聖民이 귀신들의 제의에 참여하란 말이냐?"

"가나안에 왔으니 가나안 땅 신을 섬겨야 할 것 아니오? 바알은 비의 신이요. 만일 제사를 드리지 않는다면 그대들의 땅에는 비가 내리지 않을 것이오."

이때 허리춤에 망태기를 차고 낫을 들고 있던 가나안인 농부가 히브리인 목동 무리 중에서 애띤 사내를 노려보며 말한다.

"자네는 내 사위가 되었고 이 땅에서 아들을 둘이나 낳았으니 이 땅 신을 믿어야 될 것이네. 내일 바알 신당으로 나오게."

대다수 히브리인들은 남부 광야보다 훨씬 기름진 가나안 내륙 땅에 들어오자 그곳 풍습에 젖는다. 농경 신이요, 다산多産의 상징인 가나안 신들을 믿기 시작한 것이다. 가나안에는 수없는 신당이 있었다. 가나안에서 최고 신 엘은 이미 늙은 신이고 사라지는 신이었다. 엘의 아들 바알이 사실상 가나안을 지배하는 신이었다.[13]

히브리전승은 히브리 민족이 가나안에 도착했을 때 야웨와 맺은 선민의 언약은 이미 깨어졌다고 전한다. 이집트에서 탈출시키고 구원한 야웨 신만을 섬겨야 하는데 가나안 신을 섬김으로 언약은 깨어졌다는 것이다. 그 결과 가나안 족속을 다 멸망시키겠다는 신의 약속은 사라지고, 그 족속들은 살아남아 이스라엘 옆구리의 가시가 됐다고 한다.

이제 히브리인들은 가나안 영토를 빼앗아 주인이 되었다. 성을 송두리째 빼앗은 성읍에 안착하고, 파괴해 버린 성을 중축하고 그 안에 통나무 집, 벽돌 집 등을 지으며 번성한다. 가나안인들이 정착하지 않았던 지역에는 새로운 성읍도 만들었다. 히브리인들은 노예들이었다. 가난했을 뿐더러 숙련된 기술자도 없

---

13 근동인들은 이 신을 제 족속의 이름으로 바꿔 불렀다. 블레셋인들은 다곤이라고 불렀고, 바벨론에서는 마르둑, 모압에서는 그모스, 암몬에서는 밀곰이라고 부르기도 했다. 이들 신들 또한 엘처럼 '산꼭대기를 밟으며 구름을 몰고 오는 자', '대지의 주인' 등으로 불리우는 농경 신들이었다.

었다. 그들은 초라한 성읍만을 세울 수밖에 없었다.

하지만 히브리노예들은 근면했다. 요단강 동쪽과 서쪽에 광대한 임야지역을 개간했으며 올리브, 포도나무 등을 이식했다. 남쪽에는 목축을 했고 북쪽에서는 저수지를 만들어 가나안인들로부터 배운 농업도 부흥시켰다. 어떤 이는 앞섰던 가나안인들의 장인 기술을 배워 전문 분야의 기술자가 됐다. 소수는 아라비아인들에게 낙타를 부리는 법을 배워 대상무역을 했다. 가나안 북쪽 페니키아인들과 사귀어 해상무역을 하기까지 했다.

이미 가나안 서부 곳곳에 야곱 가족과 함께 이집트로 내려가지 않은 히브리인들이 하비루처럼 살고 있었다. 또 이집트를 지배했던 힉소스족이 멸망했을 때 그들을 따라 가나안으로 이주한 히브리인들도 많았다.

출애굽한 히브리인들은 가나안 내륙인 이곳에서 히브리 동족이든지 아니면 히브리인과 연관이 있는 조상들 첩, 사생아의 후예 족속 또는 아브라함 이삭, 야곱 등 조상들과 친했던 이방 부족들을 만났다.[14]

---

14 아브라함, 이삭, 야곱의 후예들은 세겜뿐만 아니라 헤벨, 디르샤 등 몇몇 성읍들에 히브리인으로 살았던 것 같다. 히브리전승에도 훗날 이 도시들이 있던 중부 가나안은 정복했다고 하면서도 군사적으로 행동했다는 이야기가 없다. 고고학적으로도 이 도시들이 파괴된 흔적이 없다. 히브리인들은 이 성읍들과 어떤 인연이 있거나, 타협했던 것 같다.

또 히브리인들이 가나안에 왔다는 소식을 듣고 가나안 이곳 저곳에서 소수민족과 떠돌이들이 몰려왔다. 이들은 자연스럽게 히브리 백성들과 합류했다. 모세의 신흥 종교는 세련되고, 강한 선교성을 가지고 있었기에 이민족들도 합해졌을 것이다.

여호수아의 세력이 강해지자 중앙 산지에 있던 세겜[15] 성읍에서 서신과 사신을 보내온다. 히브리인들이 침범할까 두려워하여 먼저 화해를 요청한 것이다.

> 우리나라의 국호는 이스라엘이오. 이것은 당신들의 선조 야곱께서 얍복강을 건너며 신과 겨루어 이겨서 얻은 이름이오. '신의 전사(신과 겨루어 이긴 자)'라는 뜻을 가지고 있소.[16]

세겜 사신은 속심이야 어떻든 히브리 족속과 화해를 해야 했으므로 전날의 인연을 강조한다.

---

15 아마르나 문서에서 보면 세겜 왕 랍아유가 세겜 땅을 하비루에게 넘겨 준 것으로 되어 있다. 즉 세겜은 하비루의 본부가 된 것이다. 세겜은 여호수아가 정복한 성읍 명단에 없고, 현대 고고학 발굴에서도 파괴된 흔적이 없다.

16 세겜이나 가나안 어느 성읍에선가 히브리인들과 인연이 있던 성읍에서 이스라엘이란 이름을 국호나 민족, 혹은 지파이름으로 사용하고 있었을지도 모른다. 히브리전승에도 이스라엘이란 이름은 모세 훨씬 이전에 조상의 가나안 시절 야곱에게서 유래한 것으로 나와 있다.

"사실 우리 세겜 백성들은 근원이 히브리인과 다름이 없소. 그대들의 조상 아브라함은 우리지역에 살았고, 야곱의 아들들의 후예도 우리 중에 많이 있소."[17]

가나안 여러 도시 국가 중 세겜은 하비루들이 세운 나라였다.[18] 사신은 세겜의 왕과 백성들이 히브리인들을 형제처럼 여기고 있다고 전해준다. 여호수아 역시 가나안의 중앙 도시 세겜과의 전면전쟁은 두려운 일이었다. 타협을 선택한다.

"이미 가나안 기브온 족속도 투항하여 신전 노예로 삼았고, 그들은 우리 신전에서 물도 긷고 장작도 패고 있소. 그러나 그대들은 히브리인의 피가 섞여 있으니 우리 동족처럼 대해주겠소."

히브리인들은 그동안 가나안 족속들을 진멸시켰지만 세겜인들의 사실상의 투항을 받아들인다. 그리고 그들과 자연스럽게 통합이 된다.

여호수아는 세겜을 정치, 군사 중심지로 삼았다. 조상 요셉의 미라도 그의 열조들이 묻힌 막벨라가 아닌 이곳에 안치시켰

---

17 히브리전승에 의하면 일찍이 야곱의 아들들이 강간당한 누이동생 디나의 복수를 위해 히위 족속이 살던 세겜을 정복한 적이 있다. 그때 야곱의 후예 중에 누군가가 자연스럽게 그곳에 정착했을 것이다.

18 세겜 성읍은 가나안 본토민이 세운 도시가 아니다. 이집트 아마르나 문서에도 나왔듯이 떠돌이 하비루들의 본부였다.

다. 성역화시킨 것이다.

세겜은 '바알 브릿'('계약의 바알') 신을 섬기는 성읍이다. 이때 이미 히브리인까지도 가나안 최고의 신 바알을 야웨 신과 똑같이 여기고 믿고 있는 자가 많았다.[19] 세겜 성소는 이스라엘 열두 지파들이 모이는 장소가 된다. 아마도 이때 이스라엘이란 국호가 처음 사용된 것 같다.

여호수아가 조상 아브라함이 제사를 드렸다는 세겜의 성지 상수리 나무 아래에서 고별연설을 한다.

"너희 섬길 자를 오늘날 택하라. 저편 메소포타미아 신을 섬기든지, 아니면 강 이편 가나안 땅에 있는 바알 신이든지 마음대로 택하라. 나와 내 집은 야웨를 섬기겠노라……."

여호수아는 히브리 족속이 조상 아브라함이 섬기던 '메소포타미아 신'[20]이라든가, 농경 바알 신을 받아들일 것을 염려하고 경고했다.

이때 여호수아는 미리 준비한 돌에 모세의 율법을 기록하며 이스라엘 민족과 야웨 사이에 서서 모세가 시나이 산에서 그랬던 것처럼 언약을 맺게 한다. 그 후에도 이스라엘 지파들은 이 세겜에 중앙 성소를 두고 매년 모여 지파 동맹을 과시했다. 그

---

19 훗날 왕정시대 때에도 야웨를 바알로 불렀던 문서가 발견된다. 바알 자체가 주인이라는 뜻이기에 그 의미대로 불렀을 수도 있다.

20 우르와 하란에서 섬기던 달신을 의미한다.

때는 가을 추수 대 축제 때였고, 그날 야웨 신과 맺은 언약을 갱신시켰다.

히브리 민족을 가나안에 정착시킴에 있어서 최고의 공헌자였던 무장 여호수아는 절대 권력을 쥐고 있었으나 후임 계승자를 기르지 않았다. 모세가 자신을 후계자로 삼았던 전례를 밟지 않았다.

히브리전승에 의하면 여호수아는 가나안 땅에 들어와 삼십 년을 살았고 백십 세에 죽었다.[21] 그는 그의 지파가 분배받은 땅 에브라임 산지 '가아스'('지진') 북쪽 딤낫 '헤레스'[22]에 장사된다.[23] 지도자 여호수아가 죽자 열두 지파 동맹은 와해되고 이스

---

21 이 연령은 이집트인들에게 있어서 장수와 번영을 누리며 살았다고 할 경우 관례적으로 일컬어지던 수명이다. 이집트에 살던 요셉도 똑같은 나이에 죽었다.

22 '태양의 비탈'. 요단강 동편 얍복강에서 올라오는 산길.

23 현대신학은 여호수아 주도하에 열두 지파가 연합하여 대규모로 가나안을 정복했다는 기록을 의심하고 있다. 각 지파 또는 몇 지파의 연합과 개인의 투쟁으로 이루어졌다고 생각한다. 이 견해는 히브리전승 출애굽기가 아니라 사사기 1장과 5장 등을 토대로 하고 있다. 고대 전승 중에서 이 사사기가 가장 역사성을 가지고 있다고 신학자들은 대체로 믿고 있다. 만일 히브리인들이 가나안을 정복했다면 여호수아서가 묘사한 급습이 아니라, 기원전 12세기 후반까지 이어진 장시간의 사건이었고, 어느 정도 평화적으로 이루어진 정착이었을 것이다. 사실 가나안 정복은 기원전 11세기 다윗 때에 비로소 완성됐다. 여호수아는 가나안 정착 어느 시점에서 민족 지도자로 세워진 인물이고, 그의 행적은 다른 조상들처럼 신화화되고 미화됐을 것이다.

라엘은 삽시간에 가나안 땅에서 미아처럼 갈팡질팡한다.

성경, 신을 그리워했던 사람들의 이야기

모든 생명체를 잉태한 지구는 약 45억 년 전에, 이 지구를 포함한 태양계는 약 50억 년 전에, 태양계를 담은 우주 전체는 약 137억 년 전에 생겨났다. 또 인류의 조상 오스트랄로피테쿠스(원인, 猿人)류의 탄생은 260만 년경이다. 그후 현대 인류와 형체나 지능 면에서 다를 바 없는 호모사피엔스(현명한 사람)의 출현도 최소 5~6만 년 전 경이다. 이것이 현재 거의 증명된 우주, 인간 연대기다.[1]

그런데 히브리전승 창세기 저자는 신이 우주와 인간을 만들었는데, 기원전 4000년경이라고 집필했다.[2] 동의할 수 있을까?

1 도플러 효과와 방사선 탄소연대기 측정법에 의해 검증된 연도다.
2 17세기 아일랜드의 사제 '제임스 어서(James Ussher)'는 성경 문자주의를

그런데 한국 교회에서는 아직도 그렇게 설교하고 있다.

그리고 히브리전승은 신이 진흙인형을 만들고 그 코에 바람을 불어넣어 아담을 만들었고, 그의 갈비뼈로 하와를 만들었다고 기록했다. 그런데 히브리전승 기록보다 수천 년 앞선 문명인 메소포타미아 신화 기록에도 이와 비슷한 이야기가 남아 있다. 수메르 성도聖都 에리두의 신인 에아가 아담과 발음이 비슷한 최초인간 아다파를 진흙으로 만들었다는 것이다. 그리고 수메르의 신화 '엔키와 닌훌삭 서사시'에 보면 여신은 'Nin-ti', 즉 갈비뼈 여인이었다. 수메르어로 티(ti)는 갈빗대를 뜻한다.

히브리전승에는 아담의 후예 인간들이 죄를 범하자 신은 홍수로 심판했다고 기록하고 있다. 역시 메소포타미아 바벨론 신화에도 비슷한 기록이 남아있다.

신이 천지와 인간을 만들었다. 그러나 인간은 신이 하늘에서 더 이상 바라볼 수 없을 정도로 악해졌다. 신은 자신이 만든 세상을 홍수로 다 멸망시키고자 계획했다. 그러나 인간 중 노아라는 자는 신의 명령을 준행했기에 살리고자 했다. 노아는 신의 말에 순종해 배를 만들었고, 그 속에 세상의 모든 동물들을 실었다. 그 후 신은 비와 창수(지하수)를

철저히 적용시켜 천지창조가 기원전 4004년 10월 23일에 이루어졌다고 발표했다. 히브리 전승에 나오는 아담과 그의 후예들의 나이를 다 더해 만든 수치다.

터뜨려 세상을 물속에 잠기게 했다. 사십 일 밤낮이 지난 후 홍수는 멈췄고, 노아의 배는 아라랏 산에 이르렀다. 이때 노아는 까마귀와 비둘기를 날려 보내 물이 줄었는가 확인하고자 했다. 비둘기는 새로 돋은 감람나무 잎사귀를 물고 왔고, 물이 빠진 것을 확인한 노아는 배 뚜껑을 열고 나와 제사를 드렸다.

— 히브리전승 홍수 설화

수메르 왕 키소우두루스는 크로노스 신에 의해 경고를 받고 배를 지었다. 필요한 식료품을 준비하며 친구와 친척들 그리고 여러 종류의 짐승을 데리고 배 안에 들어가도록 명령받았다. …… 그는 배 밖으로 새를 내보냈는데 다시 돌아왔다. 며칠을 기다린 후 다시 보냈는데, 이번에는 다리에 진흙이 묻어 돌아왔다. 그리고 또 며칠 후 내보냈을 때, 새들은 돌아오지 않았다. 이들은 배 밖으로 나와 신에게 제사를 드렸다. 장소는 아르메니아 땅 '니지르'였다.

— 바벨론 마르둑 신전의 사제 베로수스(Berosus)가
아카드어를 헬라어로 번역한 홍수 설화

히브리전승에 의하면 배에서 살아남은 노아의 후예들은 인류 모든 족속의 조상이 된다. 그 중 한 명이 이스라엘인의 조상 아브라함이다.

어느 민족이든 고대 시조 조상들은 부족의 이상화된 화신이

요, 가공인물이다. 그리고 그 선조들을 천신天神과 연관시키려 했다. 그들의 이야기는 매우 주관적이고 구전으로 전해져 내려왔다.

히브리 초기 전승 중 아브라함과 직계 인물들 설화도 신화였을 가능성이 많다.[3] 현재까지 진행된 성서학 연구와 고고학 발굴들은 족장 아브라함이 실존 인물이었는지, 아들로 소개된 이삭, 야곱 등이 실존 인물이었는지를 확인시켜 주지 못하고 있다.

19세기 말 모세 오경의 기원에 대한 학문적 연구가 시작되면서 족장들 이야기의 역사성에 대한 회의론이 등장하기 시작했다. 율리우스 벨하우젠Julius Wellhausen은 족장들에 대한 역사적 지식에 대하여 불가지론적 입장을 드러냈고, 헤르만 궁켈 Hermann Gunkel은 족장들의 이야기를 영웅담이나 전설에 속하는 것으로 분류했으며, 폰 라트Gerhard von Rad와 마틴 노트Martin Noth 역시 족장들에 대한 성경의 보도는 실제 역사적 사건의 기록이 아니라는 입장으로 일관하였다.

이 진보주의자들의 입장을 정리하면 야곱은 북쪽 지파의 조

---

3 아브라함이 바벨론 갈대아 우르에서 태어나서 가나안에서 생활했으며 이집트로 내려갔고 다시 그곳에서 가나안으로 돌아온 길은 야곱 가족의 이집트 이주와 출애굽 등 히브리 족속 여정과 닮아 있다. 아브라함 설화를 적은 히브리전승은 아브라함 사후 1500년경 바벨론 포로 시절 갈대아 우르 근처에서 집필했을 가능성이 많다.

상이었고, 북쪽 주요 도시 벧엘을 중심으로 그들 지파가 형성되었다. 벧엘은 히브리전승 속에서 야곱이 신을 만난 장소다.

반면 아브라함은 남쪽 지파의 조상이었다. 그런데 훗날 그 야곱 이야기가 남쪽 아브라함 이야기에 흡수되어 한 이야기를 이루었다는 것이다. 그 사이를 이어주기 위해 이삭의 이야기가 자연스럽게 삽입되었다는 것이다. 그러나 그 히브리전승과 유사한 씨족장들의 이름 또는 풍습 등이 고고학 발굴 점토판 '마리 문서'[4] 등에서 발견되는 것을 보면 완전한 허구는 아닌 것 같다. 훗날 말전주되어 조상의 얘기들이 기록되면서 신화화됐을 것이다.

아브라함은 시리아 북부 하란 근처에 위치한 샨르 우르파가 고향이었을 것이다. 성서 속 아브라함의 이야기가 그 주변 도시에서 벌어지기 때문이다. 아브라함의 고향을 바벨로니아 갈대아 우르라고 표기한 것은 성서 저자의 의도였을 것이다. 당시 우르는 세계 문명의 중심지였다.[5] 자신들 조상을 문명인으로 꾸

---

4 이 문서에서 아브라함의 친척 스룩, 나홀, 하란 같은 이름이 발견되었다 (사람 이름이 아니라 상 메소포타미아 지역 이름이었다. 스룩은 하란 서쪽에 위치한 아카드 성읍이다. 그 옆 성읍이 나홀이다. 이로 보건대 아브라함 설화는 그 지역에서 파생된 신화인지 모른다). 또 메소포타미아 상부 샤가르 바자르에서 나온 기원전 18세기 문서에 야곱이란 이름도 나왔다.

5 수메르 도시국가 우르의 위치와 유적은 1922년 영미 합동조사단(대영박물관과 미국 펜실베니아 대학 박물관) 단장으로 활동했던 영국인 레너드 올리에 의해 발견되었다.

미기 위해 고향을 이곳으로 표기하고 싶었을 것이다.

아브라함은 어쩌면 객상이었을지 모른다. 아브라함 당시 중
동에도 앗슈르에서 소아시아 터키까지 메소포타미아를 직선거
리 천 킬로미터를 가로질러 국제 무역을 하는 객상들의 기록이
있다.[6] 진보주의 신학자들은 아브라함이 시리아(하란)에서 얻
은 노예 엘리에셀은 법정 대리인이고, 그가 수도 다마스커스에
본부를 두고 가나안과 이집트를 오가는 국제 무역상이라고 생
각하기도 한다.[7]

아브라함이 실존 인물이라면 그 당시 메소포타미아로 대규
모 이동했던 아모리 족속의 후예였을 것이다. 당시 유목민들처
럼 역시 땅을 찾아 남쪽 가나안으로 내려왔을 것이다. 그리고
한 씨족을 이루고, 인간의 수명을 누리고 죽었을 것이다.[8] 이 평

6 메소포타미아에서 발견된 문서에는 기원전 3900년경 객상들이 보험까지
  들고 장사를 했음을 알 수 있다. 기원전 2100~1900년 앗시리아 기록과 기
  원전 1800~1700년 마리 기록의 거래 문서를 보면 2, 300마리에 달하는 나
  귀를 거느린 대상들이 소아시아와 북부 시리아로 여행하는 것이 나온다.
  아브라함의 행로와 비슷하다.

7 중동을 떠돌던 하비루는 가나안어 무리를 뜻하는 '하베르'에서 나왔을 가
  능성이 많다. 또 원래 의미를 '먼지투성이의 사람들, 혹은 당나귀가 일으
  키는 먼지'로 보고, 대상들이 교역으로 생계를 이어갈 수 없자 산적이 되어
  이 이름으로 변했다는 신학자 W. F. 올브라이트의 이론도 있다. 그는 히브
  리인의 조상 아브라함도 이런 대상이었다고 믿는다.

8 고대 중동에서는 문명에서 소외된 사람은 유랑민이 되고 광야로 나갈 수
  밖에 없었다. 그리고 광야 샘물이 마르면 평야로 나가고 정착민들과 충돌

범한 인생 여정이 후예들에게는 과장되어 신화로 남겨졌을 것이다.[9]

신화는 그 당시 사람들에게는 진실로 믿었던 설화다. 성경 시대 히브리 족속은 그대로 믿었을 것이다.

광활한 사막을 배경으로 절망적인 자연환경과 타민족의 압박 속에서 일찍이 인간의 무력함을 체험한 유목민 사이에서 발생한 유대교, 그 시작에는 모세가 있었다.

모세는 시나이 산에서 낯선 신을 만나 야훼라는 이름을 들었다고 히브리전승은 전하고 있다. 그러나 모세의 친모는 야훼의 영광을 뜻하는 요게벳이란 이름을 가지고 있었다. 모세가 시나이 산에서 처음 야훼 신을 만났던 것이 아니라 이미 그 어미에게서 야훼 신에 관한 얘기나 신앙을 전수 받았다는 증거이다. 야훼 신은 가나안 겐 족속의 부족신이었고, 모세는 그 겐 족속이었던 어미에게서 그 신을 소개 받았다고 현대신학자들은 생각하기도 한다. 모세가 야훼 신을 만났던 히브리전승 속 시나이

이 일어나곤 했다. 아브라함의 일생과 비슷하다.

9 예를 들자면, 히브리전승을 살펴보면 아브라함이 100세에 얻은 아들 이삭을 신 앞에 번제로 드릴 때, 신은 그의 믿음을 칭찬하며 가시나무에 걸린 숫양을 준비했다가 대신 받았다는 내용이 있다. 그런데 고대 우르인의 왕묘에서 출토된 유물 중에 가시나무에 걸린 숫양 형상의 황금 유물이 발견되었다. 이미 그런 신화가 존재했다가 아브라함 설화에 삽입된 증거일 수도 있다.

산은 가나안 겐 족속 영토 안에 있었기 때문이다.

모세는 어떤 인물이었을까? 모세는 출생부터 중동 영웅 신화를 닮아있다.[10] 그리고 그때 모세의 영도 아래 이스라엘 민족이 체험했다고 주장하는 그 위대한 출애굽 사건들은 성경 이외 다른 중동 역사에 한 줄도 남아있지 않다. 나일 강이 피로 변하는 등의 이집트 왕조에 내렸다던 열 가지 재앙, 이집트를 탈출하면서 겪었다던 바다가 갈라진 사건 등……[11] 이 사실은 무엇을 말하는 것일까? 단지 패배하여 수치스러운 기록이었기 때문에, 이집트 등 중동 사가들은 그 경이로운 기적이 일어났던 전쟁사를 남기지 않은 것일까?

모세가 이스라엘 열두 지파를 데리고 이집트를 탈출했고, 여호수아가 군대로 가나안을 정복했다는 것은 그 근본과 과정부

---

10 앗시리아 건국자 사르곤이 아기 때 물 위에 던져졌다가 여신이 살려줬다는 전설 등.

11 기독교는 역사적 종교다. 실제적 사건이 성서 배경을 이루고 있다. 그런데 이때 이집트는 역사 시대였다. 그 놀라운 기적들이 파피루스 한 장, 한 줄에도 남겨져있지 않은 것이 또한 기적이다. 만일 히브리전승대로 나일강뿐만 아니라 우물, 그릇에 담겨 있던 물까지 피로 변했다면 이집트는 멸망했을 것이다. 이집트에 자주 있던 자연현상이 과장되어 히브리 전승사에 들어와 전해졌을 것이다(모세와 만났던 이집트 왕 람세스 2세는 이집트를 가장 창성케 한 파라오다. 그 당시 그런 재앙이 벌어졌다는 것은 역사적으로 불가능한 일이다. 이집트 카이로 대영박물관 2층에는 람세스 2세가 미라가 되어 영면에 빠져있다).

터 M.노트 등 현대신학자들로부터 의심받고 있다. 한두 지파가 이집트에서 이동했고, 나머지 지파는 원래부터 가나안 각지에서 흩어져 살다가 연합했을 것이라고 생각한다. 또 몇 지파가 먼저 이동했고, 200년쯤 지난 후에 다른 지파도 이동했다고 주장하기도 한다. 이집트 탈출 사건과 갈대바다 도강사건 등은 소수 지파의 설화였지만, 훗날 공동체험의식으로 바뀌었다는 것이다.[12]

히브리전승에 나와 있는 가데스 바레아에서의 38년 동안 이스라엘인들의 광야 생활 기록을 믿고 현대 이스라엘 학자들이 15년 간 그 지역을 샅샅이 뒤졌다. 그러나 수백만 명이 머문 흔적은 전혀 없었다.[13] 시나이 산 발굴에서도 고대 흔적이 없었다. 이것은 출애굽 사건이 역사적 사건과 멀다는 것을 말해준다.[14]

---

12 만일 모세가 실존인물이라면 그 이름이 이집트 유형인 것으로 보아 이집트인이었을 가능성이 있다. 고대 유대인 역사가 요세푸스는 그의 저서에서 모세를 에디오피아 원정에서 승리한 이집트 장군으로 묘사했다. 고대 그리스 역사가 헤로도토스는 모세가 유대인들을 이끌고 가나안으로 이주하기 전 그 유대인들에게 피살당한 이집트인으로 묘사했다.

13 유목민들은 화덕이 없으므로 떡을 구울 때 뜨겁게 달군 항아리나 고기 굽는 그릇의 가장자리에 반죽을 올려 놓고 빵을 구웠다. 이 항아리와 그릇은 유목민들에게 필수적이다. 그러나 어떤 도기도 발굴하지 못했다(보수주의 학자들은 히브리 민족이 유목민이었기에 천막을 치고 이동하는 습성상 정착의 흔적을 남기지 않았다고 주장한다).

14 현대 신학자 M. 노트는 가나안에 떠돌던 여러 목동들의 설화가 편집되었고 어느 순간에 모세라는 인물이 결합되어 출애굽기가 완성되었다고 주장한다. 다른 학자 W. F. 올브라이트는 히브리전승 속 모세의 이야기를

후에 후계자 여호수아가 일으켰다던 해가 하루 더 하늘에 머물렀던 사건 등도 마찬가지다. 전쟁사의 승패를 활발하게 기록에 남겼고, 천체에 대하여 관심을 가졌던 중동인들의 사료에는 전혀 없다. 그들은 장님들이었기 때문에 하늘에 하루 더 머물렀던 그 태양을 보지 못한 것일까?

모세가 아모리인을 정복했고, 여호수아가 열두 지파를 모아 대규모로 가나안을 정복했다는 행적은 현대신학에서 의심받고 있다.[15] 모세가 아모리 왕 시혼과 싸웠다던 시혼의 수도 헤스본

대체적 사실로 인정한다. 그러나 그도 문자적으로 모세 설화가 오류가 없다는 것을 인정하지 않는다. 제자 존 브라이트도 출애굽한 히브리 족속이 장정만 60만 명이 아니라 많아야 2, 3천 명 정도라고 가정했다. 이것이 진보, 보수주의 현대신학의 주장이다.

15 W. F. 올브라이트는 여호수아서를 근거로 히브리 족속이 이집트에서 올라와 가나안을 정복했다고 본다. 반면 독일 신학자들은 사사기서를 근거로 히브리인들이 작은 전투는 있었지만 자연스럽게 본토민과 동화되어 가나안에 정착했다고 본다. 또 미국 사회학자들은 가나안 천민들이 영주들에게 반란을 일으켜 히브리 족속이 되었다고 보는 것이 현대신학의 견해이다(G. E. Mendenhall은 주장하기를 출애굽 사건이 농민 혁명 이데올로기를 제공했다고 보았다. 반면 Norman Gottwald는 출애굽 사건을 부인했고, 반란에 성공하여 평등화된 사회에서 거꾸로 꾸며낸 이야기로 보았다). 21세기 현재 경향으로는 고트발트의 견해가 고고학적으로 더 지지를 받는 것 같다. 초기 가나안에서 이스라엘인들이 살았던 유적지에서 토기, 농기구 등 유물을 살펴보니 당시 가나안 본토민들이 세웠던 하술 등의 유물과 다름이 없었다. 즉 이스라엘인들은 이집트에서 400년 동안 살았던 문화적 흔적이 없었고 그들은 가나안인들과 다름없었다는 것이다(모세와 여호수

은 당시 청동기 후기 사람이 살았다는 고고학적 증거가 없다. 또 여호수아가 정복했다던 여리고와[16] 기브온, 기르벨 라뭇 성읍 등은 파괴된 흔적이 없었다.[17] 아이 성 또한 이미 기원전 26세기에 파괴되었으며, 그 후로 여호수아 때는 사람들이 거주하지 않았다.[18]

반면에 파괴했다던 아랏과 호르마는 그 당시 존재하지도 않았다. 벧엘, 드빌, 기럇 세벨, 하솔[19] 등은 13세기 후반 화재로 파괴된 흔적이 있었다. 그러나 그 당시 이스라엘인들은 가나안 족속을 두려워하여 인적이 드문 산지에 정착했다. 히브리 족속

아 등에 의해 선포된 신이 택했다는 선민의식과 신과의 언약은 신 앞에 평등하다는 반 봉건적 혁명 이데올로기며, 이스라엘인의 자의식에서 만들어진 것이라고 고트발트는 주장하기도 했다).

16 영국 고고학자 존 가르탱 등이 신의 역사로 무너졌다던 여리고를 발굴해보니 성벽도 없었다. 단지 후기 청동기 시대 침식 작용으로 토담집들이 붕괴된 흔적이 있었을 뿐이다.

17 어쩌면 이 성읍들은 내부 백성들의 반란으로 정복되었기에 그럴 필요성이 없어 그냥 두었는지도 모를 일이다.

18 아이 성은 1933년부터 고고학자 마르케 크로즈, 사무엘 예이빈 등에 의해 발굴되었다. 그 후에도 여러 고찰이 있었으나 모든 학자들이 여호수아 때의 침공 사건이 발생하지 않았다고 의견을 모았다(기원전 1200년경에는 사람이 살았던 흔적이 없었다). 그리고 성서의 내용과도 많이 달랐는데 가나안 성읍 중 작았다는 이 아이 성터는 110,000㎡로 오히려 기브온 등 다른 성터보다 더 컸다.

19 발굴해보니 하솔은 높은 곳에 있는 궁전은 화재로 파괴되었지만 낮은 곳에 있는 노예, 서민 주거지는 파괴 흔적이 없었다. 하층민들의 반란으로 파괴된 듯 하다.

이 평야에 자리잡은 문명도시의 요새인 그 성읍들을 정복했다는 것은 의심스럽다. 이집트와 해양민족 블레셋인들의 침공으로 멸망한 흔적일 것이다. 이때는 이집트 역사 기록에도 남아있는 파라오 메르넵타의 가나안 침공 시기와 일치한다.

현대 진보주의 신학은 여호수아의 존재와 행적을 의심한다. 히브리전승 저자들이 표현한 그의 모습은 모세를 너무 닮아 있다. 약속의 땅을 정탐하기 위해 염탐꾼을 보내는 장면(민수기 13장, 여호수아 2장 참조), 갈대바다 마른 땅과 요단 강의 마른 땅을 밟고 건너는 장면(출애굽기 14장, 여호수아 3장 참조), 떨기나무 앞에서 신발을 벗고, 환시 중에 신발을 벗는(출애굽기 3장, 여호수아 5장 참조) 등 거의 유사하다.

진보주의 신학에서 생각하는 여호수아의 정체는 에브라임지파 한 영웅이었을 것이다. 그의 행적이 여러 민담들과 합해져 과장되어 전승 속 이스라엘의 영웅이 되었다는 것이다. 수없는 기적 설화가 담긴 여호수아서가 완성된 시기는 그의 사후 800년인 바벨론 포로 기간이었다.

모세와 여호수아에 의해 신의 이름으로 자행된 가나안 침공은 분명 현대 윤리의 잣대로는 잔인한 폭거였다.[20] 히브리전승

---

20 기독교는 경전인 성경이 신의 말씀이기에 절대윤리 지침서라고 가르친

대로라면 남녀노소 모든 자들이 야웨 신의 이름으로 살해당했다.

전쟁 상황이 히브리전승 내용 그대로였는가는 전제한대로 논란의 여지가 있다.[21] 그러나 더 큰 문제는 후세의 야웨 추종자들이 그 전쟁을 답습했다는 것이다. 십자군 운동[22]이나 라틴 아메리카 정벌 등이 대표적인 예다.[23]

다. 반면 현대 윤리는 칸트가 주장한 '보편적 행동'이 지침이 되고 있다. 또 철학자 로버트 힌데가 말한 것처럼 도덕 규칙은 이성을 통해서 옹호되어야 한다는 것이 현대 윤리의 정의다. 분명 침략하여 본토민 젖먹이까지 다 살해한 그 사건들은 보편적 행동은 아니다. 이성으로 용납될 수 없는 범죄였다. 히브리전승의 전쟁 기록이 문자 그대로 저질러졌다면 그렇다는 말이다. 야웨 신은 보들레르가 말한 것처럼 악마인가? 아니면 히브리전승은 잘못 쓰여진 것인가? 또 아니면 기독교 보수주의자들이 해석한 것처럼 히브리 노예들이 무죄한 남녀노소를 살해한 것도 야웨의 심오한 뜻인가?

21 히브리전승이 모세, 여호수아 사후 1000년 후의 기록이고, 이스라엘 후예들에 의해 꾸며진 것이라면, 가나안을 잔인하게 침공하는 묘사는 그들의 이방인에 대한 증오심에서 나왔을 것이다. 성경 집필 당시 이스라엘인들은 바벨론, 페르시아 등에 의해 포로로 잡혀와 고난을 당하고 있을 때였다.

22 교황 우르바누스 2세의 명령으로 모집된 십자군은 예루살렘의 유대인과 모슬람 교도들을 향해 진군했다. 그들은 예루살렘에 도착해서 주민들의 얼굴에 칼로 십자가를 긋고 학살했다. 당시 참전한 아질레 레이몽은 이렇게 그 전쟁을 묘사했다. −적군의 머리와 손과 발이 산더미처럼 쌓였다. 십자군은 무릎까지 피가 잠긴 채 진군했다. 이것은 정당한 신의 심판이었다. −

23 1532년 돼지치기 출신 스페인 제독 피사로는 군사 170명을 이끌고 라틴 아메리카에 도착하여 마야 문명을 파괴시켰다. 그 역시 성직자를 앞장세웠다. 사제는 마야 왕 아따왕빠에게 기독교로 개종할 것을 요구했고 아무

히브리전승에 의하면 자매인 레아와 라헬과 두 첩들에게서 낳은 야곱 열두 명 아들들의 후손들이 이스라엘 열두 '지파'('부족')가 되었다고 한다.

그러나 이 열두 지파의 분류는 히브리전승 내에서도 여러 번 바뀌게 된다. 초기에는 야곱의 딸 디나가 한 지파를 차지하는가 하면, 또 그 후에는 그녀가 빠지고 막내아들 베냐민 지파가 첨가되기도 했다. 또 레위지파는 신전에서 일을 하는 직무를 맡겨 '신의 지파'라 하여 다른 지파와 구별하여 빼어버리고 계수하기 시작했다. 그리고 장자였던 르우벤이 그의 계모 빌하와 통간하므로 장자 지파에서 탈락시켜 버린다. 그 후 요셉을 장자로 삼고 그의 아들들인 므낫세와 에브라임 자손을 그 지파 대열 속에 집어 넣어 레위지파 대신 열두 지파를 만들어버렸다.[24]

그 후 요셉 아들 중 므낫세도 장자권을 차남 에브라임에게 물

것도 모르는 그가 거절하자 참혹하게 살해했다. 당시 마야 문명은 청동기 시대에 머물고 있었다. 스페인군은 말과 철기와 총까지 가지고 있었다. 그들은 헤아릴 수 없는 인디오들을 죽이고 착취했다. 또 스페인군이 퍼뜨린 천연두는 저항력이 없던 인디오들에게 치명적 고통을 주었다. 또 스페인 정복자들은 엥꼬미엔다라는 제도를 두어 기독교 교인으로 받아주는 대가로 노예생활을 강요했다. 그 후 마야인이 섬기던 태양신 제단 위에 싼또도밍고 성당이 세워졌다.

24 야곱은 요셉의 아들인 에브라임과 므낫세를 입양하여 그들에게 우선적으로 유산을 상속했다. 우가리트 문서에도 할아버지가 손자를 입양하는 것에 대하여 자세히 다루고 있다.

려준다. 히브리전승에는 야곱이 손자인 두 형제를 축복할 때 실수로 왼손과 오른손을 바꾸어 손을 얹고 기도하는 바람에 장남, 차남이 바뀌었다고 한다. 이 우스꽝스럽고 요란스런 변동은 지파조직이 상황에 맞게 새로이 조직됐다는 것을 의미하는 것이리라. 그런데 언제나 이스라엘은 12지파 동맹체였다. 이 숫자에 인위적으로 맞추려는 인상을 준다.[25]

아브라함 손자 야곱의 아들들에 의해 이스라엘 열두 지파가 생겼다는 것은 현대신학에서 호응을 받지 못한다. 열두 지파는 히브리인들이 이집트에서 올라와 초기의 방랑생활과 가나안에 정착하는 과정에서 원주민들과의 결합 등을 거치며 동맹 형식으로 생겨났을 것이라고 본다.

어미 레아('멍청이, 들암소')와 라헬('암양')의 이름은 남북지파를 상징하는 토템이었던 것 같다. 야곱의 아들 이름에도 가나

25 12는 중동인에게 있어서 12별자리를 뜻하는 우주적인 수다. 12란 숫자는 야곱의 열두 아들 이전에 이스라엘의 전체성을 표시하는 상징적인 수일 것이다. 히브리전승에도 아브라함의 형제 나홀의 아들들도 열두 명, 아브라함의 첩 아들 이스마엘의 아들들도 열두 명 등 이 수와 같은 여러 전승이 있다(예수의 사도도 열두 명이다. 요한계시록에 나오는 천국에 들어갈 수인 144,000은 12×12=144에 충만 수인 1000을 곱한 것이다). 이 열두 지파 공동체는 그리스의 역사에도 있다. 그리스인들은 이 모임을 신전을 중심으로 가졌고 '암픽튀오니아'('지파 동맹'. 페르시아에 대항하기 위해 제안된 그리스의 부족 연맹체)라고 불렀다. 훗날 히브리인들도 세겜 성소에서 열두 지파 모임을 가졌다. 유목민인 이슬람인들도 옴마라는 지파 동맹이 있다.

안 신들의 이름이 나온다. 가나안 족속들은 부족마다 따로 섬기는 신들이 있었다. 야곱의 자식들의 이름은 개인 이름이 아니라 가나안에 존재했던 유목민 부족이었다는 것이다.[26]

야곱의 첩이라고 했던 빌하와 실바의 후손들은 비 히브리인들이었을 가능성도 있다. 또 야곱의 열두 아들 중 모든 아들은 하란에서 낳았지만, 막내 베냐민만은 가나안에서 낳았다. 이것은 베냐민지파가 후에 생긴 신흥부족이었는지도 모른다.[27]

---

26 히브리인들의 가나안 정착이 하층민들의 반란이라고 해석했던 미국 신학자 노르만 고트발트 이론에 의하면 이 지파들을 중앙 정부에 대항하고자 했던 소수 하층민 집단으로 보았다. 성서의 주장대로 혈육으로 맺어진 지파가 아니라는 것이다. 히브리전승의 기록대로라면 지파 내에서 족내혼이 벌어졌는데, 고대의 씨족사회에서는 족내혼을 금지했기 때문이다.

27 고대 마리문서에 보면 아모리 족속 중에 히브리전승에 나오는 베냐민지파 이름이 나온다. 또 히브리전승 족보 베냐민 후예들의 이름과 비슷한 인물들과 지역 이름들도 나온다. 그렇다면 베냐민지파는 이미 마리 때부터 중동 메소포타미아에 존재했고, 그들이 남하하여 이스라엘 족속이 된 것을 의미하는지 모른다. 또 히브리전승에 의하면 단지파는 가나안 남쪽 지중해 해안 쪽에 있다가 해양 족속 블레셋인들에 의해 북쪽으로 쫓겨났다. 어떤 학자들은 이 단지파를 이름도 비슷한 그 당시 지중해를 떠돌던 '다누나' 족속과 결부시킨다. 또 히브리전승에 의하면 레위 지파의 후예들이 대대로 제사장이 되었다고 하는데, 그들은 시나이 산에서 가까운 남부 아라비아 지방 '미네아' 제관들일 수도 있다. 발굴된 미네아 비명을 보면 제사장을 '라위아'라 불렀는데, 그 이름과 흡사한 레위가 제관을 뜻하는지도 모른다. 그렇다면 모세가 이집트를 떠나 가나안에 처음 들어왔을 때 유다 남부에서 그들과 결합했고, 그 제관들이 히브리인들의 제사를 담당했을 것이다.

칼 바르트Karl Barth, 루돌프 볼트만Rudolf Karl Bultmann 등 현대 신학을 이끌어가는 신 정통주의 시각은 오경 즉 모세의 저작이라고 알려진 창세기, 출애굽기, 레위기, 민수기, 신명기는 천여 년 동안 여러 저자들에 의해 쓰여지고 합해진 합성 문서로 본다. 또 히브리전승은 문자적으로 완벽한 책이 아니라, 종교적 환상이 덧입혀진 사실적인 면에서 오류가 있는 책이라고 생각한다.

히브리 족속 이스라엘인들은 가나안을 떠돌던 평범한 유목민이었을 것이다. 한 씨족이 풍요한 나일강으로 내려왔다가 부족을 이루어 다시 이동한 이야기를, 이스라엘인은 그들의 지도자들을 영웅으로 부각시키고 그 과정을 신화화시켰을 것이라고 현대 진보주의 신학자들은 생각한다.

그렇지만 원시나 다름없던 고대에 그 척박한 지역 작은 나라에서 그처럼 방대한 문학(히브리전승)이 집필되고 보전되어 수천년 후대까지 전달된 것은 신의 개입이 아니면 또 설명하기 어려운 것이 아니겠는가?

그러기에 신정통주의 신학자들은 히브리전승 속에 유입된 역사적 오류와 수없는 신화를 발견하고도 구약성서를 허구와 미신으로 취부하지 않았다. 오류와 신화를 포함한 그 내용 속에도 신의 뜻이 숨겨져 있다고 보았고 그 의미를 찾고자 했던 것이다.

기원전 1300년경 근동지역

이스라엘 왕조실록 1권

히브리노예들 가나안 정복

초판 1쇄인쇄 2016년 5월 25일
초판 1쇄발행 2016년 5월 27일

저　자 이창훈
발행인 박지연
발행처 도서출판 도화
등　록 2013년 11월 19일 제2013-000124호

주　소 서울시 송파구 성내천로 39
전　화 02) 3012-1030
팩　스 02) 3012-1031
전자우편 dohwa1030@daum.net
인　쇄 (주)상현디앤피

ISBN ｜ 979-11-86644-17-1*04810
SETISBN ｜ 979-11-86644-16-4*04810
정가 15,000원

도화道化, fool는
고정적인 질서에 대한 익살맞은 비판자,
고정화된 사고의 틀을 해체한다는 뜻입니다.